MEGAN SHEPHERD

THE CAGE – GEJAGT

MEGAN SHEPHERD

THE CAGE

GEJAGT

Roman

Aus dem Amerikanischen
von Beate Brammertz

heyne>fliegt

Die Originalausgabe erscheint unter dem Titel *The Cage 2: The Hunt* bei
Balzer + Bray, HarperCollins Publishers, New York

MIX
Papier aus verantwortungsvollen Quellen
FSC® C083411
FSC www.fsc.org

Verlagsgruppe Random House FSC®N001967

Redaktion: Babette Mock
Umschlaggestaltung: Eisele Grafik-Design, München,
unter Verwendung eines Motivs von © Depositphotos/tanel;
© Bigstock (pranodhm, WWyloeck, waldru)
Satz: Christine Roithner Verlagsservice, Breitenaich
Druck und Bindung: CPI books GmbH, Leck
Printed in Germany

ISBN: 978-3-453-26894-4

www.heyne-fliegt.de

Für die Highland Books Community,
die mir in der Fremde
viele Jahre eine Heimat war.

1 Cora

Sechs Schritte lang, sechs Schritte breit.

Cora musste ihre Zelle schon hundert Mal durchschritten haben. Es gab keine Uhr. Keine Fenster. Sie hatte nicht den blassesten Schimmer, ob sie seit drei oder dreizehn Tagen eingesperrt war – nicht, dass die Zeit auf der Raumstation auf dieselbe Weise wie auf der Erde verstreichen würde. Die einzigen Gegenstände im Raum waren eine steife Plastikdecke, die sich immer kalt anfühlte, eine Toilette, ein Wasserspender zum Trinken und eine grelle Deckenleuchte, die immer brannte.

In der Ecke kauernd, die Beine fest an die Brust gezogen, presste Cora die gespreizte Hand auf das schwarze Fenster in der Wand. Ihre Nägel wirkten auf der glatten Oberfläche sogar noch eingerissener und abgekauter.

Wir haben euch zu eurem eigenen Wohl hergebracht, hatten die Kindred erklärt.

Wir sind eure Retter, hatten sie gesagt.

Sie drückte ihre Finger auf das schwarze Glas, einen nach dem anderen, einen für jeden der fünf Freunde, die sie verloren hatte. Lucky. Leon. Nok. Rolf. Mali. Noch vor wenigen Wochen waren sie Fremde gewesen, alle miteinander gefangen auf einer künstlichen Erde, wo sie wie wilde Tiere hinter Gittern beobachtet wurden. Das Experiment war kläglich gescheitert.

Ebenso wie Coras Fluchtversuch.

Wie dumm, dachte sie, *zu glauben, ich könnte ihnen entkommen.*

Als sie die Hand vom Fenster nahm, blieb ein feuchter Abdruck ihrer Finger auf dem Glas zurück, bevor auch dieser verschwand.

Fünf graue Flecken gegen die Dunkelheit.

Fünf Sterne gegen einen dunklen Himmel.

Fünf Noten, die der Beginn eines Lieds sein könnten.

Aber nicht so dumm, dachte sie entschlossen, *zu glauben, wir wären weniger wert als sie.*

Sie schloss die Augen, holte tief Luft und konzentrierte sich auf ihre Sinne. Tief in ihrem Innern konnte sie sich immer noch erinnern, wie es sich angefühlt hatte, ihre telepathische Fähigkeit einzusetzen. Begonnen hatte es mit Schwindelanfällen und einer verschwommenen Sicht, und dann – *ja, dort* – hatte sie eine Person auf der anderen Seite der Wand gespürt, und schließlich hatte sie sogar Cassians Gedanken lesen können. Allerdings nur ein einziges Mal, obwohl sie es noch des Öfteren vergeblich versucht hatte.

Sie starrte zu dem schwarzen Fenster und versuchte erneut, etwas zu erspüren, obwohl ihr Nacken schmerzte, ihre Augen tränten und sie sich mit Schrecken ins Gedächtnis rief, dass solche Fähigkeiten unnatürlich waren. Wenn nicht sogar verrückt. Auf der Erde würde man sie in eine Anstalt einweisen, sollte sie behaupten, Gedanken lesen zu können. Auf der Erde …

Aber womöglich *gab* es überhaupt keine Erde mehr.

»Mir etwas von Herzen zu wünschen hat nie geholfen«, sang sie leise vor sich hin. Mit Liedtexten hatte sie sich schon immer Sorgen von der Seele geschrieben. In Liedern war sie kein Freak, nur ein Mädchen, weit weg von zu Hause und ihren Eltern, ihrem Bruder und ihrem struppigen, alten Hund, den sie am allermeisten vermisste. »Wünsche und Hoffnungen und Abschiedsküsse …« Mit schwungvoller Linie fuhr sie mit ihrem Finger über das dunkle Glas und komponierte ihren Liedtext, der sogleich wieder verblasste, sobald die Buchstaben geschrieben waren. »Ich wollte stärker sein, doch stattdessen kamen …«

Ihre Stimme wurde heiser, da ihr jegliche Übung fehlte, aber ihre Finger schrieben weiter:

M-O-N-S-T-E-R.

Die Buchstaben lösten sich auf, bis nichts weiter als Schwärze zu sehen war.

Für eine, vielleicht zwei Sekunden glaubte sie, der Schwindel würde erneut einsetzen. Ihre Sicht verschwamm am Rand ihres Blickfelds. Sie spürte fast, dass sich etwas oder *jemand* hinter der Wand bewegte, vielleicht sogar mehrere Personen.

Die Wände und der Fußboden begannen zu beben. Das Grollen kroch an ihren Beinen empor und ließ ihr pochendes Herz rasen. Erschrocken sprang sie auf. Die Vibrationen schwollen zu einem Crescendo an, das die gesamte Zelle erfüllte. Die Härchen in ihrem Nacken richteten sich auf, als würde warmer Atem über ihre Haut streichen, und mit der Hand griff sie sich unwillkürlich an den Hals.

Konzentrier dich, ermahnte sie sich. *Du kannst spüren, was dort draußen ist. Es ist dir schon einmal gelungen. Du musst es noch einmal schaffen.*

Die Deckenlampe strahlte nun so hell, dass Cora blinzeln musste. Licht drang jetzt auch aus der Wand, die in schartige, puzzleförmige Teile zersplitterte und eine Tür freigab. Mehr Licht quoll durch die Öffnung und umschloss Coras Haut wie eine warme Decke. Sie zuckte zusammen und beschattete die Augen.

Schritte.

Dann Stimmen.

Jemand sagte etwas in monotonem Tonfall, das sie nicht verstand. Die Sprache der Kindred. Cora erstarrte, aus Furcht, was ihr Kommen bedeuten könnte. Schließlich durchbrach eine deutlichere Stimme auf Englisch das Licht.

»Steh auf!«

Ein Schatten traf sie.

Vorsichtig öffnete Cora die Lider. Schwarze Augen sahen sie an – keine Pupillen, keine Iris, nur zwei Ovale öliges Schwarz im Gesicht einer Frau, die Haut wie poliertes Kupfer. Tessela. Eine der Wachen unter Cassians Kommando.

Beim Anblick eines bekannten Gesichts keuchte Cora erleichtert auf. »Tessela! Lass mich bitte raus …«

»Du bist für schuldig befunden worden, Regel zwei und Regel drei unserer Anordnung nicht befolgt zu haben«, sagte Tessela mechanisch, als wäre Cora nur ein lästiger Problemfall. »Für schuldig befunden, einen Fluchtversuch aus deinem Gehege unternommen zu haben. Und den Kommandanten angelogen zu haben.«

Cora blinzelte wieder gegen das Licht an. »Das ist nicht die ganze Wahrheit. Und das weißt du.«

Mit erschreckender Kraft packte Tessela sie am Arm und zerrte sie zu sich, dann ließ sie Cora wieder los und wich einen Schritt zurück. Ein weiterer Kindred stand im Türrahmen, gekleidet in eine Uniform, so dunkelblau, dass sie fast schwarz schien, mit den aufwendigsten Knoten, die Cora jemals gesehen hatte und die in zwei identischen Reihen an seinem Oberteil entlangliefen. Als er ins Licht trat, sog Cora scharf die Luft ein. Fian. Noch jemand aus Cassians Team. Bei ihrem ersten Treffen hatte er sie fast erwürgt, auch wenn es nur ein Trick von Cassian gewesen war, um ihr Vertrauen zu gewinnen. Bei der unliebsamen Erinnerung rieb sie sich unwillkürlich die Kehle.

»Fragt einfach Cassian …«, setzte sie an, geriet jedoch beim Klang seines Namens ins Stocken. Nein, Cassian würde ihr jetzt nicht mehr helfen. Cassian hatte ihretwegen schon einmal die Regeln gebrochen, als es ihr so schwergefallen war, sich in ihr früheres Gehege einzugewöhnen, doch das war vor ihrem Fluchtversuch gewesen. Bevor sie herausgefunden hatte, dass Cassian der Kommandant war – derjenige, der sie die ganze Zeit über manipuliert hatte.

Licht spiegelte sich auf den scharfen Nadeln und dem glänzenden metallischen Apparat in Fians Hand. Coras Magen zog sich krampfhaft zusammen. Die Kindred behaupteten, nicht mit Menschen zu experimentieren, aber Cora hatte gesehen, wie sie Nadeln in ein totes Mädchen gerammt hatten, um nach Spuren der Evolution zu suchen. Es machte den Anschein, als fürchteten die Kindred nichts mehr, als dass ihre wertvollen Haustiere, die sie ironischerweise zu schützen geschworen hatten, eines Tages klüger als sie selbst werden könnten.

Und das sind wir, dachte Cora laut genug, damit Tessela und Fian es in ihrem Bewusstsein lesen konnten.

Tessela blinzelte nur. »Streck die Arme aus«, befahl sie.

Cora schüttelte den Kopf. »Wo sind Lucky und Mali?«

»Streck die Arme aus.« Tessela machte einen Schritt auf sie zu. »Das ist zu deinem eigenen Wohl.«

Cora duckte sich und rannte hastig zu der Wand, in der sich die Tür geöffnet hatte, doch Fian war schneller. Mit unnachgiebiger Strenge packte er Cora und verdrehte ihr den Arm, bis ihre Hand nach vorne zeigte. Tessela nahm von Fian den Apparat entgegen, der zu summen begann, höchstwahrscheinlich durch Telekinese eingeschaltet.

»Die Flucht war meine Idee, nicht ihre«, beharrte Cora. »Ihr dürft sie nicht bestrafen.«

Tessela kam mit dem Gerät in der Hand auf sie zu. Aus der Nähe glich es den Apparaten, mit denen die Kindred-Frau Serassi, die medizinische Inspektorin, sie damals untersucht hatte, nur dass am Ende dieses Geräts mehrere zentimeterlange Nadeln herausschauten.

»Wir glauben nicht an Bestrafung«, erwiderte Fian mit ausdrucksloser Stimme. »Es ist ein primitives Konzept.«

Wäre ihre Kehle vor Entsetzen nicht wie zugeschnürt, hätte Cora laut aufgelacht. Und als was bezeichneten sie es bitte, jemanden in einer Zelle einzusperren?

Tessela drückte die Nadeln an Coras Haut. Überrascht sog Cora die Luft ein, als sich die Nadeln unvermittelt wie von Geisteshand bewegten und sich nicht fest, sondern in flüssiger Form einen Weg zur Innenseite ihrer Handfläche bahnten. Zu winzig, um schmerzhaft zu sein, fühlte es sich dennoch unangenehm an, als sich die mikroskopischen Würmer in ihre Haut bohrten.

»Bitte«, keuchte sie. »Verratet mir, ob es Lucky und Mali gut geht. Und auch Nok und Rolf. Sind sie immer noch in unserem früheren Gehege? Ist mit Noks Schwangerschaft alles in Ordnung?« Cora biss sich auf die Lippen, als Tessela den Apparat in ihre andere Handfläche presste. »Nun sagt schon!«

Tessela beendete die Untersuchung und steckte das Gerät in ihren Gurt. Cora starrte auf ihre Hände hinab. Ein sonderbares Muster aus Linien und Nadelstichen bedeckte ihre Handflächen und Finger, das an halbmondförmige Ringe erinnerte. Der Halbkreis an ihrem Ringfinger zeichnete sich deutlicher als die anderen ab und strahlte wie ein Stern. Im Käfig hatten die Kindred jeden ihrer Schützlinge mit Sternbildern gebrandmarkt, um sie paarweise anzuordnen, doch diese konzentrischen Kreise und Reihen mit winzigen Malen hatten nichts mit dem Sternenhimmel gemein.

»Ich verstehe das alles nicht.«

»Das sollst du auch nicht«, sagte Tessela. »Der Code ist allein für unsere Aufzeichnungen bestimmt.«

Fian ließ Cora los, die gegen die Wand zurücksank und die Hände zu Fäusten ballte, die Finger um die Linien und Symbole geschlossen, die sie nun als Eigentum der Kindred auswiesen.

Mit einem lauten Summen glitten die Wandfugen wieder auseinander, und die Tür kam zum Vorschein. Cora riss den Kopf hoch.

Eine neue Gestalt füllte den Türrahmen aus.

Schwarze Augen.

Haut, die kupferfarben schimmerte.

Eine Narbe am Hals und ein Hubbel auf dem Nasenrücken – Unvollkommenheiten in einem ansonsten perfekten Gesicht.

Cassian.

Wie sollte sie sich jetzt noch konzentrieren? Sie konnte kaum atmen. Das erste Mal hatte sie Cassian in ihren Träumen gesehen. Mit seiner unvergleichlichen Schönheit hatte sie ihn für einen Engel gehalten. Jetzt wusste sie es besser: Er war ein Monster, wie der Rest von ihnen. Auch dieses eine Mal, als sie in sein Innerstes geblickt und ein fast menschliches Bedauern gesehen hatte, konnte nichts daran ändern.

»Du«, sagte sie. »Ausgerechnet du!« Mit einem verächtlichen Schnauben blickte sie zurück zu Tessela und Fian. »Ihr glaubt, ihr werdet immer die Oberhand haben, aber Menschen sind genauso klug wie ihr. Sobald ich von hier geflohen bin – und das *werde* ich –, zeige ich allen auf dieser Station, wozu Menschen fähig sind. Gedankenlesen. Dinge erspüren. Niemand wird es mehr leugnen können.« Cora hoffte, sie würden das Zittern in ihrer Stimme nicht heraushören, die ihr tief in ihrem Innersten das Wort *Freak* zuflüsterte.

Cassian verschränkte ruhig die Hände. »Das wäre höchst unklug.« Er nickte Tessela und Fian zu. »Lasst uns allein.«

Die beiden Kindred gehorchten sofort und bewegten sich im Gleichschritt zur Tür, die sich im nächsten Moment hinter ihnen schloss. Das Sternenlicht der Wand ergoss sich über Cassians Haut und wurde sanft zurückgeworfen, fast wie bei der Gottheit, von der Nok in ihren Kindheitsgeschichten aus Thailand erzählt hatte.

»Fians Uniform, für den Fall, dass es dir entgangen sein sollte«, fuhr Cassian fort, »weist das doppelreihige Knotenmuster eines Ratsdelegierten auf, die höchsten Regierungsabgeordneten auf der Station, der Zusammenschluss aller intelligenten Spezies. Meine Position als Kommandant ist bedeutend, aber die Delegierten stehen in der Rangordnung weit über mir. Jene unter uns, denen das Schicksal der Menschen am Herzen liegt, haben nichts unversucht gelassen, im Laufe vieler Rotationen den Rat zu infiltrieren. Du solltest dankbar sein, dass Fian auf unserer Seite, nicht auf ihrer steht. Würde ein echter Delegierter deine Worte hören, würdest du diese Kammer nie wieder verlassen.«

»Du kannst mir nicht drohen.«

»Ich sage dir nur die Wahrheit.« Sein Blick glitt durch den Raum und blieb auf Coras Fingerabdrücken auf dem schwarzen Fenster haften. »Du bist nicht die Einzige, die in Gefahr schwebt. Würden sie von meiner Mitwisserschaft erfahren, würden sie mich zum niedrigsten Rang degradieren – zu einem Sternenfeger, der allein in einem Raumschiff Weltraumschutt wegräumt. Fünfundneunzig Prozent der Sternenfeger werden bei ihrer ersten Fahrt von einem Asteroiden getroffen.«

Cora ballte die Fäuste fester. Als würde sie es kümmern, was mit ihm geschähe. Sie wollte ihn hassen. Sie *hasste* ihn. Und dennoch flackerte die Erinnerung in ihr auf an jene Momente, als Hass das Letzte war, was sie für ihn empfunden hatte. Er hatte ihr Sterne geschenkt, als sie nicht einschlafen konnte. Er hatte ihr das Leben gerettet, als Fian sie fast erdrosselt hätte. Er hatte in der künstlichen Meeresbrandung gestanden und die Mauer eingerissen, die seine Gefühle umgab, sie mit echten Augen angesehen, nicht den schwarzen Hüllen, und ihr echte Empfindungen zugeflüstert, keine maskierten.

Und er hatte sie geküsst.

Sie blickte weg. *Nichts ist hier echt*, ermahnte sie sich. *Schon gar nicht Liebe*.

Er machte einen Schritt in die Mitte der Zelle. Cora konnte nicht sagen, wohin er mit seinen tiefschwarzen Augen sah, aber sein Kopf neigte sich erst zu ihrer linken geballten Faust, dann zu ihrer rechten.

»Ich will dir helfen.« Seine Stimme war nun weicher. »Unser Ziel ist letztlich dasselbe. Könntest du auch nur einen winzigen Teil meiner Gedanken lesen, dann wüsstest du, dass ich die Wahrheit sage ...«

»Falls du dich wieder entschuldigen willst, vergiss es«, unterbrach sie ihn. »Ich habe es satt, mir anhören zu müssen, dass du mich zum Wohle der Menschheit verraten hast. Dass du in meinen Verstand eingedrungen bist, damit ich mich zur nächsten Evolutionsstufe entwickele.« Sie hielt inne. »Dass das, was du für mich empfunden hast, echt war.«

Doch dieses Mal widersprach er ihr nicht, sondern zog nur ein langes Stück Stoff aus einer tiefen Tasche seiner Uniform und hielt es ihr hin.

Unwillkürlich war Coras Neugierde geweckt, und sie nahm es zögerlich entgegen. Der weiche Stoff entrollte sich in ihren Händen. Träger kamen zum Vorschein. Ein Saum.

Ein knöchellanges Kleid.

Es war nicht die einfache Robe, die die männlichen und weiblichen Kindred von niederem Stand trugen. Auch nicht das weiße Sommerkleid, das sie im Käfig getragen hatte. Dieses Kleid war golden und aus Seide, reich verziert, mit einem Hauch von Zigarettenrauch und Parfüm, das an ihm haftete, aber ein Parfüm, das altmodisch roch, nicht wie die Designerdüfte ihrer Mutter. Es war ein echtes Artefakt von der Erde, so anders als all die nachgemachte Kleidung, die nach Ozon stank und nicht das richtige Gewicht hatte.

»Was ist das?«, fragte sie.

Cora hatte erwartet, den Rest ihres Lebens in dieser Zelle zu verbringen. Die Kindred würden sie nicht töten – das verstieß gegen ihren unumstößlichen Moralkodex. Doch es bedeutete nicht, dass sie nicht mit Drogen vollgepumpt werden könnte oder ihr noch Schlimmeres widerführe.

»Das ist eine zweite Chance«, sagte Cassian mit monotoner Stimme. »Für uns beide.«

2 Cora

Cora ließ den weichen Stoff durch ihre Hände gleiten, bis er in einem seidenen Durcheinander zu Boden fiel. »Eine zweite Chance?«

Sie konnte sich lebhaft vorstellen, was das Kleid aus den 1930ern bedeutete. Cora wusste von den Menagerien – privaten Clubs, in denen die verschiedenen Epochen der Menschheitsgeschichte nachgestellt wurden –, wo die Kindred ihre emotionalen Masken abnahmen, die sie in der Öffentlichkeit trugen, um ihren aufgestauten Gefühlen freien Lauf zu lassen. Aufmüpfige Menschen wurden dort als Diener oder Kuriositäten zur Unterhaltung der Kindred gehalten. Cassian hatte ihr zur Warnung einmal eine Menagerie gezeigt, um ihr zu verdeutlichen, was mit Menschen passierte, die sich den Regeln der Kindred widersetzten. Er hatte sie den »Tempel« genannt, einen künstlich nachgebauten, griechischen Palast, wo unter Drogen gesetzte Kinder in Togen Kunststücke vollführten.

Warum menschliche Orte, menschliche Zeitalter?, hatte sie ihn gefragt.

Es gibt keine Gesellschaft, keine Lebensräume, die besser geeignet wären als die menschliche Welt, um neue Eindrücke zu erleben, war seine Antwort gewesen.

Sie sah ihn nun aus zusammengekniffenen Augen an.

»Mich in eine Menagerie zu stecken, ist wohl kaum eine zweite Chance. Es ist eine weitere Bestrafung.«

»Mir bleibt keine andere Wahl. Der Rat darf nichts von deinem Fluchtversuch erfahren. Fian konnte sie davon überzeugen, dass euer Gehege aufgrund technischer Schwierigkeiten unbenutzbar wurde und die restlichen Mündel auf andere Einrichtungen verteilt werden müssen. Nur Fian, Tessela und Serassi kennen die Wahrheit.« Er hielt inne. »Dafür, dass Serassi schweigt, habe ich eine Abmachung mit ihr getroffen. Fian und Tessela haben glücklicherweise schon immer Verständnis für unsere Sache gezeigt.«

»*Unsere* Sache?« Cora schüttelte den Kopf. »Ich habe nichts zu tun mit was auch immer du planst.« Ihr Mund fühlte sich schrecklich trocken an, und sie wollte sich schon zum Wasserspender drehen, als sie eine Hand auf ihrer Schulter spürte.

Seine Augen, schwarz wie immer, schienen bis tief in ihr Innerstes zu blicken. »Unser Plan dreht sich allein um dich. Ein Plan, der schon vor fast sechshundert Rotationen geschmiedet wurde – fast zwanzig Menschenjahren. Wir nennen ihn den Fünften der Fünf, denn falls er von Erfolg gekrönt sein sollte, wird die Menschheit zur fünften intelligenten Rasse aufsteigen.« Er wischte mit den Fingern der einen Hand über den Handschuh seiner anderen Hand, woraufhin sich die Oberfläche veränderte und eine Art Tafel erschien, auf die er mit der Fingerspitze Muster zeichnete: Zwei sich kreuzende Linien, einer Doppelhelix gleich, in deren Mitte fünf Punkte aufblitzten. Die Zeichen verblassten schon nach wenigen Sekunden wieder.

»Das ist der geheime Plan. Die ersten vier Punkte stellen

die gegenwärtigen intelligenten Spezies dar: Kindred, Mosca, Axion und Gatherer. Der letzte symbolisiert die Menschheit. Ich bin nicht der erste Anführer der Fünften-der-Fünf-Initiative. Ebenso wie du nicht der erste Mensch bist, auf dem unsere Hoffnungen ruhen. Hunderte von Kindred sind seit Generationen an den heimlichen Bemühungen beteiligt, die Intelligenz der Menschheit zu beweisen. Die Ironie an der Sache ist, dass du nicht glauben möchtest, dass wir euch helfen wollen.«

Verwirrt schritt sie in der engen Zelle auf und ab. »Uns helfen? Wenn du uns wirklich helfen willst, warum versuchst du dann nicht herauszufinden, ob die Erde noch existiert?«

»Der Daten-Algorithmus hat eine WDZ von 98,6 vorhergesagt. WDZ steht für Wahrscheinlichkeit der Zerstörung, die bei achtundneunzig Komma sechs Prozent liegt …«

»Ja, ja, ich weiß, aller Voraussicht nach haben die Menschen die Erde zerstört. Aber selbst wenn es eine klitzekleine Chance gibt, dass sie immer noch existiert, würde das einfach alles für uns bedeuten. Unser Zuhause. Unsere Familien. Unsere gesamte Welt.«

Er sah sie aus Augen an, die keinerlei Gefühlsregung offenbarten. »*Das* ist jetzt eure Welt.« Schweigend hob er das Kleid auf, bevor er fortfuhr: »Nimm es. Du wirst es brauchen.«

Cassian führte sie durch karge Korridore, die den öffentlichen Raum der Welt der Kindred darstellten. Sie kamen an Wänden vorbei, die von Sternenlicht erleuchtet waren, und bogen an mehreren Abzweigungen ab, bis ein Rauschen von Luft und ein lautes Stimmengewirr zu hören war, sich die Decke öffnete und einen dreistöckigen Marktplatz freigab. Coras Schritte wurden zögerlicher. Sie war schon einmal hier gewesen – auf diesem Markt oder einem, der ihm sehr ähnlich sah. Hauptsächlich war er von Kindred bevölkert, die Waren feilboten – menschliche Artefakte und Gegenstände anderer Spezies –, sowie ein paar gebückten moscaischen Händlern mit ihren unheimlichen Atemmasken und roten Overalls. Cora erblickte sogar einen einzelnen Gatherer, eines der schlanken, mönchartigen, fast zwei Meter fünfzig großen Geschöpfe, vor denen Cassian sie gewarnt hatte, ihnen nicht direkt in die Augen zu sehen.

Coras Blick glitt zu einer erhöhten Plattform. Es war eine Art Bühne, vielleicht für eine Auktion, etwa einen Meter über dem Boden. Wenn es ihr gelänge, Cassian abzulenken, könnte sie dort hinaufklettern und einen Beweis ihrer telepathischen Fähigkeiten erbringen. Bücher und Gegenstände von den Marktständen würden auf ihren Befehl hin in der Luft schweben. Die Kindred würden vor Staunen verstummen. Finger würden auf sie zeigen. Und dann müssten sie sich schweren Herzens eingestehen, dass sie und alle Menschen ebenso *fähig* waren und nie wieder eingesperrt werden durften …

Cassian blieb jäh stehen. »Du vergisst, dass ich deine Gedanken lesen kann«, sagte er. »Eine öffentliche Demonstration deiner telepathischen Fähigkeiten ist nicht der richtige Weg, um dein Ziel zu erreichen.« Mit einem Kopfnicken zeigte er auf die Kindred-Wachen, die sie zuvor nicht bemerkt hatte. »Solltest du lautstark behaupten, dass sich die Menschen weiterentwickelt haben, würde dir niemand Glauben schenken. Sie würden einen Beweis einfordern, den du nicht verlässlich erbringen kannst. In dir steckt das Potenzial, das stimmt, aber dir fehlt die Übung. Und wenn du deine Behauptung nicht beweisen kannst, werden dich die Wachen als psychisch labil einstufen und wegsperren. Hast du schon vergessen, was mit Anya geschehen ist?«

Anya. Das isländische Mädchen, das Cora im Tempel gesehen hatte, mit Drogen betäubt und im Delirium.

»Auf einer Bühne, ähnlich wie dieser«, fuhr Cassian fort, »führte Anya einmal ein Märchen auf, das ihr privater Besitzer selbst geschrieben hatte. Sie entschied im Geheimen, den Text umzuschreiben. Anstatt künstliche Blumen aus einer Vase zu holen, ließ Anya sie kraft ihrer Gedanken schweben. Ich konnte den Rat nicht aufhalten, als sie Anya abholten.« Er senkte die Stimme. »Sturheit kann ein liebenswerter Charakterzug sein und gleichzeitig dein Untergang. Es gibt einen Weg, unser Ziel zu erreichen. Lass nicht zu, dass deine Wut auf mich deinen Verstand benebelt.«

Seine Worte fachten ihren Zorn nur weiter an. Sie spürte, wie er in ihr wuchs, doch zugleich drängte sich ihr eine Erinnerung auf. Ihr älterer Bruder Charlie, der seufzend die Arme in die Hüften gestemmt hatte, als sie zum zehnten Mal hintereinander von der Eiche gefallen war, die am Rand ihres Grundstücks stand. Er hatte ihr den Staub von der Hose geklopft und gesagt: *Du weißt schon, was stur bedeutet?* Cora, damals acht, hatte den Kopf geschüttelt, woraufhin er ihr erklärte: *Die Definition von stur ist zu wissen, was das Richtige ist, es aber trotzdem nicht zu tun, nur um seinen Standpunkt zu verdeutlichen. Und im Moment solltest du einfach aufhören.*

Cora biss Ober- und Unterkiefer fest aufeinander und wandte den Blick von der Plattform ab. »Okay. Aber das heißt nicht, dass ich bei irgendetwas zustimme.«

Cassian erwiderte nichts. Schweigend führte er sie durch den Markt, dann zu Korridoren, die grob in den Stein gehauen waren und durch den Kern des Asteroiden führten. Dieses nasskalte Labyrinth aus Gängen stellte die private Welt der Kindred dar: Menagerien, Bordelle, Spielhallen – Orte, wo sich die Kindred gefahrlos demaskieren konnten und den emotionalen Nervenkitzel fanden, den sie insgeheim suchten. Eine Reihe von Torbögen kam in Sicht, vor denen sich jeweils ein Podium befand, auf dem ein junger Kindred stand – Männer und Frauen.

»Animateure«, erklärte Cassian. »Sie begrüßen die Gäste. Jedes Tor führt zu einer anderen Menagerie. Du wirst bei der Jagd mitmachen.«

Cora hielt das altmodische goldene Kleid hoch. »Und was ist das, eine Art verbotener Nachtclub aus der Prohibitionszeit?«

»Nicht ganz.«

Er schwieg, während sie an den ersten paar Türen vorbeigingen. Ein Animateur trug das Gewand eines Höhlenmenschen mit Leopardenmuster. Eine der Animateurinnen erinnerte an eine Wikingerfrau. Eine andere trug eine Baseballuniform.

»Die Menagerien haben in dieser Rotation erst kürzlich geöffnet, weshalb es relativ ruhig zugeht. Der Besucherstrom hält sich noch in Grenzen. Die Menagerien haben Öffnungszeiten, die sich stark am terrestrischen Tag- und Nachtrhythmus orientieren, um es den Menschen, die dort leben, so angenehm wie möglich zu gestalten.«

Cora schnaubte verächtlich. *Angenehm?* »Wie viele Tage auf Erden ergeben eine Rotation?«

»Die exakte Umrechnungsformel erfordert komplexe Algorithmen, da sie auf einer Vielzahl astrophysikalischer Faktoren basiert. Menschen sind zu dieser abstrakten Mathematik nicht fähig, aber wahrscheinlich genügt es dir, wenn ich sage, dass eine Rotation eine Zeitspanne zwischen einer und zwei Wochen entspricht.« Er blieb vor der sechsten Tür stehen. Die Animateurin hier trug etwas, das einer Safariuniform gleichkam: eine kakifarbene Bluse mit ausgesparten Schultern, ein dicker Ledergürtel, ein jagdgrüner Rock und ein Tropenhelm auf ihren perfekt frisierten Haaren. Wie alle anderen Animateure trug sie eine Brille, auf die Augen aufgemalt waren, obwohl Cora wusste, dass sich die Kindred demaskiert hatte und ihre Augen fast so hell wie die von Menschen waren.

Die Animateurin lächelte Cassian steif an. »Willkommen zurück, Kommandant.«

Willkommen *zurück?* Cora hätte niemals angenommen, dass er in einem der Clubs verkehrte.

Zum Gruß neigte er den Kopf. »Issander.«

Die Animateurin öffnete ihnen die Tür. Hitze umschloss Coras Haut wie eine dicke Lotion. Die Luft war schwül und so warm wie das Licht, das lange Schatten durch den Raum der Lodge warf. Das Zwitschern tropischer Vögel war das Erste, was Cora hörte, bevor andere Geräusche ihr Ohr trafen: das Dröhnen eines weit entfernten Geländewagens, das leise Klirren von Gläsern, sanfte Instrumentalmusik.

»Sei auf der Hut!« Cassian nickte zurück zur Tür. »Der Rat hat überall auf der Raumstation Spione postiert, deren

Aufgabe es ist, jegliche ungewöhnliche Aktivität zu melden. Ungebührliche Beziehungen zwischen Kindred und Menschen, Menschen, die sich Regeln widersetzen, diese Art von Dingen. Ihre Identität wird nicht verraten. Ich weiß nicht, ob Issander eine Spionin ist, aber sie ist unserer Sache nicht wohlwollend gestimmt.«

»Wird das kein Problem sein?«

»Ich habe einen Plan.«

»Natürlich hast du einen Plan. Du hast für alles einen Plan.« Über ihren Köpfen ragten Holzbalken mehrere Meter in die Höhe und trugen ein Strohdach, von dem Laternen herabhingen. Der Raum wirkte luftig, mit zahllosen Teakholzmöbeln, exotischen Stoffen und außergewöhnlich realistischen Statuen von Giraffen und Zebras. Hinter einer Theke mixten zwei Menschenjungen Cocktails. Auf der gegenüberliegenden Seite der Bar blähten sich bodenlange Vorhänge vor Flügeltüren, die auf eine große Veranda führten. Dahinter glühte eine Savanne unter einer tief stehenden Sonne. Erstaunt blieb Cora stehen. Einen Moment lang fühlte sich alles unglaublich real an. Als kleines Mädchen hatte sie Sonnenuntergänge wie diesen geliebt. Charlie und sie hatten sich lachend über den Hof gejagt und versucht, die große Eiche am Rand ihres Grundstücks zu erreichen, bevor die letzten Strahlen am Horizont untergingen.

Da gab ihr Cassian einen sanften Schubs und holte sie aus ihren Erinnerungen.

Cora blinzelte kurz und rief sich mahnend ins Gedächtnis, dass alles hier künstlich war, selbst die Sonne. »Eine Safari-Lodge?«

»Ja. Sie ist im Kolonial-Stil erbaut. Gäste kommen hierher, um den Reiz einer Safari zu erleben. Wie mir gesagt wurde, verschafft sie einen köstlichen Rausch an Emotionen.« Er machte eine ausladende Handbewegung zur Bar und dem Loungebereich. »Die Lodge ist der Ort, an dem Gäste auf ihre Expedition warten oder sich nach ihrer Rückkehr entspannen. Deine Aufgabe wird sein, sie in der Zwischenzeit zu unterhalten.« Er zeigte auf eine kleine Bühne neben der Bar, auf der ein Mikrofon stand. »Mit Gesang. Kartenspiel. Tanz. Was auch immer sie wünschen.«

Das Vogelgezwitscher setzte wieder ein, und Cora suchte die Dachsparren mit den Augen ab. »Es ist alles künstlich, nicht wahr?«

Einer der Barkeeper, ein ernst dreinblickender Junge mit blondem Bürstenhaarschnitt, bedachte Cora mit einem langen, undurchdringlichen Blick, der Cassian nicht aufzufallen schien, während er sie auf die Terrasse führte.

»Nicht alles. Die Technologie, die wir hier einsetzen, unterscheidet sich stark von der in deinem früheren Gehege. Dort benötigten wir eine immense Menge an Kohlenstoff, um naturgetreue Nachbildungen zu gestalten, die jederzeit verändert werden können. Wir setzen unsere Kohlenstoffvorräte allerdings maßgeblich für wissenschaftliche Zwecke ein, zum Erforschen und Beobachten niederer Spezies. Einen solchen Aufwand würden wir niemals für unsere eigene Unterhaltung betreiben. Das ist der Grund, warum hier vieles echt ist. Bis zu einem gewissen Grad.« Er schob einen Vorhang beiseite, um Cora die Weite der Savanne zu zeigen, die sich meilenweit zu erstrecken schien, über grasbedeckte Ebenen bis zu einem weit entfernten Wasserloch. »Die Entfernungen sind natürlich eine Illusion. Die gesamte Menagerie ist im Grunde nicht viel größer als ein einzelnes Habitat in deinem früheren Gehege.«

Mit einem Mal fiel Cora auf, dass die Vorhänge vor der Flügeltür am Saum ausgefranst waren. Bei genauerer Betrachtung waren alle Gegenstände der Lodge, die auf den ersten Blick luxuriös ausgesehen hatten, abgenutzt und zerschlissen. Die Hälfte der Stühle war notdürftig repariert worden. Der Fußboden hatte Risse. Als sie einen Blick über die Schulter zum Barkeeper mit dem Bürstenhaarschnitt warf, sah sie, dass er dem einzigen Gast in der Lodge einen Drink einschenkte, einem Kindred, der steifbeinig und mit gebeugtem Kopf auf seinem Barhocker saß. Der Barkeeper wirkte sehr kultiviert, doch das war vielleicht nur seiner steifen Jacke mit der goldenen Bordüre geschuldet, denn als sie ihn sich genauer ansah, waren seine Haare nicht sauber geschnitten, und sein Nacken starrte vor Schmutz. Cora schätzte ihn auf achtzehn oder neunzehn Jahre. Genau wie sie hatte er eine Codierung auf den Handflächen.

Nachdenklich drehte Cora das Kleid in den Händen. Die Farbe des Goldes stimmte mit der Bordüre der Jacke überein, die der Junge trug. Ein Bild blitzte in ihrem Kopf auf, wie sie auf der Bühne stand und einem abgerichteten Papagei ein Lied sang.

Am Ende der Bar hustete eine der Giraffenstatuen, und Cora zuckte erschrocken zusammen.

»Augenblick mal, *lebt* diese Giraffe etwa?«

»Ja. Die Tiere sind real. Wir sind nicht nur von der Menschheit fasziniert, jegliches Leben auf der Erde übt einen gewissen Reiz auf uns aus. Wie dir zweifellos bereits aufgefallen sein mag, gibt es keine im Weltraum heimischen Tiere.«

Die Giraffe war klein, höchstwahrscheinlich ein Jungtier, und wirkte kränklich. Sie krümmte sich, röchelte erneut, und ein dicker Speichelfaden tropfte aus ihrem Maul auf den Stiefel des Kindred, der ein tiefes, kehliges Knurren ausstieß. Im nächsten Moment schoss der zweite Barkeeper, ein Junge mit wunderschönen dunklen Wimpern, die seine wässrigen Augen umrahmten, hinter der Theke hervor und wischte hastig die Lache auf. Langsam, als spürte der Kindred, dass er beobachtet wurde, drehte er sich zu Cora um.

Er hatte ein wunderschönes Gesicht, wie sie alle, aber irgendwie schien es leicht verzerrt, als wären die Knochen darunter mehrmals gebrochen und schief zusammengesetzt worden. Aufgrund der mürrischen Miene wusste Cora, dass er demaskiert war, auch wenn seine Augen so eingesunken waren, dass sie dennoch tiefschwarz wirkten.

Ein Gong ertönte auf der Veranda, und Cora drehte sich um. Das Aufheulen eines Motors war zu hören.

»Eine Expedition kehrt zurück«, erklärte Cassian. »Sieh nur!«

Autotüren wurden zugeschlagen, ein aufgeregtes Stimmengewirr erscholl. Ein dünner Junge und ein Mädchen erschienen auf der Veranda. Sie trugen robuste, staubige Kleidung, die zu einer Safari passte, und Cora erhaschte einen Blick auf dieselben Tätowierungen auf ihren Handflächen, die auch sie hatte. Der Junge gab dem blonden Barkeeper ein Zeichen, der daraufhin auf die Bühne stieg.

»Ladys und Gentlemen«, sagte der Barkeeper, obwohl es nur einen einzigen Gast gab, »es ist mir eine Freude, Ihnen eine rekordverdächtige Jagd vermelden zu dürfen!«

Obwohl sein Vortrag leicht gestelzt klang, waren seine

Worte nicht ganz so monoton wie Malis Sprechweise, was darauf hindeutete, dass er später als sie von der Erde entführt worden war. Bei seiner Ankündigung trat ein weiterer Kindred durch die Verandatüren, gekleidet in ein Safarioutfit, das nicht recht zu seiner metallenen Haut passte. Er trug ein Gewehr über der Schulter.

»Das erste erlegte Wild des Tages!«, sagte der blonde Junge. »Dieser Rotluchs, Ladys und Gentlemen, wiegt gut neunzehn Kilo, und seien Sie versichert, diese Tiere sind schnell, mit einer Höchstgeschwindigkeit von …«

Cora schwirrte der Kopf, während der Junge unverdrossen weiterdozierte. Das Blut des Rotluchses tropfte zwischen ihr und dem Podest auf den Boden, wurde jedoch sogleich von dem dunkelhaarigen Barkeeper aufgewischt. Cora rieb sich die Schläfen, als eine Woge der Übelkeit sie ergriff. »Das ist echtes Blut«, flüsterte sie Cassian zu. »Echte Gewehre. Und du glaubst, *hier* wäre ich in Sicherheit?«

Cassian führte sie zu einer Reihe von Alkoven, die vom Hauptraum mit Schiebetüren aus Holz abgetrennt waren. »Ich hatte keine andere Wahl«, wisperte er. »Im Harem würdest du nicht lang durchhalten, das schafft kein Mädchen. Im Tempel würden sie dir Drogen verabreichen, aber ich brauche dich bei klarem Verstand. Hier gibt es weniger Vorschriften. Und so haben wir die Möglichkeit, im Geheimen miteinander zu trainieren.« Er zeigte auf den nächsten Alkoven, in dem ein Tisch samt Würfeln und einem Kartenspiel stand. »Kindred kommen hierher, um unter sich dem Glücksspiel zu frönen. Es ist nicht ungewöhnlich, wenn sie nach der Gesellschaft von Menschen verlangen, die ihnen Getränke servieren oder mit ihnen Karten spielen. Sobald ich Issander versetzt habe, wird es niemanden auch nur im Geringsten interessieren, was wir hier tun, allein.«

Cora spähte in den Alkoven mit seinem trüben Licht und den weichen Kissen. »Allein?«

Trotz des Umstands, dass er maskiert war, schien sein Atem unvermittelt flacher zu werden. Sie fragte sich, ob er an das letzte Mal dachte, als sie allein gewesen waren, mitten in der Brandung, und er seine Lippen auf ihre gepresst hatte.

»Zum Training«, entgegnete er barsch. »Du wirst deine telepathischen Fähigkeiten schulen müssen, wenn du bestehen willst.«

Ein ungutes Gefühl überkam sie. »Was bestehen?«

Er beugte sich zu ihr. »Die Prüfung.«

3 Lucky

»Muss ich das wirklich tragen?« Lucky hielt ein ausgeblichenes Kakihemd, passende Shorts und einen verbeulten Tropenhelm hoch, die ihm ein Mädchen gerade in die Hand gedrückt hatte.

Das Mädchen kicherte. Sie musste mindestens vierzehn sein, aber die Art, wie sie an den Spitzen ihres mausgrauen Zopfs kaute, ließ sie viel jünger wirken. Hinter ihr an den Wänden reihten sich auf zwei Ebenen mehrere Zellen aneinander, die an ein Gefängnis erinnerten. Etwa die Hälfte war von wilden Tieren belegt: ein Känguru, eine Hyäne, eine schlafende Löwin in der Ecke.

Lucky rieb sich den Nasenrücken. Tagelang war er allein in einer winzigen Beobachtungskammer eingesperrt gewesen, in der es kaum Platz zum Gehen gab und er sich den Kopf zermartert hatte, was bei ihrem Plan schiefgelaufen und mit den anderen geschehen war. Endlich hatte er nun jemanden, mit dem er sich unterhalten konnte, und sein Gegenüber kicherte nur.

»Also schön ... wie heißt du gleich noch mal?«, fragte er.

»Alle hier nennen mich Pika.« Ihre Fingernägel sahen aus, als hätten sie seit Jahren weder Seife noch Wasser gesehen. »Das ist der Name eines Nagetiers. Aber keine Sorge, ein süßes Nagetier.« Sie grinste und offenbarte mehrere Zahnlücken. »Ich mag Tiere. Das ist auch der

Grund, warum sie mich hierhergebracht haben. Zu Hause haben meine Eltern ... äh ... ich vergesse immer, wie die heißen. Oh! Frettchen. Sie haben Frettchen gezüchtet. Die Kindred haben gesagt, ich könnte meine eigenen züchten, sobald ich zwölf bin.« Ihre Gesichtszüge entglitten ihr einen Moment, als sie sich erinnerte, dass ihr zwölfter Geburtstag längst verstrichen war. Sie schluckte nervös. »Wie dem auch sei, ich mag Tiere.«

Lucky rieb sich fester die Nase. »Wann wurdest du geholt?«

»Vor drei Jahren«, sagte sie, dann runzelte sie die Stirn. »Augenblick mal.« Sie zählte mit vor Dreck starrenden Fingern, die genau wie Luckys mit Linien und Kreisen übersät waren. »Vier. Vielleicht fünf. *Vampires of the Hamptons* war gerade angelaufen. Gibt es die Serie noch? Ist Tara jemals mit Jackson zusammengekommen?«

Sein Kopf pochte nun schmerzhaft. »Die habe ich nie gesehen.«

Pikas Miene verdüsterte sich.

»Hör mal«, versuchte er es erneut. »Hast du etwas von einem Mädchen namens Cora gehört? Sie hat lange blonde Haare und ...«

»Sie sagten, du könntest auch gut mit Tieren umgehen«, unterbrach Pika ihn. Unverfroren packte sie seine Hand und führte ihn an der Wand mit den Käfigen zu einem Korridor mit mehreren Türen, hinter denen es nach ungewaschenen Füßen roch. Es gab ein Untersuchungszimmer, eine Vorratskammer für Tierfutter und einen Waschraum samt Dusche und Abfluss im Boden – die angesichts von Pikas Ausdünstungen anscheinend nicht sonderlich häufig benutzt wurde. Lucky hätte nie geglaubt, dass ihm jemals dieser Gedanke kommen konnte, aber er vermisste fast ihren Käfig. Zumindest hatte es dort nicht gestunken.

Pika ging zum Ende des Korridors und schob vorsichtig eine knallrote Tür auf. »Guck mal«, flüsterte sie. »Aber pass auf, dass sie dich nicht sehen.«

Leise Musik drang durch den Spalt. *Jazz?* Nun ja, nach dem Anblick der vielen wilden Tiere konnte ihn nichts mehr überraschen. Er warf einen Blick durch die Tür und erspähte eine Safari-Lodge, die direkt aus dem Britischen Empire hätte stammen können, mit einer Teakholzbar und Loungemöbeln und – war das dort drüben etwa eine Giraffe? Noch bevor er all die Eindrücke in sich aufnehmen konnte, schloss Pika bereits wieder leise die Tür.

»Das ist die Lodge«, sagte sie. »Dort arbeiten Dane und Makayla und die anderen, die wichtigen Leute. Du und ich, wir bleiben hier bei den Tieren. Geh niemals durch diese Tür. Verstanden?«

»Äh, ja ...«

»Komm schon.« Sie zerrte ihn den Gang zurück in den Zellentrakt. Die Löwin war erwacht und ließ den Schwanz träge hin und her peitschen. »Mit welchen Tieren hast du früher gearbeitet?«

»Ich habe auf einer Ranch gewohnt«, erwiderte er blinzelnd. Die Farm seines Großvaters wirkte so unendlich weit weg. Er konnte sich kaum mehr die Scheune ins Gedächtnis rufen, in der sein Motorrad im ersten Stall auf der rechten Seite gestanden hatte. »Hühner, Pferde, Hunde. Eine streunende Katze.«

»Die haben wir hier nicht«, sagte Pika und stieg eine kurze Metalltreppe zur oberen Reihe der Käfige hoch, wo sie vor den Gittern der Löwin in die Knie ging und ihr etwas Trockenfutter zuwarf, das nach verschimmeltem Brot roch. »Ich habe gehört, dass es irgendwo eine Farm-Menagerie geben soll oder vielleicht war es ein Rodeo. Wie dem auch sei, hier geht es ums Jagen.« Sie schwang sich von der oberen Etage herab und landete mit einem dumpfen Platschen auf den Füßen.

»Du meinst, die Kindred *jagen* diese Tiere?«

Pika kicherte. »Nun ja, das ist doch Sinn und Zweck des Ganzen, oder? Immerhin finden hier Safaris statt. Jede dieser Menagerien hat sich auf einen Bereich spezialisiert, der den Kindred hilft, ihre Emotionen auszuleben. Kämpfen oder trinken oder Autorennen fahren ... Hier ist es das Jagen.«

Lucky umklammerte die Gitter des nächsten Käfigs, um nicht das Gleichgewicht zu verlieren. »Ich dachte, sie wollten niedere Spezies beschützen. Das verstößt doch gegen ihren Moralkodex.«

»Sie *töten* die Tiere nicht wirklich«, erklärte Pika, als wäre er etwas schwer von Begriff. »Die Gewehre sehen wie die auf der Erde aus, aber sie sind anders. Die Kindred benutzen *die* hier anstelle von Kugeln.« Mit einem Seufzen kramte Pika in ihrer schmutzigen Safarikleidung und holte etwas aus einer der vielen Taschen, das an eine benutzte Feuerwerkshülse erinnerte. »Das setzt die Tiere außer Gefecht. Lässt sie bewusstlos werden. An der Einschussstelle bluten sie ein bisschen, aber das ist alles. Sie bringen sie zurück zur Lodge, machen auf der Bühne ein großes Tamtam wegen der erlegten Beute, alle müssen tosend applaudieren, und dann laden sie die Tiere hier hinten für dich und mich ab, damit wir sie für die nächste Jagd wieder aufpäppeln.« Sie blinzelte ihn aus großen Augen an, als würden ihre Worte Sinn ergeben. »Verstehst du? Das ist human. Sie töten sie nicht. Falls sie ihnen wehtun, pflegen wir sie einfach wieder gesund.«

Luckys Hand krallte sich fester um die Gitterstäbe, bis seine Fingerknöchel weiß waren. Seine Gedanken glitten wiederum zur Farm seines Großvaters, und diesmal waren seine Erinnerungen klarer. Er sah seinen Großvater über den Hof humpeln, wo er den Hühnern Küchenabfälle hinwarf und Eier einsammelte. Wenn die Hennen zu alt zum Eierlegen wurden, schlachtete sein Großvater sie und fror das Fleisch für den Winter ein. Jeder einzelne Tod hatte Lucky getroffen, aber aus irgendeinem Grund kam ihm das Schlachten humaner vor als das hier.

Ein Poltern drang aus dem langen Korridor. Leise Jazzmusik wehte den Gang hinab.

Pika grinste. »Komm mit!«, rief sie und hastete den Korridor hinunter, wo die rote Tür aufgehalten wurde. Zwei Menschen, ein Junge und ein Mädchen in Safariuniform, zerrten einen schweren Jutesack hinter sich her. Interessiert beäugten sie Lucky.

»Sie haben wirklich jemanden gefunden, der dir hier hinten hilft?«, zog der Junge Pika auf. Er hatte einen australischen Akzent und eingefallene Wangen, die auf Unterernährung hindeuteten.

»Und er ist hübsch«, sagte das Mädchen in demselben Akzent, während sie Lucky überrascht von oben bis unten musterte und sich an einer Wunde am Hals kratzte. »Hat immer noch alle Finger und Zehen. Erste Wahl, nicht wie wir, Ausschussware. Was, bist du etwa aus einem Gehege geflogen?«

Lucky ließ seine Knöchel knacken. »So etwas in der Art.«

»Ich bin Jenny. Das ist mein Bruder Christopher. Und das hier …« Mit dem Zeh stupste sie den Jutesack an. »Ist Roger.«

Beim Anblick des Bluts, das durch den Sack sickerte, wäre Lucky fast das Herz stehen geblieben.

»Dann mal los! Dane bekommt einen Anfall, wenn wir nicht gleich zurück sind.« Jenny packte ihren Bruder an der Jacke, und die beiden drehten sich zur Lodge um. Lucky reckte den Hals, um einen Blick auf die anderen Menschenkinder zu erhaschen, in der Hoffnung, Cora unter ihnen zu finden, doch die Tür zum öffentlichen Bereich der Menagerie schloss sich im nächsten Moment mit einem dumpfen Knall. Pika streckte den Arm aus und drückte Luckys Bizeps, was ihn erschrocken auffahren ließ. Sie kicherte. »Du bist stark. *Du* trägst Roger.«

Wie benommen kniete sich Lucky neben den Leinensack, dann begann er, ein Ende hochzuheben, musste bei dem stechenden Geruch von Blut jedoch würgen. Er folgte Pika den Korridor hinab zu einem kleinen Zimmer mit einem verstopften Abfluss im Boden, an dessen Wänden medizinische Instrumente hingen. Pika zeigte auf die Mitte des Raums, wo er den Sack ablegen sollte. Mit geschickten Händen öffnete sie ihn, und Fell kam zum Vorschein, das Lucky sogleich erkannte.

»Ein Rotluchs?«, fragte er erleichtert. »Herrgott, ich dachte, es wäre ein Mensch!«

»Jenny hat ihn Roger getauft.« Pika begann, leise vor sich hin zu murmeln, während sie in einem Wandschrank nach medizinischen Geräten wühlte.

Blut ergoss sich aus einer tiefen Wunde an der linken Schulter des Rotluchses. Seine Augen waren offen und glasig, seine Brust bewegte sich nicht. Lucky hätte darauf gewettet, dass das Tier tot war.

»Jetzt schau zu!« Pika zog ein Gerät heraus, das wie ein Plastikfeuerzeug mit einem langen Griff aussah. Dann zog sie ein zerlumptes Stück Stoff aus einem Mülleimer und wischte dem Rotluchs das Blut von der Schulter, bevor sie das Feuerzeug über die Wunde hielt und einen Knopf drückte. Das Gerät begann zu surren. Lucky kam es vor, als wäre Pika diese Kindredtechnologie beigebracht worden, wie man einem Kleinkind zeigte, eine Mikrowelle zu bedienen: Präg dir ein, welche Knöpfe du drücken musst, ohne dass du auch nur das geringste Verständnis hast, wie die Maschine tatsächlich funktioniert.

Das Gerät brummte lauter und verstummte dann mit einem Mal. Pika zog im nächsten Moment eine der benutzten Feuerwerkshülsen aus der Schulter des Luchses. Als sie erneut mit den Fingern über die Wunde strich, war diese rot, hatte sich aber bereits geschlossen.

»Jetzt kommt der wichtigste Teil«, sagte sie und streichelte dem Rotluchs über den Stummelschwanz. »Du musst unbedingt darauf achten, dass sie in ihrem Käfig sind, bevor du sie aufweckst. Andernfalls steckst du in echten Schwierigkeiten. Zumindest bei den großen Tieren. Roger ist allerdings zahm.«

Pika schnappte sich die Vorderbeine des Luchses und zerrte ihn zurück in den Hauptraum zu seinem Käfig, der gerade einmal hoch genug war, dass das Tier darin aufrecht stehen konnte, mit einem Wassertrog und Trockenfutter in der Ecke. Sie verschloss die Tür, dann griff sie durch die Gitterstäbe und hielt dem Luchs eine kleine Kompresse an die Nase.

Grinsend tippte sie sich an die eigene. »Das hier verströmt einen Geruch, der sie aufweckt. Es dauert nur ein paar Minuten. Es gibt auch Kapseln, die das Gegenteil bewirken, wenn man eines der Tiere beruhigen muss.«

Pika murmelte wieder leise vor sich hin, während sie den Rest des Bluts vom Boden aufwischte. Das Resultat ließ zu wünschen übrig, überall waren noch rote Flecken zu sehen. Lucky spähte in den Mülleimer, in den Pika den dreckigen Lappen geworfen hatte, und entdeckte Hunderte weiterer Lumpen, allesamt mit Blut getränkt.

Entgeistert starrte Lucky zum Rotluchs. Die Verletzung mochte zwar innerlich geheilt sein, aber die Stelle sah immer noch wund und schmerzhaft aus.

Der Rotluchs öffnete benommen ein Auge, langsam und blinzelnd. Pein lag in seinem getrübten Blick, und mit einem Mal war Lucky zurück auf der Farm seines Großvaters. Genau denselben Ausdruck hatte er bei den Pferden seines Großvaters gesehen, die krank oder schwer verletzt gewesen waren. Aber das war etwas anderes gewesen. Krankheiten waren unausweichlich, manchmal lahmte eines der Tiere, aber hier … das war purer *Sadismus*.

Er umfasste mit seinen Fingern die Gitterstäbe des Käfigs, der ihm am nächsten war, und drückte so fest zu, dass seine Gelenke schmerzten. Die Kindred hatten ihm nach seiner Entführung die zerschmetterte Hand geheilt, und nun stand er kurz davor, sie aus Zorn mutwillig erneut zu zertrümmern.

Da erregte etwas am Boden der leeren Nachbarzelle seine Aufmerksamkeit. Ein Buch. *Ruf der Wildnis*. Und aus einer Box in der Ecke ragten ein Stück Decke und eines dieser altmodischen Fangbecherspiele heraus. Sein Kopf wirbelte zu Pika zurück. »Sie halten auch *Menschen* in diesen Käfigen?«

Das Mädchen kaute auf der Spitze ihres Zopfs herum. »Natürlich. Wir schlafen alle hier.«

Ihre Worte drangen nur schleppend in sein Bewusstsein. Sie alle – Menschen und Tiere, als gäbe es keinen Unterschied. Und vielleicht gab es für die Kindred auch keinen.

Die Augen des Rotluchses waren nun beide geöffnet, und er atmete gleichmäßig, machte sich jedoch nicht die Mühe aufzustehen. Warum sollte er auch? Wahrscheinlich hatte er diese Prozedur schon Dutzende Male erlebt. Ein endloser Kreislauf, der immer in Schmerz endete.

War dies nun sein Leben? Im Dreck schlafen? Die Schweinerei der Kindred wegputzen? Luckys Atem kam rasch und unstet, als er seine Fingernägel musterte und sich fragte, wie lang es dauern würde, bis sie so eingerissen und ungepflegt wie die der restlichen Jugendlichen hier aussahen.

Der Rotluchs blinzelte.

»Du sagtest, die Kindred jagen mit Gewehren?«, fragte Lucky.

Pikas Gemurmel verstummte. Sie kaute fester auf ihrem Zopf herum, während ihr Blick ängstlich zur roten Tür huschte, die zur Lodge führte. »Komm bloß nicht auf dumme Gedanken. Im Gegensatz zu den Kindred können wir die Gewehre nicht bedienen. Wenn du versuchst, den Abzug zu drücken, passiert rein gar nichts. Glaub mir, wir haben es alle schon versucht.« Sie kicherte wieder, diesmal vor Nervosität. »Die Kindred sind nicht dumm.«

Lucky beobachtete, wie der Rotluchs langsam die Augen schloss. Erschüttert sank er neben dem Tier zu Boden und wollte das Gesicht vor Pika verbergen, während sein Atem immer schneller ging und er vergebens versuchte, seine Panik hinunterzuschlucken. Es gab keinen Weg zurück nach Hause – das hatte ihn der misslungene Fluchtversuch gelehrt. Weder für ihn. Noch für Pika. Noch für eines dieser Tiere.

Lucky streichelte sanft das räudige Fell des Rotfuchses und wünschte, er könnte mehr für ihn tun. Er wünschte, er könnte *irgendetwas* tun. Denn wenn die Kindred Tiere zum Vergnügen jagten, was würden sie dann mit Menschen anstellen?

Die Tür zur Lodge öffnete sich, und zwei Kindred trugen versiegelte Kisten herein. Pika sprang auf und zerrte an Luckys Jacke. »Frische Vorräte!«, rief sie, das Gespräch über die Gewehre hatte sie offenbar längst vergessen. »O Mann! Manchmal gibt es Salzblöcke für die Tiere, aber wir dürfen auch mal schlecken. Die sind *so* gut. Wie Kartoffelchips. Nur ohne Kartoffeln. Im Grunde also einfach Salz, denke ich.« Ihre Worte wurden immer leiser, während sie aufgeregt in sich hineinmurmelte und Lucky zum Fütterungsraum zog.

Die Kindred stellten die Kisten ab. »Seid ihr zwei die Einzigen hier hinten?«, fragte einer.

»Ja!«, erwiderte Pika und riss bereits die erste Kiste auf.

»Ihr verlasst den Raum erst, wenn sämtliche Vorräte weggeräumt sind.« Die Kindred tauschten einen langen Blick aus, bevor sie die Tür fest hinter sich schlossen.

4 Cora

Die *Prüfung*.

Beim Klang des Wortes, das Cassian eben ausgesprochen hatte, hob Cora eine Augenbraue. »Warum hört sich das verdächtig nach etwas an, das mich umbringen wird?«

Cassian bedeutete ihr, ihm in den Alkoven zu folgen, wo sie sich ungestört unterhalten konnten. Durch die Schiebetür konnte sie immer noch die Musik hören und die Brise auf ihrer Haut spüren, aber sie waren allein.

»Die Prüfung«, erklärte er, »ist eine Abfolge an Tests, um Spezies in vier Kategorien von Intelligenz zu bewerten. Sie wird vom Daten-Algorithmus erstellt, der als unparteiischer Dritter fungiert. Da es ein Computerprogramm ist, kann er nicht von äußeren Faktoren beeinflusst werden.«

»Und was hat das mit mir zu tun?«

Der Ausdruck auf Cassians Gesicht wurde sanfter. »Alles. Es ermöglicht der Menschheit, ihr Können unter Beweis zu stellen und ihre Freiheit zurückzugewinnen.« Er zögerte kurz. »Allerdings sind die Rätsel in der Prüfung sehr anspruchsvoll, wenn nicht gar gefährlich. Wären die Tests leicht, würden sie keinerlei Sinn machen. Ursprünglich wurde die Prüfung vor anderthalb Millionen Rotationen ins Leben gerufen, als es erst zwei intelligente Spezies gab: die Gatherer und die Axion. Die Gatherer hatten mein Volk schon lange zuvor unter ihre Fittiche genommen und uns gelehrt, unseren Geist und Körper im Laufe vieler Generationen weiterzuentwickeln, bis wir die ersten paranormalen Grundfertigkeiten erlernt hatten. Sie wollten uns in die Gemeinschaft der intelligenten Spezies aufnehmen, doch die Axion zweifelten an unseren Fähigkeiten. Sie sind ein uraltes Volk, verschlossen und misstrauisch. Und so wurde die Prüfung erfunden, um herauszufinden, ob wir ihrer würdig sind. Und schließlich wurden die Kindred als die dritte intelligente Spezies eingestuft.«

»Dann gehe ich wohl recht in der Annahme, dass die Mosca die vierte waren. Sie haben die Prüfung ebenfalls bestanden?«

Bei der Erwähnung der Mosca schauderte Cassian leicht, als hätte er etwas Verdorbenes gerochen. »Letzten Endes ja. Trotz all ihrer Fehler verfügen die Mosca über einen sechsten Sinn. Die Tests in Bezug auf Moral hingegen fielen ihnen sehr schwer. Sie benötigten neun Anläufe, bis einer von ihnen seinen angeborenen Hang zum Stehlen lang genug zügeln konnte. Andere Spezies waren nicht so erfolgreich. Die Conmarines. Die Scoates. Und ein halbes Dutzend weitere, in Sektoren, die sehr weit entfernt liegen. Selbst ein Schimpanse hat es einmal versucht – die Axion hatten Experimente an ihm durchgeführt, um seine Intelligenz zu erhöhen. Doch sie alle fielen durch den Telepathie-Test.«

Er holte ein Gerät aus der Tasche und drehte es an einem Ende. »Es funktioniert so.« Lichtlinien schossen heraus, die sich mit unvorstellbarer Geschwindigkeit auf der Oberfläche des Tischs ineinander verwoben und verschlungene Muster formten. »Die Prüfung findet in einem Kontroll-Modul statt, einem riesigen Raumschiff, genau wie unsere

Märkte und wissenschaftlichen Bereiche und privaten Gemächer eigenständige, miteinander verzahnte Raumschiffe sind. Es reist von Raumstation zu Raumstation, von Planet zu Planet, um sicherzustellen, dass jede niedere Spezies der bekannten Galaxien dieselbe Chance hat, die Prüfung abzulegen. Das ist der Grund, warum es nur jede sechshundertste Rotation an unserer Raumstation andockt – es gibt viele, sehr weit entfernte Galaxien, die es anfliegen muss. Die Prüfung besteht aus vier Kategorien mit jeweils drei Tests, insgesamt also zwölf.« Die Lichtlinien verflochten sich ineinander und formten Gebilde, die sich schließlich zu Räumen und Zimmern materialisierten. Cora erkannte, dass sie einen dreidimensionalen Bauplan vor sich hatte. Sie streckte den Arm aus, um das Bild zu berühren, und erwartete, nur die Wärme einer holografischen Projektion zu spüren, doch ihre Finger stießen auf echte Oberflächen. Überrascht zog sie die Hand weg.

»Das ist eine Nachbildung des Prüfungs-Moduls. Siehst du die zwölf Räume? Der Kandidat muss jedes Zimmer der Reihe nach betreten. Sobald ein Rätsel gelöst ist, wird der Raum den Zugang zum nächsten freigeben. Es versteht sich von selbst, dass der Schwierigkeitsgrad kontinuierlich zunimmt.«

Cora beugte sich vor, fasziniert von dem Muster aus pulsierendem Licht und von dem, was es bedeutete – eine Chance, ein *Ziel*. Während sie die Konstruktion wie gebannt beäugte, tauchte eine kleine, holografische Gestalt, nicht größer als ihr Daumennagel, im ersten Zimmer auf, das mit einem Mal in einem weichen Rotton leuchtete. Die Figur glitt ins nächste Zimmer, das Grün flimmerte.

»Die Farben symbolisieren die unterschiedlichen Arten

von Rätseln in jedem Raum«, fuhr Cassian fort. »Rot steht für paranormale Rätsel. Grün für intellektuelle. Gelb für körperliche Tests. Und Blau für moralische.« Sie beobachteten, wie die Figur durch alle zwölf Räume schritt, die jeweils in einer der vier Farben aufleuchteten. »Was du hier siehst, ist die schematische Zeichnung der letzten Prüfung, die vor sechshundert Rotationen auf unserer Raumstation stattfand – vor etwa zwanzig Jahren. Vier Menschen und zwei Scoates nahmen daran teil, alle ohne Erfolg. Nach jedem Versuch verändern sich die Rätsel innerhalb der Prüfung. Im Voraus kennen wir weder die Reihenfolge der Tests noch die spezifischen Fähigkeiten, die dem Prüfling abverlangt werden.«

Auf der anderen Seite der Schiebetür erscholl die Ankündigung einer weiteren Safari. Cora warf einen Blick durch den Spalt in Richtung Lounge, wo sie gerade noch die Worte des blonden Barkeepers vernehmen konnte. »Das hört sich ziemlich gefährlich an«, seufzte sie.

»Das ist der Grund, weshalb ich eine Vielzahl an Rätseln in euer früheres Gehege eingebaut habe. Damals konntest du es nicht wissen, aber ich wollte jeden von euch vorbereiten. Die Tests, mit denen euer Intellekt bestimmt wird, könnten in Form eines Anagramms gestellt werden wie im Süßwarenladen oder wie beim Zahlenrätsel im Spielwarengeschäft. Bei den sportlichen Tests musst du vielleicht klettern, wie im Wald. Oder wie beim Rodeln Gleichgewichtsübungen bestehen.« Er hielt inne. »Doch es gibt einen wesentlichen Unterschied. In deinem früheren Gehege war alles sicher. Wenn ihr beim Baumwipfelspiel heruntergefallen seid, hat euch ein Bett aus weichen Kiefernnadeln aufgefangen. Wenn ihr euch im Wüstenlabyrinth verirrt habt, gab es ausreichend Wasser und Schatten. Doch das waren lediglich Trainingsprogramme. Bei der richtigen Prüfung gibt es kein Sicherheitsnetz. Wenn du fällst, fällst du.«

Coras Magen verkrampfte sich. »Und du glaubst wirklich, diese Rätsel haben mich ausreichend vorbereitet?«

»Das wollen wir hoffen.« Angesichts der Besorgnis, die sich in Coras Miene abzeichnete, fügte er rasch hinzu: »Ich hätte weder dich noch einen der anderen möglichen Kandidaten ausgewählt, wenn nicht außergewöhnliche Fähigkeiten in euch steckten. Menschen zeigen bereits großes Potenzial, was ihre physische, intellektuelle und moralische Entwicklung anbelangt. Es sind vor allem ihre übersinnlichen Fähigkeiten, die weiter geschult werden müssen. Uns bleiben nur etwas über zwei Rotationen, bevor das Prüfungs-Modul die Raumstation erreicht. Der Vorgang des Andockens dauert etwa ein Drittel einer Rotation, ungefähr drei Tage. Alles in allem bleiben uns zur Vorbereitung ungefähr dreißig Tage.« Als Cassian erneut auf das Gerät drückte, fiel der Bauplan in sich zusammen und erlosch.

Blinzelnd starrte Cora auf den leeren Bildschirm. Cassians Worte jagten ihr ein Kribbeln den Rücken hinab. In ihr keimte Hoffnung auf, und sie war wild entschlossen, diese Chance mit beiden Händen zu packen – doch dann sah sie dasselbe Aufflackern von Aufregung in Cassians Gesicht, und ihre Begeisterung erstarb.

»Vergiss es«, sagte sie. »Ich muss das alles nicht wissen, weil ich bei der Prüfung nicht antreten werde. Für dich ist das nur ein Spiel, bei dem du uns wie Schachfiguren hin und her schiebst.«

»Du verstehst nicht, welche Bedeutung ihr habt. Bis zur nächsten Prüfung wird so viel Zeit verstrichen sein, dass die Entwicklung der Menschheit längst kein aktuelles Thema mehr ist. Doch anstatt sie zu unterstützen, wird der Rat sie in Ketten legen. Es muss uns gelingen, bevor sie euer Potenzial erkennen und solange sie noch glauben, eure Teilnahme stelle keinerlei Risiko dar. Es muss jetzt sein. Es muss bei *dieser* Prüfung geschehen. Du brauchst einen Bürgen, der bin natürlich ich. Nur so wird all das hier überhaupt möglich.«

Cora verschränkte die Arme fest vor der Brust und versuchte möglichst gleichgültig zu wirken, obwohl die Prüfung immer noch einen unwiderstehlichen Reiz auf sie ausübte. »Dann such dir ein anderes Mädchen, das daran teilnimmt.«

»Es gab andere Kandidaten – Anya, um nur eine zu nennen –, aber bei keinem von ihnen hat es geklappt. Selbst wenn ein anderer Mensch im Moment das Potenzial hätte, bliebe ihm nicht genügend Zeit, um seine Fähigkeiten ausreichend weiterzuentwickeln. Du bist unsere einzige Chance.« Er zögerte. »Ich möchte, dass du es bist, Cora.«

Beim Klang ihres Namens, nicht in seiner monotonen Stimme, sondern so gefühlvoll wie damals am Strand in der Brandung, begann ihre Haut gefährlich zu kribbeln.

Sie wandte sich abrupt ab. »Ich brauche keine Tests oder Bürokraten oder ein Punktesystem, das mir beweist, dass Menschen intelligent sind.« Sie schleuderte die Schiebetür vor dem Alkoven auf. In der Lounge neigten sich die Feierlichkeiten der Jagd ihrem Ende zu. Ein Mädchen mit dunkelbrauner Haut stand auf der Bühne und steppte zur

Musik, einen Verband ums Knie und wie Cora gekleidet, nur dass ihr Kleid kürzer war. Jedes Mal, wenn sie das Knie anwinkeln musste, zuckte sie vor Schmerz zusammen. Cora wollte schon zur Lodge eilen, da schob Cassian entschlossen die Tür wieder zu.

Er beugte sich zu ihr, nicht mehr so steif wie vorhin, doch der geduldige Blick in seinen Augen war verschwunden. »Ich kann dich nicht zwingen, an der Prüfung teilzunehmen, aber lass dir die Sache gut durch den Kopf gehen, bevor du eine Entscheidung triffst.« Dann entspannten sich seine Gesichtszüge, und er nahm ihre Hand, verschränkte seine Finger mit ihren und drehte ihre Handfläche nach oben. »Das ist kein Spiel«, sagte er nachdrücklich. »Das war es noch nie.«

Die Tätowierungen auf ihrem Handgelenk schienen plötzlich noch nachdrücklicher darauf hinzuweisen, dass sie eine Gefangene war und es ewig sein würde.

Cora zog hastig die Hand zurück, auch wenn es ihr nicht gelang, das Kribbeln vollkommen auszublenden. »Da versuche ich mein Glück doch lieber bei den wilden Tieren.«

Noch während sie die Worte aussprach, wusste sie, dass es nicht ganz die Wahrheit war.

Die Definition von stur, hallte Charlies Stimme in ihrem Kopf wider, *ist zu wissen, was das Richtige ist, es aber trotzdem nicht zu tun, nur um seinen Standpunkt zu verdeutlichen.*

Wutentbrannt riss sie das Kleid an sich.

Sei still, Charlie, dachte sie im Stillen, heilfroh, dass eine Erinnerung nicht antworten konnte.

5 Cora

Cora ging in einen anderen Alkoven, um sich das goldene Kleid anzuziehen, und als sie herauskam, hatte die Tänzerin auf der Bühne ihre Nummer beendet und ließ sich auf einen Hocker am Ende der Bar plumpsen. Gierig trank sie Wasser aus einem trüben Glas und schüttelte den Kopf über etwas, das der Kindred auf dem Barhocker neben ihr gesagt hatte. Cora erkannte in ihm denjenigen mit den unheimlichen, eingesunkenen Augen wieder. Der Gast holte einen goldenen Chip aus der Tasche, der im Laternenlicht aufblitzte. Die Tänzerin ließ den Kopf noch weiter sinken, während sie ihr verletztes Knie massierte, doch dann steckte sie den Chip laut seufzend ein. Der Kindred tätschelte ihr den Kopf, als wäre sie ein Hund.

Cora drehte sich der Magen um. Im Käfig war sie zwar ununterbrochen beobachtet worden, aber es hatte zumindest Wände gegeben. Die Kindred hatten sie ansehen, allerdings nicht berühren können. Hier gab es keinen Schutz. Nichts, was die Kindred abhielt, alles, was sie mit ihren menschlichen Haustieren anstellen wollten, auch wirklich in die Tat umzusetzen. Und dem Verband um das Knie der Tänzerin und den unordentlichen Haarschnitten der anderen Jugendlichen nach zu urteilen, waren die Kindred am Wohlergehen ihrer Haustriere nicht sonderlich interessiert.

Cassian zeigte auf die leere Bühne.

»Soll ich etwa singen?«, fragte Cora ungläubig. »Jetzt schon?«

»Das hier ist nicht wie in deinem früheren Gehege. Es gibt keine Eingewöhnungszeit. Entweder du singst, oder du verhungerst.« Er streckte die Hand aus, um ihr aufs Podest zu helfen, doch sie schlug sein Hilfsangebot aus und betrat die Bühne. Sie huschte mit ihren nackten Füßen über groben, knirschenden Sand und etwas widerlich Klebriges. Cora hob den Saum ihres goldenen Kleids an und versuchte, nicht zu lang auf die Flecken auf der Bühne zu starren.

»Was soll ich singen?«

»Was du willst«, erwiderte Cassian. »Wir besitzen keine eigene Musik. Für uns klingt alles gleich. Angenehm, aber unbestimmbar.«

Cora starrte über das Mikrofon zu den Tischen, die jetzt in Schatten gehüllt waren. Als sie mit der Hand die Augen beschirmte, konnte sie schemenhaft die Tänzerin sehen, die in der Mitte des Raums, die Arme um den Kindred gelegt, langsam mit ihm tanzte.

Cassian schickte sich an, zur Tür zu gehen.

»Warte«, flüsterte Cora, die Hand über dem Mikrofon. »Du willst mich einfach hier zurücklassen?« Er war ein Monster, aber zumindest ein Monster, das sie kannte.

»Meine Pflichten als Kommandant endeten nicht, nachdem ihr versucht habt, aus dem Gehege zu fliehen. Wir sind dabei, neue Schützlinge in die Anlage umzusiedeln. Diesmal jüngere Kinder aus geschützten Reservaten, in denen sie großgezogen wurden. Wir haben die Hoffnung, sie könnten sich besser als deine Gruppe an die Gegebenheiten anpassen, da sie die Erde nicht kennen. Regel drei wird zwar so lange ausgesetzt, bis sie älter sind, doch das ist ein zu vernachlässigendes Opfer.«

»Du meinst, es sind kleine Kinder?«, fragte sie.

Er nickte.

Ihr Magen krampfte sich wieder zusammen.

»Du findest es moralisch verwerflich, Kinder zu benutzen«, schlussfolgerte er. »Wenn es dir nicht gefällt, dann arbeite mit mir zusammen, um das System zu verändern. Denk über meine Worte nach. Dieser Ort hier ...« Er blickte auf den schmutzigen Boden. » ... wird dir die nötige Einsicht vermitteln. Du wirst bald erkennen, dass ich recht habe. Falls du die Hoffnung hegen solltest, dein Leben besser zu gestalten, ist die Prüfung deine einzige Chance. Ich werde zurückkehren, sobald meine Pflichten es mir erlauben, um nachzusehen, ob du deine Meinung geändert hast.«

Sie erwiderte nichts. Mit schnellen Schritten schlängelte sich Cassian an den Tischen vorbei und verschwand im Gewirr aus Tunneln, unterwegs zu seinem Leben, seiner Arbeit, seiner Verantwortung, die nichts mehr mit ihr zu tun hatten.

Einen Moment lang war es in der Lodge vollkommen still. Die Scheinwerfer stachen Cora in die Augen, und sie musste blinzeln, um etwas zu sehen. Die Jungen an der Bar und das Mädchen, das mit dem Kindred tanzte, starrten sie erwartungsvoll an.

Zögerlich klopfte Cora auf das Mikrofon und musste husten angesichts der Staubwolke, die aufstob.

Das Mikrofon wirkte altmodisch und erinnerte an das von Radiosprechern in alten Filmen, doch es gab kein Kabel. Eine künstliche Nachbildung, genau wie die Scheinwerfer, die ihr in die Augen schienen, und der Geruch nach süßlichen Cocktails, die an der Bar serviert wurden. Cora verlagerte das Gewicht, nicht gewohnt an das Gefühl, wie sich der Stoff an ihren Körper schmiegte.

Vor ihr lag das Publikum im Schatten. Weitere Kindred waren gekommen, und nun erfüllten die Geräusche eines guten Dutzend wartender Gäste die Stille. Alle trugen nachgemachte menschliche Kleidung, bis auf zwei Kindred-Soldaten in schwarzer Uniform, die hinaus in die Savanne traten. Schweiß rann Cora den Rücken hinab, während sie sich erneut räusperte.

»Den Sternen so nah, glaubte ich es erst, als ich es sah …« Ihre Stimme hallte lauter in den Ecken der Lodge wider, als sie erwartet hätte. Die beiden Barkeeper hörten mit dem Mixen von Getränken auf und drehten sich überrascht um, als hätten sie seit Jahren keinen Gesang mehr gehört.

»Am nächtlichen Firmament, von Freunden und Familie getrennt …«

Das Geräusch eines Fahrzeugs brummte in der Ferne. Stühle quietschten, als die Kindred die Köpfe in Richtung der Savanne drehten, mehr an der jüngsten Jagd interessiert als an ihrem Lied, und aus einem nicht nachvollziehbaren Grund ärgerte sich Cora.

»Nicht zu wissen, warum, umgeben von *Monstern* …«

Sie wusste, dass sie hoch pokerte, doch die Kindred achteten überhaupt nicht mehr auf sie. Anscheinend hatte Cassian recht: Trotz ihrer Intelligenz waren sie taub für unterschwellige Botschaften.

Der Gong ertönte, das Zeichen für die Rückkehr einer Safari. Doch dann läutete es noch einmal. Und noch einmal, willkürlich, als wäre jemand versehentlich gegen die Glocke gestoßen. Einer der Kindred rief etwas, auch wenn Cora die Worte nicht verstand. Ein paar Gäste sprangen auf und rannten zur Flügeltür, um zu sehen, was den Aufruhr verursachte. Cora stellte sich am Rand der Bühne auf die Zehenspitzen und versuchte, über die Köpfe der Kindred hinweg zu spähen.

Und dann, plötzlich, teilte sich die Gästeschar. Die zwei uniformierten Soldaten, die Cora vorhin aufgefallen waren, zerrten einen Menschenjungen die Verandatreppe hinauf. Er war groß, mit dunklem Teint und kurzen Haaren und trug eine Safariuniform samt gegerbten Lederhandschuhen. Um den Hals baumelte eine Motorradbrille, die aus dem letzten Jahrhundert zu stammen schien.

»Es ist noch nicht so weit!«, schrie er und stemmte sich gegen die Wachen. »Es ist zu früh!«

Cora warf einen Blick zu den Barkeepern, die den Tumult besorgt beobachteten, jedoch keine Anstalten machten, dem Jungen zu helfen. Drei weitere Jugendliche kamen die Stufen von der Savanne herauf, unter ihnen der dürre Junge und das Mädchen von vorhin, in ihren nun noch staubigeren Safariuniformen und mit weit aufgerissenen Augen, die dem kreischenden Jungen nachstarrten.

Der Blick des Jungen suchte den des blonden Barkeepers. »Dane! Erzähl es den anderen. Wir wurden alle angelogen und …« Eine der Wachen rammte dem Jungen einen Apparat in die Seite, woraufhin er sogleich bewusstlos zusammenbrach. Die beiden Soldaten zogen ihn zu einer roten Tür hinter der Theke. Einer der Barkeeper wollte ihnen folgen, doch der andere – Dane – streckte die Hand aus und hielt ihn auf.

Für einen Moment war es in der Lodge vollkommen still.

Verwirrt sah sich Cora um und hoffte auf eine Erklärung. Die Gäste wirkten aufgewühlt, wenn auch nicht sonderlich überrascht. Ein Raunen ging durch die Kindred, deren Mienen angesichts des Jungen zu übertrieben mitleidvollen Grimassen verzerrt waren.

Ein Geschirrtuch traf Cora, und sie fuhr erschrocken zusammen.

»Sing, kleiner Singvogel«, befahl der Barkeeper, der Dane hieß. »Lenk sie ab.«

Aber Cora war wie erstarrt, stand mit weit geöffnetem Mund da, zu nichts fähig. Kein Ton drang aus ihrer Kehle. Kein einziger Liedtext kam ihr in den Sinn. Es war alles zu viel. Sie war allein, gezwungen, auf einer Bühne zu stehen, und musste hilflos mitansehen, was diesem Jungen gerade Schreckliches widerfuhr. Und obendrein erdreistete sich Cassian, ihr zu sagen, dass *sie* für die Befreiung der Menschheit verantwortlich wäre.

Dane verdrehte die Augen und gab ihr mit einer Kopfbewegung zu verstehen, dass sie von der Bühne verschwinden sollte. Er legte eine Schallplatte auf und befahl dem tanzenden Mädchen, auf die Bühne zu kommen. Sobald sie am Mikrofon war, schienen die Gäste den Vorfall längst vergessen zu haben und wandten sich ihren Getränken und Gesprächen zu oder begannen wieder langsam zu tanzen.

»Du hast zehn Minuten, um dich zusammenzureißen«, drohte der Barkeeper Cora. »Und dann singst du, wenn ich dir befehle zu singen.«

Der Gast mit den eingesunkenen Augen war nah genug, um ihre geflüsterte Unterhaltung mitzubekommen. Mit schräg gelegtem Kopf starrte er nun in ihre Richtung, als könnte er direkt in die Schatten hinter der Bühne sehen, wo die beiden standen. Er lächelte verstohlen.

Trotz der drückenden Schwüle schlang sich Cora fröstelnd die Arme um den Körper, bis sich jäh eine Hand aus der Dunkelheit hinter ihr löste und sie zwickte.

6 Leon

Wenn es etwas gab, das Leon mochte, dann ein bis zum Rand gefülltes Glas Wodka.

Nicht das teure Zeug. Quantität ging über Qualität, und Bonebreak hatte genug Alkohol. Als Schwarzmarkthändler schien er alles von der Erde oder jedem anderen Planeten beschaffen zu können. Je mehr Leon trank, desto leichter fiel es ihm, den Umstand zu verdrängen, dass Bonebreak einen unglaublich hässlichen Buckel und so starken Mundgeruch hatte, als würde er innerlich verrotten. Und dass er kein Mensch war.

Leon prostete dem Mosca mit der staubigen Flasche zu. »Zum Wohl, Kumpel.«

»Zum Wohl.«

Bonebreaks Stimme kam abgehackt und stockend hinter seiner Maske hervor. Während der zwei Tage, in denen Leon den Mosca nun schon kannte, hatte er kein einziges Mal sein Gesicht oder das von einem von Bonebreaks Handlangern gesehen, die in den Hallen umherhuschten. Nachdem Bonebreak letzte Nacht betrunken das Bewusstsein verloren hatte, hatte Leon versucht, ihm die Maske vom Kopf zu ziehen, um zu sehen, was darunter war. Doch er hatte feststellen müssen, dass sie mit dickem schwarzem Garn am Gesicht des Mosca festgenäht war.

Als Leon die Flasche an die Lippen setzte, runzelte er

überrascht die Stirn. Schon wieder leer. »Ich brauche noch eine«, sagte er. »Diese hier, äh, muss ein Loch haben.«

Stöhnend zog sich Bonebreak auf die Beine, schlurfte zu einem Stapel an Kisten und kramte in einer herum. Er hatte sein Schmugglernest im hintersten Teil einer Ankoppelstelle auf einem der unteren Levels aufgeschlagen, an die sich, den schmutzigen Korridoren und kaputten Lichtern nach zu schließen, niemand mehr zu erinnern schien. Es gab einen gelangweilt aussehenden, rangniederen Kindred, der im vorderen Bereich saß, die Lieferungen für die wenigen Bewohner der Ebene und Bonebreaks steten Fluss an Bestechungen entgegennahm, damit dieser als Erster die Nase in die neu angekommenen Container stecken konnte.

»Ah. Hier.« Der Mosca förderte eine weitere Flasche Wodka zutage, die noch ganz neu und unberührt aussah. »Von der letzten Lieferung.« Er hielt sich die Flasche an die Maske und atmete lautstark ein. »Riecht nach Erde. Verrottete Pflanzen und verbrannte Kohle.«

Leon verlagerte besorgt das Gewicht von einer Seite auf die andere. »Und wann genau kam diese letzte Lieferung an?«

»Kürzlich.«

»Die Kindred behaupten, die Erde wäre gleich nach unserer Entführung zerstört worden. Die Menschen hätten sie zugrunde gerichtet – irgendein Klimawandelscheiß. Stimmt das?«

Bonebreak schnaubte verächtlich hinter seiner Maske, was sich wie ein knarzendes Keuchen anhörte. »Die Kindred glauben, sie könnten das Universum mit ihrer Mathematik erklären. Sie vergessen, dass es das Universum schon lange vor der Mathematik gegeben hat. So wie uns.

Und wir werden auch überdauern, lange nachdem sie im Weltraum zu Staub zerfallen sind.« Mit einem behandschuhten Finger strich er über die verstaubte Kiste, was einen kalkigen Film auf dem Stoff hinterließ.

»Die Erde ... ist also noch da? Echt?«, hakte Leon nach.

Bonebreak hielt den Wodka hoch. »Woher sollte ich den hier denn sonst haben?«

Bilder vom Apartment seiner Schwester Ellie in Auckland stiegen in Leons Erinnerung auf. Eine winzige Wohnung, in der sich immer alle Kinder aus der Nachbarschaft getummelt hatten, aber mit einem Mal vermisste er das ganze Chaos. »Vielleicht könntest du mich das nächste Mal, wenn du hinfliegst, mitnehmen? Du weißt schon, eine kleine Gefälligkeit unter Freunden.« Leon kratzte sich gespielt gelangweilt am Ohr, um seine Worte beiläufig klingen zu lassen.

Bonebreak schnaubte verächtlich. »Netter Versuch. Das letzte Schiff in Richtung Erde ist vor vier Rotationen abgeflogen und wird erst in ... äh ... vierzig Menschenjahren zurück sein.« Er bewunderte die Flasche. »Du wirst wohl mit uns vorliebnehmen müssen.«

Ein mulmiges Gefühl packte Leon und ließ ihn nicht mehr los. Die Kindred schworen, die Erde existierte nicht mehr, die Mosca schworen, sie wäre immer noch da. Er vertraute keiner der beiden Spezies, aber wenn er sich für eine Seite entscheiden müsste, dann würde er die mit dem Alkohol wählen.

Er griff nach der Flasche.

Bonebreak hielt sie knapp außerhalb seiner Reichweite. »Nicht so schnell. Auch meine Gastfreundschaft kennt ihre Grenzen.«

Leon wusste, dass ein endloser Vorrat an Kartoffelchips, Wodka und ein Holzverschlag zum Schlafen zu schön wären, um wahr zu sein. Er hatte auf den Haken gewartet, seit er Bonebreak vor zwei Tagen regelrecht in den Schoß gefallen war und zufällig das Schmugglernest der Mosca entdeckt hatte. Als er vor den Kindred-Wachen weggelaufen war, hatte er eine ihrer telepathisch gesteuerten Türen mit bloßen Händen aufgestemmt und einen Raum voller menschlicher Gegenstände gefunden: Bilderbücher, Stoffwindeln, selbst ein Gitterbett. Babykram. Er hatte sich zwei Tage in dem Kinderbett versteckt, bis er geglaubt hatte, den Verstand zu verlieren, wenn er noch eine Sekunde länger das pinkfarbene Pinguinbettzeug anstarren müsste, und dann war er plötzlich in vollkommener Dunkelheit aufgewacht, umgeben von kalkiger Luft, eingesperrt in dem Gitterbett, das in eine Kiste gepackt worden war und sich nun bewegte. Er hatte sich fast die Hand gebrochen, als er sich einen Weg nach draußen gehämmert hatte, nur um sich in einem klaustrophobischen Tunnelsystem wiederzufinden, das ihn schließlich in die Arme eines buckeligen Außerirdischen in einem roten Overall mit einer über das Gesicht genähten Maske hatte laufen lassen.

Bei Leons erschrockenem Gesichtsausdruck hatte Bonebreak nur gegackert. *Keine Sorge, mein Junge. Jeder Feind der Kindred ist mein Freund.*

Jetzt blinzelte Leon Bonebreaks undurchsichtige Maske an und fragte sich, was der Schmuggler im Gegenzug haben wollte, um ihn nicht an die Kindred auszuliefern.

»Ich weiß, wie der Hase läuft«, sagte Leon. »Überspringen wir also einfach den Teil, wo du behauptest, du würdest nur mein Bestes wollen. Ich kenne Leute wie dich von der Erde. Mein Onkel, zum Beispiel. Raus mit der Sprache, sag, was du willst, dann ist es so gut wie erledigt.« Leon plusterte sich auf, doch Bonebreak beugte sich ungerührt zu ihm und stieß ein leises Zischen aus.

»Weißt du, warum ich Bonebreak genannt werde, Junge?«

Leon sank ein wenig in sich zusammen. »Äh ... ich kann es mir vorstellen.«

»Wirklich? Gut. Ich schlage vor, du setzt deine Fantasie ein, damit ich es dir nicht zeigen muss. Überlass den Kindred das arrogante Gehabe, dann werden du und ich viel besser miteinander klarkommen. Es gibt nur einen Grund, warum ich dich nicht verpfiffen habe.« Er trat mit seinem dünnen Bein in den hochgeschlossenen Stiefeln nach Leon und traf ihn am Knie. »Menschen besitzen Sehnen, die eine gewisse Flexibilität aufweisen, die uns Mosca fehlt. Eine Flexibilität, die dir erlaubt ... wie lautet gleich noch mal das Wort? Ah. Zu kriechen. Das ist der einzige Grund, weshalb du immer noch am Leben bist. Weil du kriechen kannst und wir nicht und das eine nützliche Fähigkeit auf einer Raumstation voller sehr niedriger Tunnel ist.«

Leon starrte den buckligen Mosca aus zusammengekniffenen Augen an. »Ich werde auf gar keinen Fall zurück in diese Tunnel klettern. Da drinnen hat es wie die Pest gestunken, und bei all den verzweigten Gängen verirrt man sich dauernd. Wahrscheinlich würde ich ersticken, irgendwo gefangen zwischen den Ebenen, und verwesen.«

»Das ist unwahrscheinlich.« Bonebreak strich sich über die Kinnpartie seiner Maske. »Die Entsorgungsfallen würden dich umbringen, lange bevor du erstickst.«

»*Fallen?*«

»Es überrascht mich, dass du überhaupt heil aus dem Tunnel rausgekommen bist. Die Fallen sind in willkürlichen Abständen platziert und so programmiert, dass sie von allem, abgesehen von offiziellen Frachtstücken, ausgelöst werden. Sie stoßen ein entflammbares Gas aus, das alles in Brand setzt, was nicht in den Tunnel gehört.«

»So wie ich«, fügte Leon hinzu.

Bonebreak legte den Kopf schräg. »Wie du … wenn du nicht aufpasst.«

Leon kratzte sich im Gesicht, während er leise all die Todesarten vor sich hin murmelte, die auf dieser Station auf ihn lauerten. »Du willst also, dass ich mein Leben riskiere, um für dich zu stehlen? Und wie ein Scheißspion um Sprengfallen krieche?« Nachdenklich strich er sich übers Kinn. »Und was springt für mich dabei heraus?«

Bonebreak kicherte wieder. »Dein Leben.« Bonebreaks Handlanger, die in einer Ecke des Raums kauerten, gackerten ebenfalls.

»Nun ja, ich kann verdammt noch mal mehr als nur kriechen, schon vergessen? Ich bin den Kindred entkommen. Ich wusste nicht mal, dass es Fallen gibt, und habe sie trotzdem überlebt. Ich bin gut. Und ich werde mein Leben nicht für ein paar fade Kartoffelchips aufs Spiel setzen.«

Bonebreak beäugte ihn mit einem verächtlichen Blick. »Was willst du?«

Leon überlegte. »Ich will, dass du die Versorgungsschiffe anfunkst, diejenigen, die zur Erde fliegen. Ich will wissen …« Vor seinem geistigen Auge stellte er sich seine Schwester Ellie und seine Nichten und Neffen vor, die immer Godzilla mit ihm gespielt hatten, und seinen Dad, den er nie im Gefängnis besucht hatte, kein einziges Mal. »Ich will wissen, ob meine Familie ...« Auf einmal war seine Kehle wie zugeschnürt.

Doch dann packte ihn die Wut, und er wandte sich ab. Nein. Es spielte keine Rolle, ob die Erde noch existierte. Wollte er wirklich wissen, ob seine Schwester und seine Nichten und Neffen tot waren? »Ich will einen Platz in deiner Crew. Ein richtiges Bett, keinen verdammten Bretterverschlag. Ich bin sicher, dass du das irgendwie veranlassen kannst. Und ich will die Hälfte von allem behalten, was ich für dich stehle.«

Bonebreak starrte ihn hinter seiner Maske hervor an. »Ein Viertel.«

»Abgemacht.« Leon griff nach der Flasche Wodka, aber Bonebreak hielt sie immer noch fest.

»Da gibt es noch eine Kleinigkeit. Um Teil unserer Crew zu werden, verlangen wir eine Art ... Initiationsritus.« Er streckte die Hand aus, woraufhin einer seiner Handlanger zu ihm huschte und ihm eine gebogene, schartige Nähnadel reichte. Leons Magen sackte nach unten.

Ganz langsam führte Bonebreak ein Stück des gummiartigen schwarzen Garns durch das Nadelöhr, mit dem die Masken an ihre Gesichter genäht waren. »Wir werden mit einem kleinen Stück Schutzschild an deinem Oberarm anfangen, da du ohne Maske atmen kannst. Der Faden ist mit einer Schicht Kobaldtoxin überzogen, die leicht giftig ist, damit die Haut nicht wieder zusammenwächst. Bei Menschen haben wir ihn noch nie eingesetzt, aber du bist ein großer Kerl ... Ich denke, du wirst es überleben.«

Leon schritt nervös auf und ab, den Blick fest auf die grässliche Nadel geheftet. Bonebreak wollte ihn genau zu dem machen, was er auch auf der Erde gewesen war: Abschaum. Ein Krimineller. Ein Verbrecher. Die Kindred hatten in ihm etwas Besseres gesehen – keine Ahnung, warum. Cora ebenfalls.

Er starrte in die Schwärze des Tunnels. Die anderen waren irgendwo dort draußen. Cora. Mali. Lucky. Nok und Rolf, wo auch immer die Kindred sie gefangen hielten. Lucky hätte längst seine glänzende weiße Ritterrüstung angezogen und sie alle befreit.

Aber Leon war nicht Lucky.

Leon war kein Held.

Und jedes Mal, wenn er versucht hatte, jemandem zu helfen, hatte es damit geendet, dass dieser Jemand noch schlechter dran war als zuvor. Er schnappte sich die Wodkaflasche und trank, bis er sich kaum mehr an Coras Namen oder Malis hübsches Gesicht erinnern konnte, und ließ zu, dass die Mosca ihm einen vorgeformten Schutzpanzer auf die Schulter drückten.

Dann hob Bonebreak die Nadel.

Nein – er war kein Held. Er war ein Schmuggler. Und jetzt, wie es schien, ein offizielles Mitglied von Bonebreaks Bande.

7 Cora

Cora griff blitzschnell mit der Hand zu der brennenden Stelle an ihrem Arm, wo sie eben gezwickt worden war, und wirbelte herum.

Ein Mädchen in einer Safariuniform mit langen schwarzen Haaren, die zu zerzausten Zöpfen geflochten waren, und einem wie ins Gesicht gemeißelten Stirnrunzeln starrte sie an.

»Mali!«

Dane warf Cora von hinter der Bar einen warnenden Blick zu. Hastig senkte sie die Stimme und bezwang den Drang, die Arme um ihre Freundin zu schlingen. »Ich wusste nicht, ob ich dich jemals wiedersehen würde!«

Mali trug dieselbe Safariuniform wie die anderen Jugendlichen, hatte aber eine Chauffeurmütze auf dem Kopf und dicke Lederhandschuhe, genau wie der Junge, den sie eben weggezerrt hatten. Sobald Cora die Handschuhe sah, wurde sie ganz besorgt. »Ist alles in Ordnung? Was ist mit dem Jungen passiert?«

»Keine Ahnung«, erwiderte Mali. »Cassian liefert mich heute früh hier ab. Ich bin jetzt Fahrerin. Der Junge, den sie mitnehmen, ist auch ein Fahrer. Sein Name ist Chicago. Heute Morgen bringt er mir das Fahren bei. Wir fahren auf einem Pfad, immer im Kreis herum, bis wir auf ein Tier stoßen, das sie erschießen können. Die anderen

Safariführer sehen verängstigt aus, aber sie sagen, ich soll so tun, als wäre nichts geschehen.«

Coras Blick huschte zur Bar. Der Kindred mit den eingesunkenen Augen beobachtete sie weiterhin, ein unheimliches Lächeln im Gesicht.

»Hast du Lucky gesehen?«, fragte Cora. »Was ist mit Leon? Oder Nok und Rolf?«

»Ich weiß nichts von ihnen.« Unvermittelt umklammerte Mali Coras Handgelenk. »Erinnerst du dich an dein Versprechen.«

Coras Arm brannte erneut, diesmal von Malis festem Griff. »Versprechen?«

»Anya.« Malis kurze Fingernägel bohrten sich tiefer in Coras Haut. »Meine Freundin. Wir machen einen Deal im Käfig: Ich helfe dir bei der Flucht, und du hilfst mir, Anya zu retten.«

»Ja, ich erinnere mich«, sagte Cora, die Zähne vor Schmerz zusammengepresst. »Aber es ist nicht so, als könnten wir einfach frei umherspazieren und sie befreien. Wir sind gefangen.«

Mali drückte noch stärker zu.

»Na schön!«, zischte Cora. »Wenn es auch nur die kleinste Chance gibt, werden wir es tun. Und jetzt hör auf, mir wehzutun!«

Mali ließ sie los und bedachte sie dann mit einem schmalen Lächeln. »Gut. Wir reden später. Nach der Arbeit.«

Als Mali sich zum Gehen anschickte, nickte Cora mit dem Kinn in Richtung des Kindred mit den eingesunkenen Augen. »Warte kurz. Dieser Kindred dort starrt mich die ganze Zeit über an. Weißt du, wer das ist?«

Mali kratzte sich an einem Wanzenstich am Hals. »Sein

Name ist Roshian. Makayla erzählt mir heute Morgen von ihm. Ignorier ihn. Er ist harmlos.«

»Makayla?«

»Die Tänzerin.«

Bevor Cora weitere Fragen stellen konnte, winkte Dane sie zurück auf die Bühne, und sie wagte nicht, seinen Befehl noch einmal zu missachten. Auf den Holzbrettern schimmerten an manchen Stellen frische Blutflecke. Cora konzentrierte sich darauf, ins Publikum zu blicken. Roshian tanzte mit Makayla und trat ihr so fest auf den Zeh, dass sie schmerzgepeinigt das Gesicht verzog.

Ihre Augen trafen sich über der Schulter des Mädchens, und er lächelte wieder. Ihn ignorieren? Selbst wenn es ihr gelang, gab es noch dreißig weitere wie ihn. Die sie alle anstarrten. Musterten. Vielleicht nur darauf warteten, sie wegzuzerren, wie sie es bei Chicago getan hatten. Cora stellte sich erneut ans Mikrofon, doch diesmal zitterte ihre Stimme.

Damals auf der Erde war es ihr größter Traum gewesen, Songwriterin zu werden. Heimlich hatte sie, sobald ihre Eltern ins Bett gegangen waren, Liedtexte in ihr Tagebuch geschrieben, darüber, wie es sich anfühlte, im Leben einer Senatorentochter gefangen zu sein. Sie hatte immer die Augen geschlossen und sich eine Bühne vorgestellt, auf der sie von ihren sehnlichsten Wünschen singen, sich den Menschen durch ihre Lieder erklären könnte und im Rampenlicht so frei wäre, um dem Publikum ihr Herz auszuschütten.

Jetzt hatte sie dieses Rampenlicht.

Und alles, woran sie nun denken konnte, waren die blauen Flecken und wässrigen Augen der anderen Jugendlichen, die Verletzungen, die sie und Mali höchstwahrscheinlich auch bald aufweisen würden.

Als sie das Mikrofon packte, fühlte es sich wie ein Albtraum an.

»Meine verehrten Gäste, die Jagd ist nun vorbei.«

Coras Stimme war heiser, als die Animateurin schließlich die Schließung der Menagerie verkündete. Die Lichter wurden gedimmt, und die wenigen, noch verbliebenen Gäste verließen den Saal. Der dunkelhaarige Barkeeper räumte die Lodge hastig auf und warf Cora einen Lumpen zu, damit sie die letzten Spuren des Tierbluts von der Bühne wischte.

Sobald Cora mit ihrer Arbeit fertig war, waren sämtliche Menschenkinder verschwunden. Sie blickte sich in der unheimlich leeren Lodge um, als gehetzte Schritte von der Veranda erklangen, wo im nächsten Moment die Animateurin erschien. Cora zuckte erstaunt zusammen – obwohl die Kindred dieselbe Kleidung trug, war es nicht Issander. Jetzt hatte Tessela das Safarioutfit an, und als sie sich Cora näherte, umspielte der Hauch eines Lächelns ihre Lippen.

»Tessela«, flüsterte Cora. »Was ist mit Issander geschehen?«

»Du musst mehr Vertrauen zu Cassian haben«, sagte Tessela. »Issander war vielleicht eine Spionin, weshalb er sie ersetzen musste. Ich werde versuchen, dich zu beschützen, soweit es in meiner Macht steht. Der Rat darf keinen Verdacht schöpfen. Komm jetzt.« Sie gab Cora mit einer Geste zu verstehen, ihr zu folgen. Seufzend trat Cora hinter ihr durch eine Tür, die zu einem Korridor führte, der nach Desinfektionsmittel, Heu und Unrat roch. Tessela reichte

Cora ein Stück trockenes Brot und scheuchte sie dann in einen Raum, in dem sich auf zwei Stockwerken Zellen aneinanderreihten.

Cora blieb unvermittelt stehen. In der einen Hälfte der Käfige waren wilde Tiere eingesperrt, in der anderen die Menschen. Die Tänzerin Makayla war auf der zweiten Etage untergebracht. Der dunkelhaarige Barkeeper unten in der Ecke.

»Hier!«, rief eine Stimme. »Hier gibt es eine leere Zelle.«

Lucky! Überrascht drehte sich Cora in Richtung seiner Stimme um. Er befand sich hinter den Gitterstäben eines Käfigs, seine Haare waren zerzaust und etwas länger als in ihrer Erinnerung. Seit sie ihn das letzte Mal gesehen hatte, mussten Wochen vergangen sein.

»Bring sie hierher«, sagte er, die Stäbe noch fester umklammernd, und nickte zu einem leeren Käfig, der eine Tür von seinem eigenen entfernt war, direkt unter dem von Mali. In der Zelle zwischen ihnen hatte sich ein weißer Fuchs eingerollt.

Cora huschte in den Käfig, und Tessela schloss die Tür hinter ihr ab. Es war ein einfacher Metallriegel, den Cora mühelos durch die Gitterstäbe hätte erreichen können, aber Lucky gab ihr mit einem Zeichen zu verstehen, noch zu warten. Verlegen blickte sie weg. Seit Wochen hatte sie nicht mehr in den Spiegel geschaut – abgesehen von den strähnigen Haaren: Was sah er sonst noch, wenn er sie anblickte? Das Mädchen, das ihn im Käfig angegriffen hatte? Die Senatorentochter, die seinetwegen im Gefängnis gewesen war?

Oder jemanden, der früher eine Freundin gewesen war?

Sie wagte einen verstohlenen Blick zur Seite. Mit seinen

struppigen Haaren erinnerte er sie wieder an den Jungen, den sie damals zum ersten Mal an dem künstlichen Strand gesehen hatte, wo er genauso verloren wie sie gewesen war. Sie hatte diesen Jungen gemocht. Ihr hatte nur nicht gefallen, was der Käfig später aus ihm gemacht hatte – einen angepassten Mitläufer.

Sobald Tessela fort war, umklammerten seine Hände die Gitterstäbe mit solcher Gewalt, dass seine Fingerknöchel weiß hervortraten. Entschlossenheit stand ihm ins Gesicht geschrieben, ein Beweis dafür, dass der Junge vom Strand niemals wirklich verschwunden war. Coras Stimmung hob sich.

»Wir können nicht raus«, flüsterte er und zeigte mit dem Kinn auf die Käfigtüren. Die Oberlichter gingen mit einem Klicken aus, und ein blaues Licht schaltete sich über jeder ihrer Türen an. »Lichtsperren. Die anderen haben mir vorhin davon erzählt. Die Schlösser werden telepathisch gesteuert und lassen sich erst morgens wieder öffnen.« Er zögerte. »Es ist schön, dich zu sehen.«

»Und dich erst«, erwiderte sie leise.

Von der Zelle über ihr steckte Mali die Hand durch die Stäbe und winkte.

Im schwachen blauen Schimmer wirkte Luckys Gesicht undurchdringlich. Gedankenverloren glitt seine Hand an seine Schläfe, genau an die Stelle, wo Cora ihm einen Porzellanhund an den Kopf geschlagen hatte. Doch dann streckte er den Arm nach ihr aus. Sie tat es ihm gleich, aber eine ganze, wenn auch schmale Zelle trennte sie weiterhin voneinander. Cora wollte ihm gerade sagen, wie schrecklich leid ihr alles täte, was geschehen war, als eine tiefe Stimme sie unterbrach.

8 Cora

»Ladys und Gentlemen, wie es aussieht, haben wir ein neues Mädchen.«

Cora drehte sich im Halbdunkeln in Richtung der Stimme. Zwei Hände hielten von außen die Gitterstäbe ihrer Zelle umklammert und rüttelten daran, was sie erschrocken auffahren ließ. Das Gesicht eines Jungen presste sich gegen die Metallstäbe. Sein seltsames Grinsen wirkte verstörend.

Der blonde Barkeeper, Dane.

»Buh!« Er lachte lauthals, dann holte er ein gelbes Jo-Jo aus der Tasche und begann, es auf und ab zu rollen, auf und ab, völlig unbekümmert, als wären sie nicht allesamt Gefangene. Als wäre nicht einer von ihnen vor wenigen Stunden aus unerklärlichen Gründen von Soldaten weggezerrt worden. Der blaue Lichtschimmer spiegelte sich in seinem Bürstenhaarschnitt wider, auf Haaren, die einen Farbton dunkler als ihre eigenen waren, und legte sich auf seine Schlupflider, die Schatten auf seine Augen warfen, fast wie bei den Kindred.

»Willkommen bei der Jagd, kleiner Singvogel. Du bist heute der dritte Neuzugang – die anderen durften wir schon am Morgen kennenlernen. Wie heißt du?«

»Lass sie in Ruhe«, fauchte Lucky.

Dane warf Lucky einen scharfen Blick zu und beäugte

ihn von oben bis unten. »Eine Freundin von dir? Ah, diejenige, nach der du dich bei Pika erkundigt hast. Das muss sie sein. Gibt hier nicht viele Blondinen. Du musst einen mächtigen Freund haben, der auf dich aufpasst, kleiner Singvogel, denn andernfalls hätten sie deine Haare längst verkauft. Ich wette, es ist dieser Kommandant, der dich hergebracht hat.«

»Er ist kein Freund«, erklärte Cora.

Dane hob eine Augenbraue. »Wie schade. Du wärst gut beraten, einflussreiche Freunde zu haben. Einen Kommandanten draußen, mich hier drinnen.«

Cora stemmte sich auf die Beine und wischte sich den Staub von den Händen. »Wie bist du überhaupt aus deiner Zelle gekommen?«

»Innerhalb dieser Mauern habe *ich* die Macht.«

»Der Mächtigste unter den Machtlosen«, murmelte Lucky.

Dane warf ihm einen wütenden Blick zu. »Keineswegs machtlos. Keineswegs. Die Kindred haben mir allerhand Befugnisse übertragen, von denen ihr nicht einmal zu träumen wagt.« Er schnalzte das Jo-Jo und ließ es wieder einrollen. »Ich bin hier erster Aufpasser, was bedeutet, dass ich nach Dienstschluss das Sagen habe. Ich lebe schon am längsten in der Jagd-Menagerie, und die Kindred haben mir einen Schlüssel zu meiner Zelle anvertraut, mit dem ich die Lichtschranke umgehen kann, weil ich im Gegenzug hinter der Lodge für Ruhe und Ordnung sorge. Soll ich dir den Rest der Truppe vorstellen?« Mit einer ausladenden Handbewegung zeigte er auf die schemenhaften Gesichter der anderen. »Direkt über dir haben wir die andere Neue, Mali.« Er beugte sich näher zu Cora und senkte die Stimme. »Ein sonderbares Mädchen, das komisch spricht, aber allem Anschein nach kennt ihr euch bereits. Ich habe gesehen, wie ihr vertraulich in der Lodge miteinander geflüstert habt. Ich habe die Sache auf sich beruhen lassen, weil du neu bist, aber wehe, wenn ich dich noch mal während der Arbeit mit jemandem plaudern sehe.« Seine im Schatten liegenden Augen funkelten bedrohlich, bevor er unvermittelt wieder grinste und sich zur Wand aus Käfigen zurückwandte.

»Neben Mali ist die Hyäne, und dann folgt Makayla aus Vancouver, mit der du dir die Bühne teilst.« Im blassen Licht konnte Cora lediglich ausmachen, dass ihr die Tänzerin mit dem Verband ums Knie zuwinkte und dann die Hand umdrehte und Dane hinter seinem Rücken den Mittelfinger zeigte. Cora konnte ein Grinsen kaum verbergen.

»Dann die zwei Giraffen in dem hohen Käfig in der Ecke«, fuhr Dane fort, »und das dort ist Pika neben Roger, dem Rotluchs. Pika kümmert sich tagsüber im hinteren Bereich der Lodge um alles.« Ein schmutziges Mädchen, das auf ihrem Zopf kaute, hörte kurz auf, den Schwanz des Rotluchses zu streicheln, um Cora eifrig zuzuwinken. »Und unsere drei Antilopen in dem anderen hohen Käfig und das Känguru und die Löwin auf der oberen Etage. Shoukry wohnt dort unten neben dem Zebra. Er stammt aus Kairo und ist wie ich Barkeeper, wie du heute schon gesehen hast. Jenny und Christopher sind ebenfalls hier unten – Geschwister aus Australien. Sie arbeiten draußen in der Savanne und leiten die Safaris. Und dann gibt es unseren dritten Neuzugang, den hübschen Jungen hier, der gerne eine dicke Lippe riskiert.« Seine Augen ruhten auf Luckys Käfig, während sich sein Mundwinkel zu einem rätselhaften Lächeln verzog. »Und zwischen euch beiden wohnt unser arktischer Fuchs. Aus Kanada, glaube ich. Er kaut gern auf allem herum, was er zwischen die Zähne bekommt. Und dann gibt es noch dich. Und mich, natürlich, in der Zelle zwischen Makayla und der Hyäne. Ich wurde vor fünf Jahren aus Kapstadt befreit.«

Cora hob eine Augenbraue. »Befreit? So bezeichnest du es also, entführt zu werden?«

»Ganz genau. Und seitdem leite ich diese Menagerie«, fügte er hinzu.

»Seit du aus einem der Gehege geworfen wurdest«, murmelte Makayla laut genug, damit sie jeder im Raum hörte. Dane schnalzte hastig sein Jo-Jo zurück und warf ihr einen bitterbösen Blick zu.

»Und so läuft's hier ab.« Er zeigte auf die Uhr über dem Türrahmen, die an die Fabrikuhren erinnerte, die überall in Bay Pines gehangen hatten, außer dass diese nur einen Zeiger besaß und die Uhr statt zwölf Zahlen vier unterschiedlich große Bereiche aufwies. »Anhand der Uhr kannst du sehen, wie die Kindred unsere Zeit einteilen. Im Moment steht der Zeiger auf Nacht – der längste Abschnitt unseres Tages. Der kleine Streifen daneben ist der Morgen, wenn du dich umziehst und frühstückst, aber du musst dich beeilen, weil er nur ein paar Minuten dauert. Der große Block daneben bedeutet Showtime. Das ist der Teil des Tages, wenn du in der Lodge arbeitest und singst und lächelst und alles tust, was die Kindred von dir verlangen. Ich kümmere mich um die Bar und mache die Ankündigungen, während ich euch alle mit Argusaugen beobachte. Dann kommt der letzte Teil: Freizeit. Ungefähr eine Stunde, mal mehr, mal weniger, und sie ist ein Privileg, das dir jederzeit wegen schlechtem Benehmen gestrichen werden kann.«

Cora verdrehte die Augen. »Du wirkst schrecklich stolz für jemanden, der seine eigene Art verrät.«

Die Schatten um Danes Augen wurden tiefer, nur noch ein leichter Schimmer von Licht spiegelte sich in seiner Iris. »Es ist klüger, mit den Kindred zusammenzuarbeiten, als gegen sie zu sein.«

Cora schnaubte.

Dane begann, unruhig auf und ab zu schreiten. »Was glaubt ihr, Leute? Wird sie es mit einer solchen Einstellung nach Armstrong schaffen?«

»Keinesfalls!«, schrie Pika zurück.

Neugierig hob Cora eine Augenbraue. »Was ist Armstrong?«

Unvermittelt blieb Dane stehen und drehte sich ungläubig zu ihr um. »Niemand hat dir bisher von Armstrong erzählt?«

»Wir waren in einer künstlichen Welt gefangen«, erwiderte Cora. »Wir sind nicht gerade viel rausgekommen.«

Ein Lächeln legte sich auf Danes Gesicht. »Dann lass es mich dir erklären. Armstrong ist das Beste, was uns geschehen kann, eine Art zweite Heimat. Es ist ein unbewohnter Asteroid, ein kleiner Mond. Nun ja, ich meine unbewohnt von Kindred oder anderen intelligenten Spezies. Es ist die Heimat von uns Vertriebenen. Wenn du so willst, eine Art Naturschutzgebiet für uns Menschen. Als Jugendliche haben wir es nicht leicht, aber wenn wir ein gutes Benehmen an den Tag legen, werden wir mit neunzehn dorthin gebracht. Wir sind uns dann völlig selbst überlassen und dürfen tun und lassen, was wir wollen.«

Cora beäugte ihn misstrauisch. »Der Kommandant hat diesen Ort einmal erwähnt«, sagte sie langsam, »aber er hat verschwiegen, dass es ein Paradies ist.«

Dane grinste unbeirrt. »Ich dachte, du glaubst kein Wort aus dem Mund eines Kidnappers?«

Cora kniff die Augen zu Schlitzen zusammen, und Dane konterte mit einem schmallippigen Lächeln. »Wie schon gesagt, mit einer solchen Einstellung wird keiner von euch Armstrong je zu Gesicht bekommen. Wisst ihr, was sie mit denjenigen anstellen, die neunzehn werden und sich *nicht* gut aufgeführt haben?«

Lucky schien zu erstarren, eine unheimliche Stille breitete sich unter den anderen Jugendlichen aus, die unbehaglich in ihren Zellen hin und her rutschten.

»Was?«, fragte Cora besorgt.

»Das weiß ich auch nicht«, sagte Dane und zeigte zum Korridor. »Aber jedes dieser Zimmer hat einen Abfallschacht, über den wir die Tiere entsorgen, wenn sie sterben, ebenso wie unseren gesamten Müll. Die ungezogenen Kinder werden in den Schacht geworfen und kommen nie mehr zurück. Ihr habt es heute mit eigenen Augen gesehen. Der Junge, den die zwei Wachen weggezerrt haben, Chicago. Bis heute Morgen hat er in der Zelle gelebt, die jetzt dir gehört. Wenn du es genau wissen willst, ist das dort seine Decke, die du gerade umklammerst. Er war immer ein Problemfall ... wollte nicht klatschen, wenn die Gäste es ihm befahlen, hat die Gewehre nie rechtzeitig poliert.« Seine Stimme stockte leicht, weshalb sich Cora fragte, ob er die Wahrheit sagte. Menschen in einem Müllschacht zu entsorgen hörte sich nicht nach den Kindred an.

»Also benimm dich lieber, kleiner Singvogel«, fuhr Dane fort, »und sing für deinen Kommandanten, dann kommst du vielleicht eines Tages nach Armstrong und wirst die Alternative nicht erleben.«

Er steckte das Jo-Jo in seine Hemdtasche und kletterte die Treppe zu seiner Zelle hinauf. Pika versuchte, ihm das Jo-Jo aus der Kleidung zu stibitzen, doch er schlug ihre Hand weg. Leise wimmernd, an ihrem Zopf kauend, rollte sie sich in ihrer Ecke zusammen.

Zwei Zellen weiter war Lucky sonderbar ruhig geworden. Es war, als wäre mit einem Mal sein gesamter Zorn verraucht, und Cora wusste nicht, was oder warum sich etwas verändert hatte. Sie wünschte, sie könnte seine Gedanken lesen.

Zögerlich streckte sie die Hände durch die Gitterstäbe.

Nun, vielleicht *konnte* sie es ja.

Wenn auch unfreiwillig, so war es ihr doch einmal gelungen, in Cassians Kopf zu spähen. Während sie in ihrer sechs mal sechs Schritte langen Zelle gefangen gewesen war, hatte sie nicht versucht, Gedanken zu lesen, einfach deswegen, weil niemand bei ihr gewesen war, an dem sie die Fähigkeit hätte ausprobieren können. Aber nun hatte sie einen ganzen Raum voller Versuchspersonen und darunter einen Jungen, dessen Gedanken sie unbedingt erfahren wollte.

Sie schloss die Augen und konzentrierte sich. Damals, als sie Cassians Gedanken gelesen hatte, war ihr Verstand vollkommen leer gewesen. Das war im Moment nicht der Fall, aber womöglich konnte sie ihn ruhigstellen.

Ihre Gedanken streckten sich nach Lucky aus, in der Hoffnung, eine Verbindung zu ihm aufzubauen. Und für einen Moment glaubte sie, einen Schimmer von etwas zu erhaschen – etwas, das in ein überwältigendes Gefühl von Unbehagen gehüllt war. Vielleicht eine Zahl?

Die Zahl 19? Konnte das sein? Er musste sich große Sorgen um Chicago machen und um das, was Dane erzählt hatte; doch da war noch etwas anderes ...

Mit einem Mal überkam sie das unheimliche Gefühl, in einen Zerrspiegel zu blicken. Oder vielleicht eher, sich selbst in einer alten Videoaufnahme zu sehen, die Haare glänzend, die dunklen Ringe unter den Augen verschwunden. Kirschblüten umwehten sie.

Ihre Wangen wurden knallrot. *Er denkt über mich nach.* Hastig kappte sie die Verbindung zu Lucky. Das Gedankenlesen war ein Fehler – sie hätte es nicht ohne sein Wissen tun dürfen. Ihr Herz hämmerte, während sie sich verwundert fragte, ob er ihr Eindringen bemerkt hatte.

Da rollte er sich seufzend auf die Seite, und sie spürte nichts mehr.

Stattdessen streckte sie die Hand aus, in dem verzweifelten Versuch, ihn zu berühren, aber sie war natürlich viel zu weit entfernt.

9 Nok

»Das ist euer neues Zuhause.« Serassis Hand ruhte auf dem Knauf einer roten Haustür, die zu einem zweistöckigen Haus führte.

Nok legte die Hand flach auf ihren Bauch. Mit der anderen drückte sie Rolfs Finger. Sie standen in einer höhlenartigen Lagerhalle, die so riesig war, dass ihre Wände in Schatten gehüllt waren. Abgesehen von zwei Bauwerken war sie leer: dem Haus mit der roten Tür und davor stufenförmig angeordneten Sitzreihen.

Serassi drehte den Knauf.

Das Haus war mit schweren Holzmöbeln, einem gewaltigen Fernseher und Schränken eingerichtet, die wie gemalt wirkten. Nok konnte das Gefühl nicht abschütteln, dass Rolf und sie in ein riesiges Puppenhaus gebracht wurden, oder vielleicht waren sie auch nur auf Puppengröße geschrumpft. Sie schob die Paisleyvorhänge des Wohnzimmers beiseite und erwartete im Grunde, schwarze Fenster vorzufinden, doch zu ihrem Erstaunen waren die Fenster hier aus echtem Glas, auch wenn dahinter nichts als die leere Lagerhalle zu sehen war.

Das Haus ist perfekt, dachte sie, *bis auf einen Punkt*.

Es gab nur drei Wände.

Nok drehte sich zu der Seite, wo sich die vierte Wand, die Rückseite des Hauses, hätte befinden müssen. Doch vor ihr klaffte nur ein Abgrund, befüllt von ansteigenden Zuschauerrängen, genau wie bei einer Theaterbühne. Vorsichtig schritt Nok zum Rand des Wohnzimmers, wo der Fußboden jäh endete, und spähte in den ersten Stock hinauf; von dort aus musste es fast vier Meter in die Tiefe gehen. Mit einem Mal wurden aus Richtung der Sitzreihen grelle Scheinwerfer eingeschaltet, und Nok musste das Gesicht mit der Hand beschatten. *Wer* würde ihnen zusehen?

»Nok.« Rolfs laute Stimme ließ sie sich umdrehen. Er stand oben an der Treppe, die vom Wohnzimmer in den ersten Stock führte. Seine Finger umklammerten das Geländer, ohne nervös zu klopfen. Diese schlechte Angewohnheit hatte er während ihres Aufenthalts im Käfig abgelegt, und für eine Sekunde sah er wie ein völlig anderer Mensch aus, ohne jede Ähnlichkeit mit dem zuckenden Genie, das sie dort kennengelernt hatte. »Das hier solltest du dir ansehen.«

Sie folgte ihm die Stufen hinauf, derart angespannt, dass ihre eigenen Finger fast zu zucken begonnen hätten. Das gesamte Haus bestand aus gerade einmal vier Zimmern, zwei mal zwei identischen Würfeln, mit einer kleinen Aussparung für das Bad. Unten gab es ein Wohnzimmer und die Küche, die groß genug für einen Esstisch war. Oben befanden sich ein Schlafzimmer und noch ein Zimmer, das im Moment, abgesehen von einem Schaukelstuhl und ein paar Kisten, leer war.

Nok blieb im offenen Türrahmen stehen.

Ein zerlegtes Kinderbettchen lehnte gegen eine der Kisten. Ein verheddertes Mobile mit Sternen hing bereits von der Decke, absolut ruhig in dem windstillen Raum. Nok machte einen zögerlichen Schritt hinein und berührte das Mobile, um es zum Drehen zu bringen.

Ein Kinderzimmer – oder zumindest der Anfang davon.

Das Mobile drehte sich schneller, oder vielleicht drehte sich auch nur Noks Kopf. Mit einem Mal hatte sie das Gefühl, wieder in London zu sein, gefangen vor blitzenden Kameralichtern, in einem viel zu engen Kleid, das an ihren Hüften hochrutschte. Ihr war übel, und sie wollte ins Erdgeschoss zurück, fuhr jedoch erschrocken zusammen, als Serassi unvermittelt auf dem oberen Treppenabsatz auftauchte.

»Ich verstehe das nicht«, sagte Nok schwer atmend. »Du meintest, wir dürften unser eigenes Kind nicht großziehen. Du meintest, du würdest uns das Baby wegnehmen.«

Serassi sah sie gelassen an. »Das war meine ursprüngliche Einschätzung. Wir reproduzieren uns, indem wir Kindred-DNA sammeln und die perfekten Erbanlagen zusammenbringen. Unsere Nachkommen werden nicht geboren, sondern in gemeinschaftlichen Zuchtanstalten großgezogen. Als leitende Genetik-Offizierin habe ich daran gearbeitet, ein ähnliches System für Menschen aufzubauen. Schon bald wird für eure Spezies die natürliche Reproduktion ebenso überflüssig wie für unsere sein. Euer Kind könnte das letzte sein, das auf natürlichem Weg geboren wird.«

Die Kindred wirkte ziemlich selbstzufrieden, doch dann blinzelte sie, als hätte sie etwas Wichtiges vergessen, und neigte den Kopf schräg. »Aber nachdem ich euch in eurem früheren Gehege beobachtet hatte, wurde mir klar, dass ich eine wertvolle Möglichkeit verpassen könnte, echte pränatale Fürsorge in ihrem natürlichen Umfeld zu studieren. Unser Wissen über eure Kindererziehung basierte bislang auf der Analyse von Artefakten: Ratgeberliteratur, Videos und Mitschnitten. Ich habe herausgefunden, dass eure Art über Traditionen verfügt, die niemals niedergeschrieben wurden. Ich habe die Absicht, diese informellen Praktiken hier zu beobachten.«

Nok schwirrte der Kopf. »Dann ... Dann können wir das Baby behalten?«

Serassis dunkle Augen huschten zu Noks Bauch. »Solange ihr euch für unsere Forschungszwecke als nützlich erweist.«

»Und wenn wir es nicht mehr sind?«, fragte Rolf angespannt. »Dann schneidet ihr Nok das Baby aus dem Bauch und tötet uns?«

»Unser Moralkodex verbietet uns, euch zu töten ...«, erwiderte Serassi, doch die Art, wie ihre Stimme verhallte, bevor sie die Alternative laut aussprach, wirkte fast noch bedrohlicher.

Ein jäher Schmerz schoss durch Noks Bauch. War es wahr? Würden sie ihr Sparrow wirklich wegnehmen, noch bevor sie geboren war, und sie irgendwo in einem Inkubator großziehen, wo sie beobachtet und dokumentiert wurde, genau wie Nok damals auf der Erde von den vielen Fotografen?

»Ihr Monster!« Sie wollte sich auf Serassi stürzen, doch Rolf hinderte sie daran. Vom vielen Schlittenfahren und Gärtnern hatte er Muskeln bekommen, und er hielt Nok nun davon ab, Serassi die Augen auszukratzen.

»Nicht«, flüsterte er. »Sie ist stärker als wir. Denk an Sparrow.«

Nok stieß einen frustrierten Schrei aus und wandte sich

hastig atmend von Serassi ab. Mit der Hand berührte sie unwillkürlich ihren Brustkorb. Die Kindred hatten nach der Entführung ihr Asthma kuriert, aber sie spürte immer noch den Nachhall von Enge in ihren Lungen.

Nok stürmte zurück ins Kinderzimmer. Rolf folgte ihr, den Blick über die Schulter auf die offene Tür gerichtet.

»Zumindest sind wir fürs Erste sicher«, raunte Rolf.

»Bis wann?«, flüsterte Nok. »Bis wir ihnen nichts mehr beibringen können, das sie nicht schon aus Büchern wissen? Rolf, ich habe nicht den blassesten Schimmer, wie man ein Baby großzieht. Es wird nicht lang dauern, bis ihnen das auffällt. Einen Monat, vielleicht zwei, und dann, wenn Sparrow sich weit genug entwickelt hat, werden sie sie uns wegnehmen.«

Sie starrte zum Kinderbettchen, und eine Woge der Übelkeit überkam sie.

»Das werde ich nicht zulassen.« Rolf legte ihr sanft die Hände auf die Schultern.

Nach einer Weile gingen sie zurück in den Flur, aber Serassi war verschwunden. Sie fanden sie unten vor, wo sie ein Mikrowellengerät inspizierte, das ständig piepste, obwohl es überhaupt nicht angeschaltet war. Falls die Kindred verärgert war, dass Nok ihr fast die Augen ausgekratzt hatte, ließ sie sich nichts anmerken.

»Tu es für Sparrow«, flüsterte Rolf.

Seine Worte gaben Nok die nötige Kraft, und nach einem tiefen Atemzug wandte sie sich Serassi zu. »Was ist mit den anderen?«

Serassi straffte die Schultern. »Keiner der anderen erwartet ein Kind, weshalb es keinen Grund gibt, sie ebenfalls hier leben zu lassen.« Sie nickte in Richtung Treppe.

»Oben im Schlafzimmer findet ihr geeignete Kleidung. Versucht, die Zuschauer zu ignorieren, und verhaltet euch so natürlich wie möglich. Dieses Habitat ist offen gestaltet, damit euch die beobachtenden Kindred Fragen stellen können zu allem, was ihr tut und warum ihr es tut. Gebt unverzüglich Antwort. Ansonsten könnt ihr tun und lassen, was ihr wollt.«

Die massiven Wände des Wohnzimmers schienen Nok zu erdrücken. »Wo ist Cassian? Können wir mit ihm reden?«

Serassi wandte sich wieder ab und inspizierte die Mikrowelle. »Solltest du glauben, Cassian würde euch von hier wegbringen, dann täuschst du dich. Er musste Coras Fluchtversuch und seine eigene Rolle dabei vor dem Rat verheimlichen. Tessela und Fian sind ihm treu ergeben, weshalb sie freiwillig für ihn lügen. Aber mich kümmert seine Mission nicht. Und als Gegenleistung für mein Schweigen hat er mir euch zwei und das Baby für meine Forschungszwecke zur Verfügung gestellt.« Serassi drückte die Mikrowellentür zu. »Ich bin diejenige, der ihr von nun an Rede und Antwort stehen müsst.«

Nok schloss die Augen, eine Hand an die Kehle gepresst.

»Wir haben für euch einen Tag- und Nachtrhythmus simuliert«, fuhr Serassi fort. »Ich werde morgen zurückkommen, um die erste Testrunde durchzuführen, gemeinsam mit meinen Kollegen aus dem Reproduktionsressort. Wir erwarten, dass ihr euch in diesem Gehege kooperativ zeigt und ein Verhalten an den Tag legt, das sich für werdende Eltern ziemt. Mahlzeiten zubereitet und gemeinsam kocht. Das Haus für euren Nachwuchs herrichtet. Jegliche Gewohnheiten pflegt, denen ihr auch auf der Erde nachkommen würdet. Und am wichtigsten, dass ihr auf deine Gesundheit achtet. Für das Baby.« Serassis Augen glitten wieder zu Noks Bauch.

Nok presste die Hände fest zusammen, um gegen das Gefühl anzukämpfen, dass Serassi bereits mit ihrem Kind kommunizierte und Sparrow schon jetzt mehr zu dieser Kindred gehörte als zu ihr.

Serassi verschwand durch die rote Haustür, was im Grunde grotesk war – sie hätte einfach durch die fehlende Wand in die Halle spazieren können. Sobald die Kindred fort war, schlang Nok die Arme um Rolf. Am liebsten wäre sie in Tränen ausgebrochen, doch sie wollten nicht kommen. »Wie viel Zeit bleibt uns, bis Sparrow weit genug entwickelt ist, damit sie sie uns wegnehmen können?«

»Das kann ich nicht genau sagen«, erklärte Rolf. »Ihre Zeitrechnung funktioniert anders. Im Käfig hatte ich angefangen, Berechnungen anzustellen – es ist ein Algorithmus, basierend auf der Geschwindigkeit der Rotation dieser Raumstation und der Gravitationskraft der nahe gelegenen Planeten. Aber dann ... nun ja.« Sein Gesicht verdunkelte sich. »Dann schien es keine Rolle mehr zu spielen.«

Nok musste ihn nicht fragen, was er meinte. Sie beide hatten in ihrem früheren Gehege ein wenig den Verstand verloren und waren überzeugt gewesen, dass eine unbegrenzte Flut an Süßigkeiten und stundenlanges Videospielen das Paradies bedeuteten.

»Kannst du versuchen, deine Berechnungen fortzuführen?«, fragte sie und umkrallte seine Arme. »Wir müssen wissen, wie viel Zeit uns noch bleibt, um ...« Sie spürte einen Druck hinter ihren Augen, aber die Tränen wollten immer noch nicht fließen. Diesmal würde sie nicht blindlings Folge leisten und sich von Fremden sagen lassen, wie sie zu posieren und was sie zu tun hatte. Sie hatte die Nase voll davon, eine lebende Puppe zu sein. »… zu *fliehen*. Sparrow wird nicht in diesem Puppenhaus aufwachsen, mit einem außerirdischen Wesen als Mutter. Sie wird bei dir und mir aufwachsen – weit weg von hier.«

10 *Cora*

Es war eine unruhige Nacht. Die australischen Geschwister tuschelten pausenlos in ihren benachbarten Zellen, und sobald Dane eingeschlafen war, begann Pika, sich lautstark mit dem Schwanz des Rotluchses zu unterhalten. Die Einzigen, die sich still verhielten, waren Mali und die Hyäne, und Cora fragte sich, was Mali von alldem hier halten mochte.

Wie Dane hatte Mali früher auf der Seite ihrer Kindred-Entführer gestanden. Doch das hatte sich schlagartig geändert, als sie erfahren hatte, dass Anya am Leben war – und die Kindred sie in diesem Punkt schamlos belogen hatten.

»Cora«, flüsterte Lucky. »Bist du noch wach?«

»Als könnte ich hier schlafen.« Sie klopfte gegen die Gitterstäbe über ihr. »Was ist mit dir, Mali?«

Zwei Arme und ein Gesicht tauchten auf. Dürr, wie Mali war, war sie die Einzige, deren Kopf durch die Stäbe passte. »Ich schlafe auch nicht.«

»Wo haben sie dich nach der Flucht hingebracht?«, fragte Lucky.

Cora erzählte ihm von der sechs auf sechs Schritte langen Zelle, und als sie den verzerrten Gesichtsausdruck der beiden anderen bemerkte, wusste sie, dass ihnen die Beschreibung nur allzu bekannt vorkam.

»Ich glaube nicht, dass sie Leon geschnappt haben«, sagte Mali. »Vielleicht kommt er uns befreien.«

Lucky schnaubte verächtlich. »Das kann ich mir nicht vorstellen.«

Die Enttäuschung war Mali ins Gesicht geschrieben. In dem früheren Gehege hätten sie und Leon ein Paar sein sollen – wogegen sich Leon, gelinde gesagt, mit Händen und Füßen gesträubt hatte. Doch Cora wusste, dass die Kindred sie zusammengebracht hatten, weil sie mehr Gemeinsamkeiten verbanden, als Leon sich eingestehen wollte.

Cora hob den Arm und drückte Malis herabbaumelnde Hand.

Luckys Stimme senkte sich um eine Oktave, als wüsste er, dass er gefährliches Terrain betrat. »Sie haben gesagt, der Kommandant hätte dich hergebracht. Er hat dir nicht wehgetan, oder?«

Cora spürte, wie ihr Herz einen schmerzhaften Schlag tat, als hätte jemand in ihre Brust gegriffen und sämtliches Blut aus ihr herausgequetscht. Hatte er ihr wehgetan? Er hatte sie *zerstört*.

Sie presste die Kiefer aufeinander. »Mir geht's gut«, flüsterte sie und blinzelte in die Dunkelheit. »Gibt es hier schwarze Fenster? Schauen sie uns zu?«

»Soweit ich das beurteilen kann: nein. Es ist nicht wie damals im Käfig, als sie uns ununterbrochen beobachtet haben. Es scheint sie nicht zu kümmern, was wir hier tun, solange wir keinen Ärger machen. Warte ab, bis du dich tagsüber ein wenig umsehen kannst. Es ist ein Drecksloch.«

Mali grunzte zustimmend. »Wir sind keine Menschen erster Klasse mehr.«

Cora blickte zu den anderen Zellen und lauschte den leisen Geräuschen der Jugendlichen, die sich im Schlaf umherwarfen. Fröstelnd schlang sie sich die Decke fester um den Körper. *Chicagos* Decke. Was hatte er getan, um es zu verdienen, an seinem neunzehnten Geburtstag weggezerrt zu werden, anstatt nach Armstrong zu kommen? Und was waren die Lügen der Kindred, von denen er gefaselt hatte?

»Ich weiß nicht, ob ich ein Wort von dem glaube, was Dane sagt«, murmelte Cora, »aber wir können hier nicht bleiben.«

Lucky stieß ein heiseres Lachen aus. »Wir haben bereits einen Fluchtversuch hinter uns. Du weißt so gut wie ich, was daraus geworden ist.«

»Ich rede nicht von Flucht«, flüsterte Cora. »Cassian hat einen neuen Plan. In ein paar Wochen findet eine Reihe an Tests statt. Falls ich sie bestehe, wird der Menschheit der Status einer intelligenten Spezies zuerkannt, und sie können uns nicht länger einsperren. Das ist der Grund, weshalb er uns hierhergebracht hat, um heimlich meine paranormalen Kräfte zu schulen, damit ich die Rätsel lösen kann.«

Mali, deren lange Zöpfe in Richtung Boden baumelten, stieß ein leises Schnauben aus. »Du sprichst von der *Prüfung*.«

Cora nickte.

Lucky starrte sie im blauen Licht mit einem undurchdringlichen Ausdruck an. »Paranormale Kräfte?« Ein sonderbarer Unterton klang in seiner Stimme mit. Cora konnte das Gefühl nicht abschütteln, dass das Wort *Freak* in seinem Kopf widerhallte.

»Wirst du es tun«, fragte Mali.

»Ich habe noch nicht zugestimmt«, sagte Cora. »Ich kann mich nicht durchringen, ihm zu vertrauen. Damals hat er mich völlig zum Narren gehalten. Ihr habt keine Vorstellung, wie fürchterlich es ist, auch nur in seiner Gegenwart zu sein, wo sein Anblick mich daran erinnert, dass er mich die ganze Zeit über belogen hat.«

Lucky schwieg, und Cora ahnte, dass ihre Beziehung mit Cassian wahrscheinlich das Letzte war, worüber er sprechen wollte.

»Die Prüfung ist gefährlich«, sagte Mali. »Schon elf Menschen versuchen es. Keiner ist mehr am Leben.«

»Sie sind während der Prüfung gestorben?«

»Ein paar. Die körperlichen Anstrengungen sind hoch, aber die moralischen und paranormalen Tests sind gefährlicher. Sie können deinen Geist brechen. Einige Menschen werden verrückt und sterben danach.«

»Was für Rätsel waren es?«, fragte Cora.

»Das weiß niemand«, sagte Mali. »Es gibt Gerüchte, dass die moralischen Tests unmögliche Alternativen aufzeigen: Ein Mensch wird zum Beispiel in einen Raum mit einem Käfig gebracht, in dem ein hungriger Löwen eingesperrt ist. Der Mensch muss das Leben des Tiers retten, aber die einzige Möglichkeit besteht darin, den Löwen zu befreien, damit er *dich* fressen kann. Die paranormalen Rätsel sind noch schlimmer, weil sie dein Gehirn zwingen, auf unnatürliche Weise zu arbeiten. Einen schwachen Geist zu nötigen, Telekinese zu vollbringen, kann das Gehirngewebe sprengen.«

»Und das willst du tun?«, fragte Lucky.

»Ich werde besser vorbereitet sein als die Menschen vor

mir«, erwiderte Cora in dem verzweifelten Versuch, Zuversicht zu verbreiten. »Und genau aus diesem Grund werde ich mit Cassian zusammenarbeiten, damit ich *nicht* den Verstand verliere.« Sie holte tief Atem. »Er sagte, es wäre der einzige Weg, jemals die Freiheit zu erlangen. Vielleicht hat er recht.«

»Nun, ich weiß, dass *das hier* nicht richtig ist«, sagte Lucky. »Dieser Ort. Das, was sie den Tieren antun, ist ekelhaft. Und irgendetwas stimmt auch nicht mit den anderen Jugendlichen. Alle sind halb verhungert und von blauen Flecken übersät. Wer weiß, wie viele andere vor Chicago schon verschwunden sind. Oder wann sein Schicksal dem Rest von uns blüht.« Sein Gesichtsausdruck war todernst.

»Was ist los?«, fragte Cora.

Er zwickte sich in den Nasenrücken. »Erinnerst du dich, was Dane über den neunzehnten Geburtstag gesagt hat?«

Cora nickte langsam.

»Mein neunzehnter Geburtstag ist am einundzwanzigsten Oktober. Wir wurden am neunundzwanzigsten Juli von der Erde entführt. Ich weiß nicht, wie viele Tage genau vergangen sind, aber allmählich läuft mir die Zeit davon. Und wenn das, was Chicago zugestoßen ist, allen widerfahren sollte …«

Allmählich begriff Cora die Bedeutung seiner Worte. Neunzehn. Das Alter, das laut der Kindred den Übergang eines Menschen vom Kind zum Erwachsenen kennzeichnete. Ihre Augen glitten besorgt zum Vorratsraum mit dem Müllschacht.

»Mist«, flüsterte sie.

»Mein neunzehnter Geburtstag kann jeden Tag kommen, und dann verschleppen sie erst mich und dann Mali und dann dich.« Seine Hand vollführte eine hastige Kreisbewegung in Richtung der Zellen. »Und alle anderen.«

»Weshalb die Prüfung unsere einzige Chance ist.« Cora rutschte aufgewühlt hin und her. Es war nicht nur die Vorstellung, mit Cassian zusammenarbeiten zu müssen, die sie beunruhigte, oder der Schmerz in ihrem Kopf, wenn sie versuchte, ihre Fähigkeiten einzusetzen. Es war die Bürde, die damit einherging. Die Freiheit der Menschen ruhte allein auf ihren Schultern. Was würde passieren, sollte sie versagen?

Und andererseits: Was wäre, sollte sie tatsächlich erfolgreich sein?

»Es gibt noch eine dritte Möglichkeit«, sagte Mali leise.

Cora fuhr abrupt hoch. »Was meinst du?«

»Die Prüfung stellt die Teilnehmer mit zwölf Tests auf die Probe. Wenn der Teilnehmer die Rätsel erfolgreich gelöst hat, gibt jeder Tester, auch Assessor genannt, am Ende des Testblocks seine Zustimmung in den Algorithmus ein. Es ist ein einfacher Vorgang: Entweder gibt er das Okay oder nicht. Der Mechanismus gleicht dem, einen Schlüssel zu drehen. Streng genommen besteht man die Prüfung nicht, indem man das Rätsel löst. Man schafft es, wenn alle vier Schlüssel gedreht werden.«

Cora starrte sie ausdruckslos an.

»Ich will damit nur sagen, dass man die Prüfung überhaupt nicht ablegen müsste«, erklärte Mali. »Du musst kein einziges Rätsel lösen. Du musst nur dafür sorgen, dass der Tester den Schlüssel dreht. Es ist eine Art ...« Sie schien nach dem richtigen Wort zu suchen, während sie mit ihren herabbaumelnden Armen gestikulierte. »... List.«

»Und wie soll ihr das bitte schön gelingen?«, flüsterte

Lucky aufgebracht. »Kindred sind nicht gerade Geschöpfe, denen man die Pistole auf die Brust setzen und Forderungen stellen kann.«

Mali lächelte schmallippig. »Man kann sich ihres Bewusstseins bemächtigen.«

Für einen Moment starrten Lucky und Cora sie einfach nur an. Dann brach Cora in ein verrücktes Kichern aus. Sie musste sich verhört haben. »Nicht einmal die Kindred können die Gedanken der anderen kontrollieren.«

»Anya kann es«, sagte Mali und korrigierte sich dann, »Anya *konnte* es. Ich sehe – *sah* –, wie sie es getan hat. Wenn wir Anya befreien, kann sie es dir zeigen. Es ist gar nicht so schwer, sobald man Gedanken lesen kann. Man muss nur eine kleine Änderung vornehmen – ein Trick. Sie könnte es dir innerhalb weniger Tage beibringen.«

»Schummeln ist zu gefährlich«, sagte Lucky. »Wir müssen uns etwas anderes ausdenken.«

Cora hingegen erwiderte nicht sofort etwas. Stattdessen nahm sie das Kartenspiel zur Hand, das Chicago zurückgelassen hatte, und mischte es beklommen. Seit Monaten hatte sie kein Kartenspiel mehr angerührt – nicht seit Bay Pines –, und das Mischen fühlte sich ungemein vertraut an.

»Womöglich ist ihre Idee gar nicht so schlecht«, gab Cora zu bedenken. »Sie halten uns bereits für Kriminelle. Vielleicht könnte uns das helfen, sie zu überlisten – immerhin lassen wir uns nicht von Logik oder Regeln aufhalten. Wir sind clever. Wir können betrügen. Sie nicht.« Sie hielt die Karten fest umklammert. »Dann müssen wir auch nicht Cassian vertrauen. Diesmal können wir *sein* Vertrauen missbrauchen. Er darf mich unterrichten, und ich werde gestatten, dass er mich für die Prüfung anmeldet, aber ich werde sie auf keinen Fall ablegen. Sobald ich vor den Testern stehe, werde ich mir den Weg in die Freiheit erschummeln.«

Mali lächelte.

In der Dunkelheit spürte Cora, wie Luckys Blick sie förmlich versengte. Sie erinnerte sich an ihren Kuss unter den herabhängenden Ästen des Kirschbaums. Damals hatte sie geglaubt, sie könnte ihn lieben, doch das war gewesen, bevor sie die Wahrheit über den Tod seiner Mutter und die Verbrechen ihres Vaters erfahren hatte. Bevor der Käfig ihn in jemanden verwandelt hatte, der glaubte, ein raffinierter Zoo wäre das Paradies.

»Mir gefällt die Sache trotzdem nicht«, sagte Lucky. »Aber die Vorstellung, dass du dich Tests unterziehst, die dein Gehirn zerstören könnten oder bei denen du von einem Löwen gefressen wirst, sagt mir noch weniger zu.«

Cora biss sich hart auf die Innenseite der Lippe. Der ranzige Gestank des Zellenblocks stieg ihr in die Nase. Ungewaschene Jugendliche, kranke Tiere und darunter der scharfe Geruch von Blut.

Die ganze Nacht spielte sie mit dem Kartenspiel, als wäre er ein Rosenkranz, und flüsterte beim Mischen Gebete und Ängste und Hoffnungen in die Dunkelheit. In Bay Pines hatte sie eine Zellengenossin gehabt, Tonya, die jeder nur Queenie genannt hatte, wegen des Herzdamen-Tattoos auf ihrer Schulter. Queenies Mutter war Sous-Chef in Las Vegas und ihr Dad Dealer am Blackjack-Tisch gewesen. Er hatte Queenie und ihrem Bruder das Kartenzählen beigebracht und sie in sein Team aufgenommen. Es war nicht illegal, zumindest nicht im engeren Sinne des Wortes.

Aber es hatte einen Streit mit einem anderen Besucher gegeben. Anschuldigungen wegen echten Betrugs. Eine Handgreiflichkeit, durch die zwei Dealer auf der Intensivstation gelandet waren und Queenie in die Jugendstrafanstalt geschickt worden war.

Aber war es wirklich Betrug?, hatte Cora gefragt.

Queenie hatte verächtlich geschnaubt und einen Pikbuben auf ihr Bett geworfen. *Natürlich.*

Queenie hatte ihr beigebracht, Karten in den weiten Ärmeln ihres kakifarbenen Gefängnisoveralls zu verstecken. Es hatte aus Langeweile begonnen, mit zwei an Schlaflosigkeit leidenden Mädchen, die bis sieben Uhr zum Frühstücksappell in einem Raum aus Beton eingesperrt waren. Doch dann, nachdem sie von zwei venezolanischen Mädchen in der Bücherei zusammengeschlagen worden war, wurde es überlebenswichtig. Sie brauchte Schutz, und dafür musste sie etwas gegen sie in der Hand haben, und dafür musste sie beim Kartenspielen gewinnen. Betrügen war damals gefährlich gewesen, und heute wäre es noch gefährlicher. Aber Cora überkam jedes Mal ein Nervenkitzel, wenn sie sich vorstellte, an der Prüfung teilzunehmen und sie auf den Kopf zu stellen: die Intelligenz der Menschheit nicht durch das System zu beweisen, das die Kindred aufgestellt hatten, sondern allein durch ihre eigene Gerissenheit.

Das bedeutete allerdings, etwas zu tun, das sie sich geschworen hatte, niemals wieder zu tun, etwas, bei dessen Vorstellung sich ihr der Magen umdrehte.

Nämlich Cassian wieder zu vertrauen.

11 Cora

Nach ein paar Tagen fand Cora heraus, warum sich niemand die Mühe machte zu duschen: Das Wasser war eiskalt und außerdem: Für wen sollte man sich waschen, wenn das düstere Licht der Jagd-Menagerie ohnehin jeglichen Schmutz unsichtbar machte? Sie lernte auf die harte Tour, dass sie sich sofort nach dem Aufstehen einen Weg in die Vorratskammer erkämpfen musste, wenn sie nicht nur Brotkrumen abbekommen wollte. Schon jetzt, nach gerade einmal einer knappen Woche, hatte sie unzählige blaue Flecken, nachdem ihr die anderen mehrmals die Ellbogen in die Rippen gerammt hatten.

»Nimm die hier.« Mali warf ihr eine abgewetzte Decke zu, kurz bevor der Zeiger auf Showtime klickte. »Dir ist kalt gestern Nacht. Ich höre dich zittern.« Stirnrunzelnd verzog sie das Gesicht. Ihr fehlte ein Zahn, den sie sich am Vorabend bei einem Handgemenge mit Pika um eine Zeitschrift ausgeschlagen hatte, eine alte *Seventeen*, bei der die Hälfte der Seiten herausgerissen war. »Ich meine ...« Sie rümpfte noch weiter die Nase. »Dir *war* kalt. Ich *habe* dich *gehört*.«

Cora drückte sich die Decke an die Brust. »Du machst das super, Mali. Vielen Dank hierfür.« Mali lächelte, offensichtlich erfreut über ihren Fortschritt, sich menschlicher zu verhalten.

Der Uhrzeiger wanderte auf Showtime.

»Jetzt schon?« Makayla gähnte hinter ihnen. »Ich könnte wirklich eine Stunde mehr Schlaf gebrauchen.« Sie machte einen Schritt nach vorne und verzog schmerzhaft das Gesicht, als ihr verletztes Knie zu pochen begann.

»Bei dir alles okay?«, fragte Cora mit Blick auf den Verband.

Makayla stieß ein heißeres Lachen aus. »Was, mein Knie? Ja. Dafür bin ich selbst verantwortlich.« Sie streckte das Bein aus und sog scharf die Luft ein. »Du kennst diese Kindred-Klette, diesen Roshian? Er hat mich zu seinem persönlichen Haustier auserkoren und jeden Tag mit in die Savanne mitgenommen, damit ich dort frei herumlaufen kann. Er dachte wohl, der Sport würde mir nach einer Nacht in einer engen Zelle guttun. Als würde er mir damit einen Gefallen erweisen. Nach einer Weile hat es mir so widerstrebt, dass ich mir das Knie an den Gitterstäben zerschmettert habe. Ich hatte angenommen, mir würde dann auch das Tanzen erspart bleiben, aber da hatte ich mich wohl zu früh gefreut.«

Coras eigenes Knie pochte vor Phantomschmerzen. »Konnten dich die Kindred nicht heilen?«

Makayla verdrehte die Augen. »Einen solchen Extraaufwand betreiben sie nicht. Nicht bei uns.« Mit der Schulter drückte sie die Tür auf.

Das düstere Licht und fröhliche Gezwitscher der Jagd-Menagerie schwappten zu ihnen herüber. Es machte den Anschein, als wäre es später Nachmittag, da die künstliche Sonne tief über dem Horizont der Savanne stand. Ein paar Kindred-Gäste waren bereits anwesend und warteten auf die Barkeeper samt Unterhaltung. Coras Augen suchten den Raum nach Cassian ab, doch er war nicht da, und ein sonderbares Gefühl der Enttäuschung überkam sie. Seit jenem ersten Tag war er nicht zurückgekehrt. Lucky hatte ihr einmal vorgeworfen, dass der Kommandant eine besondere Art der Faszination auf sie ausübe – und vielleicht hatte er recht. Nach Cassians Betrug hatte sie sich eingeredet, dass jegliche Anziehungskraft verschwunden war. Und dennoch, mochte es nun Wut oder Liebe sein, war es immer nur Cassian, um den ihre Gedanken kreisten.

Sie folgte Makayla auf die Bühne. Einer der Gäste saß mit gesenktem Kopf auf einem Barhocker, zwei tanzten mit steifen Bewegungen, ohne Musik. Ein weiterer hockte an einem Tisch neben der Bühne, die Augen eingesunken und dunkel, und sprang bei ihrem Anblick sogleich auf, als hätte er nur auf sie gewartet.

Roshian.

Er trat zu Makayla und tätschelte ihr den Kopf. »Geht es deinem Knie besser, Mädchen?«

Makayla bückte sich, um ihr Bein zu massieren – mit übertrieben schmerzverzerrtem Gesicht. »Ich denke, ich muss mich noch ein paar Tage schonen. Wie jammerschade!«

Roshian wirkte verärgert. Er zupfte an seiner Menschenkleidung, während er etwas zu schnell mit seinen schwarzen Augen blinzelte, die nur am Rand leicht heller waren. Er war demaskiert, das wusste Cora. Alle Kindred, selbst die Animateure, waren in den Menagerien demaskiert. Wenn nicht, hätte er Makaylas Hass längst gespürt.

Seine Augen glitten zu Cora.

»Du.« Seine Stimme war anders als die der anderen Kindred. Normalerweise schienen sie aufgekratzt und verhielten sich ein wenig verrückt, wenn sie demaskiert waren, fast, als mache die aufgestaute Flut an Emotionen sie trunken, aber Roshian hatte sich offenbar völlig unter Kontrolle. »Du bist neu, Mädchen.«

»Äh, ja.«

»Ungewöhnliche Haare«, murmelte er leise vor sich hin, während er sich eine ihrer Locken um den Finger wickelte und behutsam mit dem Daumen über die Strähne strich. »Blonde Haare bringen auf dem Markt ein hübsches Sümmchen ein. Die Axion glauben, sich Teile von niederen Spezies einzuverleiben, verleihe ihnen Stärke. Deine Haaren wären eine schöne Trophäe.« Er sprach betont beiläufig, während er ihre Haare mit den ausgestopften Köpfen wilder Tiere verglich, die Jäger an ihren Wänden ausstellten. Bei dem Gedanken drehte sich Cora der Magen um.

»Wie wäre es, wenn ich dir einen großen Gefallen erweisen würde?«, fuhr er fort. »Ich könnte dich mit in die Savanne nehmen, damit du etwas Auslauf bekommst. Es würde mich interessieren, wie schnell du bist.«

»Äh …« Cora blickte zu Makayla, die nur rasch mit den Achseln zuckte, als wollte sie ihr viel Glück wünschen. Dann gab das Mädchen Dane ein Zeichen, die Musik anzuschalten, und sie begann, die tanzenden Pärchen mit ihren steifen, schwankenden Schritten durch die Lodge zu führen. Roshians Augen glitten zu dem Pärchen, das ihm am nächsten war, und Cora hoffte im Stillen, dass er sie nicht zum Tanzen auffordern wollte.

Da sah sie aus dem Augenwinkel, wie sich der Haupteingang öffnete, und erhaschte über Roshians Schulter hinweg einen Blick auf eine ihr vertraute Person.

»Cassian! Ich meine ... der Kommandant. Er ist gerade gekommen, und ich habe ihm ... einen Tanz versprochen.« Mit ungeschickten Fingern gelang es ihr, die Strähne aus Roshians Hand zu befreien. »Tut mir leid.«

Hastigen Schrittes stürmte sie auf Cassian zu und kämpfte den Drang nieder, sich das Haar abzuwischen, wo Roshian es berührt hatte. Cassian, der einen anthrazitfarbenen Anzug trug und sich das Jackett über den Arm geworfen hatte, war erstaunt über ihre unerwartete Begeisterung, ihn zu sehen, insbesondere, als sie ihm die Hände auf die Schultern legte und ihm zischend zuflüsterte: »Tanz mit mir.«

Sein Gesichtsausdruck wurde noch verwirrter, doch er legte sein Jackett beiseite und trat näher. Eine Musikkonserve dröhnte aus den Lautsprechern hinter der Bar, ein Lied mit einer Klarinette und der trägen Stimme einer Frau.

»Ich musste Roshian loswerden«, wisperte sie. »Er jagt mir Angst ein. Ganz ehrlich, dieser ganze Ort ist mir unheimlich. Er ist ...«

»Warte.« Er nickte in Richtung eines der tanzenden Pärchen, die nur wenige Meter entfernt waren, dann legte er ihr die Hand auf den Rücken und führte sie beim Tanzen allmählich näher zu den sich blähenden Vorhängen der Veranda, bis sie außer Hörweite waren.

»Nachts ist es eiskalt«, fuhr Cora fort. »Es gibt nicht genug zu essen. Und die Gäste behandeln uns wie Sklaven, außer sie mögen uns, und das ist fast noch schlimmer.«

Cassian hob eine Augenbraue. »Ich habe dir doch gesagt,

dass dir dieser Ort die nötige Einsicht vermitteln würde. Hast du deine Meinung geändert?«

Sie verstummte, während die Musik weiterdröhnte und sich ihre Füße im Gleichklang bewegten, seine Hand warm auf ihrem Rücken. Ihr Plan, den sie mit Mali und Lucky ausgeheckt hatte, war ihr noch frisch im Gedächtnis, ebenso wie Malis Warnung, dass ihr die Tests in der Prüfung den Verstand rauben könnten. Nein, sie würde die Intelligenz der Menschheit auf sichere Art – *ihre* Art – beweisen, nämlich durch Betrug. Doch um ihr Ziel zu erreichen, war sie darauf angewiesen, dass Cassian sie zur Prüfkommission brachte.

»Cora?«, hakte er nach.

Sie standen jetzt mitten auf der Veranda. Allein. Cora versuchte, ihren Herzschlag zu beruhigen. Es war aufwühlend, ihn so zu sehen, in menschlicher Kleidung, mit fast normalen Augen und geschmeidigen Bewegungen.

»Vielleicht«, sagte sie langsam. »Erzähl mir erst, was das Training meiner paranormalen Kräfte beinhalten würde.«

»Lehrstunden mit mir hier in der Lodge, anschließend übst du allein weiter.« Er war so nah, dass sein leises Flüstern ihr Ohr streifte. »Früher haben die paranormalen Tests den Prüflingen fast ausschließlich Telekinese abverlangt, etwa das Versetzen von Bodenfliesen oder das Schreiben von Wörtern oder das Werfen von Dingen in einen Korb, allein durch Gedankenkraft. Wenn du es schaffst, einen mittelgroßen Gegenstand eine halbe Minute fünfzig Zentimeter über dem Erdboden schweben zu lassen, bist du für jede Aufgabe gewappnet, die sie dir stellen könnten. Ich kann es dir beibringen. Aber da die Zeit drängt, werden wir hart und natürlich im Geheimen arbeiten müssen.« Er nickte in Richtung der Gäste, die durch die Verandatüren zu sehen waren. »Während wir hier reden, amüsieren sich dort drinnen Ratsmitglieder. Sie dürfen auf keinen Fall von unserem Plan Wind bekommen.«

Coras Hände schwitzten stark und hinterließen dunkle Flecken auf seinem Hemd. »Warum kümmert es sie überhaupt? Ich dachte, Sinn und Zweck der Prüfung wäre, niederen Spezies die Möglichkeit zu bieten, ihre Intelligenz unter Beweis zu stellen. Du sagtest selbst, dass es vor mir schon andere Menschen probiert hätten.«

»Das stimmt, ja.«

»Und musste ihre Teilnahme ebenfalls verheimlicht werden?«

»Nein.« Er wirbelte sie herum, sodass ihr Rücken nun zur Lodge zeigte. »Der Unterschied ist der, dass bei keinem früheren menschlichen Kandidaten eine Chance auf Erfolg bestanden hatte. Der Rat ist nicht daran interessiert, Menschen davon abzuhalten, die Prüfung abzulegen. Sondern allein daran, sie davon abzuhalten, sie zu *bestehen.*«

»Wovor haben sie Angst?«, fragte Cora.

»Es liegt im Interesse des Rats, die Menschheit weiterhin als niedere Spezies zu erachten. Der offizielle Standpunkt ist der, dass Menschen weniger entwickelt sind, weil ihr euch vorwiegend von Emotionen leiten lasst, nicht von Logik. Ihr geht nicht nachhaltig mit euren Ressourcen um. Ihr zettelt Kriege an. Falls ihr den Status einer intelligenten Spezies erlangen solltet, könntet ihr das empfindliche System der universellen Staatsführung durcheinanderbringen, das wir gegenwärtig vertreten.«

»Und inoffiziell?«

Er warf einen Blick zu den Verandatüren. »Wenn du eine Spezies jahrhundertelang in Käfigen hältst und ihnen dann plötzlich den Schlüssel geben müsstest, mitsamt dem Recht auf eine eigene Gerichtsbarkeit und Transportmittel und Waffen, würdest *du* nicht auch fürchten, wozu sie imstande wären?«

Er ließ Cora abrupt los und griff in seine Tasche. Im nächsten Moment hatte er zwei Würfel in der Hand und hielt sie ins Sonnenlicht. »Das ist der Grund, weshalb sie auf keinen Fall von deinen Fähigkeiten erfahren dürfen. Noch nicht.«

Die Würfel in seinen Fingern sahen anders aus als all die anderen, die überall in der Lodge verstreut lagen. Die Punkte auf seinen Würfeln leuchteten leicht blassblau.

»Ich habe die Würfel mit einem Verstärker versehen, wie die, die wir als Türöffner benutzen. Sie erleichtern die Telekinese, insbesondere während des Trainings. Und auf diese Art wird jeder, der uns zufällig sieht, annehmen, dass wir einfach ein Brettspiel spielen.«

Er legte die Würfel auf einen Tisch vor der Verandatür, neben einen Korb voller Astragale, besonders geformten Spielsteinen eines Geschicklichkeitsspiels, und Dominosteine.

»Und warum kümmert es *dich*?«, fragte sie leiser. »Das ist unser Kampf, nicht deiner.« Während sie die Worte aussprach, erkannte sie, dass sie die Frage tatsächlich brennend interessierte.

Er legte ihr wieder eine Hand auf den Rücken, zog sie unter dem Vorwand zu tanzen an sich und flüsterte ihr ins Ohr: »Gab es nichts, abgesehen von dir selbst, das dir auf der Erde etwas bedeutet hat? Hast du keinen tieferen Sinn im Leben gespürt?«

Cora wich weit genug zurück, um ihm fest in die Augen zu blicken. »Ich hatte genug damit zu tun, im Jugendknast am Leben zu bleiben.«

»Dann lass uns deinen Bruder als Beispiel nehmen. Ich habe in deinen Erinnerungen gelesen, dass er seit seinem fünften Lebensjahr die Hälfte seiner Einkünfte gespendet hat, um Eisbären in der Arktis zu retten. Warum? Es macht keinen Sinn. Er hat nie einen Eisbären getroffen. Hätte er es, hätte der ihn wahrscheinlich getötet. Er hat es getan, weil er nicht in einer Welt leben wollte ohne eine Vielfalt an Lebensformen. Er hat es getan, weil er schon in diesem jungen Alter wusste, dass es das Richtige war.« Er führte sie weiter weg von der Lodge, zum Rand der Veranda, wo der Wind aus der Savanne Cora das Haar zerzauste.

»Demnach ist die Menschheit dein Eisbär?«

»Es geht weit darüber hinaus. Im Gegensatz zu Charlie mit seinen Bären habe ich Menschen kennengelernt. Ich habe mit eigenen Augen gesehen, was das Universum ohne deine Spezies verlieren würde. Und ich habe am eigenen Leib erfahren, was es bedeutet, selbst machtlos zu sein. Wenn andere dich aufgrund ihrer falschen Wahrnehmung beurteilen. In meiner Kindheit lag ich weit unten auf der Gewichts- und Längenperzentile. Ich wurde ständig übergangen. Niemand hat mein Potenzial erahnt, nicht einmal der Daten-Algorithmus. Das ist der Grund, weshalb ich, als ich das Alter für eine Arbeitsmission erreichte, überhaupt mit Menschen in Berührung kam.«

Coras Hände glitten wie von selbst über die Muskeln unter seinem Hemd. »Ich kann mir nicht vorstellen, dass du jemals klein warst.«

Er bedachte sie mit dem Hauch eines Lächelns. »Im

Laufe der Zeit bin ich gewachsen.« Er zog sie ein paar Zentimeter zu sich. »Und jetzt habe ich Macht. Ich werde nicht mehr übergangen. Und schon bald wird dir dasselbe Schicksal zuteil.« Seine Augen suchten in ihren. Cora war immer noch nicht daran gewöhnt, ihn so zu sehen – mit Augen, die zwar trüb, aber deren Iris von farbigen Schlieren durchzogen war.

Beim Tanzen drehten sie sich immer schneller und schneller, Lügen vermischten sich mit der Wahrheit, bis Cora sie nicht mehr zweifelsfrei auseinanderhalten konnte. »Ich habe dir vertraut«, gestand sie ihm. »Ich habe dich gemocht. Du hast im Meer gestanden und mir versichert, du würdest uns bei unserer Flucht helfen, während deine Wachen die ganze Zeit über auf der Lauer lagen, um uns einzufangen. Ich müsste eine Närrin sein, um dir noch einmal zu vertrauen.«

Drehten sie sich wirklich so schnell, wie es den Anschein machte? Seine Gesichtszüge schienen entspannt, seine Schritte ruhig und sicher.

»Lass nicht zu, dass meine Fehler dich von etwas so Wichtigem abhalten. Ich glaube an dich – an die gesamte Menschheit. Deine Spezies verfügt über einen unendlichen Schatz an Emotionen: Selbstsucht und Gier, ja, aber ebenfalls Wahrhaftigkeit und Vergebung und Selbstlosigkeit. Wenn ihr an ein größeres Ziel glaubt, kann euch nichts aufhalten. Wenn es irgendjemand verdient, die fünfte intelligente Spezies zu werden, dann ihr.«

Cora blickte weg. Seine Worte ließen sie Dinge fühlen, die sie nicht fühlen wollte. Denn immerhin war sie hier, um ihn zu belügen. Und letzten Endes, um ihn zu verraten.

Er zog sie noch näher an sich. »Ich habe dich in meinem

Kopf gespürt, Cora. Du hast meine Gedanken gelesen. Und dir hat die Macht gefallen, die damit einherging. Du hältst dich für unnatürlich, aber das bist du nicht. Du bist außergewöhnlich.«

Die Sonne fühlte sich mit einem Mal an, als würde sie noch heller brennen. Die Veranda schien zu wanken. Cora ließ ihn unvermittelt los und krallte sich mit einer Hand am nächsten Tisch fest, um das Gleichgewicht nicht zu verlieren.

Cassian beugte sich zu ihr vor. »Es hat mich schier umgebracht, dich zu verraten«, flüsterte er. »Es wäre mir nie in den Sinn gekommen, dich von mir wegzuschieben. Viel lieber hätte ich dich an mich gedrückt, so wie wir gerade eben getanzt haben, mit deinen Armen um mich ...«

»Hör auf«, flüsterte sie.

Sein Atem strich über ihre Wange. »Ich muss nicht dein Feind sein.«

Mit aller Gewalt klammerte sie sich am Tischrand fest. Alles geriet plötzlich außer Kontrolle. Die Sonne strahlte immer heller, bis sie zu einem gleißenden Lichtball wurde.

»Ich verstehe dich«, fuhr er fort. »Und ich will, dass du mich verstehst. Ich will, dass du nachts wieder an mich denkst, so wie du es früher getan hast. Es ist mir so schwergefallen, in jenen Nächten nicht zu dir zu gehen und jede deiner Fragen zu beantworten und dir Tausende eigene Fragen zu stellen.«

Cora erinnerte sich lebhaft an jene Nächte im Käfig. Nok hatte neben ihr geschnarcht, die Jungen hatten auf dem Boden geschlafen, und Lucky hatte unten Wache gehalten, während Cora zum schwarzen Fenster gestarrt und sich Gedanken über das Geschöpf mit den schwarzen

Augen gemacht hatte, viel neugieriger, als sie es je hätte sein dürfen.

»Sag Ja«, flüsterte er. »Du und ich, wir können die Welt verändern.«

Bei geschlossenen Augen konnte sie fast glauben, dass er kein Kindred war. Sondern einfach ein junger Mann, der ihr an einem warmen Sommertag Worte ins Ohr flüsterte. Eine Woge von Gefühlen stieg in ihr empor und ließ ihr Herz pochen. Widersprüchliche Emotionen bekämpften sich in ihrer Brust, als mit einem Mal ihre Sicht verschwamm.

»Ja«, flüsterte sie. Dies war schließlich von Anfang an ihr Plan gewesen – zuzustimmen, mit ihm zusammenzuarbeiten, nur um ihn später zu verraten. Da berührte er sie an der Wange.

Wieder dieser Funke.

Sie riss die Augen im selben Moment auf, als etwas an ihrem Verstand zerrte. *Nein.* Sie blickte durch den Vorhang zu den anderen Tänzern, Makayla und Roshian, Jenny und den restlichen Kindred. Cassian war keinen Deut besser. Er war ein Mann, der sie verraten hatte. Ein Geschöpf, das sie entführt hatte.

Vor Wut sah sie nur noch weiße Lichtblitze.

Unvermittelt stieß Cassian ein Zischen aus und wich ruckartig zurück. Cora fuhr zusammen und musste heftig blinzeln, während sie versuchte, den aufgestauten Zorn zu besänftigen, der sie gepackt hatte. Als sich ihre Sicht wieder klärte, bemerkte sie, das Cassian seine linke Hand umklammert hielt. Blut tropfte aus seiner Handfläche.

Verwirrt schüttelte sie den Kopf.

Ein metallener Astragal blitzte im Sonnenlicht auf. Eine

seiner scharfen Spitzen hatte sich tief in Cassians metallisch glänzende Haut gegraben – Haut, die eigentlich fast undurchdringlich war.

»Warum hast du dich selbst verletzt?«, platzte es aus ihr heraus. Hinter ihren Schläfen pochte es.

»Das war ich nicht.« Er musterte sie eindringlich. »Das warst *du*. Du warst so wütend, dass ... das Warum spielt keine Rolle. Alles, was zählt, ist, dass du den Astragalen kraft deiner Gedanken bewegt hast.«

Cora starrte auf das aus seiner Handfläche heraussickernde Blut. Sie hatte ihn verletzen wollen, so wie er sie verletzt hatte. Sie hatte gewollt, dass er Schmerzen litt – und ihr Wunsch war Wirklichkeit geworden.

Wie benommen griff sie nach dem Vorhang, um sich festzuhalten. Das hier war anders als damals, als sie ihre Fähigkeit eingesetzt hatte. Das hier vermittelte kein angenehmes Gefühl von Macht, sondern Pein und ein Schwindelgefühl und Galle, die ihre Kehle hinaufstieg. »Ich ... muss mich ... setzen.«

Ihr Atem kam stoßweise. Wochenlang hatte sie versucht, diese Empfindung tief in ihrem Innersten wieder zu wecken, aber nun war alles zu viel, zu schnell, zu plötzlich. Damals hatte es sich richtig angefühlt, doch jetzt war es gefährlich. Hastig schob sie die Vorhänge beiseite und taumelte in die Lodge zurück. Makayla, die mit Roshian tanzte, hielt mitten in der Bewegung inne. Dane blickte hinter der Bar auf.

Sämtliche Augen richteten sich auf Cassians Hand und das herabtropfende Blut.

Verzweifelt blickte sich Cora um.

Die Eingangstür war verschlossen. Es gab keinen Ausweg. Von einem der Loungetische beobachteten die Ratsmitglieder und Fian sie eindringlich, ihr Kartenspiel war längst vergessen.

O Gott! Nicht jetzt. Nicht während sie alle zusehen.

Coras Kopf tat weh. Mit aller Gewalt konzentrierte sie sich darauf, keine Gegenstände zu bewegen, keine Lichter zum Flackern zu bringen, nichts zu tun, was sie in den Augen der anderen Kindred verraten hätte. Mehr Blut tropfte auf den Boden. Knallrot.

Cora fuhr sich mit der Hand über die Nase, und ihre Finger spürten etwas Feuchtes.

Im nächsten Moment brach sie auf dem Boden zusammen.

12 *Leon*

Leon betrachtete die Karte, die Bonebreak auf die herausgerissene Seite eines Taschenbuchs gekritzelt hatte. Die Linien waren genauso zittrig wie die Stimme des Wesens mit der Maske, wackelig und schief und manchmal unvermittelt im Nichts endend, obwohl sie ihm eigentlich einen sicheren Weg durch die Versorgungstunnel von Bonebreaks Lager zum Sektor der Axion-Delegierten zeigen sollten.

Bring ihnen ihre Bestellung, waren Bonebreaks Worte, als er Leon ein feuchtes, in Plastik eingewickeltes Päckchen überreicht hatte. *Und nicht öffnen!*

Nun, diese Sorge war unbegründet. Aufgrund des leicht gammligen Geruchs, der dem Paket entströmte, war Leon nicht gerade scharf darauf, zu erfahren, was der Inhalt war. Ihm waren die Gerüchte über die Vorlieben der Axions für menschliche Körperteile zu Ohren gekommen – ein ziemlich fragwürdiger Aberglaube für eine angeblich hoch entwickelte Spezies.

Die Luft in den Tunneln war so dünn, dass seine Lungen brannten. Schwer keuchend schob er die Karte zurück in seine Gesäßtasche, dann kroch er den von schwachen, regelmäßig blinkenden Lichtern erhellten Tunnel entlang. Seine linke Schulter tat immer noch weh vom Annähen des gummiartigen Schutzschilds, mit dem sie ihn zu einem der ihren gemacht hatten.

Mist, dachte er. Dieses In-engen-Schächten-Herumkriechen war eher etwas für Zwerge, so wie Rolf. Leon war breit wie ein Rhinozeros und so ungelenk und laut wie …

Er hielt abrupt inne.

Weiter vorne, knapp über dem Boden, schimmerte ein dünnes Geflecht aus Linien. Er schob sich näher heran und richtete die Kopflampe darauf aus, die Bonebreak ihm gegeben hatte und die an der oberen Hälfte einer Moscamaske befestigt war. Der widerliche Gestank, der davon ausging, ließ ihn würgen. Das Licht fiel auf den funkelnden Draht – auch wenn es kein richtiger Draht war. Er war an mehreren Stellen durchbrochen, also mehr ein Hologramm oder ein Laserstrahl, der sich in der kalkhaltigen Luft spiegelte.

Es musste sich um eine der Entsorgungsfallen handeln, vor denen Bonebreak ihn gewarnt hatte. Wenn er sie berührte, würde er in einem Feuerball explodieren.

Mit zitternden Muskeln hob er langsam ein Bein über die Falle. Gäbe es doch bloß mehr Luft zum Atmen. Schon wurde ihm leicht schwindlig. *Reiß dich zusammen*, ermahnte er sich, während er erst die eine Hand, dann die andere über die Falle streckte. Eine Schweißperle rann an seiner Stirn herab und fiel zu Boden.

Erschrocken zuckte er zusammen, die unausweichliche Explosion klar vor Augen.

Doch der Tropfen landete einen Zentimeter links von der Linie. Benommen vor Erleichterung hob er das andere Bein über die Lichtsperre, dann brach er heftig atmend an der Tunnelwand zusammen.

»Ha, Pech gehabt!«, murmelte er. »So leicht kriegt ihr mich nicht!« Mit diesen Worten kramte er in seiner Tasche nach einem Stück Kreide und markierte die Wände zu beiden Seiten der Falle mit einer kleinen Bombe, wie aus einem Cartoon. Dann leuchtete er die Zeichnung mit der Stirnlampe an und bewunderte sein Kunstwerk.

Nicht schlecht.

Nach längerem Kriechen und zwei weiteren Entsorgungsfallen, die Leon ebenfalls mit einer Bombe kennzeichnete, erreichte er den Punkt, wo sich der Tunnel in grob gehauenen Stein verwandelte, wobei das blaue Blinklicht ihm weiterhin den Weg leuchtete. Die Oberfläche hinterließ eine Staubschicht auf seinen Händen. Vor ihm führte der Tunnel an einer Handvoll kleiner metallener Türen vorbei.

»Verdammt! Wo bin ich?«

Er zog Bonebreaks Karte heraus, sah allerdings nichts, was auf mehrere kleine Türen hinwies. Die Karte war eigentlich völlig nutzlos. Wahrscheinlich versuchte Bonebreak nur, ihn in den sicheren Tod zu führen.

Ein surrendes Geräusch ließ ihn einen Blick über die Schulter werfen. Ein quadratisches Paket schwirrte den Tunnel entlang, gelenkt vom blauen Licht, hoch genug, um keine der Entsorgungsfallen auszulösen.

Leon wusste, dass die Kindred über eine Menge verrückter Kräfte verfügten, aber eine fliegende Schachtel zu sehen, die auf ihn zuschwebte, war ein Anblick, der ihm die Sprache verschlug, bis er schlagartig erkannte, dass der Tunnel zu eng für das Paket *und* ihn war. Erschrocken kroch er weiter, während er die Stirnlampe nach links und rechts schweifen ließ, um nach weiteren, fast unsichtbaren Fallen zu suchen. Schließlich erreichte er die erste kleine Tür und drückte sich gerade noch rechtzeitig in den Hohlraum davor, während das Paket auf ihn zusauste.

Er presste den Rücken gegen die Tür und versuchte sich so schmal wie möglich zu machen, während er darauf wartete, dass das Päckchen an ihm vorbeischwirrte. Okay, *sausen* war vielleicht eine leichte Übertreibung gewesen. Die Schachtel hatte ihn immer noch nicht passiert. Selbst FedEx war schneller.

Als das Paket schließlich in der Ferne verschwand, lehnte er sich erleichtert an den Türrahmen und holte tief Luft. Erstaunt schnupperte er. Roch er da etwa ... Pferdeäpfel? Und ... waren das Stimmen? Ja. Eine der Stimmen gehörte zu einem Jungen und klang irgendwie vertraut. Leon konnte sogar ein einzelnes Wort ausmachen.

Zebra.

Zebra? Nun ja, warum nicht? Inzwischen hatte er sich an so allerlei sonderbaren Mist gewöhnt. Zumindest sprachen die Leute Englisch. Er schnupperte noch einmal, und der Geruch wurde stärker. Im nächsten Moment drückte er das Ohr an die Tür, während er krampfhaft versuchte, seinen keuchenden Atem zu kontrollieren.

»Ich bringe das Zebra zurück in seinen Käfig«, sagte die Stimme. »Mali braucht sowieso deine Hilfe.«

Leons Hände begannen zu zittern. Jetzt erkannte er die Stimme. Lucky. Und Mali musste ganz in der Nähe sein. Mali, dieses verrückte Mädchen mit den strähnigen Zöpfen und den Ninja-Bewegungen, die er, auch wenn er es sich in einer Million Jahren nicht hätte vorstellen können, irgendwie mochte. *Richtig* mochte. Im Käfig hatte er sich standhaft geweigert, es sich einzugestehen, doch wenn man wochenlang keine anderen Gesprächspartner als

Mosca hatte, veränderte sich einiges: Du akzeptierst auf einmal eigenartige Dinge an dir, etwa, dass du dich eindeutig zu einem Psycho hingezogen fühlst.

Er hob die Faust, um gegen die Tür zu hämmern, hielt dann aber mitten in der Bewegung inne. Das letzte Mal hatte er Lucky und Mali gesehen, als er sie nach der Flucht auf dem Boden des Kontrollraums zurückgelassen hatte, bewusstlos und triefnass. Es war gut möglich, dass sie nicht sonderlich erfreut wären, ihn wiederzusehen.

Aber trotzdem. Es war schließlich Mali.

Er hob erneut die Faust, um anzuklopfen.

Und erstarrte wieder.

Was wäre, wenn sich auch Kindred auf der anderen Seite befänden? Die Vorstellung erschien ihm nicht sehr wahrscheinlich. Die Kindred machten nicht den Eindruck, als würden sie sich gern mit Dung umgeben, stammte er nun von Zebras oder sonstigen Tieren. Lucky und Mali waren dort hinter der Tür wohl in einer Art Gefängnis oder einer künstlichen Welt gefangen. Sie brauchten seine Hilfe. Er sollte klopfen.

Doch er konnte sich einfach nicht überwinden.

Schweiß tropfte auf den kalkigen Steinboden. Was dachte er sich bloß? Sie aus einem Zoo-Gefängnis zu befreien, wäre eine heldenhafte Tat – aber er hatte gelernt, sich nur um sich selbst zu kümmern. Damals in Auckland, als er noch ein kleiner Knirps war, hatte ihn sein Dad zur Seite genommen, kurz bevor sie ihn in den Knast geworfen hatten. *Blut ist dicker als Wasser,* hatte er gesagt und auf die Tätowierungen in seinem Gesicht gezeigt, eine Art Familienchronik. *Wenn deine Brüder stehlen, dann stiehlst du mit ihnen. Wenn sie kämpfen, dann kämpfst du mit ihnen. Wenn sie im Gefängnis landen, dann tust du es ihnen gleich. Alle anderen können zur Hölle fahren, nur deine Familie zählt.*

Und Leons einzige Familie auf dieser Raumstation war Leon.

Langsam, mit klopfendem Herzen, zeichnete er mit Kreide einen Zebrastreifen neben die Tür, damit er beim nächsten Mal nicht versehentlich die Tür öffnete. Dann kroch er zurück und schüttelte heftig den Kopf, um die innere Stimme zum Verstummen zu bringen, die ihn drängte, umzudrehen und ihnen zu helfen. Er krabbelte an den nächsten paar Türen entlang und schnupperte in die Luft. Er hätte schwören können, dass er bei einer ein Lagerfeuer roch und später Erdbeeren, während er jedes Mal anhielt, um ein Zeichen neben die Türen zu malen. Die nächsten Minuten verbrachte er damit, ziellos im Tunnelgeflecht herumzukriechen, wobei er mit knapper Not einer Entsorgungsfalle entkam. *Scheiß auf die Karte*, dachte er. *Und scheiß auf Lucky und Mali. Sie sind nicht meine Familie*, ermahnte er sich wieder. Er wollte einfach nur frische Luft atmen. Diese Tunnel waren so eng. Kamen die Wände etwa auf ihn zu? Überall wirbelte kreidehaltiger Staub umher, der nach Asche schmeckte, fast als würde etwas verbrannt werden. In der Luft hing der Geruch von Rauch, nicht der angenehme Lagerfeuergeruch von eben, sondern wie etwas Verfaultes, das auf dem Grill gebraten wurde. Er presste sich die Hand auf die Nase, die Augen trübe, und bog zu schnell um die Ecke.

Da blitzte etwas an seinem Arm auf.

Eine Entsorgungsfalle!

Dort war sie, die dünne, funkelnde Linie und seine Hand genau darüber. Ihm schnürte sich die Kehle zu, aber es kam keine explodierende Gaswolke. Keine Flammen.

Und dann sah er den Grund.

Vor ihm im Tunnel, eingerollt zu einer Kugel, lag der verkohlte Körper eines Jugendlichen, der die Falle vor ihm ausgelöst hatte – die seitdem wohl nicht wieder eingeschaltet worden war.

Leon riss die Hand aus dem Laserlicht, während er entsetzt den geschwärzten Leichnam betrachtete. Dem Geruch nach zu urteilen, musste er schon seit mehreren Tagen dort liegen.

Er kroch näher heran, ließ das Licht seiner Stirnlampe zögerlich über den Toten wandern. Ein dunkelhäutiger Junge, ungefähr in seinem Alter, das Gesicht mit den Armen bedeckt. Der Großteil seiner Kleidung war zu verkohlt, um irgendetwas zu erkennen, aber sie war kakifarben, und Leon konnte ein Löwenemblem auf seiner Tasche ausmachen. Mit vorsichtigen Fingern stupste er die Schutzbrille an, die um den Hals des Jungen hing. Die Haut des Toten blätterte stellenweise ab. Leon musste würgen und kroch zur nächsten Tür.

»Igitt, igitt, igitt!«

Hastig schob er die Tür einen Spalt auf, die glücklicherweise zu einem leeren Korridor führte.

Ein Schwall frischer, nach Ozon riechender Luft wehte herein, und Leon sog sie gierig in seine Lungen, während er mit aller Macht versuchte, den Gestank von verbrannter Haut aus seiner Nase zu bekommen. Er sollte aus dem Tunnel verschwinden, schnellstens herausfinden, wo er war, sein widerliches Päckchen abgeben und dann jegliche Erinnerung an den verkohlten Jungen in Wodka ertränken.

Er schob die Tür weiter auf.

Doch dann kam ihm das Löwenemblem wieder in den Sinn.

Er hatte den Jungen nicht weit von der Tür entfernt gefunden, die Leon mit dem Zebrastreifen-Symbol gekennzeichnet hatte. Löwen, Zebras – man musste kein Genie sein, um zu erraten, dass der Tote höchstwahrscheinlich von demselben Ort stammte, wo Lucky und Mali festgehalten wurden. Was wäre, wenn Lucky und Mali ebenfalls im Tunnel landeten? Würde er als Nächstes über *ihre* verkohlten Leichen stolpern?

Er knallte die Tür zu. Im Käfig hätte er keine Sekunde gezögert, die anderen einfach ihrem Schicksal zu überlassen. Aber irgendetwas hatte sich verändert. *Er* hatte sich verändert. Zum ersten Mal in seinem Leben hatte er … Freunde. Freunde, die auf keinen Fall in einem Feuerball sterben sollten. Und in gewisser Weise hatte sein Vater Unrecht. Auch Freunde zählten.

Leise vor sich hingrummelnd drehte er sich um und kroch mithilfe seiner Kreidemarkierungen denselben Weg durch das enge Tunnellabyrinth zurück, den er gekommen war, zurück zu der Tür mit dem Zebrastreifen-Symbol.

Vielleicht – ausnahmsweise einmal – könnte er ein Held sein.

13 *Cora*

Als Cora blinzelnd aus ihrer Ohnmacht erwachte, starrten ihr die toten schwarzen Augen eines Hirschs entgegen.

Erschrocken schoss sie hoch und wäre fast mit dem Kopf des Mädchens mit den mausgrauen Haaren zusammengeknallt, das Dane ihr als Pika vorgestellt hatte. Sie befanden sich im Zellenblock hinter der Lodge. Ein toter Hirsch lag neben ihnen auf dem Boden, halb verdeckt von einem groben Leinensack. Geistesabwesend streichelte Pika sein schneeweißes Fell.

»Was ist passiert?« Cora presste sich eine Hand an den Kopf. Das Blut des Tieres erinnerte sie wieder an Cassians Blut – und die glitzernde, scharfe Spitze des metallenen Spielzeugs.

Da schob sich Lucky in ihr Blickfeld. »Du hast das Bewusstsein verloren«, sagte er. »Aus deiner Nase kam Blut. Cassian hat dich hierhergetragen, wo Pika dich aus der Ohnmacht zurückgeholt hat.«

Das Mädchen hielt eine schmierige Kräuterkompresse hoch, die nach Zitrone roch, bevor sie zum Sanitätsraum ging. Mali nahm ihren Platz ein, die Stirn besorgt gerunzelt.

Mit schmerzverzerrtem Gesicht setzte sich Cora auf und blinzelte heftig, um ihren Blick zu schärfen. Dann sah sie zur Uhr. Die Freizeit war zur Hälfte vorbei. Die anderen

Jugendlichen hatten sich grüppchenweise im Raum verteilt. Christopher las neben der Essensausgabe ein zerfleddertes Taschenbuch. Makayla drehte ihre Haare zu festen Knäulen, wobei sie die glatte Oberfläche einer Metallwand als Spiegel benutzte. Shoukry und Jenny spielten auf einer Kiste Domino. Da kam Dane mit einer Säge herein und marschierte auf den toten Hirsch zu, ohne Cora eines Blickes zu würdigen. Geschickt packte er das Tier am Bein und zerrte es in eine Ecke, wo er anfing, sein Geweih abzutrennen.

Lucky beugte sich vor. »Was ist dort draußen passiert?«

Cora massierte sich die Schläfen, während sie mit leiser Stimme flüsterte: »Ich habe Cassian gesagt, dass ich mit ihm zusammenarbeiten würde, aber dann war ich wie von Sinnen. Auf dem Tisch lagen Spielsteine. Mehrere metallene Astragale mit scharfen Spitzen.« Sie erinnerte sich, wie sich Cassian die Wange gehalten hatte. »Ich … konnte nichts dagegen tun.«

»Du hast ihn *niedergestochen?*«

Mali kroch auf allen vieren heran und schnüffelte wie ein Tier an Cora. Dann brach sie in ein selbstzufriedenes Lächeln aus. »Ja. Sie hat ihn mit ihren Gedanken niedergestochen. Das ist der Grund, weshalb sie aus der Nase blutet.«

Cora blickte sich hastig um. Nichts wäre schlimmer, als wenn die gesamte Truppe ihr Geheimnis kennen würde.

»Stimmt das?«, fragte Lucky. Für eine Sekunde – nur für den Bruchteil einer Sekunde – blitzte Angst in seinen Augen auf, als würde er einen Freak ansehen, nicht ein normales Mädchen, doch dann blinzelte er heftig, und in seinem Blick lag nur noch Besorgnis.

»Ist sie tot?«, rief Dane von der anderen Seite des Raums, während er weiterhin auf den Hirsch einhackte. Als Cora ihn aus zusammengekniffenen Augen anstarrte, feixte er höhnisch. »Oh. Immer noch am Leben. Meinen Glückwunsch.«

Sie nickte mit dem Kinn in Richtung der Säge. »Ich dachte, sie töten keine Tiere.«

»Nicht zum Spaß.« Dane stemmte sich mit seinem gesamten Gewicht auf die Säge, um eine der Geweihstangen abzubrechen. »Aber der hier war alt. Organversagen. Eine Ausnahme in ihrem Moralkodex.«

»Warum trennst du das Geweih ab?«

Dane wischte sich Blut von der Stirn. »Der passt im Ganzen nicht in den Müllschacht.« Ungerührt schob er den Hirsch in den Leinensack, sperrte mit seinem Schlüssel die Klappe auf und stopfte das Tier in denselben Schacht, in dem höchstwahrscheinlich auch Chicago verschwunden war.

Pika seufzte tief. »Armer, kleiner Hirsch. Er hatte ein so weiches Fell.«

Cora senkte jäh den Kopf. Erinnerungen an den glänzenden Astragalen und dieses *Reißen* in ihrem Bewusstsein trafen sie wie schmerzende Peitschenhiebe. Die Tür zur Lodge wurde aufgerissen, aber sie konnte sich nicht durchringen, wieder ins grelle Licht zu blicken.

»Sie sieht krank aus«, stellte eine tiefe Kindredstimme fest.

Verblüfft hob Cora das Kinn. Aufgrund des verschwommenen Schleiers vor ihren Augen sah sie im ersten Moment nur eine hochgewachsene Gestalt, und ihr Kopf pochte noch heftiger – wenn es Cassian war, was sollte sie nur sagen? –, doch dann klärte sich ihre Sicht. Ein dunkelblauer Anzug mit doppelreihigen Knoten an den Seiten. Ein Gesicht mit einer tief eingegrabenen Falte senkrecht auf der Stirn.

»Ihr geht's gut«, sagte Lucky rasch.

»Davon würde ich mich gerne selbst überzeugen.« Fian ließ den Blick angewidert durch den schmutzigen Raum schweifen. »Komm mit mir, Mädchen. Ich muss diesen Vorfall untersuchen.«

Cora sah zu Lucky. Sie wussten beide, dass Fian auf ihrer Seite stand, ein geheimes Mitglied der Fünften-der-Fünf-Initiative war, doch sie misstraute ihm immer noch.

Fian gab ihr mit einer Handbewegung zu verstehen, ihm in den Duschraum zu folgen, der mit seinen knarzenden Rohren der beste Ort für ein vertrauliches Gespräch war. Der Kindred spähte zum dreckigen Abfluss und trat vorsichtig auf den saubersten Fleck auf dem Boden.

»Warum bist du wirklich hier?«, fragte sie, sobald sie allein waren.

»Cassian hat mich gebeten, deinen Gesundheitszustand zu überprüfen. Er hätte gerne selbst nach dir gesehen, aber er dachte, du würdest vielleicht lieber mit jemand anderem reden.«

»Vermutlich wegen der Sache mit der Wunde.«

Fian blinzelte einmal.

Cora sank gegen die Wand. »Du kannst ihm sagen, dass es mir gut geht. Und dass ich trotz allem, was vorhin geschehen ist, meine Meinung nicht geändert habe. Ich werde an der Prüfung teilnehmen. Wir können jederzeit mit dem Training beginnen.«

Da umfasste Fian sanft ihren Kopf. Sie versuchte, nicht

zusammenzuzucken, als er ihr Gesicht anhob, um das getrocknete Blut in ihrer Nase zu inspizieren. »Dein Verstand muss erst heilen. Das braucht vier Tage.«

»Das ist zu lang. Cassian hat gesagt, dass uns nur dreißig Tage zum Üben bleiben und …« Sie rechnete kurz nach. »Fünf Tage sind mindestens schon vergangen. Das Modul muss längst im Anflug sein. Ich kann es mir nicht leisten, weitere vier Tage zu verlieren, bevor es andockt.«

»Dann eben drei Tage. Aber auf keinen Fall früher. Du kannst die Prüfung nicht bestehen, wenn dein Verstand aufgibt.« Seinen Worten haftete etwas Endgültiges an, doch er machte keine Anstalten zu gehen. Stattdessen legte er den Kopf schief und betrachtete sie von oben bis unten.

»Was?«

»Du vertraust mir immer noch nicht.«

Cora durchbohrte ihn mit einem scharfen Blick. »Es fällt mir tatsächlich schwer, den Umstand zu vergessen, dass du mich damals fast umgebracht hast.«

Er sah auf seine Hände hinab, dann schloss er die Augen. Für den Bruchteil einer Sekunde wirkte es, als würde er meditieren, doch Cora war dieser Zustand vertraut. Es war die Veränderung, die damit einherging, dass sie sich demaskierten. Ihre Gesichtsmuskeln entspannten sich. Ihre Gelenke wurden geschmeidiger. Als Fian wieder aufblickte, waren seine Augen klar.

»Ich habe mich demaskiert, damit wir ehrlich miteinander reden können«, sagte er. Selbst seine Stimme klang anders. Nicht mehr ganz so tief, die Worte ein wenig verwaschen. »Ich bin es nicht gewohnt, mich bei Menschen zu entschuldigen, aber bei dir werde ich eine Ausnahme machen. Du musst verstehen, was wir alles für diese Initiative riskieren. Für *dich.*«

Ihre Hand glitt zu der Stelle an ihrer Kehle, wo er sie fast erwürgt hatte, doch dann nickte sie ihm zu, damit er fortfuhr.

»Cassian hat fast zehn Menschenjahre darauf verwendet, ranghöhere Offiziere zu infiltrieren, ich die vergangenen fünf. Er wurde Kommandant, um einen idealen menschlichen Kandidaten zu finden. Ich wurde Delegierter, damit ich ihm aus dem Innern des Rats helfen kann. Wenn sie uns auf die Schliche kommen, sind wir so gut wie tot.

»Ich riskiere ebenfalls viel.«

»Das weiß ich. Cassian weiß das. Aber die anderen Mitglieder unserer Initiative ...« Sein Blick huschte zur Tür. »... sind von deinem Potenzial wenig überzeugt. Sie wollen genau wissen, über welche paranormalen Kräfte du verfügst und in welchem Ausmaß.«

Ihre Kopfschmerzen kehrten zurück. Cora begann, nervös auf und ab zu schreiten, während sie heftig gegen das Pochen anblinzelte. »Frag Cassian.«

»Du verstehst unsere Vorgehensweise nicht. Als Delegierter mag ich ihm auf dem Papier übergeordnet sein, aber nicht innerhalb der Fünften der Fünf. Wir zweifeln unsere ranghöheren Vorgesetzten niemals an. Was der Grund ist, weshalb ich *dich* frage.« Er trat näher. »*Ich* brauche keine Bestätigung. Ich glaube an dich. Aber die anderen kennen dich nicht.«

»Der Notausgang«, sagte sie leicht zögerlich. »Im Käfig. Ich habe gespürt, dass der Ausgang unter dem Meer versteckt liegt.« Sie erwähnte nicht den Tag, als sie die

Kindred hinter dem schwarzen Fenster gespürt oder Cassians Gedanken gelesen hatte. Noch ein Ratschlag, den ihr Queenie mitgegeben hatte: »Behalt deinen besten Trumpf immer für dich, selbst bei Leuten, die du für deine Freunde hältst.«

»Das ist alles?«

»Ja.«

Er lächelte. »Ich bin sicher, dass es Cassian schaffen wird, deine paranormalen Fähigkeiten weiter auszubauen, aber in der Zwischenzeit müssen sich die anderen damit zufriedengeben. Ich werde Cassian informieren, dass du das Training wieder aufnehmen kannst, sobald dein Verstand geheilt ist.« Er drückte ihre Schulter einen Hauch zu hart. »Wir sind auf deiner Seite. Vergiss das nicht.«

Sobald Fian verschwunden war, sackte Cora an der Wand zusammen und rieb sich die Schläfen, während sie sich verwundert fragte, ob das, was er über Risse in ihrem Verstand gesagt hatte, der Wahrheit entsprach. Wie weit müsste sie gehen, damit es tatsächlich einträfe? Und wäre der Schaden bleibend?

Da ertönte ein Klopfen von der anderen Seite des Abfallschachts.

Überrascht huschte ihr Blick zum Metallgitter. Die Tür war hüfthoch und so verriegelt, dass die Gefangenen sie nur eine Handbreit öffnen konnten, um den Müll zu entsorgen. Misstrauisch bückte sie sich.

»Chicago?«, flüsterte sie und glaubte fast, vor Anspannung tatsächlich den Verstand zu verlieren. »Bist du das?«

Und dann schwang die Tür auf, und Cora taumelte kreischend zurück.

Breite Schultern. Kurze dunkle Haare. Ein ausgebleichtes graues T-Shirt, das von einer weißen kalkigen Staubschicht überzogen war. Schwarze Tätowierungen um das linke Auge.

»Hi, Kleine«, sagte Leon.

14 Cora

Cora bedeckte mit der Hand ihren Mund. »Leon!«, rief sie leise aus. Sie hatte nicht erwartet, ihn jemals wiederzusehen, insbesondere nicht hier, nicht so über und über mit Staub bedeckt. Freudestrahlend warf sie ihm die Arme um den Hals.

»Ich habe dein Gespräch mit deinem neuen Freund belauscht«, sagte er. »Hatte das Gefühl, ich sollte warten, bis er weg ist, um dir einen Besuch abzustatten. Kindred können ganz schön eifersüchtig sein.«

»Ich wusste, du würdest nach uns suchen!«

Die Tür zur Dusche ging einen Spalt auf, und Cora drehte sich erschrocken um, doch es waren nur Lucky und Mali, die den Kopf hereinsteckten.

»Cora?«, sagte Lucky. »Du hast geschrien. Ich dachte …« Aber dann sah er Leon. »Verdammt!«

Mali schob sich drängelnd an ihm vorbei in den Raum, die Augen weit aufgerissen. Für einen Moment glaubte Cora, Mali wolle Leon umarmen, doch sie schlug ihm nur mit der Faust auf den Schutzpanzer, der auf seine Schulter aufgenäht worden war. »Was ist mit dir passiert.«

Leon rieb sich die Stelle am Arm, wo ihre Faust ihn getroffen hatte. »Ich freue mich auch, dich zu sehen, Kleine.« Er nickte Lucky zu. »Euch alle. Ich habe mich einer Bande Mosca angeschlossen. Im Grunde keine schlechten Kerle, wenn man einmal versteht, was sie hinter diesen Masken sagen. Bonebreak ist ihr Anführer. Erinnert mich ein bisschen an meinen Onkel. Mag Wodka. Schnarcht genauso laut.« Er zeigte auf ein eingewickeltes Päckchen auf dem Boden, das noch widerlicher stank als der Abfluss der Dusche. »Es sind Schwarzhändler. Sie benutzen die Abfallschächte, um ihre Waren durch die Raumstation zu schmuggeln, und Menschen sind die einzige Spezies, die gelenkig genug ist, um in den Tunneln herumzukriechen.«

»Hast du die ganze Zeit nach uns gesucht?«, fragte Cora.

Er rieb sich den Nacken. »Äh ... ja. Natürlich.«

»Wie bist du durch die Klappe des Müllschachts gekommen?«, erkundigte sich Lucky. »Sie ist abgeschlossen.«

»Nicht von außen«, sagte Leon und kratzte sich dann am Kopf, als wüsste er nicht, wie er das Thema ansprechen sollte. »Also, ich ... äh ... habe dort drinnen etwas gefunden. Jemanden. Irgendwie, na ja, einen toten Jungen. Keine Ahnung, ob er ein Freund von euch war.«

Cora und Lucky tauschten Blicke aus. »Trug er Fahrerhandschuhe?«, fragte sie. »Und eine Schutzbrille?«

Leon nickte. »Ist schlimm verkohlt. Er hätte nicht dort herumkriechen sollen. Die Tunnel sind Todesfallen, wenn man sich nicht auskennt.«

»Er war nicht freiwillig dort«, erklärte Lucky. »Sein Name war Chicago. Die Kindred haben ihn in den Abfallschacht geschubst. Das tun sie mit Menschen, wenn sie neunzehn werden.«

»Falls sie ungezogen waren«, stellte Mali klar.

Leon beäugte Mali misstrauisch, als fürchtete er, sie könnte ihn gleich wieder schlagen, doch dann fuhr er sich mit der Hand an die Stelle an seinem Hals, an der die Tätowierung gewesen war, die sie beide als Paar gekennzeichnet hatte.

»Hör mal«, sagte Cora atemlos. »Wenn du ohne Probleme durch die Abfallschächte kriechen kannst, dann brauchen wir dich, um etwas Wichtiges für uns zu erledigen.« Sie erzählte ihm von der Prüfung und ihrem Plan, die Kindred zu hintergehen, was Leon ein heftiges Kopfnicken entlockte. »Aber dafür brauchen wir ein Mädchen«, fuhr sie fort. »Sie heißt Anya und wird in der Tempel-Menagerie gefangen gehalten. Kurze blonde Haare, ungefähr zehn Jahre alt. Ihr fehlen mehrere Finger. Es muss uns gelingen, sie irgendwie von dort zu befreien. Versuch, in den hinteren Teil der Menagerie zu gelangen. Wenn du sie findest, hinterlass hier auf dem Boden mit Kreide ein Zeichen für uns. Aber pass gut auf dich auf! Du darfst dich nicht erwischen lassen.«

»Sag ihr, dass du ein Freund von mir bist«, fügte Mali rasch hinzu. »Dann wird sie dir mehr vertrauen.«

Leon hob eine Augenbraue. »Ein Freund, wirklich nur ein Freund?«

Mali blinzelte nur steif, und Leon wirkte enttäuscht.

»Hast du Nok und Rolf gesehen?«, fragte Cora, doch er schüttelte den Kopf. »Versuch, sie zu finden. Wir müssen wissen, ob es ihnen gut geht.«

Leon verdrehte die Augen. »Noch etwas? Einen Kakao? Gummibärchen?«

Da klopfte jemand scharf gegen die Tür des Duschraums. »Cora.« Es war Dane. »Raus mit dir. Die Pause ist vorbei. Wer ist eigentlich mit dir da drinnen?«

Cora schob Leon zurück zum Abfallschacht. »Geh! Schnell!« Leise murrend kletterte er zurück in den Tunnel.

Cora zögerte und hielt die Tür einen Spalt offen. »Es war schön, dich zu sehen, Leon.«

Schweren Herzens warf er ihr ein schmallippiges Lächeln zu. »Ja, Kleine, finde ich auch.«

Cora schloss genau in dem Moment die Klappe zum Abfallschacht, als Dane die Tür aufriss. Er erstarrte, als er sie und Lucky so nah beieinanderstehen sah. Seine Augen glitten zu Lucky und folgten dem Umriss seines Körpers, als suche er nach Unvollkommenheiten. »Was läuft hier?«

»Nichts«, erwiderte Cora hastig. »Tut mir leid. Ich komme.«

Sie eilte den Korridor hinab und öffnete die Tür zur Lodge. Das Zwitschern von Vögeln und Klirren von Gläsern erscholl, doch eine Hand hielt sie zurück.

Dane war ihr gefolgt. »Warte kurz, kleiner Singvogel. Auf ein Wort.«

Ihr Herz hämmerte vor Angst – hatte er etwa Leon gehört?

»Sieh mal, ich bin nicht blind«, sagte er und nickte zurück in Richtung des Duschraums. »Ich weiß, was das dort drinnen sollte. Du wolltest dich heimlich mit Lucky treffen, und Mali hat Wache gestanden. Nun, ich kann dir das nicht verübeln ... wir bekommen hier nicht viele Jungs wie *ihn* zu Gesicht. Aber wir sind hier, um zu arbeiten, und das war's. Jegliche Privilegien, die du früher einmal hattest – dich mit anderen zu treffen, zu essen, wann du wolltest, lange Bäder zu nehmen –, sind jetzt Vergangenheit. Du hast das verspielt, als du aus deinem letzten Gehege geworfen wurdest.«

Ein heimliches Rendezvous? Das war es, was Dane glaubte? Sie presste die Kiefer fest zusammen gegen die

Woge an Wut, die in ihr hochkochte. »Verstanden«, sagte sie barsch, doch Dane ließ sie nicht gehen. Ihr war nicht entgangen, wie seine Blicke Lucky förmlich auffraßen, wenn er sich fürsorglich um die Tiere kümmerte, und noch viel mehr, wenn er das T-Shirt auszog, um sich am Wassertrog zu waschen.

»Kümmere dich einfach um deinen Kram«, sagte Dane, »dann gibt es auch keine Probleme.«

Der Feuerball an Wut wirbelte in ihrem Magen. Wenn er glaubte, eine Chance bei Lucky zu haben, würde er eine große Enttäuschung erleben. Selbst wenn Lucky auf Jungen stünde, würde er sich niemals in jemanden wie Dane verlieben.

»Okay«, brachte sie keuchend hervor und bahnte sich gewaltsam einen Weg in die Lodge.

In den folgenden Tagen suchte Cora den Boden im Duschraum wie eine Besessene nach Kreidemarkierungen von Leon ab, aber vergeblich. Vielleicht hatte es bei seiner Suche nach Anya Schwierigkeiten gegeben, oder er hatte sie wieder einmal im Stich gelassen. Sie konnte an nichts anderes als ihren Plan denken, während sie ihren verhassten Pflichten nachkam und lustlos ihre Lieder sang. An Tagen, wenn Ratsmitglieder anwesend waren, verkrampfte sich Coras Magen. Sie beobachtete, wie sie Karten spielten, und musste an Queenie in Bay Pines und die Venezolanerinnen denken, die sie gemeinsam übers Ohr gehauen hatten. Die Mädchen hatten sie nie beim Schummeln erwischt. Mit etwas Glück könnte sie den Rat ebenfalls an der Nase herumführen.

Als Cassian nach Ablauf der drei Tage endlich erschien,

fiel ihr sofort auf, dass er Handschuhe trug. Cora fragte sich, ob seine Handfläche immer noch verletzt war oder ob er sie zum Schutz vor einer weiteren Attacke trug.

Cassian unterhielt sich kurz mit Tessela, die ihm zunickte und zur Bühne trat.

»Du kannst mit deiner Schicht heute früher Schluss machen«, erklärte ihr die Kindred. »Einer unserer Gäste möchte eine Partie Karten mit dir spielen.« Mit einem Kopfnicken zeigte sie zum abgelegensten Alkoven.

Cassian wartete dort bereits auf Cora, die sich auf eine der Bänke sinken ließ, den Blick bewusst von dem Körbchen mit spitzen Spielsteinen abgewandt. Dumpfe Geräusche drangen von der anderen Seite des hölzernen Wandschirms zu ihnen. Makaylas Stepptanzschuhe. Das Klirren von Gläsern an der Bar. Das Dröhnen eines weit entfernten Geländewagens, der hinaus in die Savanne fuhr. Nervös rutschte Cora hin und her und spürte, wie ihr mit einem Mal warm wurde. Immer wenn sie mit Cassian allein war, war ihr viel zu heiß, als würde sie im Hochsommer mittags im Freien stehen – kurz vor einem Sonnenbrand.

Cassian nahm in sicherer Entfernung auf der anderen Seite des Tischs Platz. »Wie geht es deinem Kopf?«

»Besser.« Mit dem Daumennagel kratzte sie am Dreckrand unter ihrem Zeigefinger. »Wie geht es deiner Hand?«

Vorsichtig zog er die Handschuhe aus. Die Haut war größtenteils verheilt, doch sie schimmerte immer noch rot. »Es war meine Schuld. Ich habe dich provoziert, auch wenn das nicht meine Absicht war.«

Sie legte ihre Hand auf seine, eine Geste, von der sie hoffte, sie würde jegliches Misstrauen ausräumen, das er hegen könnte. »Das spielt keine Rolle. Ich habe zugestimmt, an der Prüfung teilzunehmen, und das werde ich auch.«

Bei ihrer Berührung blickte er auf, und eine Sekunde lang fürchtete sie, er könnte ihre Lüge spüren. Doch dann verdunkelten sich die Gewitterwolken in seinen Pupillen, und er beugte sich vor, als würde die Schwerkraft ihn unwillkürlich zu ihr ziehen. »Es muss dir schwerfallen, mir wieder zu vertrauen«, sagte er. »Aber ich wusste, dass du einwilligen würdest.«

Sie neigte neugierig den Kopf. »Wirklich?«

»Vergebung, Fehler, Entschlossenheit – alles Eigenschaften, die ich an Menschen erlebt und zu schätzen gelernt habe. Aber nachdem ich dich beobachten durfte, habe ich noch mehr über die Menschheit in Erfahrung gebracht. Etwas, das mir auf der Erde zum ersten Mal begegnet ist und das ich erst jetzt verstehe. Beharrlichkeit. Oder besser gesagt, Beharrlichkeit aller Logik zum Trotz.«

Für einen Moment stieg die Erinnerung wieder in ihr auf, als sie mit zehn Jahren und voller blauer Flecken unter der Eiche gestanden und Charlie sie wegen ihrer Sturheit belehrt hatte.

»Du meinst, niemals aufgeben?«

Er nickte. »Für uns ist das eine nicht nachvollziehbare Eigenschaft. Die Entscheidungen, die wir treffen, sind sorgfältig durchdacht. In deinem früheren Gehege hättest du viele Male aufgeben müssen. Aber das hast du nicht, obwohl es jeglicher Logik widersprach. Und das Unglaublichste ist, dass deine Beharrlichkeit die richtige Entscheidung war.«

»Das war sie nicht«, entgegnete sie. »Es hat nicht geklappt.«

»Deine Flucht ist fehlgeschlagen, das stimmt. Und dennoch war es die richtige Entscheidung. Sie hat dich stärker gemacht. Das ist auch der Punkt, der mich so fasziniert. Wären die Bewohner deines Geheges Kindred gewesen, wären sie immer noch dort und würden den Rest ihres Lebens Rätsel lösen. Deine Ausdauer ist auch für mich ein Ansporn, nicht aufzugeben. Nicht nur in meinem Kopf, sondern in meinem Herzen.« Er presste sich die Hand auf die Brust, und Cora spürte, wie ihr eigenes Herz zu klopfen begann. »Wenn ich abwäge, ob ich mit dir für die Prüfung trainieren soll, sagt mir die Logik, dass es keine weise Entscheidung ist. Und dennoch glaube ich, dass sie richtig ist.«

Eine weitere Erinnerung brannte sich in Cora ein, die erst ein Jahr zurücklag. Ihr Vater hatte Charlie verboten, Flugstunden zu nehmen. *Viel zu gefährlich für einen Achtzehnjährigen*, hatte er gesagt, woraufhin Charlie sich nach der Schule einen Nebenjob in einem Call-Center besorgt hatte, um selbst für die Stunden zu bezahlen, und an den Wochenenden, an denen er eigentlich in einem Nachhilfeinstitut für die College-Aufnahmeprüfung hätte lernen sollen, war er zu einem kleinen Flughafen außerhalb von Richmond gefahren. *Dad wird stinkwütend werden, wenn er es herausfindet*, hatte Cora gewarnt. *Du hast mir selbst gesagt, man muss wissen, wann man aufgeben soll.* Charlie hatte nur den Kopf geschüttelt. *Man muss wissen, wann man* nicht *aufgeben soll.*

Ihre Hand lag immer noch auf Cassians Hand. Da erinnerte sie sich an das erste Mal, als sie das sanfte Kribbeln seiner Berührung gespürt hatte, seine Haut so viel wärmer als erwartet. Für eine Sekunde vergaß sie, dass alles nur gespielt war.

Sie räusperte sich. »Wir sollten mit der Arbeit beginnen.«

Cassian blinzelte, als hätte auch er kurzzeitig vergessen, weshalb sie eigentlich hier waren.

»Natürlich.« Er holte zwei mit einem Verstärker versehene Würfel heraus und ließ einen zwischen den Fingern rollen. »Telekinese ist das Erste, was wir üben werden.« Er legte die Würfel auf den Tisch und konzentrierte sich. Wie von Geisterhand rollten sie zu ihm, als hätte ihnen jemand einen Stoß versetzt.

Er legte sie zurück in die Mitte des Tisches.

»Konzentrier dich zuerst auf ihre Form, und präg sie dir ein, damit du sie selbst mit geschlossenen Augen sehen kannst. Dann gibst du ihnen mit deinen Gedanken einen Stups, genauso, wie du es mit den Fingern tun würdest.«

Cora starrte die Würfel an. Fest und kompakt, genau wie es ihre Wut gewesen war. Der Zorn war immer noch da, tief vergraben, wo sie ihn niemals vergessen würde, doch es fiel ihr zunehmend schwerer, diese Wut dem Mann entgegenzubringen, der ihr gegenübersaß.

Sie richtete ihre Aufmerksamkeit darauf, den Würfel anzustupsen.

Nichts geschah.

Mit gerunzelter Stirn konzentrierte sie sich noch stärker. Ihre Sicht begann zu verschwimmen, und der Raum schien sich nach links zu neigen, doch sie wusste, dass sich das Zimmer nicht bewegte. Sie ignorierte ihre falsche Wahrnehmung und richtete ihre Gedanken allein auf den Würfel.

Roll!

Wiederum geschah nichts, und enttäuscht streckte

Cora die Hand aus und schnalzte den Würfel mit dem Finger weg.

Cassian schüttelte langsam den Kopf. »Das ist Betrug.«

»Nun, aber das Resultat ist dasselbe.«

Er schob den Würfel zurück. »Intelligente Spezies sind an mehr interessiert als dem Ergebnis. Uns ist der Prozess an sich wichtig. Dinge auf eine korrekte, effiziente, logische Art zu tun. Betrügen passt nicht dazu.«

Cora nahm den Würfel und spielte mit ihm. Aber genau darum ging es doch, oder? Das Endresultat. Wenn sie die Prüfung ablegte, sich an die Spielregeln der Kindred hielt und gewann, wäre die Menschheit frei. Wenn sie betrog, könnte das Endergebnis dasselbe sein, und dennoch wäre es das nicht – es würde so viel mehr bedeuten, weil sie es auf ihre Art erreicht hätte.

Nach ihrer Zeitrechnung blieben ihnen noch einundzwanzig Tage, bevor das Prüfungsraumschiff mit den Nicht-Kindred-Delegierten an der Station andocken würde. Cassian würde von ihr erwarten, dass sie die Rätsel korrekt, effizient und logisch löste. Seine Welt würde in sich zusammenbrechen, würde sie schummeln. Ebenso wie die aller anderen. Aber vielleicht würden die Kindred dann endlich verstehen, dass nur, weil Menschen Dinge auf eine andere Weise taten, sie nicht zwangsläufig weniger intelligent waren.

»Okay.« Sie konzentrierte sich wieder auf den Würfel. Sobald sie das Gefühl hatte, die Ecken des Würfels fest in ihrem Kopf abgespeichert zu haben, stupste sie ihn wieder an.

Der Würfel bewegte sich. Es war kaum mehr als ein zögerliches Wackeln, aber er bewegte sich.

Überrascht stieß sie einen leisen Schrei aus. »Es klappt!«

Cassian lächelte. »Ein guter Anfang.« Er legte den Würfel zurück in die Tischmitte. »Versuch es noch einmal!«

Diesmal fiel es Cora schwerer, sich zu konzentrieren. Cassian lächelte so selten, dass es sie ablenkte. Mit aller Gewalt schob sie ihn aus ihren Gedanken und richtete ihr gesamtes Augenmerk auf die Form des Würfels. *Roll!*

Der Würfel rutschte über den Tisch, fiel herunter und prallte gegen die Wand.

»Hast du das gesehen?« Unwillkürlich hüpfte Cora auf und ab. »Es hat wirklich funktioniert ... *Aua*!«

Mit einem Mal zuckte ein stechender Schmerz durch ihren Kopf. Cassian sprang auf und legte ihr eine Hand auf den Rücken, eine Berührung, die sie innerlich wärmte.

»Atme«, sagte er. »Langsam. Dein Gehirn braucht Sauerstoff.«

Doch die Kopfschmerzen ließen nicht nach, und Cora sank zurück auf die Bank.

»Das reicht wohl fürs Erste«, sagte er besorgt. »Dein Bewusstsein ist vom letzten Mal noch nicht vollständig verheilt. Behalte einen der Würfel. Übe nachts. Aber überanstreng dich nicht!«

Sie steckte den Würfel in die Tasche ihres Kleids, dann erhob sie sich und wollte zurück zur Lodge gehen.

»Warte, Cora! Ich muss dir noch etwas sagen.« Seine Hände berührten immer noch ihren Kopf, und sie blieb wie angewurzelt stehen. Sie starrte seine Brust an, das zugeknöpfte Hemd, das so menschlich war, so real. Ein Faden hatte sich gelöst. »Ich werde dein Vertrauen nie wieder missbrauchen. Versprochen.«

Ihr Herz klopfte einmal. Zweimal. Dreimal.

»Ich glaube dir«, log sie.

Im nächsten Moment öffnete sie die Schiebetür. Die Lodge war nun gut gefüllt, und bei all den Geräuschen, die auf sie einprasselten, während sie sich einen Weg durch die Kindred zurück zur Bühne bahnte, wo Makayla gerade ihren Stepptanz beendet hatte, drehte sich ihr der Kopf.

»Tut mir leid, dass du für mich einspringen musstest«, entschuldigte sich Cora.

Makayla legte eine Hand über das Mikrofon, um es stummzuschalten. »Kein Problem.« Ihre Stimme senkte sich. »Ich glaube fast, Roshian hat dich zu seinem neuen Liebling erkoren. Ich bin froh, dass ich aus dem Schneider bin, aber deinetwegen tut es mir leid.«

»Mit dem werde ich schon fertig.«

Doch ihre Gedanken kreisten um Cassian, nicht Roshian, als sie auf die Bühne stieg und dem Kommandanten nachsah, wie er ein paar leise Worte mit Tessela wechselte und durch den Haupteingang verschwand. Kurz, bevor die Tür hinter ihm zufiel, drehte er sich noch einmal zu ihr um und presste sich sanft eine Hand aufs Herz. *Es ist auch für mich ein Ansporn, nicht aufzugeben. Nicht nur in meinem Kopf, sondern in meinem Herzen.*

Nach einem kurzen Räuspern begann Cora, ein Lied zu singen, das sie in Bay Pines über vier Wände und keinen Himmel geschrieben hatte, doch dann überlegte sie es sich anders. Stattdessen sang sie ein Lied von früher, eines, das Charlie früher immer angehört hatte, wenn er sich heimlich zu dem kleinen Flughafen geschlichen hatte.

Das Lied handelte davon, hoch in die Lüfte zu steigen und nie wieder nach unten zu blicken.

Und der Liedtext verlieh ihr ein Gefühl von Stärke, so

wie es Cassians Worte getan hatten. Zum ersten Mal spürte sie den Glückstaumel, auf einer Bühne zu stehen, so, wie sie es sich immer erträumt hatte. Es spielte keine Rolle, dass keiner der Kindred ihr zuhörte. Makayla hörte ihr zu. Dane und Shoukry hinter der Bar hörten ihr zu.

Und *sie* hörte sich zu.

Und ausnahmsweise einmal glaubte sie ihren eigenen Worten.

15 *Mali*

Malis Tagesablauf war immer gleich. Einen der Safari-Geländewagen für die Farce von einer Jagd fahren, die nachgemachten Gewehre der Gäste laden, den anderen Guides beim Aufsammeln der erlegten Tiere helfen. Der einzige Unterschied war heute, dass, als sie zur Arbeit bei der Garage erschien, Lucky bereits auf sie wartete.

»Du darfst den hinteren Bereich doch nicht verlassen«, sagte sie verwirrt.

»Ich habe es nicht ertragen, auch nur eine Minute länger in diesem Raum eingesperrt zu sein. Ich weiß nicht, wer schlimmer stinkt, Pika oder die Tiere. Dane hat es erlaubt. Meinte, es wäre sowieso eine gute Idee, wenn noch jemand angelernt wird, den Geländewagen zu fahren.«

Mali hob erstaunt eine Augenbraue. Sie hatte Dane ein einziges Mal gebeten, ihren Aufgabenbereich tauschen zu dürfen und anstelle im Auto zu sitzen, in der Lodge zu arbeiten. Er hatte nur gelacht und sie verhöhnt, sie könne sich glücklich schätzen, nicht die Toiletten schrubben zu müssen. Allem Anschein nach hatte Dane weniger Bedenken, Lucky einen Wunsch zu erfüllen.

Mali nickte mit dem Kopf in Richtung des Geländewagens. »Du fährst auf dem Beifahrersitz.«

Sie tuckerten schweigend bis zum äußeren Rand der Savanne, während Jenny und Christopher neben der hinteren Stoßstange herliefen. Der Gast – Roshian – saß auf der Rückbank. Nervös warf Mali ihm einen Blick im Rückspiegel zu. Selbst demaskiert wirkte er immer noch unheimlich steif. Sie lebte seit dreizehn Jahren bei den Kindred, weshalb sie ebenfalls eine Expertin darin war, ihre Gefühle zu verbergen, doch heute fiel es ihr besonders schwer. Im Grunde seit sie Leon vor ein paar Tagen wiedergesehen und er gesagt hatte: *Freunde, ist das alles?*, als hätte er mehr erwartet. Noch vor nicht allzu langer Zeit hätte sie nicht verstanden, was er meinte. Aber nachdem sie Cora und Lucky und auch Nok und Rolf zusammen gesehen hatte, wusste sie es besser.

Und der Gedanke ließ sie lächeln, wenn auch nur ein bisschen, ganz tief in ihrem Innern.

Sie blickte verstohlen zu Lucky, der gedankenverloren in die Ferne starrte und mit den Fingern gegen die Innenseite der Tür klopfte. Seit Mali die anderen Jugendlichen kannte, sehnte sie sich danach, sich wie sie benehmen zu können – so gewandt zu reden, zu lachen –, ebenso *menschlich* wie sie zu sein. Sie nahm eine Hand vom Lenkrad und trommelte ebenfalls mit den Fingern gegen den Türrahmen. Es fühlte sich gut an. Natürlich. Doch dann wanderten ihre Gedanken zurück zu Leon und seiner Zusammenarbeit mit den Mosca. *Sie* waren es gewesen, die sie von der Erde entführt hatten. Mali erinnerte sich, an einen Pfahl mitten auf einem Markt angekettet gewesen zu sein, während die Mosca sie mit höhnischen Worten geärgert hatten.

Es gab gute und schlechte Kindred.

Gute und schlechte Menschen.

Aber die Mosca ... die waren *allesamt* verdorben.

Der Wagen machte einen Satz, und ein tiefes Zischen kam hinten von der Rückbank.

»Konzentrier dich aufs Fahren«, blaffte Roshian.

Mali legte hastig die Hand zurück aufs Lenkrad. »Tut mir leid«, murmelte sie. Neben ihr bedachte Lucky sie mit einem mitfühlenden Lächeln.

Roshian suchte nun wieder die Savanne mit den Augen ab. »Dort«, sagte er. »Die Hyäne.«

Vor ihnen teilte sich der Weg. Eine Abzweigung führte zu einem Hügel, die andere zu einem Wasserloch, wo häufig Giraffen und Antilopen zu finden waren. Heute lag eine dürre Hyäne schwer keuchend im Schatten eines Akazienbaums. Eines ihrer Ohren war ein bisschen kürzer als das andere.

Malis Finger umkrallten das Lenkrad.

Es war die Hyäne, die in der Zelle neben ihr untergebracht war. Diejenige, die manchmal eine Pfote durch die Gitterstäbe streckte, um gekrault zu werden. Mali hatte ihr den Spitznahmen Knickohr gegeben. Sie wünschte, Roshian hätte sich ein anderes Tier ausgesucht, aber sie würde es heute Abend wiedergutmachen, indem sie Knickohr eine Extraportion Futter gäbe, sobald sie das Tier wiederbelebt hatte.

»Hey, alles okay?«, fragte Lucky.

»Ja. Es ist nichts. Hol den Sack für den Tierkadaver heraus.« Mit einem Kopfnicken zeigte sie zum Handschuhfach.

Währenddessen fuhr sie den Weg weiter entlang, bis der Wagen automatisch anhielt. Jenny und Christopher begannen, die Gewehre zu laden. Eines war ein Kompaktmodell mit einem kurzen Lauf für die Nähe, das andere eine Weitschusswaffe.

Roshian trat auf die ausgetrocknete Erde, lehnte jedoch die Gewehre, die Christopher ihm anbot, mit einer abfälligen Handbewegung ab. Stattdessen spazierte er ein paar Meter vom Wagen weg und suchte den Horizont mit den Augen ab, während er Christoper zu verstehen gab, in seiner Nähe zu bleiben. Jenny glitt in den Schatten der Rückbank.

Lucky faltete einen unbenutzten Leinensack auseinander und beobachtete das Geschehen durch die Windschutzscheibe.

»Er ist ein Winzling«, flüsterte Jenny. »Er ist der kleinste Kindred, den ich jemals gesehen habe. Ich denke, er hat einen Napoleon-Komplex.« Roshian näherte sich wieder dem Geländewagen, und Jenny öffnete seufzend die Autotür. »Wahrscheinlich will er jetzt noch einen blöden Sonnenschirm.«

Sobald Mali und Lucky allein im Wagen waren, fragte Mali: »Was ist ein Napoleon-Komplex.«

»Wenn jemand seine fehlende Körpergröße dadurch kompensiert, dass er einen auf großen Macker macht«, sagte Lucky.

Mali dachte darüber nach. *Macker*. Dieses Wort musste sie sich merken. Sie versuchte, sich darauf zu konzentrieren, den Staub von ihren Fahrerhandschuhen zu wischen, doch ihr Blick huschte immer wieder zu Roshian zurück, der sich mit Jenny stritt, die verärgert aussah.

»Warum willst du zuschauen, wie die Tiere erschossen werden«, fragte Mali.

Lucky sah sie überrascht an. »Aus diesem Grund bin ich doch nicht mitgekommen! Aber hinten bei uns sehe ich immer nur betäubte Tiere. Wie sie blutend und zerschunden bei uns abgeliefert werden. Oder nachts eingepfercht in ihren Käfigen stecken. Ich wollte sie ausnahmsweise einmal anders erleben. Draußen im Freien.« Er hielt inne. »Selbst wenn hier nichts real ist.«

Mali blickte wieder zu Knickohr. Träge leckte sich die Hyäne über die Pfote.

»Dir liegen die Tiere ebenso am Herzen wie die Menschen«, erklärte sie.

Er zuckte mit den Schultern. »Ihr hier seid mir wichtig ... Herrgott, sogar Leon. Selbst *Dane*. Ich habe alles getan, um so gut es geht zu helfen. Einmal habe ich sogar geglaubt, ich hätte das Zeug zum Anführer.« Er zögerte und starrte mit zusammengekniffenen Augen zu den Giraffen in der Ferne. »Aber bei den Tieren liegt die Sache anders. Wer kümmert sich um sie? Unser Augenmerk liegt allein darauf, die Menschheit zu retten, aber selbst wenn Cora die Kindred überlistet, würde es am Leid der Tiere nichts ändern. *Sie* haben niemanden, der für sie eintritt. *Sie* haben keine Chance zu beweisen, was in ihnen steckt.« Er stieß ein Seufzen aus und begann, mit den Fingern über Kratzer im Armaturenbrett zu fahren.

Mali blinzelte ihn an. »Du.«

»Ich, was?«

»Du hast gefragt, wer sich um sie kümmert«, sagte sie. »Du tust es.« Sie hielt kurz inne und grübelte darüber nach, ob sie die richtige Zeitform benutzt hatte. »Du kannst es tun.« Dann überlegte sie es sich noch einmal. »Du *musst* es tun.«

Lucky lehnte sich nachdenklich zurück, als wäre ihm dieser Gedanke noch nie in den Sinn gekommen. Draußen diskutierten Roshian und Jenny immer noch lautstark. Sie riefen Christopher herbei, der kopfschüttelnd die Hände in die Hüften stemmte. Sie stritten noch eine Weile, bis Christopher schließlich nachgab, was auch immer Roshian gefordert hatte. Schweren Herzens kam Christopher zum Wagen zurück und kramte stumm in seinem Rucksack, bevor er mit einem neuen Gewehr zu Roshian zurückkehrte.

»Warum will Roshian ein anderes Gewehr?«, fragte Lucky.

»Keine Ahnung. Das ist nicht aus dem Waffenschrank. Ich denke, er hat es selbst mitgebracht.« Mali warf Lucky einen Seitenblick zu. Es war unnötig, ihm zu erklären, dass dies ein schwerer Regelverstoß war.

Vor ihnen entsicherte Roshian die Waffe.

Mit angewidertem Gesichtsausdruck wandte sich Jenny von ihm ab.

Unter dem Akazienbaum hatte Knickohr ihre Fährte aufgenommen. Einige der Tiere, insbesondere die neueren, liefen beim ersten Hauch eines Jägers los. Doch Knickohr hatte diese Prozedur schon unzählige Male über sich ergehen lassen und legte den Kopf schicksalsergeben zurück. Da hob Christopher einen staubigen Stein auf, um Knickohr zumindest zu einem langsamen Trott zu bewegen.

»Nein!« Roshians Stimme durchschnitt die Luft wie ein Messer. »Nicht.«

»Aber es wäre zu einfach, sie hier zu erschießen …«

»*Nicht!*«

Christopher ließ den Stein fallen und schritt, beklommen auf der Innenseite seiner Wange kauend, zum Geländewagen zurück.

Mali beugte sich aus dem Fenster der Fahrertür, um ihn zu fragen, was los sei.

»Es ist besser, wenn du es nicht weißt«, sagte Christopher. »Glaub mir.«

Mali verschränkte die Arme fest vor der Brust und blinzelte in die Sonne. Vergangene Nacht hatte Knickohr verstohlen eine Tatze durch die Gitterstäbe gesteckt, und sie hatte ihm den Kopf gekrault, bis er mit dem Schwanz gewedelt hatte.

Sie beobachteten, wie Roshian das Gewehr anlegte. Knickohrs Kopf drehte sich langsam zu ihm um. Das Tier hechelte aufgrund der Hitze und blinzelte in Richtung der Waffe. Genau in dem Moment, als Roshian abdrückte, blickte es weg.

Peng.

Die Kugel schoss durch die Luft. Knickohr zuckte mit einem schmerzgepeinigten Jaulen zusammen, das Mali durch Mark und Bein ging, und instinktiv glitt ihre Hand zum Türgriff, um zu ihm zu eilen, doch dann ließ sie den Arm sinken. Es würde nichts bringen.

Knickohr versuchte aufzustehen, nur um im nächsten Moment bewusstlos zusammenzubrechen. Die Chemikalien in den Kugeln, die eine vorübergehende Lähmung und einen besonders heftigen Blutverlust samt blauen Flecken um die Wunde hervorriefen, breiteten sich längst in seinem Blutkreislauf aus.

»Verdammt«, murmelte Lucky leise. »Das ist sogar noch schlimmer als das, was hinter der Lodge abgeht.«

Jenny stützte sich auf die Motorhaube des Wagens und flüsterte durch das offene Fenster: »Ganz ehrlich, der Kerl ist ein krankes Arschloch.«

Mali sah sie erwartungsvoll an, aber Jenny führte ihre Worte nicht weiter aus.

Da gab Christopher Jenny ein Zeichen, die sich den Leinensack schnappte und die staubige Ebene bis zu Knickohr durchquerte. Mali wartete hinter dem Lenkrad, die Arme fest vor der Brust verschränkt. Lucky strich immer noch mit dem Finger über die Kratzer im Armaturenbrett, während er den Blick in alle Richtungen schweifen ließ, nur nicht zu Knickohr.

Kurz darauf begannen Christopher und Jenny, die Hyäne auf die Pritsche des Geländewagens zu hieven, doch Roshian schüttelte den Kopf.

»Wartet!«

Roshian kniete sich neben den Leinensack und zog ein Messer aus der Tasche. Echtes Metall. Ein Artefakt von der Erde – Schmuggelware. Roshian band den Knoten auf und zerrte eine von Knickohrs steifen Vorderpfoten heraus.

Mali stieß ihre Wagentür auf. »Das ist verboten …«

Jenny streckte den Arm aus und schob sie zurück. »Hey, vergiss es«, warnte sie mit gedämpfter Stimme.

»Er wird Knickohr wehtun.«

»Knickohr ist längst tot, hast du das etwa nicht bemerkt? Roshian hat Christopher gezwungen, die künstliche Waffe gegen eine echte auszutauschen. Er meinte, er hätte das mit Dane abgesprochen.«

Heiße Wut flammte in Mali auf. Sie warf Lucky einen glühenden Blick zu, der ebenso geschockt wie sie selbst aussah. Tot? Knickohr war *tot*? Er würde später nicht wieder aufwachen und sich die Nase mit der Pfote reiben?

Ihr sengender Zorn brannte so heiß wie rot glühende Kohle in ihr. Mali stieg wieder in den Geländewagen und knallte die Tür hinter sich zu, während sie ununterbrochen die Finger spreizte und zur Faust schloss, ohne die Augen auch nur eine Sekunde von dem Kindred abzuwenden, der inzwischen das Messer an Knickohrs andere Pfote anlegte.

Jenny beugte sich tief zum Fenster hinein. »Ich denke, es geht ihm allein ums Töten«, flüsterte sie, »nicht ums Jagen. Und ich glaube auch nicht, dass es das erste Mal ist. Erinnert ihr euch noch an den Hirsch mit dem weißen Fell, der gestorben ist? Dane meinte, er wäre krank gewesen, aber auf mich hat er keinen kranken Eindruck gemacht. Und dann hat Dane auch noch behauptet, er müsse das Geweih absägen, damit es in den Abfallschacht passt, aber der ist sehr groß, sobald er aufgeschlossen ist.«

Mali wandte sich verwirrt zu ihr um. »Was meinst du.«

»Denkt doch mal nach ... Keiner von uns hat das Hirschgeweih jemals wiedergesehen. Ich vermute, Roshian wollte es als eine Trophäe. Jäger tun so etwas manchmal auf der Erde. Hängen ihre Beute über den Fernseher oder den Kaminsims. Das ist dasselbe wie bei den Axion, die glauben, dass gewisse Körperteile von uns Menschen eine heilende Wirkung hätten.«

»Es verstößt gegen ihren Moralkodex.«

Jenny stieß ein freudloses Lachen aus. »Ja. Nun, es macht wohl wenig Sinn, uns bei Dane zu beschweren. Er steckt da mit drin.«

Sie beobachteten, wie Roshian die Klinge tiefer in Knickohr bohrte. Blut tropfte aus der Wunde, während der Kindred das Messer durch Fleisch und Fell und Sehnen zog. Als er fertig war, steckte er sich die Pfote in die Tasche. Mali ballte die vernarbten Finger zur Faust.

»Bring mich zurück zur Lodge«, befahl er und kletterte auf die Rückbank.

Neben ihr war Lucky vollkommen still.

Mit zitternden Fingern startete sie den Geländewagen.

Sie hatte die Kindred für ihre Familie gehalten. Cassian, der sie befreit, Serassi, die ihre Wunden geheilt hatte. Doch jetzt, als Mali den Rückwärtsgang einlegte und im Rückspiegel einen Blick auf Roshian erhaschte, erkannte sie, dass keiner von ihnen ihre Familie war. Ihre echte Familie war immer noch irgendwo in einer Wüste auf der Erde, zusammen mit den Kamelen und dem heißen Tee.

Cora hatte recht gehabt. Sie gehörten nicht hierher.

Mali spähte verstohlen zu Lucky, der immer noch gebannt auf die Markierungen im Armaturenbrett starrte. Zahlen, vermutete sie. Oder Buchstaben. »Hast du die vorher schon mal irgendwo gesehen?«, fragte er.

Sie schüttelte den Kopf. »Chicago hat den Wagen gefahren. Vielleicht hat er sie eingeritzt, während er bei der Safari auf Gäste gewartet hat.«

»Ich glaube, ich habe die Zahlen schon einmal gesehen.«

Im Rückspiegel fuhr sich Roshian mit der Hand durch die zerzausten Haare, eine Schweißperle rann ihm das Gesicht herab. Bedächtig tupfte er sie ab, während er mit der anderen Hand die ganze Zeit über die Pfote in seiner Tasche streichelte.

Malis Hand ballte sich wieder zur Faust.

Ja, er war definitiv gefährlicher, als sie angenommen hatte.

16 Cora

Im Zellentrakt hinter der Lodge war der Zeiger weitergewandert, die Freizeit war nun vorbei.

Sämtliche Jugendliche kletterten in ihre Käfige. Ein Seufzen und Gemurre erklang, Decken wurden ausgerollt, Makayla streifte sich die Schuhe ab und rieb sich die Füße. In den düsteren Schatten konnte Cora gerade einmal Umrisse ausmachen, während alle sich zitternd auf den kalten Metallboden legten.

»Gute Nacht, Roger«, flüsterte Jenny dem Rotluchs zu.

Doch Cora schloss nicht die Augen.

Seit ihrer ersten Stunde mit dem Würfel hatte sie sich alle paar Tage mit Cassian getroffen, um heimlich ihr Telekinese-Training fortzusetzen, wobei sie nachts, nachdem die Lichter gelöscht waren, allein weiterübte. Nacht für Nacht hatte sie sich auf die kleinen blauen Punkte konzentriert und versucht, sie allein mit Willenskraft zu bewegen. Nach drei Nächten konnte sie den Würfel dreißig Zentimeter über den Boden schieben. Nach fünf Nächten war sie in der Lage, ihn zu drehen, von einer 3 auf eine 1 und dann auf eine 6. Nach sieben Nächten schaffte sie es, ihn ein paar Zentimeter über dem Boden schweben zu lassen.

Wenn du es schaffst, einen mittelgroßen Gegenstand eine halbe Minute fünfzig Zentimeter über dem Erdboden schweben zu lassen, bist du für jeden Test gewappnet, den sie dir stellen könnten.

Es lag immer noch ein weiter Weg vor ihr, das wusste sie, aber der Fortschritt war unübersehbar. Das Prüfungsraumschiff würde in knapp einer Rotation andocken, was ihr noch in etwa zehn bis vierzehn Tage Zeit ließ. Aber Telekinese war nicht die einzige Fähigkeit, die sie trainieren musste.

Sie versteckte den Würfel unter ihrer Decke und wartete darauf, dass die anderen einschliefen. Neben ihr kaute der Fuchs an einer kleinen Holzgiraffe, die Lucky aus der Lodge für das Tier gestohlen haben musste. Mit knapper Mühe konnte sie Luckys Umriss in der fast vollständigen Dunkelheit ausmachen. Er lehnte sich gegen die Wand, die Decke zu einem Kissen zusammengeknüllt, die Arme gegen die Kälte fest um den Oberkörper geschlungen. Er war ebenso wach wie sie.

Nach ein paar weiteren Minuten begann jemand zu schnarchen. Jenny stieß ein leises Seufzen aus, als wäre sie ebenfalls eingeschlafen. Schon bald würde Shoukry aufhören, sich hin und her zu wälzen. Nur für alle Fälle wartete Cora noch eine Stunde ab. Als sie die Augen aufschlug, fiel ihr Blick auf das blaue Lichtschloss.

Es war an der Zeit für eine größere Herausforderung als den Würfel – sie würde aus ihrer Zelle ausbrechen.

Sie untersuchte mit ihrem Blick jedes noch so kleine Detail des Lichtschlosses. Den erhöhten, kreisrunden Ring in der Mitte. Die leichte Vertiefung in den Gitterstäben, wo es befestigt war.

Dreh dich, befahl sie in Gedanken.

Ihr wurde schwindlig. Sie fuhr sich mit der Zunge über die trockenen Lippen und versuchte es erneut.

Dreh dich.

Etwas fehlte: das Klicken. Der Verstärker an dem Lichtschloss musste schwächer als der an ihrem Übungswürfel sein. Sie ließ ihren Blick durch die Dunkelheit gleiten und hatte das Gefühl, als würde sich das gesamte Zimmer wie ein Schiff hin und her wiegen. Benommen umklammerte sie die Gitterstäbe zu beiden Seiten des Schlosses, um nicht das Gleichgewicht zu verlieren. Sie stellte sich vor, wie sie durch den Schmerz griff, der sich am Rand ihres Bewusstseins aufbaute, und konzentrierte sich auf das Schloss, auf nichts weiter als das Schloss, bis alles andere verschwamm.

Dreh dich!

Mit einem Mal pochte ihr Kopf, als würden zwei Hände ihn zerquetschen, und für einen Moment glaubte sie: *Ja, geschafft!* Aber das Schloss hatte sich immer noch nicht gedreht. Enttäuscht stieß sie ein leises Zischen aus.

Cora konzentrierte sich noch mehr, bis ihr Kopf so laut dröhnte, dass sie erschrocken zusammenfuhr. Der Druck wuchs ins Unermessliche. Da spürte sie etwas Feuchtes unter ihrer Nase und den metallischen Geschmack von Blut, doch sie wischte es nicht weg. Sie hatte es gleich geschafft. Sie konnte den Riegel am Schloss förmlich spüren. Da war nur noch ein kleiner Widerstand, der ihn an seinem Platz hielt. Wenn es ihr nur gelänge, diesen Druck noch ein klein wenig auszuhalten …

Blut tropfte auf den Boden.

Dreh dich, befahl sie dem Riegel. *Dreh dich*!

Und dann …

»Magnetisch.«

Ihre Augen flogen auf. Jemand hatte ihr das Wort direkt

ins Ohr geflüstert. Aber wer? Wer hatte das gesagt? Der Fuchs im Nachbarkäfig kaute genüsslich auf der Giraffe herum, ohne sie eines Blickes zu würdigen. Irgendwo über ihr schnarchte jemand leise. In dem Zellentrakt war es genauso still wie zuvor.

Kälte kroch ihr die Beine hoch.

Es musste Dane gewesen sein. Er war der Einzige, der seine Zelle verlassen konnte. Aber seine Tür war geschlossen.

Wie erstarrt wartete sie noch einige Minuten. Allmählich flaute der Schmerz in ihrem Bewusstsein ab. Sie nahm einen tiefen Atemzug und umklammerte erneut die Gitterstäbe. Die Stimme hatte nicht nach Dane geklungen. Im Grunde hatte sie nach überhaupt niemandem geklungen, weder nach einem Jungen noch einem Mädchen oder einem Kindred und ganz gewiss nicht nach Cassian.

Doch woher auch immer die Stimme gekommen sein mochte, es ergab Sinn. Magneten. Es war falsch gewesen, einen Teil des Schlosses sich *drehen* zu lassen, denn es gab nichts, was sich drehen ließ.

Stattdessen musste sie es einfach öffnen.

Erschöpft lehnte sie die Stirn gegen die Gitterstäbe und fuhr den Umriss des Schlosses mit ihrem Bewusstsein nach.

Sie ignorierte den Geschmack von Blut.

Den Schmerz.

Ihr fehlendes Gleichgewicht – sie schwankte wie ein Schiff.

Öffnen, befahl sie, und etwas in ihrem Kopf klickte.

Das blaue Licht erlosch. *Auf!* Ihr Atem stockte, als sie erkannte, dass sie es tatsächlich geschafft hatte.

»Cora.«

Noch ein Flüstern, aber diesmal klang es anders. Es kam aus der übernächsten Zelle, wo sie undeutlich Luckys Umriss ausmachte. »Du hast geschrien«, sagte er leise. »Was ist los?«

Ein verschlafenes Murmeln drang aus einer der anderen Zellen, und beide verstummten. Das Gemurmel erstarb, als derjenige, wen auch immer sie aus dem Schlaf gerissen hatten, wieder ins Land der Träume sank.

Cora spähte zum erloschenen Lichtschloss. Zögerlich schob sie die Tür auf, die lautlos aufschwang, dann trat sie unbemerkt ins Freie und schlich auf Zehenspitzen am Fuchs vorbei, der mit Kauen aufhörte und zu ihr hochblickte. Sie ging zu Luckys Zelle und tastete in der Dunkelheit nach ihm.

Da.

Seine Hand, durch die Gitterstäbe.

Cora konzentrierte sich auf das Lichtschloss an seiner Tür. Öffnen, befahl sie im Stillen. Das Licht ging flackernd aus, und erneut erfasste sie ein Schwindel, als sie ihren Erfolg erkannte. Lautlos kletterte sie hinein. Luckys Hände tasteten nach ihren Schultern und ihrem Haar, als müsste er sich vergewissern, dass sie tatsächlich bei ihm war.

Seine Hand strich sanft über ihr Gesicht und erstarrte. »Du blutest aus der Nase.«

Sie legte rasch einen Finger auf seine Lippen, um ihn an die schlafenden Jugendlichen zu erinnern. Er zitterte. Ebenso wie sie. Sie stand auf Zehenspitzen da und drückte ihre Wange an seine. »Mir geht's gut«, flüsterte sie. Doch das stimmte nicht.

»Das Training ist schmerzhaft für dich.«

»Aber es ist die Sache wert«, sagte sie leise. »Und sobald Leon zurückkommt, kann ich mich mit ihm durch den Abfallschacht davonschleichen und Anya befreien.«

»Vielleicht kommt er nie zurück.«

»Doch, das wird er. Und zwar ganz bald, das weiß ich. Alles wird gut, bevor du neunzehn wirst.«

Die Aufregung machte sie trunken. All die Fortschritte, die sie gemacht hatte, versetzten sie gleichsam in einen Rausch. Aufgewühlt fuhr sie mit den Händen über seine Arme, während ihre Lippen krampfhaft nach Worten suchten, um ihrer Hoffnung Ausdruck zu verleihen.

Doch stattdessen küsste sie ihn.

Es kam einfach über sie. Sie wollte nichts weiter, als diesen kleinen Erfolg feiern, diesen winzigen Triumph. Überrascht wich Lucky zurück, und in der Dunkelheit konnte Cora in seinen Augen nicht lesen, was er dachte. *Das war ein Fehler*, schoss es ihr durch den Kopf, und ihre Finger in seinem Haar ertasteten die Beule, dort, wo sie ihn verletzt hatte. Doch er war nicht mehr dieser opportunistische Junge. Und auch sie war nicht mehr das verängstigte Mädchen mit den weit aufgerissenen Augen.

»Es tut mir leid«, flüsterte sie. »Ich wollte dich nicht ...«

Doch seine anfängliche Verunsicherung legte sich schnell, und er küsste sie zurück. Hart, wie jemand, der aus den Schatten nach dem letzten Lichtstreif am Horizont griff. Und eine Sekunde lang fühlte sie sich wie damals, als sie sich zum ersten Mal geküsst hatten. Als er noch der Farmersjunge mit dem Motoröl an den Händen und sie so überzeugt gewesen war, dass sie nach Hause zurückkehren könnten. Damals hatte er sie sanft geküsst. Nicht wie

Cassian. Cassian hatte sie geküsst, als wäre es sein erstes Mal – was wohl auch der Fall gewesen war – und als wolle er die Erfahrung mit allen Sinnen auskosten.

Schwer atmend löste sich Cora aus dem Kuss. Sie konnte es nicht tun. Den einen Jungen küssen, während sie an einen anderen dachte.

Sie wischte sich das Blut von der Nase.

»Ich weiß nicht, was in mich gefahren ist«, begann sie, doch Lucky brachte sie zum Schweigen, indem er sie fest an sich presste und ihr einen Kuss auf die Stirn gab.

»Du musst nichts erklären.« Seine Stimme klang nicht aufgebracht. »Es liegt an diesem Ort. Es liegt daran, so weit von zu Hause weg zu sein und niemanden mehr außer uns zu haben.«

Luckys Stimme brach bei den Worten *»zu Hause«*. Cora fragte sich, ob er an seinen Großvater in Montana dachte. An sein Motorrad, das irgendwo in einer Scheune vor sich hin rostete und Staub ansetzte. Eine Welt, die sie vielleicht nie wiedersähen.

»Kann ich heute Nacht hier schlafen?« Die Frage war einfach aus ihr herausgeplatzt. Aber Lucky hatte recht – so weit weg von zu Hause zu sein fühlte sich an, als würde ihr ein Körperteil fehlen, und seine Gegenwart machte sie fast wieder ganz.

»Natürlich«, flüsterte er.

Sie schmiegten sich auf dem Zellenboden aneinander, die Decke fest um ihre Körper geschlungen.

»Was vermisst du am meisten?«, fragte er leise.

»Den Himmel«, erwiderte sie. »Und die Luft. Wie es manchmal nach Regen gerochen hat und man beobachten konnte, wie ein Gewitter aus der Ferne heranrollt.« Sie wischte sich eine Träne aus dem Augenwinkel. »Glaubst du wirklich, dass alles fort ist?«

Er zögerte. Cora spürte, dass sein Herz kräftig unter seinem Hemd pochte.

»Da gibt es etwas, das mich schon die ganze Zeit beschäftigt«, begann er. »Etwas, das ich herausgefunden habe, als ich vor ein paar Tagen mit Mali bei der Jagd war. Da war etwas in einen der Geländewagen geritzt, den Chicago früher gefahren hat.«

»Augenblick mal.« Sie drückte ihm einen Finger auf die Lippen, und er starrte sie fragend an. »Vertraust du mir?« Er nickte bedächtig. »Lass mich versuchen, es in deinem Kopf zu lesen.«

Er zögerte.

»Ich muss lernen, Gedanken zu lesen, wenn ich es schaffen will, sie zu kontrollieren.«

Er wirkte unschlüssig. »Versprich mir, dass du nicht zu tief herumgräbst.«

Sie schloss die Augen und konzentrierte sich. Ihre Wangen erröteten bei dem Gedanken, wie sie das letzte Mal in seinem Bewusstsein gewühlt und Erinnerungen an sich selbst gefunden hatte. Doch diesmal konzentrierte er sich ebenfalls. Auf ein Wort. Nein, eine Zahl. Cora konnte sie vor ihrem geistigen Auge fast sehen, die groben Linien, die in das Armaturenbrett geritzt worden waren.

»Ist es 30…1?«, fragte sie unschlüssig.

Sie spürte, wie er vor Überraschung seinen Körper anspannte. »Ja. Also, fast. Es war 30,1, und davor standen die Buchstaben WDZ. Seitdem zermartere ich mir den Kopf, wo ich solche Zahlen schon einmal gesehen habe.«

Coras Augen wurden groß.

»Ich weiß, wo.« Sie konnte die freudige Erregung, die sie überkam, nicht unterdrücken. »WDZ. Das steht für Wahrscheinlichkeit der Zerstörung. Aber Cassian meinte, die WDZ der Erde betrüge 98,6 Prozent, nicht 30,1. Wenn es nur dreißig Komma eins Prozent sind, dann würde das bedeuten, dass die Erde mit einer fast siebzigprozentigen Wahrscheinlichkeit noch existiert, und das wäre einfach ...«

»Unglaublich«, flüsterte Lucky.

Coras Herz hämmerte vor Aufregung. »Als sie Chicago geholt haben, hat er gerufen, dass die Kindred uns belogen hätten. Wenn er tatsächlich derjenige war, der die Zahl in das Armaturenbrett geritzt hat, dann hat er vielleicht das damit gemeint. Vielleicht hat er irgendwie herausgefunden, dass der Algorithmus nicht stimmt.«

»Wenn das wahr ist und wir wirklich von hier fliehen könnten, dann könnten wir nach Hause und die Regierung dazu bringen, mit intergalaktischen Waffen zu kämpfen ...«

Cora schüttelte den Kopf. »Niemand würde uns glauben. Sie würden uns in die Psychiatrie stecken. Und selbst wenn es uns gelingen würde, dass sie unsere Geschichte glauben, können unsere Raketen nichts gegen die Kindred ausrichten.« Sie seufzte schwer. »Nein, wir sind auf uns allein gestellt. Sollten wir es wirklich schaffen, uns zu befreien, dürfen wir zu Hause niemandem von dem erzählen, was uns widerfahren ist.«

»Und wie finden wir heraus, welche Zahl nun stimmt?«

Cora hielt inne. Was, wenn Chicago recht hatte? Und was, wenn Cassian nicht *wusste*, dass sein Algorithmus falsch war?

»Cassian wollte bisher nichts unternehmen, aber vielleicht ändert das die Sache.«

»Cora, er ist der Feind.«

Das Wort traf sie unvorbereitet. *Feind?* Sie hatte ihn ebenfalls so bezeichnet, als sie erfahren hatte, dass er ihr Kidnapper gewesen war, und später wieder, als er sie verraten hatte. Und dennoch, aus irgendeinem Grund, schien es nicht mehr zu stimmen. »Er will uns helfen. Und er ist überzeugt davon, dass es keine Erde mehr gibt, zu der wir zurückkehren könnten. Aber wenn dem *nicht* so ist und wir die Prüfung überlisten ... dann könnten wir vielleicht doch zurück nach Hause.«

Sie lächelte in Luckys Hemd und dachte an einen weiten, grollenden Himmel voller Wolken, einen Himmel, an dem Charlie womöglich genau in diesem Moment in einem kleinen, aber windschnittigen Flugzeug flog.

Zumindest in dieser einen Nacht schöpfte sie ein wenig Hoffnung.

Früh am nächsten Morgen schlüpfte Cora zurück in ihre Zelle. Als die grellen Deckenlichter flackernd angingen, machte sie sich wie jeden Tag daran, den Boden vor dem Abfallschacht nach einem Zeichen von Leon abzusuchen, jedoch ohne große Hoffnung.

Als sie jedoch den Duschraum betrat, blieb sie wie angewurzelt stehen.

Heute war alles anders. Worte und die Zeichnung einer Hand mit nur drei Fingern waren mit Kreide auf den Boden gemalt.

Habe sie gefunden.

Da hörte Cora plötzlich Schritte hinter sich, und in allerletzter Sekunde wischte sie die Nachricht weg, als Dane, das Jo-Jo bedächtig auf und ab rollend, seinen Kontrollgang machte. »Und, wirst du dich heute gut benehmen, kleiner Singvogel?«

Sie rieb unauffällig die letzten Spuren von Leons Worten weg. »Natürlich.«

»Denk immer dran, was ich dir gesagt habe.« Seine Augen ruhten auf ihr, doch sein Kopf drehte sich leicht in Luckys Richtung.

Cora lächelte verbissen. »Ja, genau. Finger weg von Lucky. Etwas anderes würde mir auch gar nicht in den Sinn kommen.«

Dane schnalzte wieder mit seinem Jo-Jo. Cassian hatte gesagt, dass die Veränderung nicht über Nacht käme, selbst wenn sie die Prüfung bestehen würde. Es würde Monate dauern, um ein System zu errichten, das der Menschheit Gleichberechtigung brächte, wobei einige von ihnen noch länger leiden würden als andere. In Danes Fall würde sie höchstpersönlich dafür sorgen, dass er als Letztes befreit würde.

17 Cora

Bei der erstbesten Gelegenheit erzählte Cora Lucky von Leons Nachricht.

»Ich habe ihm einen Zettel in den Abfallschacht gesteckt und ihn gebeten, heute Nacht auf mich zu warten«, flüsterte sie über den Wassertrog hinweg. »Ich werde meine Zelle wieder öffnen. Die Nacht dauert acht Stunden, das sollte ausreichen, um Anya zu …«

»Ts, ts, ts.« Dane schien auf der Lauer gelegen zu haben, um sie bei ihrem nächsten Gespräch unter vier Augen zu ertappen.

Cora biss die Zähne fest zusammen. »Wir haben uns nur über die Arbeit unterhalten.«

Dane täuschte ein dünnes Lächeln vor. »Im Moment habt ihr größere Probleme als mich. Draußen stehen Wachen. Du sollst sie begleiten.«

»Wachen?«, setzte Lucky ein. »Aber warum …?«

Und dann wurde er aschfahl.

Cora schluckte den letzten Rest eiskalten Wassers hinunter, den sie aus dem Trog in die hohle Hand geschöpft hatte, und spürte, wie es in ihrem Innern gefror. Das letzte Mal, als Wachen gekommen waren, hatten sie Chicago weggezerrt.

O nein! Noch nicht. Nicht Lucky …

»Sie dürfen ihn nicht mitnehmen!«, rief sie. »Sie haben

keinen stichhaltigen Beweis für sein genaues Geburtsdatum. Du weißt, wie anders die Zeit hier abläuft ... er hat noch ein paar Tage.«

Ihre Stimme klang schrill vor Verzweiflung, doch Dane bedachte sie bloß weiterhin mit seinem dünnen Lächeln.

»Cora, es ist okay.« Lucky klang schicksalsergeben. »Du und Mali, ihr passt aufeinander auf.« Er trat Dane aufrecht entgegen, und Cora überkam das Gefühl, dass sich die Zeit dehnte. Nein, das alles war vollkommen falsch. »Ich bin bereit«, sagte Lucky.

Danes Augen huschten unter seinen Schlupflidern zwischen Cora und Lucky hin und her. Sein Gesicht war ernst, doch dann beugte er sich unvermittelt vor, bohrte sich die Finger in die Oberschenkel und lachte so laut, dass ihm Tränen die Wangen hinabliefen. Mit einem keuchenden Zischen richtete er sich wieder auf, legte Lucky eine Hand auf die Schulter und drückte sie fest. »Oh, das war unbezahlbar. Das war wundervoll. Vielen Dank!«

Cora funkelte ihn wütend an. »Das war ein *Scherz?*«

Dane kicherte noch ein wenig, während seine Finger Luckys Schulter kneteten. »So kurz vor dem Neunzehnten, hm? Nun ja, wie es scheint, ist heute *noch* nicht dein Geburtstag.« Sein Lächeln verwandelte sich in ein selbstzufriedenes Grinsen, als er sich zu Cora umwandte. »Sie sind nicht wegen Lucky hier. Sondern *deinetwegen*.«

Er zog Cora zur Tür, noch bevor ihr auch nur dämmerte, was hier gerade vor sich ging. Lucky stieß einen Schrei aus, doch es war zu spät. Dane hatte bereits die Tür zur Lodge aufgestoßen, und dort waren sie: fünf Kindred-Wachen in schwarzen Uniformen.

»Das ist sie«, verkündete Dane genüsslich.

»Gut«, sagte eine tiefe Stimme. »Bringt sie zur Burg.« Cora drehte den Kopf in Richtung des Kindred, der gerade gesprochen hatte, ein Mann in einer dunkelblauen Uniform mit zwei Reihen komplizierter Doppelknoten an seiner Brust, die Arme hinter dem Rücken verschränkt, im Gesicht eine senkrechte Falte mitten auf der Stirn.

Fian.

Ihr Herz hämmerte laut, und Hoffnung keimte in ihr auf, als sie sich an seine Worte bei ihrem letzten Treffen erinnerte. *Wir sind auf deiner Seite. Vergiss das nicht.* Vielleicht war es gar nicht so schlimm, wie es aussah. Doch dann fiel ihr Blick auf ein weiteres Ratsmitglied neben ihm, einen untersetzten, älteren Mann, an dessen Uniform mehr Knoten aneinandergereiht waren, als sie jemals gesehen hatte. Zwanzig, um genau zu sein.

Er musste das ranghöchste Mitglied des gesamten Rats sein.

»Was ist los?«, fragte sie. »Ich habe nichts getan.«

»Das wird der Rat entscheiden«, erklärte Fian kühl und wandte sich an das ranghohe Ratsmitglied, an das er ein paar respektvolle Worte in ihrer Sprache richtete. Das Ratsmitglied wandte den Blick keine Sekunde von Cora ab, während er bedächtig nickte.

Die Wachen führten sie zum Haupteingang, vor dem Tessela in Habachtstellung stand. Cora drehte den Kopf, um das Ratsmitglied mit den zwanzig Knoten zu mustern, der sie unablässig anstarrte. In seinem Gesicht waren keinerlei Emotionen zu lesen, und dennoch spürte sie, dass von ihm Gefahr ausging.

Hatte einer der Spione etwas gesehen? Hatten sie etwas belauscht, das Cassian und sie in einem der Alkoven besprochen hatten? Diese tonlose Stimme in ihrem Kopf ... was, wenn es *doch* ein Kindred gewesen war?

Die Wachen führten sie in das grob in den Felsen gehauene Foyer. Die weiblichen und männlichen Animateure der verschiedenen Menagerien in ihren lächerlichen Kostümen drehten allesamt die Köpfe, um sie neugierig zu beäugen. Doch die Wachen scheuchten Cora geradewegs an einem leeren Podest vorbei in eine Menagerie, die dunkel war und nach Staub roch. Trübes Licht drang aus den Wandfugen, das die Umrisse der Einrichtung nur schwach erhellte.

»Lasst uns allein«, befahl Fian den Wachen. »Ich werde sie hier befragen. Richtet Arrowal aus, dass er in Kürze einen ausführlichen Bericht erhalten wird.«

Arrowal. Das musste das ranghohe Ratsmitglied sein.

Der Raum war vom Klackern von Stiefeln erfüllt, als die Soldaten durch die Tür verschwanden. Staub flirrte in der Luft und schnürte Cora die Kehle zu. Es war nun vollkommen still, weder Kinder noch Musik oder Gäste waren zu hören. Cora presste sich eine Hand an den Hals. Selbst nach Fians glaubhaften Beschwichtigungen plagten sie immer noch Albträume, erwürgt zu werden.

»Was ist los?«, fragte sie, sobald sie allein waren. »Du sagtest, ich könnte dir vertrauen.«

Ein schwaches Licht ging flackernd an.

»Und das kannst du auch«, erwiderte er.

Erschrocken wirbelte sie herum – sie waren nicht allein. Cassian schälte sich aus den dunklen Schatten, und Erleichterung ließ Coras Herz schneller hämmern, auch wenn etwas anders an ihm war. Vielleicht lag es an der Uniform. Vielleicht waren es die schwarzen Augen.

Schwarz, dachte sie sich im Stillen. *Er ist nicht demaskiert.*

Rasch zwickte sie sich in den Arm, wie Mali es ihr beigebracht hatte, damit der stechende Schmerz ihren Verstand benebelte und die Kindred ihre Gedanken nicht lesen konnten. Ein einziger Fehler und er würde von ihrem Plan erfahren, bei der Prüfung betrügen zu wollen.

»Entschuldige bitte, dass ich dich erschrecken musste«, erklärte er.

Da erkannte Cora schlagartig, dass Cassian hinter der Verhaftung steckte, nicht der Rat. Während die Angst allmählich abflaute, sah sie sich in der Menagerie um. Die Einrichtung war aus schwerem Massivholz. Ein Thron. Steinerne Zellen und prächtig geschnitzte Holzbalken, wie in einer mittelalterlichen Burg.

»Was ist das hier?«

»Eine verlassene Menagerie. Der Rat benutzt sie manchmal für heimliche Befragungen, da die Beobachtungsschaltstellen deaktiviert sind. Wie es der Zufall will, sollst du auf ausdrückliches Geheiß des Rats hin verhört werden, ohne dass jemand davon erfahren soll. Sie wissen nicht, dass ich genau in diesem Moment mit dir rede.«

»Weswegen befragt?«

»Vor ein paar Tagen habe ich einen förmlichen Antrag für einen menschlichen Teilnehmer bei der Prüfung eingereicht, was für viel Aufregung gesorgt hat, genau wie ich erwartet habe.« Angespannt durchmaß er den Raum. »Es gibt sechs weitere Kandidaten, für die ein Antrag zur Teilnahme gestellt wurde. Zwei Scoates. Drei Conmarines. Ein Temporal.«

Sein Blick huschte zum Türrahmen, als fürchtete er, heimlich belauscht zu werden. »Der Rat hat verlautbaren lassen, dass sie es vorzögen, wenn diesmal keine Menschen teilnähmen, aber sie können es auf legalem Weg nicht verhindern. Sie wollten den Namen des menschlichen Teilnehmers wissen, den ich unterstütze. Ich habe mich strikt geweigert. Jetzt befragen sie systematisch alle Menschen, die in letzter Zeit für Probleme gesorgt haben. Arrowal leitet die Untersuchung. Er ist der ranghöchste Ratsdelegierte auf der Raumstation, was gleichzeitig bedeutet, dass er der Hauptassessor der Kindred bei der Prüfung sein wird. Glücklicherweise ist Fian sein Stellvertreter.«

Cassian nickte Fian zu, der sich nun an Cora wandte: »Arrowal will unbedingt die Person ausfindig machen, bevor die Testphase beginnt, da es ansonsten zu spät wäre, die Teilnahme dieses Menschen zu verhindern. Dein Name wurde unter mehreren anderen genannt, du giltst als eine mögliche Unruhestifterin.«

»Warum?«, fragte Cora. »Ich habe alles getan, was mir aufgetragen wurde. Ich habe brav gesungen und gegen keine Regel verstoßen.«

Cassian tauschte einen langen Blick mit Fian aus. »Sie haben herausgefunden, was in Wirklichkeit in deinem früheren Gehege passiert ist. Dass es wegen deines Fluchtversuchs geschlossen wurde.«

»Wie?«, keuchte sie erschrocken. »Ich dachte, du hättest sämtliche Spuren verwischt.«

»Irgendwie haben sie es doch herausgefunden.«

Cora schluckte schwer. »Einer ihrer Spione.«

Cassian nickte langsam. »Ich habe dich gewarnt, dass der Rat seine Spione überall haben kann. Wie es scheint, waren meine Befürchtungen nicht unbegründet. Sie haben die Liste mit möglichen Aufrührern auf sechs eingegrenzt, was bedeutet, dass sie euch noch strenger bewachen werden. Mali steht ebenfalls auf der Liste, ebenso wie Anya und Rolf …«

Bei dem letzten Namen zuckte Cora zusammen. *»Rolf?«* Von ihnen allen im Käfig war er der am meisten Angepasste gewesen, vor dem die Kindred am wenigsten zu befürchten hatten. »Warum, was hat er getan?«

Cassian faltete die Hände. »Dein Hauptaugenmerk sollte nun allein darauf gerichtet sein, dem Rat keinerlei weitere Gründe zu liefern, dir zu misstrauen. Dane legt eurer Animateurin regelmäßig Berichte über euer Verhalten vor. Tessela kann sie beschönigen, mehr aber auch nicht. Und nun, da du und Mali auf der Liste steht, werden sie die Jagd-Menagerie noch mehr im Fadenkreuz haben.«

Cora schwieg gedankenverloren, bevor sie sich noch fester in den Oberarm kniff.

Cassian runzelte die Stirn. »Du hast Schmerzen.«

Sie verschränkte die Arme, um die roten Flecken zu verbergen, die sie sich mit den Fingernägeln beigebracht hatte. »Nur Kopfschmerzen.«

»Kopfschmerzen können eine ernste Angelegenheit sein, sobald paranormale Fähigkeiten im Spiel sind.«

Cora schluckte schwer bei der Erinnerung, wie ein Schwall Blut aus ihrer Nase getropft war, als sie ihre Zelle kraft ihrer Gedanken geöffnet hatte. »Ist es das, was Anya widerfahren ist? Ist ihr Verstand gerissen?«

»Wir wussten nicht, dass wir ihr Schaden zufügen. Wir dachten, das Nasenbluten und die Kopfschmerzen wären nur unbedeutende Nebenwirkungen, die vorübergingen – das ist der Grund, weshalb wir so vorsichtig sein müssen und du dich beim Training nicht überanstrengen darfst. Bei Anya wurde es schlimmer. Sie begann, Stimmen zu hören.«

»Stimmen?« Vielleicht war das stumme Flüstern vergangene Nacht nur in ihrem Kopf gewesen – das erste Symptom einer Gehirnruptur.

»Fian wird dich zurück zur Jagd-Menagerie bringen«, sagte Cassian. »Sei auf der Hut! Gib Arrowal keinen Grund, dich noch weiter zu verdächtigen.«

Er wandte sich zum Gehen um.

»Warte!«, platzte es aus ihr heraus. »Ich muss dich etwas fragen. Lucky hat einen Code gefunden, den einer der anderen Jungen hinterlassen hat. WDZ 30,1.«

Ein Schatten der Verwirrung glitt über Cassians Gesicht. Er blickte zurück zu Fian. »Das ist unmöglich.«

»Es bedeutet, dass eine 30,1-prozentige Chance besteht, dass die Erde nicht mehr existiert, nicht wahr? Nicht 98,6 Prozent?«

»Die Information muss falsch sein«, erwiderte er, doch seine Stimme klang ein wenig zögerlich.

»Hast du mit eigenen Augen gesehen, dass der Daten-Algorithmus die Zahl achtundneunzig Komma sechs ausgespuckt hat? Wenn der Rat so darauf erpicht ist, dass wir unsere Freiheit nie zurückerlangen, könnte es dann nicht sein, dass jemand die Zahl manipuliert hat, um den Anschein zu erwecken, die Erde wäre zerstört?«

Wiederum zögerte Cassian.

»Überprüf das«, sagte sie. »Bitte.«

Er nickte kurz, dann sagte er ein paar Worte in ihrer Sprache zu Fian. »Fian wird dich jetzt zurückbringen. Aber Cora, ein Letztes noch. Ich habe einige von Danes Berichten gelesen. Er schreibt, dass du und Lucky immer noch sehr eng befreundet seid.« In seinem Gesicht war keinerlei Emotion zu lesen, und dennoch, ganz langsam, ballte sich seine rechte Hand zur Faust. »Ich mag mir nicht anmaßen, dir vorzuschreiben, was du tun und lassen sollst, aber ich würde dir raten, Distanz zu wahren. Mir wurde einmal gesagt, dass ein romantisches Verhältnis zwischen Personen, die zusammenarbeiten, keine gute Idee ist.«

Cora räusperte sich. *Sie* hatte ihm das damals gesagt.

»Ich kann den Reiz der Anziehung nachvollziehen, den jemand auf dich ausüben mag, der in genau derselben Situation wie du ist«, fuhr er fort. »Aber deine Konzentration darf nicht nachlassen. Unsere Mission ist wichtiger als alles andere. Ich muss die einzige Person sein, der du vertraust. Der du dein Herz ausschüttest.«

Seine Hand ballte sich an seiner Seite wieder zur Faust.

Coras Kehle wurde trocken. Was würde er wohl sagen, wenn er von dem Kuss erfuhr?

»Natürlich. Zwischen mir und Lucky ist nichts, nur Freundschaft.«

Cassian nickte und verschwand, ohne die Faust zu lösen.

18 *Rolf*

»Das Abendessen ist fertig, Liebling.«

Noks Stimme zwitscherte aus der Küche. Rolf faltete die Zeitung zusammen – sie war von 1969 und verkündete die erste Mondlandung – und strich seine Krawatte mit der Hand glatt. Lächelnd nahm er am Esstisch Platz und rückte den Stuhl für Nok zurecht, die ein Tablett mit einem Hackbraten hereintrug. Sie hatte eine Rüschenschürze mit Gänseblümchenmuster an, die direkt aus den 1950er-Jahren hätte stammen können, und Rolf wusste, dass Nok eigentlich lieber sterben würde, als etwas so Hässliches anzuziehen.

Doch jetzt lächelte sie breit, während sie den Hackbraten auf den Tisch stellte und Rolf gegenüber Platz nahm. Dann begannen sie zu essen. »Ich habe darauf geachtet, viele frische Kräuter zu benutzen«, sagte Nok. »Frisches Gemüse ist gut für die Entwicklung des Babys. Nach dem Abendessen sollten wir ausprobieren, Äpfel zu Apfelmus zu verarbeiten. Das ist für Kleinkinder am bekömmlichsten.«

Rolf setzte ein gezwungenes Lächeln auf. »Natürlich.«

Die Zeitung, die Krawatte, Noks Schürze. Serassi hatte ihnen jeden einzelnen Gegenstand fast ehrfürchtig überreicht und ihnen erklärt, dass es sich um echte Artefakte von der Erde handelte. *Ich möchte, dass das hier so real wie möglich abläuft,* hatte sie gesagt und anschließend hinzugefügt: *Für meine Forschung*. Sie schien dem Irrglauben erlegen zu sein, dass sich menschliche Paare so verhielten. Rolf dachte sich im Stillen, dass sie ganz offensichtlich noch nie eine Episode von *Keeping Up with the Kardashians* gesehen hatte.

»Noch mehr, Liebling?« Nok lächelte, als sie ihm eine weitere Portion auf den Teller schaufelte, doch ihre Hand zitterte.

Ganz in ihrer Nähe beobachtete Serassi jede ihrer Bewegungen.

Egal, wie viele Tage vergangen waren, Rolf konnte sich einfach nicht an den Umstand gewöhnen, dass eine gesamte Wand ihres Hauses fehlte. Morgens saß für gewöhnlich eine Traube an Kindred im Zuschauerraum, allesamt maskiert und mit steifem Gebaren. Rolf konnte das Klackern hören, wenn sie Daten in ihre Computer eingaben, die um ihre Hüften geschlungen waren, während er und Nok so taten, als würden sie die Topfpflanzen in ihrem Haus gießen, einander aus der Zeitung vorlasen oder das Kinderbett zusammenbauten.

Er aß einen weiteren Bissen des fade schmeckenden, künstlichen Hackbratens. »Hmm«, sagte er laut genug, dass Serassi ihn hören konnte. »Du hast dich wieder einmal selbst übertroffen. Du wirst eine großartige Mutter sein.«

Heute war Serassi die Einzige im Zuschauerraum. Sie war häufig anwesend, selbst wenn die anderen Wissenschaftler fort waren. Manchmal gingen Rolf und Nok schlafen, aneinandergekuschelt in ihrem Ehebett, und wenn sie aufwachten, war die Wissenschaftlerin immer noch da. Allmählich wurde sie ihm unheimlich.

Nok stand auf, um das Geschirr abzuwaschen. »Wusstest du, dass Babys die ersten vier Wochen ihres Lebens gepuckt werden sollten?«, fragte sie über die Schulter.

»Hört auf!«, befahl Serassi ohne Vorwarnung aus dem dunklen Zuschauerraum. »Hört auf!«

In ihrer Stimme lag ein scharfer Unterton, den Rolf früher noch nie bemerkt hatte. Serassi erhob sich und schlängelte sich schnellen Schrittes durch die leeren Sitzreihen zum Haus. Aufgebracht zeigte sie auf das Buch über Kinderpflege, das auf der Küchenzeile lag. »Ihr gebt lediglich die Fakten aus den Büchern wider, die wir euch bereitgestellt haben. Die Informationen über frische Lebensmittel und Apfelmus stehen auf Seite einundachtzig im Kapitel ›Ernährung‹. Der Hinweis zum Pucken kommt auf Seite zweihundertvierzig. Wir kennen jede pränatale Pflegemaßnahme, die in diesen Büchern vorgestellt wird. Dieses Experiment soll uns Wissen vermitteln, das wir nicht in Büchern finden können. Informelle Praktiken.« Sie nahm das Buch und warf es in den Abfalleimer. »Aber ihr bringt uns nichts Neues bei.«

Rolf und Nok tauschten besorgte Blicke aus. Ihn traf derselbe vertraute Stich ins Herz wie damals, wenn er einen seinen Lehrer enttäuscht hatte. In Oslo hatte er jede Nacht gelernt, um immer die beste Note zu bekommen. Nur dann schenkten seine Eltern ihm Aufmerksamkeit und nicht seinem Bruder, der das vollkommene Gegenteil von Rolf war: ein mit Preisen überhäufter Spitzensportler.

Aber das stimmte inzwischen nicht mehr ganz, ermahnte er sich. Er würde zwar wahrscheinlich nie ein gefeierter Sportler werden, aber seine Koordination und sein Gleichgewichtssinn waren gestärkt, und er hatte Armmuskeln bekommen, was bedeutete, dass sich sein Leben nicht nur um gute Noten drehte. Als sich Serassi zu ihnen vorbeugte, erkannte er, dass er nicht mehr das Bedürfnis hatte, anderen zu gefallen. Wenn er ehrlich war, hatte er das dringende Bedürfnis, ihr mit der Faust ins Gesicht zu schlagen.

»Es wird anders werden, sobald das Baby da ist«, sagte er in dem Versuch, die Wut in seiner Stimme zu unterdrücken. »Wir wissen im Moment nicht viel, weil keiner von uns bisher ein Baby hatte. Aber wir haben beide mit Kindern gearbeitet. Wenn du uns erlaubst, dass wir Sparrow auf natürlichem Weg auf die Welt bringen und sie selbst großziehen dürfen, können wir dir viel Neues beibringen.«

Nok bedachte ihn mit einem liebevollen Blick, der sein Herz höher schlagen ließ.

»Nein. Das kann ich mir nicht vorstellen.« Serassis Worte erstickten jeden Funken Hoffnung in ihm. »Dieses Experiment rechtfertigt nicht seine immensen Kosten. Ohne sofortige messbare Resultate kann ich nicht weitermachen. Der Fötus ist fast lebensfähig. Sobald er es ist, werden wir ihn zu einer unserer Aufzuchtstationen transferieren. Eure Teilnahme am Leben dieses Kindes wird nicht länger erforderlich sein.«

Rolf konnte das, was er eben gehört hatte, kaum verarbeiten. Nicht länger erforderlich? *Das Baby transferieren?* Doch erst, als er das Entsetzen in Noks Gesicht sah, begannen die Worte Sinn zu machen.

»Warte!«, schrie Nok. »O mein Gott, ich habe alles missverstanden!« Ein plötzliches Lächeln grub sich in ihr Gesicht, das so unpassend war, dass Rolf sie nur ungläubig anstarren konnte. »Ich komme mir so schrecklich dumm vor! Die ganze Zeit über dachte ich, du *willst*, dass wir uns wie in den Büchern verhalten.« Mit der flachen Hand schlug sie sich gegen die Stirn. »Es war nur ein Missverständnis! Wir können alles tun, was du willst! Das können wir, nicht wahr, Rolf?«

Es schien sie große Mühe zu kosten, weiter zu lächeln, ohne dass sich ihr Gesicht dabei zu einer Grimasse verzog.

»Ja«, erwiderte Rolf rasch, obwohl die Lüge ihn völlig aus der Fassung brachte. »Ja, natürlich.«

»Es gibt *so* viele Pucktechniken, die überhaupt nicht in Büchern stehen«, fuhr Nok fort. »In Thailand haben wir diese spezielle Technik mit einem ... äh ... Kopfkissen. Wir schneiden oben ein Loch für den Kopf des Babys aus und wickeln es fest ein. Babys lieben das. Sie schlafen dann sofort ein. Ich bin sicher, dass das nicht in Büchern steht – es ist ein Geheimtipp, den mir meine Mutter beigebracht hat und den sie wiederum von ihrer Mutter hatte. Wirklich, das findest du in keinem Buch!«

Rolf wagte nicht, auch nur den kleinsten Muskel zu bewegen. Er war sich absolut sicher, dass Thailänder ihre Kinder nicht in Kopfkissen wickelten, aber das spielte keine Rolle. Es war bloß wichtig, dass *Serassi* es glaubte.

Doch Serassi musterte sie nur lang, ihr Gesicht eine undurchdringliche Maske.

»Nicht wahr, Rolf?«, beharrte Nok. »Sie haben auch ganz besondere Techniken in Norwegen, *nicht wahr?*«

Doch er konnte nichts weiter tun, als stumm zu blinzeln. Sein früheres nervöses Zucken drohte ihn wieder zu überkommen, und er musste die Hände auf den Tisch pressen, um seine Finger stillzuhalten. »Äh ...« Im Gegensatz zu Nok war er kein begnadeter Lügner.

»O ja«, sprang sie für ihn ein. »Ich erinnere mich, wie du

mir einmal davon erzählt hast. Mütter in Norwegen benutzen ihre Hochzeitskleider, um ihre Babys zu pucken. Das soll Glück bringen.«

Serassi neigte langsam den Kopf zur Seite. »Glück?«

»Na ja«, erwiderte Nok eilig. »Aberglaube.«

Serassi senkte die Hände und tippte zögerlich etwas in das Eingabegerät an ihrer Hüfte. Rolf wartete nervös ab und wagte kaum zu atmen, bis sie schließlich mit Schreiben fertig war.

»Aberglaube«, murmelte Serassi schließlich. »Gut.«

Rolf stieß erleichtert den angehaltenen Atem aus.

»Vielleicht könnt ihr uns doch noch etwas beibringen«, sagte Serassi. »Zumindest eine Weile.« Sie wandte sich zum Gehen. Doch erst lange, nachdem sie in den Schatten verschwunden war, wagten Rolf und Nok es, sich gemeinsam auf die Wohnzimmercouch sinken zu lassen.

Augenblicklich brach Nok in Tränen aus.

»Es ist okay«, sagte Rolf und hielt sie fest umschlungen. »Sie nimmt uns Sparrow nicht weg. Du hast sie überzeugt. Du warst brillant, Nok. Einfach brillant.«

»Ich wusste nicht, was ich tun soll!«, schluchzte sie, während sie sich dicke Tränen aus dem Gesicht wischte. »Es tut mir so leid.«

Verwirrt starrte er sie an. »Was tut dir leid?«

»Die Lügen«, fauchte sie. »Im Käfig habe ich mir einen Eid geschworen. Dort drinnen war ich ein so schrecklicher Mensch, Rolf. Die Dinge, die ich mit Leon getan habe, die ich fast mit Lucky getan hätte. Ich war gemein zu dir. Und in dem Moment, als ich erkannt habe, wie verrückt ich geworden war, habe ich mir hoch und heilig versprochen, nie wieder zu lügen.«

»Das hier ist etwas anderes«, flüsterte er. »Keine Lügen mehr zwischen dir und mir, ja. Zwischen uns und den Kindred …« Er lächelte. »So viele, wie du willst.«

Ein Lächeln brach sich durch ihre Tränen Bahn.

In jener Nacht genossen sie ausnahmsweise einmal die köstliche Freiheit, unbeobachtet zu sein, aber Rolf konnte das Gefühl nicht abschütteln, dass Serassi jeden Moment ihre Meinung ändern könnte. Während Nok den Abend darauf verwandte, sich Techniken und Geheimtipps in puncto Kindererziehung auszudenken und sie in ein Büchlein zu notieren, damit sie beide sie auswendig lernen konnten, arbeitete er an der Zeitumrechnung. Vor ein paar Tagen war es ihm fast gelungen, die Gleichung zu lösen, aber ihm fehlte noch eine einzige Variable. Vielleicht eine winzige Kleinigkeit, die er übersehen hatte.

Doch die Zahl, auf die er kam, war völlig falsch, und er strich die Gleichung verärgert aus.

Denk nach, ermahnte er sich. *Konzentrier dich.*

Er setzte sich im Schneidersitz hin, den Rücken gekrümmt, wie er es früher auf der Erde getan hatte, und zwirbelte sich eine Haarsträhne um den Finger. Seine Mom hatte es seine Genie-bei-der-Arbeit-Pose genannt. In dieser Haltung konnte er seinen Kopf freibekommen und sich allein auf das vor ihm liegende Problem konzentrieren.

Er kritzelte eine weitere Summe hin. Wieder falsch.

Sein Rücken tat weh, aber er ignorierte den Schmerz. Er kaute so fest auf der Innenseite seiner Wange herum, dass er Blut schmeckte. Warum konnte er die Gleichung nicht lösen? Im Käfig hatte er sogar die schwierigsten Matheaufgaben im Spielzeugladen entschlüsselt. Einmal, nachdem er einen ganzen Tag Schlitten gefahren und dann im Fluss geschwommen war, hatte er derart vor Selbstbewusstsein gestrotzt, dass er sogar das Rätsel in der Jukebox gelöst hatte.

Da schoss er jäh hoch. Das war es!

Während all der Jahre zu Hause, als er zusammengekauert auf dem Boden gesessen hatte, hatte er geglaubt, der Schlüssel zur Genialität läge darin, sich allein auf den Verstand zu konzentrieren und den Körper auszublenden. Doch vielleicht schwächte ihn genau das. Vielleicht war der Schlüssel, Verstand und Körper in Einklang zu bringen.

Er begann, auf und ab zu gehen. Mit hochgezogener Augenbraue blickte Nok auf, als er die Hände über den Kopf ausstreckte, dann die Arme ausschüttelte und ein wenig auf der Stelle joggte.

»Serassi schaut nicht zu«, sagte Nok. »Du musst dir im Moment kein sonderbares Verhalten ausdenken.«

»Kein sonderbares Verhalten«, erwiderte er. »Sonderbares Denken.«

Er spürte, wie ihm Blut in die Füße schoss, die ihm im Schneidersitz eingeschlafen waren. Mehrmals holte er tief Luft und ließ die Schultern nach unten sacken.

Wenn der Nenner …

Wenn die negative Zahl auf der rechten Seite der Gleichung …

Mit einem Mal musste er lachen.

Er fiel auf die Knie und kritzelte eine Summe auf das Blatt, dann blinzelte er mehrmals. Seine Hände begannen zu zittern.

Es stimmte.

»Ich ... Ich habe es geschafft«, sagte er und schmierte dann noch ein paar Zahlen aufs Papier. »Die Umrechnung. Ich weiß, wie es geht. Wir sind jetzt seit, Augenblick mal, einhundertfünfundsechzig Tagen hier. Was bedeutet, dass, wenn Sparrow tatsächlich an dem Tag gezeugt wurde, den Serassi uns genannt hat, als wir 15 Tage im Gehege waren, sie ... äh ...« Er schnappte sich einen der Erziehungsratgeber. »In ungefähr hundertdreißig Tagen zur Welt kommt. Was bedeutet, dass uns noch genug Zeit bleibt, um uns einen Plan zu überlegen, okay?«

Nok kaute auf ihrer Lippe und riss ihm den Ratgeber aus der Hand. »Aber es geht nicht um den Geburtstermin. Es geht um den Zeitpunkt, ab dem der Fötus außerhalb der Gebärmutter lebensfähig ist. In diesem Buch heißt es, das wäre in der dreiundzwanzigsten Woche. Wie viele Tage sind das? Mist, mach schon ...«

Das Lächeln schwand aus Rolfs Gesicht. »Einhunderteinundsechzig Tage. Was bedeutet, dass uns nur elf Tage bleiben, bis sie uns Sparrow wegnehmen können.«

»Elf?«, rief sie. »Das ist so gut wie nichts!«

»Du musst dir weitere Lügen ausdenken. Rede ihnen ein, wir wären so unverzichtbar für Sparrow, dass wir weiterhin bei ihr bleiben müssen, selbst nachdem sie lebensfähig ist.«

Da hallten Schritte aus dem Dunkeln. Nok versteifte sich, und Rolf ließ sie hastig los. War Serassi schon wieder zurück? Einer ihrer Assistenten? Rasch trocknete sich Nok die Augen an ihrer Schürze, setzte ein gezwungenes Lächeln auf und stapelte die schmutzigen Teller vom Abendessen.

»Wenn wir mit dem Abwasch fertig sind, könnten wir

das Kinderbett weiter aufbauen«, sagte Rolf mit lauter Stimme und übertriebener Fröhlichkeit.

Die Schritte kamen näher.

Eine Gestalt zeichnete sich bedrohlich in den Schatten ab. So groß wie ein Kindred, aber geschmeidiger, ohne die steifen Bewegungen. Nok drehte sich zurück zum Geschirr, doch Rolf starrte blinzelnd ins Licht.

Die Gestalt marschierte durch den Zuschauerraum, blieb jedoch in der Mitte der Reihen stehen. Stand einfach da. Setzte sich nicht. Machte keine Notizen.

Schließlich zerschnitt eine Stimme die Schatten. »Verdammt noch mal, was führt ihr zwei Idioten da auf?«

Die Gestalt kam näher, und die Lichter im Haus spiegelten sich auf Leons grinsendem Gesicht wider.

»*Leon?*«, stammelte Rolf.

Leon machte einen Satz auf die Veranda und trat direkt in die Küche. »Seit Tagen suche ich die gesamte Raumstation nach euch beiden ab, und ihr zwei habt nichts Besseres zu tun, als in einem Puppenhaus zu spielen?« Schnaubend schüttelte er den Kopf, dann schnupperte er in die Luft. »Rieche ich da etwa Hackbraten?«

Rolf starrte ihn mit offenem Mund an.

Leons Erscheinen konnte nur eines bedeuten.

Cora musste ihn geschickt haben. Cora hatte einen neuen Plan ausgeheckt, und das keine Sekunde zu früh. Aber diesmal wäre Rolf mit von der Partie.

19 Cora

Das Labyrinth aus Abfallschächten war schlimmer, als Cora es sich vorgestellt hatte.

Eiskalte Luft kroch durch den Stoff ihres Schlafanzugs, während Cora auf dem unebenen Boden hinter Leon herkroch. Sobald die anderen schliefen, war sie aus ihrer Zelle geschlüpft, auf Zehenspitzen in den Duschraum geschlichen und hatte leise an der Klappe geklopft, insgeheim überrascht, dass die Tür aufschwang und Leon tatsächlich Wort gehalten hatte – noch überraschter war sie nur, als sie hörte, dass er Nok und Rolf in einem riesigen Puppenhaus gefunden hatte. Und während er sie nun zur Tempel-Menagerie führte, waren ihre Knie bereits rot und aufgescheuert, weshalb sie ein Dankesgebet gen Himmel schickte, dass sie tagsüber ein langes Kleid trug, denn ihr wäre keine Ausrede eingefallen, um Dane am nächsten Morgen ihre wunden Knie zu erklären.

»Du musst auf die Entsorgungsfallen aufpassen«, sagte Leon über die Schulter. »Da hab ich mir schon ein paarmal fast den Hintern verbrannt, aber allmählich habe ich den Dreh raus. Es sind die Pakete, die wirklich gefährlich sind. Wenn du eins kommen hörst, musst du schleunigst aus dem Weg kriechen. Es tut höllisch weh, wenn dich eins trifft. Wie heißt das gleich noch mal? Wenn du Dinge zum Schweben bringst?«

»Telekinese.«

»Und das kannst du wirklich?«

Cora kroch weiter. Sie hatte ihm erzählt, wie sie ihre Zellentür mit Gedankenkraft entriegeln konnte, und auch von dem Würfel, und jetzt war sie aus irgendeinem unerfindlichen Grund verlegen. »Es ist sonderbar, ich weiß.«

Er schnaubte. »Überhaupt nicht. Ich wünschte, ich könnte Dinge allein mit meinen Gedanken herumwerfen. Oh, oder Mädchen ausziehen, nur indem ich es mir vorstelle. Und beim Stehlen wäre es auch ganz hilfreich ...«

»Monster.«

Unvermittelt hielt Cora inne. Es war dasselbe eigenartige Flüstern wie zuvor. Trotz der eisigen Luft im Tunnel trieb ihr die Stimme den Schweiß auf die Stirn.

»Bitte sag mir, dass du das eben auch gehört hast«, sagte sie.

»Was?« Leon runzelte die Stirn. »Bei dir alles in Ordnung?« Er drehte sich um, streckte den Arm aus und strich mit dem Finger unter ihrer Nase entlang. Als er die Hand zurückzog, war sie blutverschmiert.

Geistesabwesend zwickte sich Cora in die Nase. »Es ist ... nichts. Lass uns einfach weiterkriechen.«

»Das ist ganz schön viel Blut.«

»Los, kriech weiter!« Ihre Stimme klang scharf.

Leon murmelte leise in sich hinein, während er an ein paar Türen hielt und die Zeichnungen studierte. »Nehmen wir mal an, du schaffst es wirklich, diese Anya mit deiner megacoolen Telekinese aus ihrer Zelle zu befreien. Wohin dann mit ihr? Es gibt wohl kein hübsches, kleines Versteck für sie in der Jagd-Menagerie, oder?«

»Äh ... nein. Aber ich habe da eine Idee.«

Bei dem Zögern in ihrer Stimme drehte er sich mit schmalen Augen um. »Nein.«

»Leon, sie *muss* zu dir. Es gibt kein anderes Versteck.«

»Eher würde ich mit einem Kindred kuscheln.«

»Es wäre nicht für ewig. Nur bis zu dem Tag, an dem ich die Prüfung ablege. Eine Woche oder zwei, allerhöchstens.«

»Spinnst du? Das *ist* ewig.«

Cora stieß ein Seufzen aus und rieb sich mit den Händen übers Gesicht. Wäre die Luft nur nicht so dünn, könnte sie womöglich besser denken. Leon war der Typ Mensch, den man bestechen konnte, aber sie hatte weder Geld noch Nahrung noch irgendetwas anderes bei sich. Was könnte sie ihm anbieten?

»Schließ die Augen«, bat sie. »Denk an etwas, das du von ganzem Herzen willst.«

»Mehr übersinnlicher Scheiß?«

»Ich muss das Gedankenlesen üben.«

Er grummelte noch ein bisschen, kniff dann jedoch die Augen zu. Cora konzentrierte sich darauf, in seinem Bewusstsein zu stochern. Sie spürte etwas Farbenfrohes, Buntes, blinkende Lichter, die sie an die Spielhalle in ihrem früheren Gehege erinnerten. Doch da war noch etwas, tief vergraben in seinem Kopf. Ein Gesicht.

Ihre Augen flogen auf. »Ich *wusste*, dass du Mali magst!«

Er fluchte leise. »Ich habe überhaupt nicht an sie gedacht. Sondern an *Assassin's Creed*.«

»Ja, aber nicht tief in deinem Innersten. Ich kann spüren, was du *wirklich* willst, viel mehr als ein Computerspiel.« Ein Lächeln breitete sich langsam auf ihrem Gesicht aus. »Wenn du uns hilfst, bin ich sicher, dass Mali dir sehr dankbar wäre.«

Er schaute noch mürrischer drein und kratzte sich am Kopf, als wäre ihm der Gedanke zuwider, dass sie in seinen Gedanken wie in einem Buch lesen konnte. Doch nach einem kurzen Moment der Stille fragte er: »Wie dankbar?«

»Nun, Anya ist wie eine kleine Schwester für sie. Und wenn es meine Schwester wäre, die du rettest ...« Cora dachte eine Minute nach. »Mindestens ein Kuss?«

Er schnaubte verächtlich, dann drehte er sich wieder um und kroch weiter. »Schon so verzweifelt, dass du deine Freunde verhökerst, Kleine? Ich sollte wirklich aufpassen, dir nie etwas schuldig zu bleiben. Aber was soll's, Mali würde mich wahrscheinlich sowieso einfach k. o. schlagen. Also keine Sorge. Ich werde auf deine Hellseher-Göre aufpassen. Das tun Freunde doch füreinander, nicht wahr?«

Cora lächelte.

»Ich hätte deine paranormalen Fähigkeiten gebraucht, als ich herausfinden wollte, welche Tür zum Tempel führt«, fuhr er fort. »Das hat ewig gedauert. Ich bin tagelang herumgekrochen, bis ich irgendwann zufällig mitbekommen habe, wie jemand etwas über Zeus schwafelt.«

Sie schlichen zur letzten Tür im Schacht, und Leon zeigte auf seine Kreidezeichnung.

»Was soll das sein, eine Ziege?«, fragte Cora.

»Eine Ziege? Das ist ein griechischer Minotaurus!« Verärgert wischte er einen Kreidestrich weg. »Hätte ich richtige Farbe, womöglich sogar Kohlestifte ...«

Mit einem Finger auf dem Mund gab er Cora unvermittelt zu verstehen, dass sie nun still sein mussten, während er die Tür mit der Schulter einen kleinen Spalt aufdrückte und den Atem anhielt, um keinesfalls einen verräterischen

Laut von sich zu geben. Da kitzelte irgendetwas Cora in ihrem Bewusstsein.

»Hüte dich vor den Monstern«, flüsterte die tonlose Stimme. *»Die durch die Gänge tanzen.«*

Cora zuckte zusammen. Tanzen? Durch die Gänge? Entweder verlor sie tatsächlich den Verstand, oder die Person, die ihr diese mentalen Nachrichten schickte, hatte selbst nicht alle Tassen im Schrank.

Leon fluchte leise und zog jäh den Kopf zurück in den Schacht. »Mist!«

»Was ist los?«

»Das ist der Tempel, so viel ist sicher, aber nicht der hintere Bereich, sondern die Haupthalle, in der es vor Kindred nur so wimmelt.«

Monster, dachte Cora. *Die durch die Gänge tanzen ...*

Schickte ihr etwa jemand eine Warnung?

Zögerlich spähte Cora durch den Türspalt. Es war der glänzende griechische Tempel, den sie damals mit Cassian besucht hatte, nur dass sie ihn nun aus einem anderen Winkel betrachtete. Hinter den Kindredstiefeln konnte sie die drei-mal-drei-Meter-Zellen mit den Lichtschlössern über den Türen erkennen. Wenn sie den Hals reckte, konnte sie die letzte Zelle sehen, Anyas Zelle, und die träge Hand des Mädchens zwischen den Gitterstäben – samt den zwei fehlenden Fingern. Die Hand winkte schwerfällig, als würde sie ein imaginäres Orchester aus tanzenden Monstern dirigieren.

Cora zog den Kopf zurück.

Könnte es Anyas Stimme gewesen sein, die sie gehört hatte?

»Sie ist dort drüben«, sagte Cora, »aber es ist unmöglich,

sie hier vor all den Kindred zu befreien. Wir müssen den hinteren Teil der Menagerie finden.«

Leon kratzte sich am Kopf. »Ich weiß, wo die anschließenden Tunnel hinführen, und keiner von ihnen geht zum rückwärtigen Teil des Tempels. Hast du die Schlitze in den Zellentüren gesehen, durch die Essen geschoben werden kann? Ich glaube, dass es in dieser Menagerie überhaupt keinen hinteren Bereich gibt.«

Coras Kopf hämmerte wie wild. Sie spürte wieder etwas Feuchtes unter ihrer Nase und wischte es weg. Dann spähte sie durch den Spalt. »Um zu ihr zu gelangen, müsste ich also mitten durch die Menagerie spazieren, an Dutzenden Kindred vorbei, ihre Tür öffnen und Fähigkeiten an den Tag legen, die ich überhaupt nicht haben dürfte?«

»Und sie hinaustragen«, fügte er mit einem zweifelnden Blick auf ihre dünnen Arme hinzu. »Vergiss das nicht.«

»Also ist es quasi unmöglich.«

Leon schloss die Klappe und malte ein Kreidezeichen daneben, einen Kreis mit einer Linie hindurch, dann tätschelte er Coras Schulter. »Viel Glück bei alldem, Kleines.«

20 Cora

Schweigend krochen sie zur Jagd-Menagerie zurück. Coras Lungen brannten, was sie noch gereizter machte. Es fühlte sich an, als würden die Tunnelwände auf sie zukommen und sie zerquetschen, doch in Wirklichkeit war diese Empfindung wohl einer Mischung aus Klaustrophobie und Nervosität geschuldet. Zumindest verlor sie nicht den Verstand – noch nicht. Dieses tonlose Flüstern musste Anya gewesen sein, die ihr eine Warnung zukommen lassen wollte. Doch wenn das der Fall war, warum hatte Anya ihr dann nicht erklärt, wie sie sie aus dem Tempel befreien konnten?

Vielleicht weil sie es selbst nicht weiß, beantwortete Cora sich ihre eigene Frage.

»Ich werde jede Nacht vorbeischauen«, sagte Leon. »Dasselbe System. Zweimal klopfen und ich weiß, dass die Luft rein ist, dann öffne ich die Tür. Wirf eine Nachricht in den Abfallschacht, falls sich irgendetwas ändert. Und in der Zwischenzeit musst du versuchen, einen weiteren Geniestreich auszuhecken.«

»Rolf ist das Genie, nicht ich«, murmelte Cora und hielt dann abrupt inne. »Augenblick mal. Rolf könnte genau die Person sein, die wir brauchen. Er ist brillant. Und Nok ist raffiniert. Kannst du mich zu ihnen bringen?«

Leon kratzte sich am Kopf. »Sie sind in einem Sektor, in

dem sich viele Kindred aufhalten. Und auch viel mehr Lieferungen herumschwirren. Das letzte Mal, als ich dort war, bin ich zwischen zwei Pakete geraten, die mich fast in eine Entsorgungsfalle geschoben hätten.« Doch als Cora das Kinn reckte und ihm einen zuckersüßen Blick zuwarf, seufzte er. »Du wirst uns noch umbringen, das weißt du, oder? Komm schon. Hier entlang.«

Während sie weiterkrochen, dachte Cora an das letzte Mal, als sie Rolf und Nok im Käfig gesehen hatten. Damals hatten sie sich einen Faustkampf geliefert, der kein gutes Ende versprach. »Du meintest, es ginge ihnen gut?«

»Gut? Geht es irgendjemandem von uns gut? Sie sind am Leben, das ist alles, was ich meinte. Sie haben echt Schiss, dass die Kindred ihnen das Baby wegnehmen könnten. Irgendwie klammern sie sich immer noch an die traurige Hoffnung, dass sie nach Hause fahren und das Baby dort großziehen können. Whoa. Augenblick mal. Todesfalle auf zwölf Uhr.«

Leon zeigte direkt vor sich auf den Boden, aber Cora sah nichts, bis er seine Stirnlampe genau auf die schimmernde, fast unsichtbare Linie vor sich richtete. Vorsichtig kletterte er darüber hinweg und gab Cora dann mit einer Handbewegung zu verstehen, es ihm gleichzutun.

»Möglicherweise«, sagte Cora, »ist Nok und Rolfs Hoffnung vielleicht gar nicht so unbegründet. Lucky hat herausgefunden, dass die Wahrscheinlichkeit, dass die Erde noch existiert, viel höher ist, als wir angenommen haben. Cassian wird das für uns genauer untersuchen.«

»Aha«, murmelte Leon mit einem Blick auf seine hastig hingekritzelte Karte.

»Ist das alles? Aha? Wir reden hier von der Erde. Das

bedeutet, dass wir eine echte Zukunft haben. Falls ich die Prüfung bestehe, kann uns niemand aufhalten, diese Raumstation zu verlassen und nach Hause zu fliegen.«

»Kleine, wenn ich dich daran erinnern darf, so habe *ich* nie geglaubt, dass die Erde explodiert ist.«

»Aber der Daten-Algorithmus der Kindred hat es berechnet.«

Leon zuckte mit den Schultern. »Nerds habe ich noch nie geglaubt. Ich vertraue auf mein Bauchgefühl, das mir immer gesagt hat, dass die Erde noch existiert.«

Cora, deren Gedanken wild kreisten, kroch hinter ihm her. »Nun, wenn es tatsächlich stimmen sollte, brauchen wir ein Raumschiff, das uns zurückbringt, nachdem die Prüfung vorbei ist. Bonebreak muss eins haben, oder?«

Leon schnaubte. »Freu dich nicht zu früh. Ich habe längst Erkundigungen eingeholt. Das nächste Raumschiff wird erst wieder in vierzig Jahren anlegen. Ich habe Bonebreak einmal nachts betrunken gemacht, und er hat mir von dem letzten Mal erzählt, als sie Menschen geholfen haben. Vor vielen Jahren, als die Versorgungsschiffe noch häufiger kamen, hatten die Mosca eine Abmachung mit einer Gruppe Menschen getroffen, die zurück zur Erde wollten. Das war damals, als die Kindred hauptsächlich Erwachsene entführt haben, wahrscheinlich weil sie die Klügsten wollten. Am Ende haben sie nur noch echte Genies mitgenommen. Die Sorte Menschen, die innerhalb von Sekunden unvorstellbar große Zahlen multiplizieren können, so wie Rolf.«

Er wackelte mit den Fingern in der Luft, als würde er selbst zählen. »Nun, die Kindred haben nicht einberechnet, dass diese Menschen sogar noch cleverer als *sie selbst* sind, wenn es um Zahlen geht. Diese Genies haben das System überlistet, sind aus ihren Käfigen geflüchtet und haben ihren Tod vorgetäuscht. Dann haben sie Bonebreak gefunden. Damals war er nur ein kleiner Fisch. Sein Kommandant hat die Menschen zurück zur Erde gebracht, im Gegenzug dafür, dass sie den Essensreplikator der Kindred manipuliert haben. Ein echt teurer Scherz, den sie ihnen da gespielt haben!«

Leon machte eine Pause, um sich den weißen Staub, der überall in der Luft flirrte, aus den Augen zu wischen. »Es ist verrückt, aber ich kann mich erinnern, dass meine Schwester davon erzählt hat. Sie steht auf diese True-Crime-Bücher. Sie meinte, Mitte des neunzehnten Jahrhunderts wäre eine Gruppe Menschen urplötzlich in Südafrika aufgetaucht – allesamt Verrückte, die behaupteten, von Aliens entführt worden zu sein.«

»Mitte des neunzehnten Jahrhunderts? Wie alt ist Bonebreak?«

»Richtig alt, denke ich. Ich habe zu große Angst, um hinter diese Maske zu schauen.«

»Und du vertraust ihm?«

Leon schnaubte verächtlich. »Unsere Beziehung basiert auf gegenseitiger Vorteilsnahme. Ich habe etwas, das er braucht – die Fähigkeit, durch Tunnel zu kriechen. Er hat etwas, das ich brauche – Schutz vor den Kindred-Wachen, ganz zu schweigen von dem Wodka, der in Strömen fließt. Vertraue ich ihm? Sicher, bis er einen einfacheren Weg findet, das zu bekommen, was er braucht.« Er grinste. »Aber noch bin ich nicht wertlos für ihn.«

Er zeigte nach weiter vorne auf die stilisierte Kreidezeichnung eines Puppenhauses. »Siehst du? Ich hab dir doch gesagt, ich würde es wiederfinden. Nok und Rolf sind dort hinten.« Kurz darauf wurde der Boden des Tunnels ebenmäßiger, die Wände waren nun mit Metall verkleidet, und schließlich endete der Schacht.

Mit der Schulter stieß Leon die Klappe zu einer großen Halle auf, die wie ein dunkler Theatersaal aussah. Als sie hineinkletterten, bemerkte Cora ein kleines Haus am anderen Ende – nur dass eine ganze Wandseite fehlte. Leon führte sie, einen Finger auf die Lippen gepresst, näher heran. Im oberen Schlafzimmer zog Nok sich gerade an, während Rolf an einem alten Radio herumspielte.

»Hey!« Cora wollte zu ihnen eilen, doch Leon drückte ihr eine Hand auf den Mund.

»Verdammt, sei still!« Mit dem Kinn zeigte er zu den dunklen Sitzreihen. Mindestens zehn Kindred saßen dort oben und beobachteten aufmerksam Rolf und Nok. Mit wild pochendem Herzen wartete Cora einen Moment ab, doch keiner von ihnen drehte sich in ihre Richtung. Sie hatten sie nicht gehört.

»Wie sollen wir zu ihnen kommen?«, flüsterte sie.

»Wir warten. Rolf meinte, sie hätten automatisch geregelte Nächte, bei denen die meisten Kindred nach Hause gehen. Serassi bleibt manchmal da, aber nicht die ganze Zeit.«

»Ich kann nicht warten. Ich muss am Morgen zurück in meiner Zelle sein.«

»Und was soll ich deiner Meinung nach tun?«

Cora spähte mit zusammengekniffenen Augen zum Haus und versuchte, sich einen Plan zu überlegen. Rolf spielte immer noch mit dem Radio. Das Radio! Ein Kerl wie er kannte sicherlich das Morsealphabet, das sie damals während der langen Schulstunden in Bay Pines gelernt hatte, als sie und Queenie sich mit Taschenlampen Nachrichten geschickt hatten, während sich die anderen Resozialisierungsvideos anschauten. Cora konzentrierte sich auf das Licht im Radio. *Geh aus*, befahl sie in Gedanken. Ihr Bewusstsein drängte sich in den Schaltkreis. Es gab keine Verstärker, was bedeutete, dass sie mehr Willenskraft aufbringen musste. *Geh AUS*. Eine Sekunde lang flackerte das Licht, genau wie beim Lichtschloss in ihrer Zelle, dann erstarb es ganz. Rolf runzelte die Stirn, doch sie schaltete es rasch wieder ein.

Nun wiederholte sie es, nur schneller. Dreimal.

S-O-S

Überrascht runzelte Rolf die Stirn. Fast machte es den Anschein, als wollte er Nok etwas zurufen, aber dann erstarrte er. Er spähte zu den Kindred im Zuschauerraum und drehte das Radio vorsichtig aus ihrem Blickfeld.

Cora ließ es wieder blinken.

I-C-H-B-I-N-S-C-O-R-A

Ganz langsam warf Rolf einen Blick über die rechte Schulter, dann über die linke. Mit zögerlichen Fingern zeigte er in die Ecke des Schlafzimmers, wo Cora eine altmodische Schreibmaschine bemerkte und seufzend die Augen verdrehte. Rolf wollte wohl wirklich ihre Grenzen austesten. Aus der Ferne versuchte sie, sich an die Tasten zu erinnern, und tippte ihre Nachricht mit den Fingern in die Luft, während sie sich so stark wie möglich konzentrierte, damit sich die entsprechenden Buchstaben auf der Schreibmaschine senkten. Ohne Verstärker fühlte sich jeder einzelne Tastendruck an, als würde sie einen riesigen Steinblock einen steilen Berg hinaufrollen.

ICH BRAUCHE DEINE HILFE.

Erschöpft sackte sie zusammen. Rolf zögerte. Seine Hand glitt zu seinem Kopf, und er zwirbelte an seinen Haaren, wie damals, als Cora ihn zum ersten Mal im Käfig gesehen hatte. Dann schritt er im Zimmer auf und ab, während er ihr immer wieder verstohlene Blicke zuwarf, als gäbe es etwas, das er ihr unbedingt sagen müsste. Er schnappte sich das Radio, drehte mit den Fingernägeln die Glühbirne heraus und steckte ein paar Drähte um. Als er schließlich auf einen Knopf drückte, blinkte ein Licht auf.

W-I-E

Cora holte tief Atem und konzentrierte sich wieder auf die Schreibmaschine.

MUSS PERSON AUS ZELLE HOLEN, ABER ÜBERALL KINDRED. IDEE?

Rolf starrte auf das Papier in der Schreibmaschine. Dann nahm er das Radio und drückte mehrmals auf den Knopf, um Cora mit Morsezeichen zu antworten.

N-I-C-H-T-E-R-W-I-S-C-H-E-N-L-A-S-S-E-N

»Was hat er gesagt?«, hauchte Leon.

»Er ist ein kleiner Klugscheißer«, murmelte Cora.

»Echt jetzt?« Leon schien halb beeindruckt, halb spöttisch. »Hätte ich nie gedacht.«

Da sendete Rolf wieder ein Signal.

W-I-R-B-R-A-U-C-H-E-N-A-U-C-H-H-I-L-F-E

Dann fügte er hinzu:

U-N-S-B-L-E-I-B-E-N-N-U-R-W-E-N-I-G-E-T-A-G-E

»Nur noch wenige Tage?«, flüsterte Cora Leon zu. »Was meint er damit? Nur noch wenige Tage, bevor was geschieht?«

»O ja, da hat er das letzte Mal auch keine Ruhe gegeben«, wisperte Leon. »Er hat eine Gleichung aufgestellt, wie lange wir schon hier sind und wann die Kindred ihnen das Baby wegnehmen könnten.«

»Er kann Kindredzeit in Tage umrechnen? Bist du sicher?«

»Er hatte ein ganzes Notizbuch voller Zahlen.«

Hastig drehte sich Cora um und wollte sich wieder auf die Schreibmaschine konzentrieren, als Rolf ihr mit den Morsezeichen zuvorkam.

K-A-N-N-S-T-D-U-U-N-S-R-A-U-S-H-O-L-E-N?

Cora zögerte. »Sie wollen, dass wir sie befreien. Wir könnten sie in den Abfallschacht bringen, wenn Serassi und die Forscher nicht hier sind, aber wohin dann mit ihnen? Außer natürlich ...«

Leon stieß ein argwöhnisches Grunzen aus.

»Du hast dich doch schon bereit erklärt, Anya zu helfen. Und du meintest, Bonebreaks Schlupfwinkel nimmt ein ganzes Zwischendeck ein. Dort muss es genug geheime Winkel geben, wo wir für Nok und Rolf ein sicheres Plätzchen finden. Es gibt sogar geschmuggeltes Babyzeugs, nicht wahr? Bettchen und Windeln und solche Sachen?«

»Oh, verdammt noch mal …« Leon rieb sich übers Gesicht. »Du willst, dass die Mosca uns helfen, ein Baby großzuziehen? Hast du überhaupt bei irgendwas zugehört, was ich dir über sie erzählt habe?«

»Ich erwarte nicht, dass sie Gutenachtgeschichten vorlesen«, fauchte Cora im Flüsterton. »Nur dass sie ihnen bis zur Prüfung einen sicheren Unterschlupf bieten, denn anschließend hat Serassi keinen Anspruch mehr auf ihr Baby.«

»Bonebreak ist schon angepisst genug, dass ich da bin. Wenn wir ihn dazu bringen wollen, ein weinendes Baby zu ertragen, müssten wir ihm eine Stange Geld bieten.«

»Wie viel?«

Er seufzte. »Ich werde nachfragen.«

Cora drehte sich zurück zum Haus und konzentrierte sich auf die Schreibmaschine.

ARBEITE AN VERSTECK. HALTET DURCH. HOLEN EUCH SO BALD WIE MÖGLICH.

Dann fügte sie hinzu:

DU KANNST ZEIT UMRECHNEN?

Rolf las ihre Nachricht und nickte, machte sich jedoch nicht die Mühe, das Radio zu benutzen.

LUCKYS GEBURTSTAG AM 21. OKT. WANN WIRD ER 19?

Rolf beugte sich über sein Notizbuch und begann wie wild Zahlen zu kritzeln, arbeitete eine Gleichung nach der anderen aus und schob sich abwesend eine imaginäre Brille hoch, die er nicht mehr brauchte. Dann legte er den Stift weg und nahm das Radio. Die Glühbirne blinkte mehrmals auf.

Cora sog erschrocken die Luft ein.

»Was?«, fragte Leon. »Was sagt euer Geheimcode?«

Vielleicht aus Sorge, sie könnten sein Signal nicht gesehen haben, ließ Rolf die Lichter erneut aufblitzen. Eine dunkle Vorahnung ergriff Cora. Mit aller Kraft wünschte sie, dass es noch öfter blinken würde, aber das tat es nicht.

Drei Lichtblitze.

»Nur drei Tage«, flüsterte sie.

21 *Lucky*

Am nächsten Morgen beugte sich Lucky im Zellentrakt über das Zebra.

Eigentlich hatte er die ganze Nacht auf Cora warten wollen, musste dann aber doch irgendwann eingeschlafen sein, denn auf einmal war Cora in seiner Zelle gewesen und hatte ihn wach gerüttelt, eine Hand auf seinen Mund gepresst, damit er nicht erschreckt aufschreien konnte. Hastig hatte sie ihm von ihrem Ausflug mit Leon erzählt. Von Anyas Stimme in ihrem Kopf und dass es schwieriger werden würde, Anya zu befreien, als sie anfangs angenommen hatten.

Und dann die schlimmste Nachricht: Rolf hatte ausgerechnet, dass Lucky nur drei Tage bis zu seinem neunzehnten Geburtstag blieben.

Um ehrlich zu sein, war er einfach froh gewesen, Cora wiederzusehen. Ein klitzekleiner Teil von ihm hatte sich, als sie mit Leon verschwunden war, gefragt, ob sie womöglich ihre Chance nutzen und abhauen würde. Doch das war sie nicht, und sie war mit der verrückten Idee zurückgekommen, ihn vor seinem Geburtstag durch den Abfallschacht hinauszuschmuggeln und im Lager der Mosca zu verstecken.

Auf keinen Fall!, hatte er erwidert. Sie war nicht weggelaufen, also würde er es auch nicht tun.

Er streichelte den Hals des Zebras, das Gesicht verzerrt vor Mitleid wegen der eingesunkenen Augen und des verkrusteten Bluts um seine Nüstern, und dachte an Malis Worte, dass sich niemand außer ihm für die Tiere einsetzte. Sanft kraulte er den Nacken des Zebras, lange Streicheleinheiten in Richtung des Haarwuchses, genau so, wie er es bei den Pferden auf der Farm seines Großvaters getan hatte, wenn sie mit einer Kolik zusammengebrochen waren. Der automatische Kugelentferner lag neben ihm auf dem Boden, jederzeit einsatzbereit. Sobald er ihn auf die Wunde gepresst hatte, wäre das Zebra innerhalb weniger Minuten wieder gesund.

Aber wäre es das wirklich?, fragte er sich. *Was bedeutete es wirklich, sich für Tiere einzusetzen?*

Denn ein Herz, das schlug, und Lungen, die atmeten, machten ein Tier nicht zwangsläufig gesund. Sie hielten es nur am Leben, bis es wieder abgeknallt werden konnte. Einmal war ein einjähriges Pferd mit dem Namen Newt auf der Farm seines Großvaters von Kojoten angegriffen worden. Bei dem Versuch, vor ihnen wegzulaufen, hatte sich Newt zwei Beine gebrochen und sich noch dazu am Stacheldrahtzaun so heftig verletzt, dass es erblindete.

Bring mir mein Gewehr, hatte sein Großvater leise geflüstert.

Aber es kann sich erholen, hatte Lucky entrüstet entgegnet.

Sein Großvater hatte dem Pferd nur einen einzigen Blick zugeworfen und den Kopf geschüttelt. *Vielleicht könnte es überleben*, hatte sein Großvater gesagt. *Aber nicht ohne zu leiden.*

Lucky nahm den Kugelentferner zögerlich in die Hand.

Ein Teil von ihm wollte ihn wegschleudern und das Zebra in Frieden sterben lassen. Es wäre eine grausame Art von Güte, eine, die nicht viele Menschen ertragen könnten, aber womöglich wäre er einer der wenigen, die dazu fähig waren, denn immerhin hatte er es bei seinem Großvater schon einmal gesehen.

Da hörte er ein Kichern aus Richtung der Vorratskammern und drehte erschrocken den Kopf. Pika war in einer und diskutierte lautstark mit sich selbst, ob Zebra- oder Giraffenschwänze süßer waren.

Wem wollte er etwas vormachen? Wenn er sich weigerte, die Tiere zu »heilen«, würde es Pika tun.

Mit zusammengepressten Kiefern legte er den automatischen Kugelentferner auf die Wunde und holte eine Wiederbelebungskapsel aus der Tasche. Das Wachs der Hülse blieb an seiner Haut kleben, als er sie an die Nase des Zebras hielt. Die Nüstern des Tieres zuckten. Dann schlug es blinzelnd die Lider auf, unter denen Halbmonde aus blutleerem Weiß zu sehen waren. Im nächsten Moment wachte es mit einem schmerzhaften Ruck auf.

»Schsch«, flüsterte Lucky und presste ihm eine Hand fest auf die Schulter. »Schsch, Kleiner. Alles wird gut.«

Allmählich normalisierte sich der Puls des Tieres wieder.

Eine höhnische Stimme hinter ihm durchbrach die Stille. »Was kommt als Nächstes, willst du es dressieren, damit es einen kleinen Sattel trägt?« Dane huschte in den Käfigtrakt. »Ich wette, die Kindred würden den einen oder anderen Chip bezahlen, um das zu sehen. Vielleicht bringen sie dich in die Zirkus-Menagerie. Du könntest Teil der Freakshow werden.«

»Wir sind längst in einer Freakshow«, murmelte Lucky. »Sieh dich doch nur um!«

Feixend drückte sich Dane in den Schatten vor seiner Zelle herum. Dann ging er hinein, kramte in seinen Sachen und tauchte mit einem kleinen Notizbuch wieder auf. »Hier. Ein Geschenk. Jetzt kannst du all deine ach so *gequälten* Gedanken hineinschreiben, damit der Rest von uns sie sich nicht ständig anhören muss.«

Mit diesen Worten schleuderte er Lucky das Notizbuch hin. Ein paar Seiten waren herausgerissen, doch der Rest war leer. Lucky schob es beiseite, neben seine Jacke. Es gefiel ihm nicht, Geschenke von Dane anzunehmen. Im Grunde mochte er es nicht einmal, mit Dane zu sprechen. Aber im Moment war er auf ihn angewiesen.

»Danke«, murmelte er.

»Makayla meinte, du wolltest mit mir reden, also raus mit der Sprache.«

Trotz Danes überheblichem Spott konnte Lucky das unterschwellige Interesse in der Stimme des anderen heraushören. Es war ihm vollkommen gleich, wenn ein Junge auf Jungs stand, aber Dane würde eine herbe Enttäuschung erleben, sollte er glauben, dass Lucky schwul war.

»Ja. Ja, es war super, als du mir erlaubt hast, dass ich bei der Safari mitfahren durfte, und du meintest, wenn ich noch mal irgendwann etwas bräuchte ...«

Da kam Pika in den Raum gestolpert, einen Eimer Wasser für die Antilopen in der Hand und eine tropfende Spur hinter sich herziehend. Ihr Gesicht erhellte sich. »Hi, Dane! Brauchst du vielleicht eine Pause? Soll ich die Ankündigungen übernehmen? Das würde mir nichts ausmachen. Wirklich.«

Dane sah sie abschätzend von oben bis unten an. »Du? Auf der Bühne? Die Kindred würden dich wahrscheinlich für irgendein schnüffelndes kleines Tier halten und dich erschießen.« Genüsslich zog er sein Jo-Jo aus der Tasche. »Und nimm deine Drecksfinger von dem hier. Ich weiß, dass du versucht hast, es zu klauen.«

Pikas Miene verfinsterte sich. Ihre Schultern sackten nach unten, die Spitze ihres Zopfs landete im Wasser und wurde nass. Sie riss die Augen weiter auf und nahm schließlich einen zitternden Atemzug, um nicht in Tränen auszubrechen.

Dane verdrehte die Augen. »Das war doch nicht ernst gemeint. Verstehst du denn keinen Spaß?« Widerwillig holte er sein Stofftaschentuch hervor und reichte es ihr. »Hör mal. Putz den Vorratsraum gründlich durch, wisch alle Schränke und den Boden und einfach alles, dann überlege ich es mir vielleicht noch mal anders, und du kannst heute Abend mit dem Jo-Jo spielen.«

Ihr Gesicht hellte sich auf. »Ja, Sir!«, kicherte sie und hüpfte zum Vorratsraum.

Dane drehte sich zu Lucky zurück. »Man muss ihnen immer einen Funken Hoffnung geben!« Seine Stimme war leise, als wären sie enge Vertraute. »Das lenkt sie ab.«

»Und macht sie auf Dauer unglücklich.«

Mit verschränkten Armen lehnte sich Dane gegen die Einbauschränke und musterte Lucky eindringlich. »Als ich dich das erste Mal gesehen habe, dachte ich, du wärst wie ich, ein cooler Typ, der unsere Situation versteht und die Wahrheit erträgt. Aber allmählich habe ich das Gefühl, dass du genauso blind wie Pika bist und dich nur zu leicht durch Spielsachen ablenken lässt.«

Lucky kämpfte gegen den Drang an, Dane endlich die Meinung zu sagen. Es war fast ein Ding der Unmöglichkeit, ruhig zu bleiben.

Dane ging in die Hocke und tätschelte das Zebra, doch seine Finger glitten grob gegen den Strich des Fells, und das Tier zuckte zusammen. »Sag schon, was du brauchst, das so wichtig ist.«

»Es hat mit Zeit zu tun.«

»Du willst eine Armbanduhr? Einen Wecker?«

Lucky wandte sich abrupt ab, bevor Dane sehen konnte, wie sehr er es verabscheute, ihn um einen weiteren Gefallen zu bitten. Mit dem Rücken zu Dane sortierte er die Wiederbelebungskapseln in den Schrank ein. »Frag nicht, woher ich es weiß, aber mein Geburtstag ist in drei Tagen. Ich werde neunzehn. Und ich stehe ganz gewiss auf ihrer In-den-Abfallschacht-Liste. Ich habe nämlich damals versucht, aus meinem Gehege zu fliehen. Und ich habe eine Wache geschlagen.«

Dane starrte ihn überrascht an. »Ich verstehe. Und du willst bei deinem hübschen, kleinen Singvogel bleiben.« Eifersucht klang aus seinen Worten heraus.

»Es geht nicht um Cora.« Das Zebra schien jetzt fast genesen, und Lucky griff nach dem Zaumzeug. »Ich will nicht dasselbe Schicksal erleiden wie Chicago.«

Bei dem Gedanken an den verkohlten Leichnam, den Leon ihm beschrieben hatte, schauderte Lucky. Seine Hände begannen zu zittern, als er das Zaumzeug über den Kopf des Zebras stülpte und es zu seinem Käfig führte.

Dane beobachtete ihn bei der Arbeit. »Ich werde ebenfalls in ein paar Wochen neunzehn, auch wenn die anderen das nicht wissen.«

Lucky schloss die Käfigtür des Zebras. »Du musst dir allerdings keine Sorgen um deine Zukunft machen, so viel steht fest. Die Kindred werden dich auf Armstrong zu einem Prinzen machen, immerhin warst du stets ein echter Musterschüler.« Er wischte sich die Hände ab und blickte zu Dane. Die Miene des Jungen war undurchdringlich.

»Menschenzeit in Kindredzeit umzuwandeln, ist eine komplizierte Sache«, erklärte Dane. »Das ist selbst für Kindred schwierig. Sie haben ausgebildete Zeitumwandler, deren einzige Aufgabe darin besteht, auf verschiedenen Raumstationen und Planeten die jeweiligen Zeiten umzurechnen. Roshian ist einer der wenigen Zeitumwandler auf dieser Station. Er rechnet nicht nur um, er archiviert auch alles. Ich könnte ihn bitten, dein Geburtsdatum zu verändern. Nur ein bisschen, damit es glaubhaft ist – vielleicht dass du erst achtzehn wirst anstatt neunzehn. Er schuldet mir noch einen Gefallen.«

Lucky beäugte ihn argwöhnisch. »Was würde mich das kosten?«

Ein Lächeln huschte über Danes Gesicht. Mit einer kleinen Kopfbewegung gab er Lucky zu verstehen, ihm zu seiner Zelle zu folgen, was dieser widerstrebend tat. Danes Käfig war mit wertlosem Plunder und Büchern gefüllt, einer weichen Decke, selbst einem Morgenmantel, in den ein Monogramm gestickt war, das nicht zu Danes Namen passte. Er zog eine metallene Keksdose voller Einstecktücher hervor, und als er die dicken Stofftaschentücher und anschließend ein paar zusammengeknüllte Papiere herausholte, lagen Hunderte von Chips auf einer weiteren Schicht Taschentücher, die jegliches Klackern verhinderten.

»Die hast du nicht allein beim Cocktailmixen bekommen«, stellte Lucky fest.

Kopfschüttelnd schloss Dane die Dose. »Die Kindred glauben, sie wären über jeden Tadel erhaben, und die meisten von ihnen sind es auch – dank ihres einzigartigen Moralkodex. Aber hin und wieder kommt es vor, dass man auf jemanden trifft, der die Regeln bricht. Jemanden, dessen Moralvorstellungen von der Norm abweichen. Der etwas menschlicher ist, könnte man fast sagen.«

Lucky verschränkte die Arme. »Du meinst Roshian?«

Dane nickte. »Vielleicht ist dir nicht entgangen, dass er bei der Jagd gelegentlich nicht an sich halten kann und aufs Ganze geht. Tiere *tötet*. Ich drücke dann ein Auge zu. Er bezahlt gut. Mit Armstrong liegst du wohl auch nicht ganz falsch. Nur dass ich kein Prinz sein will.« Danes Augen glitzerten. »Ich will König werden.«

Lucky warf einen Blick zum restlichen Zellenblock, um sicherzugehen, dass niemand diesen Unsinn zufällig mithörte. »Auf Armstrong bedeutet Geld angeblich alles. Je mehr Chips du bei deiner Ankunft besitzt, desto mehr Macht hast du. Und all das hier …« Er schüttelte behutsam die Keksdose. »Wird mir einen guten Start ermöglichen, aber ich brauche mehr als Geld, um König zu werden.«

Lucky ballte die Fäuste so fest, dass seine Fingerknöchel weiß wurden. »Lass mich raten. Du brauchst Untertanen.« Jetzt ergab die Sache mit dem geschenkten Notizbuch Sinn – Dane versuchte, sich bei ihm einzuschleimen.

»Nicht Untertanen«, sagte Dane. »Partner. Selbst mit einer Stange Geld wird es nicht leicht werden, dort von Anfang an als Anführer aufzutreten, wenn mir niemand den Rücken stärkt. Aber wenn ich jemanden hätte, auf den ich mich verlassen könnte, dem andere instinktiv ihr Vertrauen schenken ... Jemanden, der sich in die Gesellschaft von Armstrong eingliedern und herumerzählen könnte, wie gerecht und bedeutend ich bin.«

Gerecht? *Bedeutend?* Lucky konnte fast nicht mehr an sich halten und hätte am liebsten laut losgeprustet.

In der gegenüberliegenden Zelle hatte sich das Zebra hingelegt. Für ein Huftier war es unnatürlich, sich der Länge nach auszustrecken, es sei denn, es war krank. Alles hier wirkte krank.

»Ich warte auf eine Antwort«, sagte Dane.

Lucky fluchte leise. »Ich habe dein Ehrenwort, dass du Roshian überreden kannst, das Geburtsdatum in meinen Akten zu ändern?«

»Ja.«

»Dann abgemacht«, erwiderte Lucky zögerlich. »Und im Gegenzug verspreche ich, den Leuten auf Armstrong alles zu erzählen, was du willst.« Er wusste, dass es ein leeres Versprechen war. Seine Gedanken wanderten zu den Zahlen, die Chicago in das Armaturenbrett des Geländewagens geritzt hatte: 30,1. Was bedeutete, dass es eine fast siebzigprozentige Chance gab, dass die Erde nicht zerstört war. Nicht viel, um sich daran festzuhalten, aber zumindest etwas.

Da hörte Lucky wieder ein Kichern, als Pika aus der Vorratskammer zurückkam, und wandte sich zum Gehen.

»Nicht so schnell«, sagte Dane mit gedämpfter Stimme. »Roshian wird im Gegenzug einen Gefallen von dir einfordern, und ich kann keinen meiner Chips erübrigen.«

Luckys Stimme wurde sogar noch leiser. »Von hier hinten kann ich wohl kaum etwas tun.«

»Vielleicht«, sagte Dane. »Vielleicht auch nicht. Ich denke, es läuft allein auf eine einzige Frage hinaus.« Seine blauen Augen verdunkelten sich. »Du meintest, das alles hätte nichts mit Cora zu tun. Aber ganz ehrlich, wie sehr liegt dir unser blonder Singvogel am Herzen?«

22 Cora

»Gut«, sagte Cassian. »Und jetzt noch höher.«

Cora stieß ein tiefes Seufzen aus, und die beiden Würfel knallten auf den Tisch. Sie übten nun fast jeden zweiten Tag, und Cora hatte nicht den blassesten Schimmer gehabt, wie anstrengend Telekinese sein könnte. Am Anfang ihres Trainings, als es sie viel Mühe gekostet hatte, den Würfel auch nur einen Zentimeter über den Tisch zu schubsen, hatte sie das Gefühl gehabt, ihr Verstand würde in zwei Teile gerissen werden. Jetzt sehnte sie sich geradezu nach diesem dumpfen Kopfschmerz zurück.

Cassian schob die Würfel wieder in die Tischmitte. Jazzmusik und das Klirren von Gläsern drangen durch die hölzerne Schiebetür vor dem Alkoven, Geräusche, die Cora ablenkten, allerdings nicht so sehr wie ihre Sorgen um Lucky. Sein Geburtstag war in zwei Tagen.

Sie versuchte, Lucky aus ihren Gedanken zu vertreiben und sich allein auf Cassians Würfel zu konzentrieren. Ihrer Berechnung nach würde das Prüfungsschiff die Raumstation in einer halben Woche erreichen. Dann blieben ihr noch drei weitere Tage während des Andockens. Ungefähr sechs Tage – nicht viel Zeit. Steckten die anderen Kandidaten, die Scoates und Conmarines und Temporals, ebenso verzweifelt wie sie in den letzten Zügen ihrer Vorbereitung?

»Versuch es noch einmal«, wiederholte Cassian. »Höher. Du musst sie dreißig Sekunden lang einen halben Meter über dem Erdboden halten können, wenn du bereit sein willst.«

»Ich weiß. Ich muss nur kurz zu Atem kommen.«

Cassians Blick huschte zur Schiebetür. Seine Hände ballten sich reflexartig zu Fäusten und lösten sich wieder.

»Was ist los?«, flüsterte sie.

Er antwortete nicht sofort, doch dann senkte er die Stimme. »Ich bin mir nicht sicher, ob ich es dir erzählen soll.«

Sie hob eine Augenbraue.

Aufgeregt blickte er zum Wandschirm. »WDZ 30,1. Ich habe in den Aufzeichnungen mit den Prognosen des Datenalgorithmus nachgesehen. Normalerweise werden sie in einer Datenbank aufbewahrt, zu der alle Kindred der Kategorie fünf und höher zugangsberechtigt sind. Doch die Ergebnisse in Bezug auf die Erde wurden mit einem Sicherheitsschloss der Kategorie zwanzig belegt. Ich habe keinen Zugriff. Das ist allein den Delegierten vorbehalten.«

»Fian ist Delegierter.«

»Ja, und er hat den Bericht auf mein Geheiß hin bereits überprüft.« Er blinzelte zu schnell. »Es gab ... Unregelmäßigkeiten. Der Zeitstempel war geschwärzt. Jemand hat die Ergebnisse geändert. Es ist möglich – wenn auch nicht gänzlich bewiesen –, dass Chicago zufällig etwas bei einer der Safaris mitbekommen haben könnte.«

»Also ist es wahr?« Coras Augen wurden riesengroß. »Sie haben gelogen, als sie meinten, die Erde würde nicht mehr existieren?«

»Wir wissen nur, dass jemand die Ergebnisse manipuliert hat. Das beweist gar nichts.«

Doch es könnte alles bedeuten, dachte sie.

»Warum sollte der Rat die Ergebnisse manipulieren?«

»Sie befürchten, die Menschheit stünde kurz vor dem nächsten Evolutionsschritt. Der Rat möchte mit keiner weiteren intelligenten Spezies im Wettbewerb stehen. Doch wenn die Erde zerstört wäre, müssten sie sich nicht länger um die Zukunft der Menschheit sorgen. Nur noch um die Handvoll Menschen, die sie gegenwärtig hier in Gefangenschaft halten, so wie dich. Leicht zu kontrollieren – so glauben sie zumindest.«

Coras Herz hämmerte. Es war unglaublich, was allein dieser winzige Hoffnungsschimmer mit ihrer Moral anstellte. Sie zog die Augenbrauen zusammen und konzentrierte sich wieder auf die Würfel. Es war am leichtesten, wenn sie sich die Würfel erst vor ihrem geistigen Auge vorstellte und dann ihre Gedanken um einen schlang, als wären es ihre Finger, die ihn bewegten. Ihr Blick ruhte auf dem Würfel, der ihr am nächsten war, und sie zwang ihn erst zum Hüpfen und dann zum Drehen, bevor er sich zitternd von der Tischplatte löste und in die Lüfte stieg, Zentimeter um Zentimeter, nur kraft ihrer Gedanken, bis er in fünfzehn Zentimeter Höhe erstarrte. Doch sosehr sie sich auch konzentrierte, sie konnte ihn nicht höher schweben lassen.

»Gedankenlesen«, flüsterte ihr eine Stimme ins Ohr. *»Die drei kleinen Mäuse schummeln mit Käse, nicht mit Krümeln.«*

Abgelenkt ließ Cora den Würfel fallen.

Anya versuchte wieder, mit ihr in Kontakt zu treten, aber wie schon zuvor waren die Worte ein unsinniges Durcheinander, das Cora kaum entwirren konnte. *Gedan-*

kenlesen? Käse? Sie musste Anya so schnell wie möglich aus dem Tempel befreien, um von Angesicht zu Angesicht mit ihr zu reden.

Cassian runzelte die Stirn. »Wenn dir der Kopf wehtut, sollten wir für heute aufhören.«

Argwöhnisch blickte sie zu ihm. Sein Gesicht war ruhig – er hatte Anyas Stimme nicht gehört.

»Nein, es liegt nicht am Training«, erklärte Cora rasch. »Ich habe nur schlecht geschlafen.« Das zumindest war die Wahrheit – sie hatte sich die ganze Nacht aus Sorge um Lucky hin und her geworfen. »Ich … hatte Albträume. Wegen des Mädchens, das du mir in der Tempel-Menagerie gezeigt hast. Das so gefährlich ist. Anya, so war ihr Name, nicht wahr? Ich habe geträumt, sie wäre geflohen und hierhergekommen … und hätte uns alle getötet. Ich kann an nichts anderes mehr denken. Könnten wir sie noch einmal besuchen, nur zu meiner Beruhigung? Ich bin sicher, dass dann auch meine Kopfschmerzen verschwinden würden.«

Cassians Gesicht veränderte sich nicht, war selbst demaskiert eine ausdruckslose Maske. »Das ist nicht möglich.«

»Ich verstehe nicht, was das Problem sein soll«, hakte sie nach. »Du hast mich schon einmal dorthin gebracht.«

Da zog Cassian einen kleinen Metallanhänger aus seiner Tasche. »Wenn wir diese temporären Reisepässe benutzen, um Menschen aus ihren Gehegen zu holen, werden die Zeiten gespeichert. Es ist das Risiko nicht wert, dass der Rat das Logbuch sieht und noch misstrauischer wird, als er es sowieso schon ist. Warte bis nach der Prüfung. Wenn du gewinnst, kannst du sie besuchen, wann immer du willst.« Seine Stimme war schroff, während er die Würfel wieder in Position brachte.

Cora beugte sich vor. »Ich muss *sofort* gehen. Vor der Prüfung. Es muss einen anderen Weg geben, um zum Tempel zu gelangen, ohne diesen Pass zu benutzen. Es gibt gewiss einen Hintereingang. Der Rat müsste nie davon erfahren.«

»Nein.«

»Aber es muss einen Bereich hinter der Menagerie geben, so wie hier, nicht wahr? Einen anderen Weg, um dorthin zu gelangen?« Cora bemerkte, dass ihre Stimme verzweifelt klang, denn Cassian hatte jäh aufgehört, die Würfel anzuordnen. Er drehte seinen Kopf langsam zu ihr. Seine Augen schimmerten dunkel.

»Warum sorgst du dich dermaßen um Anya?«

»Wie schon gesagt«, erwiderte sie, um Schadensbegrenzung bemüht, »wegen der Albträume.«

Er betrachtete sie eine Weile. Cassian war demaskiert, weshalb er ihre Gedanken nicht lesen konnte, und dennoch fragte sie sich, ob ihr der Plan, bei der Prüfung zu betrügen, nicht auf die Stirn geschrieben stand. Zur Ablenkung schnappte sie sich einen Würfel und stieß ein übertrieben lautes Seufzen aus. »Vergiss es. Aber ich habe die Nase voll von Würfeln und Karten. Könnten wir nicht an etwas arbeiten, das nichts mit Telekinese zu tun hat?« Ungeduldig klopfte sie mit dem Würfel auf den Tisch. »In der Prüfung könnte es auch ums Gedankenlesen gehen, und damit haben wir noch nicht einmal angefangen.«

Cassians Augen ruhten die ganze Zeit über auf ihr. Cora spürte, wie er inständig versuchte, das zu enträtseln, was in ihrem Kopf vorging. Seine Finger spielten mit einem der

Würfel, genau wie ihre mit dem anderen. Der Würfel zeigte die sechs. Cassian drehte ihn wieder: auf die drei. Für einen Moment fragte sie sich, wie es wäre, seine Gedanken zu lesen. Oder sie sogar zu kontrollieren. Was würde sie von ihm verlangen? Sich vor ihr zu verbeugen? Auf ihr Geheiß hin zu singen und zu tanzen? Oder vielleicht – nur vielleicht – die bloße Hand noch einmal auf sie zu legen, damit sie dieses elektrische Kitzeln spürte?

Ihr Gesicht brannte, und sie blickte weg.

»Es gibt bei diesen Trainingsmodulen eine logische Reihenfolge«, sagte er mit bedächtiger Stimme. »Als Erstes musst du es schaffen, den Würfel anzustupsen. Dann ihn schweben zu lassen. *Erst dann* gehen wir zum Gedankenlesen über. Mit diesem Verfahren werden wir deine höhere Intelligenz beweisen können: durch messbare, dokumentierbare Resultate. Außer du hast andere Gründe, um einen Schritt zu überspringen?«

Sie biss sich auf die Innenseite ihrer Wange. »Nein. Natürlich nicht.«

Er beugte sich vor, als wollte er seine Hand auf ihre legen, und für eine Sekunde wurden ihre Wangen erneut ganz heiß, und ein Verlangen, das sie sich selbst kaum eingestehen wollte, packte sie. Doch er nahm ihr nur den Würfel weg, um das nervöse Klopfen zu beenden.

»Du bist besorgt«, sagte er sanft.

»Ich bin nur ...« Sie blickte weg. »Du hast recht. Es gibt einen Grund, warum ich einen Schritt überspringen will, der nichts mit der Prüfung zu tun hat.« Sie holte tief Atem. Schon viele Jahre zuvor, lange vor der Scheidung ihrer Eltern hatte sie gewusst, dass beide Affären hatten, aber ihre Mutter war geschickter, die Sache zu verheimlichen. Kurz bevor ihre Mutter ihrem Vater eine Lüge auftischte, senkte sie immer den Kopf und ließ eine Haarsträhne über ihre Augen fallen, und Cora tat nun genau dasselbe. »Ich fühle mich klar im Nachteil. Du weißt alles über mich. Du hast mich auf der Erde beobachtet. Du weißt von meiner Zeit in Bay Pines, und du kennst meine privatesten Erinnerungen, etwa die von meinem Hund und der Scheidung meiner Eltern. Da ist ein Ungleichgewicht zwischen uns, das ich nicht aus dem Kopf bekomme. Wenn du maskiert bist, kannst du jederzeit meine Gedanken lesen, aber deine sind für mich ein Rätsel.«

Seine Hand war schrecklich nah. Nur wenige Zentimeter und ihre Finger würden sich berühren. »Das ist alles, warum du so aufgewühlt bist? Du willst in meinen Kopf blicken?« Ein Hauch Neugierde lag in seiner Stimme.

Für den Bruchteil einer Sekunde hasste sie sich für die Lüge.

»Natürlich.« Sie rutschte auf die Bank neben ihm, sodass ihre Körper nur Zentimeter voneinander entfernt waren. »Bei der Prüfung geht es nicht nur darum, neue Fähigkeiten zu demonstrieren. Es geht darum zu beweisen, dass wir wahrhaftig ebenbürtig sind. Und wie wollen wir ebenbürtig sein, wenn ich hier eingesperrt bin und du jederzeit gehen kannst?«

Die Gewitterwolken in seinen Augen schoben sich langsam über seine dunkle Iris. »Dagegen kann ich nichts tun«, sagte er. »Bis wir die Intelligenz der Menschheit bewiesen haben, werdet du und alle Menschen in Gefangenschaft leben müssen.«

»Ich weiß«, sagte sie leise. »Aber diesen einen Punkt – *den* kannst du ändern.«

Seine Finger kehrten zu den Würfeln zurück und drehten sie: zur Zwei, dann auf die Vier. Schneller und immer schneller, obwohl sein Gesicht weiterhin ausdruckslos blieb.

»Ich will dich kennenlernen«, flüsterte sie, »genau, wie du mich kennst.«

Der Würfel in seiner Hand erstarrte.

Coras Herzschlag beschleunigte sich unwillkürlich. Sie war fast greifbar, diese Anziehung zwischen ihnen. Nie ganz verschwunden, immer knapp unter der Oberfläche pulsierend. Seine Hand war so nah.

»Cora.« In der Abgeschiedenheit des Alkovens könnte er sie küssen, und niemand würde es wissen. Er wollte es tun. Unbedingt. Sie musste nicht über hellseherische Fähigkeiten verfügen, um es zu spüren.

Da ertönte ein Klopfen an der hölzernen Schiebetür.

Mit wild pochendem Herzen fuhr Cora erschrocken auf. Vor dem Alkoven konnte sie den vertrauten Umriss von Danes Schultern ausmachen.

Cassian setzte sich augenblicklich aufrecht hin. »Herein.«

Dane schob den Paravent auf. Selbst wenn er es ungewöhnlich fand, die beiden so nah beisammensitzen zu sehen, Würfel und Karten unberührt auf dem Tisch, ließ er sich nichts anmerken.

»Wir schließen bald«, sagte Dane. »Vielleicht könntet ihr euer Kartenspiel morgen fortsetzen. Und Cora, ich habe mich gefragt, ob du noch ein bisschen hierbleiben könntest. Das Zebra war krank, und ich könnte beim Aufräumen zwei helfende Hände gebrauchen. Ich bringe dich zum Zellenblock zurück, bevor die Freizeit zu Ende ist.«

Er lächelte sie ausdruckslos an.

»Äh ... sicher.« Cora beeilte sich, die Karten aufzusammeln und zu einem Stapel zu schichten. »Was immer du willst. Cassian, lass mich einfach wissen, wann du wieder ... Karten spielen ... willst.«

Ihre Wangen verfärbten sich. Mit einem Mal hatte sie es so eilig, aus dem Alkoven zu fliehen, dass ihr nicht auffiel, wie sonderbar es war, dass Dane sie um einen Gefallen bat. Erst als er sie zum Vorratsraum der Jagd-Menagerie hinter der Bar führte, runzelte sie die Stirn. Zu ihrer Überraschung entdeckte sie Lucky zwischen den Kisten mit Alkohol. Seine Miene war grimmig.

»Was ist los?«, fragte sie heftig blinzelnd.

»Dane und ich hatten ein kleines Gespräch«, sagte Lucky leise. »Komm rein und schließ die Tür hinter dir.«

23 *Cora*

Cora betrat die Vorratskammer und quetschte sich zwischen staubige Kisten mit Alkohol, bevor sie die Tür hinter sich zuzog. »Was ist los?«

Lucky stolperte fast über eine alte geschnitzte Giraffe. »Dane kann uns helfen, mein Geburtsdatum zu ändern.«

Cora drehte sich zu Dane um. »Lass mich raten … du willst dafür eine Gegenleistung.«

Dane lächelte dünn. »Lucky und ich haben uns bereits auf eine kleine Entschädigung geeinigt. Es geht mehr darum, was *Roshian* will.«

Vor Überraschung hätte Cora fast die Giraffe umgestoßen. »Was hat Roshian damit zu tun?«

»Er ist bei den Kindred für die Zeitumwandlung zuständig«, sagte Lucky. »Er wird meine Unterlagen fälschen, aber nur, wenn er im Gegenzug etwas bekommt.«

Die Wände der Abstellkammer schienen mit einem Mal näher zu kommen. »Was?«, fragte Cora.

»Dich«, erwiderte Lucky und führte dann genauer aus: »Besser gesagt deine Haare. Aus demselben Grund, weshalb er das Geweih und die Hörner der Tiere will, die er jagt. Auf seinem Psychoregal für Erinnerungsstücke an niedere Spezies gibt es wohl noch einen besonderen Platz für einen menschlichen Zopf.«

Dane unterdrückte ein Lachen.

Instinktiv griff Cora mit ihrer Hand zu ihrem Kopf und zwirbelte nervös an ihren Locken. »Ich dachte, es wären nur die Axion, die sich für so etwas interessieren.«

Dane zuckte mit den Schultern. »Ich habe ihn nicht gefragt, warum er es will. Meiner Meinung nach bist du besser dran, wenn du es nicht weißt.«

Ihre Füße zuckten, und sie wollte auf und ab gehen, aber der Raum war zu klein. »Dane, gibst du uns eine Sekunde, um unter vier Augen darüber zu reden?«

Dane schnappte sich eine staubige Schnapsflasche und spähte durch den Türspalt. »Fünf Minuten.«

Sobald sie allein in der Abstellkammer waren, fuhr sich Lucky mit der Hand durchs Haar. »Hör mal, Cora, wir finden einen anderen Weg. Du musst das nicht tun.«

Sie sank auf eine Kiste. »Was für einen anderen Weg? Sie werden dich übermorgen holen, wenn wir es nicht tun, und du bist zu stur, um dich bei Leon zu verstecken.« Sie wickelte die Haarspitzen um ihre Faust. »Es sind nur Haare.«

»Aber wer weiß, was Roshian mit ihnen vorhat. Vielleicht braucht er die DNA für irgendetwas. Vielleicht ist *er* der Spion. Jemand muss dem Rat erzählt haben, dass du hinter unserer Flucht aus dem Käfig steckst. Das könnte ein perfider Plan des Rats sein.«

Sie starrte ihn eindringlich an. »Die Kindred schmieden keine finsteren Pläne. Wenn sie mich verhaften wollten, würden sie mich einfach holen.«

Lucky schüttelte den Kopf. »Mir gefällt die Sache trotzdem nicht.«

»Mir auch nicht, aber wir haben keine andere Wahl. Außerdem sind Tessela und Fian in der Nähe, nur für den

Fall, dass irgendetwas schieflaufen sollte. Roshian mag gelegentlich die Regeln umgehen, aber er kann sie nicht brechen. Er ist an ihren Moralkodex gebunden. Und Dane würde so knapp vor seinem eigenen Geburtstag nicht wagen, etwas Unüberlegtes zu tun, wo er doch gewissermaßen schon mit einem Bein auf Armstrong ist.«

»Trotzdem. Mir ist nicht wohl bei der Sache.« Luckys Hand machte eine Bewegung, als wollte er Cora berühren, doch er tat es nicht, und sie begann, nervös mit ihren Fingern zu spielen. Für einen Moment erinnerte sie die Abgeschiedenheit der Abstellkammer an das erste Mal, als sie wahrhaftig allein gewesen waren, ohne die beobachtenden Augen der Kindred, unter den herabhängenden Ästen des Kirschbaums. Sie hatte in Lucky einen Jungen gesehen, der seine eigene Stärke nicht kannte. Einen Jungen, der nichts als ein einfaches Leben wollte. Einen Strand. Bier. Eine Gitarre. Einen Jungen, dem, wie ihr, alles genommen worden war.

Cora griff nach seiner Hand und drückte sie an ihre Wange. Seine Finger waren stark und rau von den vielen Jahren Farmarbeit. Der Käfig hatte nichts daran geändert. »Lass mich das für dich tun«, flüsterte sie.

Seine Augenbrauen zogen sich zusammen, als würde ihn etwas bedrücken. »Ausnahmsweise einmal«, sagte er, »möchte ich *dich* retten. Ich möchte für *dich* ein Opfer bringen. Nach allem, was im Käfig passiert ist, nach jener Nacht ...«

Er beendete den Satz nicht, doch das war auch nicht nötig. Cora erinnerte sich nur allzu gut an das schreckliche Gefühl der Unvermeidbarkeit, als sie die Treppe zu seinem Zimmer hochgestiegen waren und er ihr mit diesem fiebrigen Blick in den Augen die Kleidung ausgezogen hatte.

»Du schuldest mir überhaupt nichts«, flüsterte sie.

»Es geht nicht um Schuld«, erwiderte er. Seine Hände umfassten ihre, wärmten sie.

»Worum dann?«, fragte sie. »Wir sind beide übereingekommen, dass der Kuss ein Fehler war.«

»Ich weiß.« Er drehte ihre Hand um und fuhr die Tätowierungen nach, unschlüssig, wie er fortfahren sollte. »Aber es gibt einen Grund, weshalb der Daten-Algorithmus der Kindred uns als Paar ausgewählt hat. Wir sind uns in vielerlei Hinsicht ähnlich. Wir suchen beide einen tieferen Sinn im Leben. Du magst das nicht glauben, aber dem ist so. Die Prüfung bedeutet dir mehr, als du dir eingestehen willst.«

Sie war sich nicht sicher, was sie erwidern sollte, weshalb sie ihm einfach zusah, wie er die Tätowierungen auf ihrer Handfläche nachfuhr. »Vielleicht hast du recht«, sagte sie schließlich.

»Sie ist wichtiger, als dass du das Risiko eingehen solltest, mit Roshian zusammenzuarbeiten, um mir den Arsch zu retten.«

Sie grinste. »Dein Arsch wird gerettet, und jetzt Schluss.«

Die Anspannung zwischen ihnen war mit einem Mal wie verflogen, und Cora drehte seine Hand, um mit den Augen die tätowierten Linien in seiner Handfläche nachzufahren. »Was glaubst du, bedeuten diese Tätowierungen?«

»Vielleicht ›Ausgestoßene‹«, murmelte er und runzelte dann überrascht die Stirn. »Deine unterscheiden sich von meinen. Hier, an deinem Ringfinger. Der Punkt ist viel größer.«

Sie rieb mit dem Daumen über die Tätowierung, fast als

wollte sie ihn wegwischen. »Das ist mir auch schon aufgefallen. Keine Ahnung, warum.«

»Er sieht fast wie ein Ring aus«, sagte er. »So wie er genau auf der schwarzen Linie um den Finger liegt. Fast wie ein …« Er blickte ihr in die Augen. »Fast wie ein *Diamant*.«

Cora riss die Hand weg und betrachtete eingehend ihre Tätowierung.

Es sollte überhaupt kein funkelnder Stern sein, wie sie anfangs geglaubt hatte. Lucky hatte recht. Cassian musste ihre Tätowierung leicht verändert haben – nur ein kleines bisschen, um keinen Verdacht zu erregen –, um dieses menschliche Symbol zu verstecken, ein Geheimnis, das sie beide verband. Ein Diamantring.

»Das … Das ist nicht möglich«, stotterte sie.

Doch Luckys Gesicht hatte sich längst verfinstert. »Ich wette, Cassian hat es absichtlich getan. Er hat einen Diamantring unter deine Tätowierungen geschummelt, wahrscheinlich als eine Art kranke Liebeserklärung. Ein Gelübde.« Er presste die Hand zur Faust und verbarg die Tätowierungen auf seiner eigenen Handinnenfläche.

Cora starrte unverwandt auf ihre Hand. Es konnte nicht wahr sein, oder? Ein eintätowierter Diamantring? Sie wollte schon die Lippen öffnen, um vehement zu widersprechen, da wurde die Tür aufgerissen, und Dane steckte den Kopf herein.

»Nun, kleiner Singvogel?«

Sie ließ die Hand sinken. »Gib mir eine Schere«, sagte sie rasch, während sie den Gedanken an ihren Ringfinger beiseiteschob. »Ich schneide sie sofort ab.«

»So einfach ist das nicht.« Dane hielt zwei Finger hoch und ließ sie wie zwei Klingen zusammenklappen. »Roshian will es selbst tun. Sonderbar, ich weiß. Aber jedem das Seine.«

Cora sah zurück zu Lucky, der besorgt dreinblickte.

»Roshian wird komplizierte Berechnungen anstellen müssen, um das Datum zu ändern. Das wird ein bisschen dauern«, erklärte Dane.

»Wir haben keine Zeit! Lucky wird übermorgen neunzehn.«

Danes Augen wanderten zu Lucky. »Lucky geht nirgendwo hin, keine Sorge. Ich werde sämtliche Vorbereitungen treffen und euch wissen lassen, wann Roshian für den Austausch bereit ist. Es muss allerdings nach Schließung der Menagerie sein. Ich werde dir ein Zeichen auf der Bühne geben.«

»Ein Zeichen?«

»Du wirst schon sehen.«

Gedankenverloren fuhr sich Cora mit der Hand durch die Locken. Soweit sie sich zurückerinnern konnte, hatte sie schon immer lange Haare gehabt. Jenny, Makayla – ihre waren kurz geschoren, und es schien sie nicht zu stören. Sie würde sich daran gewöhnen, aber dennoch, wie viel müssten die Kindred wohl wegschneiden, bevor sie alle keine Menschen mehr waren und zu etwas anderem wurden?

»Okay«, sagte sie und drückte Luckys Hand. Genau in diesem Moment kam ihr, dass nach den Öffnungszeiten der Menagerie weder Tessela noch Fian in ihrer Nähe wären, um auf sie aufzupassen.

Luckys Augen glitten wieder über ihren Ringfinger, und sein Gesicht verfinsterte sich.

Der Tag verging. Während Cora ihren Aufgaben nachkam, hatte sie das Gefühl, als würde ihr die Zeit durch die Finger rinnen, wie Spielmarken, die man in einen Automaten warf, für immer verloren. Sie wusste kaum, welche Worte sie sang, und die Hälfte der Zeit über kam nur Unsinn aus ihrem Mund. Nachts schlich sie heimlich aus ihrer Zelle und in Luckys, schmiegte sich an ihn und krallte sich an seinem Kragen fest, als könnte sie ihn so für immer bei sich behalten.

Den gesamten nächsten Tag – Luckys Geburtstag – versuchte sie, Dane abzupassen, um ihn zu seinem Plan zu befragen, doch er wimmelte sie ab. Sie hatte ihren ersten Auftritt. Dann ihren zweiten. Roshian war nicht im Publikum, dafür aber Arrowal zusammen mit Fian und zwei weiteren Ratsmitgliedern. Die Wände fühlten sich sogar noch klaustrophobischer als gewöhnlich an. Zu Beginn ihres letzten Auftritts wurde ihr plötzlich schwarz vor Augen. Taumelnd betrat sie die Bühne und blieb wie angewurzelt stehen.

Danes Jo-Jo war mit einer hübschen kleinen Schleife um das Mikrofon gebunden.

Hastig drehte sie den Kopf zur Bar, wo Dane einen Cocktail für eine Kindred mixte. Eine Sekunde lang trafen sich ihre Blicke, und er nickte Cora kaum merklich zu. Es war das Signal. Mit zitternder Stimme sang sie ihr Repertoire an Liedern, Lieder, an die sie sich nur vage aus ihrer Schulzeit erinnerte, naive Lieder über das Erwachsenwerden und die erste große Liebe, die dem Rat nicht den kleinsten Grund liefern würden, nach Feierabend zu bleiben, um sie wieder zu befragen.

Da verkündete Tessela endlich, dass die Jagd-Menagerie gleich schließen würde. Cora hielt den Atem an, bis sämtliche Ratsmitglieder verschwunden waren. Shoukry räumte die Bar auf, und dann waren sie allein. Dane dimmte das Licht.

»Wo ist Roshian?«, fragte Cora.

Dane knotete sein Jo-Jo am Mikrofon auf und steckte es wieder in die Tasche, bevor er den Arm um Cora legte. »Er wartet schon auf uns.«

Rasch schritt er in Richtung der Verandatür, doch Cora befreite sich aus seiner Umklammerung. »Zuerst will ich den Beweis sehen. Ich gehe nirgendwo hin mit dir, bis ich weiß, das Luckys Geburtstag geändert wurde.«

Dane zog einen kleinen Briefumschlag aus der Tasche. Nervös fummelte Cora an der Klappe herum und schüttelte ein Metallschild heraus, in das Kindredschrift eingraviert war. »Dreh es um«, sagte Dane.

Als sie es tat, stockte ihr der Atem. Ein Datum, auf Englisch. 21. Oktober 1998.

Genau ein Jahr, *nachdem* Lucky geboren worden war.

Dane lächelte. »Ich habe dir doch gesagt, du kannst mir vertrauen, kleiner Singvogel. Du bist nicht die Einzige, die will, dass Lucky bleibt. Und jetzt hier entlang.«

Sie marschierten durch die flatternden weißen Vorhänge an die künstliche frische Luft, wo Cora die Augen mit der Hand gegen das grelle Licht der Sonne beschatten musste. Seit dem ersten Tag, als Cassian ihr die Savanne gezeigt hatte, war sie nicht mehr auf der Veranda gewesen. Sie wusste, dass hier nichts real war, nur eine erzwungene Perspektive und optische Täuschungen, und dennoch weigerte sich ihr Verstand zu glauben, dass sich die mit Büschen bewachsenen Hügel nicht so endlos erstreckten, wie es den Anschein machte.

Dane schickte sich an, die Treppe hinabzusteigen.

»Treffen wir ihn nicht hier?«, fragte Cora überrascht.

Dane nickte mit dem Kopf in Richtung Savanne. »Das Licht dort draußen ist besser. Wir wollen doch nicht, dass er dir versehentlich ein Ohr abschneidet, oder?«

Cora strich mit den Fingern über das eingravierte Schildchen, stopfte es sich in die Tasche ihres Kleids und folgte ihm langsam die Stufen hinab. Nie zuvor war sie auf der unteren Ebene gewesen, wo die Erde sandig und mit trockenen Grasbüscheln überwachsen war. Hier fand das eigentliche Vergnügen der Kindred statt, nicht oben in der Lodge. Sie spähte zur Garage mit ihren künstlichen Geländewagen, die auf blau schimmernden Gleisen fuhren, und den Reihen an Gewehren. Beim Anblick der Waffen stockte ihr der Atem. Sie wusste, dass sie nicht funktionierten, und dennoch wirkte es so verlockend, sich einfach eine von der Wand zu schnappen und sich einen Weg in die Freiheit zu schießen.

Da näherten sich Schritte von der Garage. Roshian. Etwas an der Art, wie er sich bewegte, ließ ihn trotz seiner kleinen Statur groß aussehen. Seine Augen glitten gierig über ihren Körper und blieben an ihren Haaren hängen. Für einen Moment wollte sie ihren Deal rückgängig machen. Bei der Vorstellung von seinen Händen, die ihr gleich die Haare abschneiden würden, musste sie schaudern.

Sie spähte zum Armaturenbrett des Geländewagens, der ihr am nächsten stand und in den die Nachricht geritzt worden war:

WDZ 30,1

Die Zahl war ein kleiner Hoffnungsschimmer. »Lass es uns rasch hinter uns bringen«, sagte Cora.

»Ja.« Danes Stimme hatte einen sonderbaren Unterton. »Natürlich.«

Sie suchte mit den Augen nach der Schere. Keiner von beiden trug eine in der Hand, und keiner schien es sonderlich eilig zu haben, obwohl von Dane eine angespannte Nervosität ausging. Er holte sein Jo-Jo aus der Tasche und spielte abwesend damit. Ein banges Gefühl kroch Cora den Rücken hinauf. Sie mussten die Sache schnell hinter sich bringen, damit die anderen ihre Abwesenheit nicht bemerkten und misstrauisch wurden. Aber warum trafen sie sich so weit draußen?

Besorgt blickte sie zur Veranda. Dane hatte sich zwischen ihr und der Treppe postiert, breitbeinig, die Knie leicht gebeugt. Wenn sie versuchen würde, zurück zur Lodge zu flüchten, wäre es für ihn ein Kinderspiel, sie aufhalten.

»Was ist hier los, Dane? Ich dachte, es ginge um meine Haare.«

»Oh, um die geht es auch.«

Ganz langsam holte Roshian einen langen schwarzen Koffer vom Rücksitz des Geländewagens. Cora trat einen zitternden Schritt zurück. Roshian war an denselben Moralkodex gebunden wie alle anderen Kindred. So krank und selbstsüchtig der Kodex auch sein mochte, konnte sich doch kein Kindred über ihn hinwegsetzen. Kinder zu entführen, war in Ordnung. Sie hinaus in die Savanne zu zerren und zu erschießen, war es nicht.

Roshian öffnete den Koffer: Ein Gewehr kam zum Vorschein, verbeult und ramponiert. Keine Kindredtechnologie. Coras Herz schlug heftiger, und instinktiv wollte sie augenblicklich das Weite suchen.

»Was soll das?«, fragte sie.

»Ich habe dich einmal gefragt, wie schnell du laufen kannst«, sagte Roshian. »Leider habe ich nie eine Antwort bekommen, aber ich habe beobachtet, wie du dich bewegst. Du bist gelenkig, und deine Reflexe sind gut. Ich würde meinen, du kannst sehr schnell laufen, wenn es sein muss.«

Sie warf ihm einen argwöhnischen Blick zu.

Er würde sie nicht töten.

Er *durfte* sie nicht töten. Er war ein Kindred. War das ein kranker Streich, den er und Dane ihr spielten?

»Ich würde dir raten, jetzt loszulaufen«, sagte Roshian.

24 *Mali*

Die Lodge war während der Freizeit dunkel. Mali hatte das Innere der Menagerie nie gemocht – sie zog die Weite der Savanne, selbst wenn sie künstlich war, der stickigen Luft mit den angeketteten Tieren und dem Klirren von Gläsern vor. Sie konnte sich nicht vorstellen, dass sich Menschen auf der Erde wirklich in düsteren Räumen wie diesem aufhielten. Wenn Luckys Theorie zu WDZ 30,1 korrekt war und sie tatsächlich zur Erde zurückkehren könnten, müsste sie dann auch so viel Zeit in Häusern verbringen?

Mit einem Lächeln steckte sie den Schlüssel zur Lodge in die Tasche ihrer Safariuniform. Sie hatte ihn Dane gestohlen, als er vorhin mit der Begründung verschwunden war, er würde Cora beim Putzen helfen, was sich überhaupt nicht nach Dane anhörte. Und so hatte Mali noch ein paar Minuten gewartet und so getan, als würde sie die Windschutzscheibe eines der Geländewagen reparieren, während sie nach irgendetwas Verdächtigem Ausschau hielt. Kurz darauf war ihr Roshian aufgefallen, der verstohlen neben der Garage herumschlich, woraufhin sie in die Garage gestürzt war, um sich dort zu verstecken. Er führte etwas im Schilde, und die ganze Zeit über ging Mali nicht mehr aus dem Kopf, was er Knickohr angetan hatte.

Sie schlüpfte aus der Tür in der Rückwand der Garage und stieg leise die Treppe zur Lodge hinauf, doch es gab keine Spur von Dane oder Cora oder Roshian. Die Lodge war leer. Keiner der Geländewagen fehlte. Sie zwickte sich fest in den Arm, um ihre aufkeimende Angst in Schach zu halten, und wollte im Zellentrakt nach ihnen suchen. Es war eine große Raumstation, und Danes Schlüssel funktionierte nur für die Lodge. Es war unmöglich herauszufinden, auf welche Ebene und in welchen Sektor sie Cora gebracht hatten.

Ein Rascheln an der Bar ließ sie erstarren. Jahre des Kämpfens ließen ihren Körper instinktiv reagieren, und ihre Muskeln spannten sich auf vertraute Art an. *Dort.* Ein Schatten hinter dem Tresen.

Glas zersplitterte, und die Gestalt fluchte: »Verdammt noch mal!«

Malis Muskeln lockerten sich. »Leon.«

Der Eindringling hob den Kopf und griff gleichzeitig nach einem Geschirrtuch von der Bar, um die Flasche aufzusammeln, die er zerbrochen hatte. »Mali?« Unwillkürlich griff er sich mit der Hand an den Kopf, um sich das Haar nach hinten zu streichen. »Solltest du nicht eingesperrt sein?«

Mit raschen, lautlosen Schritten eilte Mali zur Bar und zog einen Hocker hervor, auf den sie sich setzte. »Was tust du hier.«

»Wonach sieht's denn aus?« Er beeilte sich, die verschüttete Flüssigkeit aufzuwischen, die so süßlich roch, dass es Mali den Magen umdrehte. »Ich habe gerade einen Auftrag für Bonebreak erledigt, der mich zufälligerweise hier in die Nähe geführt hat. Lichter und Musik waren aus, weshalb ich mir dachte, dass es niemanden stören wird, wenn ich kurz vorbeischaue. Diese Bar hat die besten Flaschen von allen.« Er warf ihr ein strahlendes Lächeln zu. »Willst du was? Du und ich und ein paar Drinks könnten lustig werden.«

Sie durchbohrte ihn mit einem eisigen Blick. *So ein Idiot. So ein gut aussehender, dummer Idiot.*

»Du wirst noch all unsere Pläne durchkreuzen, wenn dich jemand erwischt«, sagte sie.

»Pah!« Er tat ihre Besorgnis mit einer abfälligen Handbewegung ab, dann goss er ihr ein Glas orangefarbenen Likör ein. »Du hast einfach zu wenig Vertrauen in mich. Ich krieche schon seit Wochen in dieser Raumstation herum und bin nicht geschnappt worden. Ich bin sogar einmal in ein Ratszimmer eingebrochen und habe eine ihrer Galauniformen anprobiert. Ein wenig steif am Kragen, aber nicht so schlimm, wie man annehmen möchte.« Er kippte Malis Glas in einem Zug hinunter, sobald ihm klar wurde, dass sie den Likör nicht anrühren würde. »Und warum schleichst *du* dich hier herum? Hast du mich vermisst?«

Wieder dieses Lächeln, das sie beinahe, *beinahe* dazu brachte zurückzulächeln. Doch dann warf sie einen Blick zur Tür, die zum Zellentrakt führte, und lehnte sich über die Bar. »Ich glaube, ein Kindred namens Roshian hat Cora entführt, und ich mache mir Sorgen um sie.«

»*Roshian?*« Leon grunzte den Namen, als würde er sich übergeben. »Mist. Wir brauchen noch einen Drink.«

Mali verengte die Augen. »Du kennst ihn.«

»O ja. Er ist einer von Bonebreaks besten Stammkunden. Ich bringe ihm zweimal pro Rotation eine Ladung

Schmuggelware. Alle anderen Kindred haben Schlafräume, die an Kasernen erinnern. Völlig leer und aufgeräumt. Auf den ersten Blick ist Roshians Unterkunft genauso, aber er hat sich heimlich ein weiteres Zimmer gebaut, ein Geheimversteck, das durch ein abgedunkeltes Sichtfenster betreten werden kann. Der Raum quillt vor menschlichen Artefakten über. Der Kerl liebt seine Comics, so viel steht fest. Und all diesen Hexenkram, von dem du mir erzählt hast, zerriebene Tierteile und Geweihe und all diesen Scheiß.«

Mali zwickte sich wieder in der Hoffnung, der Schmerz würde ihr helfen, sich zu konzentrieren, denn das, was Leon erzählte, machte keinen Sinn. »Du musst etwas missverstanden haben. Die Kindred verurteilen einen solchen Aberglauben.«

»Nun, keine Ahnung. Vielleicht hat er Axion-Freunde?«

»Was ist in den Paketen, die du ihm bringst.«

»Da habe ich nie reingeschaut. Ich will gar nicht wissen, was so gestörte Leute wie er geschmuggelt bekommen.«

Mali war so besorgt wie selten zuvor. Erst Coras Verschwinden, jetzt die Enthüllungen über Roshian ...

Leons Augen verengten sich zu Schlitzen. »Warum hast du diesen Gesichtsausdruck?«

»Welchen Ausdruck.«

»Diesen Ich-bringe-Leon-dazu-etwas-für-mich-zu-tun-Ausdruck.«

Sie beugte sich über den Tresen. »Du weißt, wie man zu Roshians Schlafraum kommt.«

Er seufzte. »Wusste ich's doch!«

»Ich will, dass du mich dorthin bringst. Ich will sehen,

was in den Päckchen ist, die du für ihn schmuggelst. Das könnte einen Hinweis darauf geben, wohin er Cora gebracht hat.«

Schnaubend hob Leon die Hände. »Okay, aber im Gegenzug erwarte ich ein Dankeschön. Wir beginnen mit einer Fußmassage. Den Rest handeln wir später aus. Und die hier nehme ich mit.« Mit diesen Worten schnappte er sich eine ungeöffnete Flasche.

Diesmal gestattete sich Mali ein Lächeln, trotz ihrer Besorgnis.

Leon winkte sie zu einem Holzpaneel hinter der Bar, das von einem Vorhang verdeckt war. Dann hob er die Tüte Kartoffelchips auf, die in den Türspalt gesteckt war, und verbeugte sich galant.

»Nach dir. Zumindest ist mir dann ein hübscher Ausblick vergönnt.« Seine Augen glitten zu ihrem Hintern.

Mali ging in die Hocke und kroch in die Öffnung. Laut polternd kletterte Leon hinter ihr in den Tunnel. An seinem Schnauben und angespannten Atmen erkannte sie, dass die dünne Luft des Tunnels ihm Probleme bereitete, doch sie selbst störte sich nicht an engen Korridoren. Für eine Sekunde hing Mali dem Gedanken nach, was wohl geschähe, könnten sie beweisen, dass die Erde immer noch existierte, und nach bestandener Prüfung zurückkehren. Sie hatte Cora einmal gefragt, wie sie ihre Familie wiederfinden könnte. Cora hatte erklärt, sie bräuchte eine *Telefonnummer* oder eine *Straße* oder eine *E-Mail-Adresse*, die Mali nicht kannte und die die Nomaden in der Sahara wahrscheinlich sowieso nicht besäßen. Aber Leon könnte ihr womöglich helfen. Leon schien zu wissen, wie man offizielle Vorschriften umging. Und ehrlich gesagt würde es sie nicht stören, ihn auf der Erde richtig kennenzulernen.

Sie kletterten zwei Ebenen nach oben, dann krochen sie durch ein Labyrinth aus Rohrleitungen, in denen sie Entsorgungsfallen auswichen, die Mali sogar noch früher als er entdeckte, und erreichten schließlich einen Abfallschacht, der mit Kreidezeichnungen markiert war. Leon zeigte mit dem Daumen auf ein rasch hingekritzeltes Gesicht mit einem *X* über den Augen. »Damit markiere ich Schlafräume, in denen Arschlöcher wohnen.«

Mit der Schulter drückte er die schmale Tür auf, einen Finger auf die Lippen gepresst. Doch abgesehen vom unablässigen Surren von Luft durch die Wandfugen war kein Geräusch zu vernehmen. Sie kletterten in ein Schlafquartier, das sich in nichts von allen anderen Zimmern für rangniedrige Offiziere unterschied, die sie bisher gesehen hatte. Ein Einzelbett. Ein Stuhl samt Tisch, die aus der Wand gezogen werden konnten. Blaue Kisten für Decken und ein paar wenige persönliche Habseligkeiten. Leon ging zum Sichtfenster und versetzte ihm einen Stoß mit dem Ellbogen. Die Scheibe öffnete sich klickend.

Mali untersuchte eingehend die Angeln. »Dieser Mechanismus ist primitiv. Wie sonderbar, dass er diese Geheimtür nicht mit einem paranormalen Schutz belegt hat.«

Sie stiegen in die finstere Kammer. Leon kramte in seiner Tasche, und im nächsten Moment ging seine Stirnlampe an. Der Lichtstrahl schnitt wie eine Klinge durch die Dunkelheit. Ganz langsam ließ Leon den Lichtkreis im Zimmer umherwandern, sodass sich Mali alles ansehen konnte. Eine Wand war mit Tierköpfen übersät, die von ihren Körpern abgetrennt und auf Brettern festgenagelt worden waren.

Nicht nur Geweihe und Hörner, sondern ganze Köpfe. Eine Antilope. Ein Hirsch. Malis Puls begann zu hämmern, sie hatte in ihrem Leben schon viel Verstörendes gesehen, aber noch nie so etwas Entsetzliches wie dies hier.

»Das verstehe ich nicht«, sagte sie.

Leon schenkte den Tierköpfen keinen zweiten Blick. »Er ist ein Jäger. Hirschgeweihe. Viele Menschen auf der Erde tun so etwas.«

Mali schluckte. Er sprach so beiläufig von etwas derart Widerwärtigem.

»Nicht die Kindred«, sagte sie. »So etwas habe ich noch nie gesehen.«

Leon ließ den Lichtkegel durchs Zimmer gleiten und richtete ihn dann auf den Tisch, auf dem verschiedene Tierteile herumlagen, zusammen mit Chemikalien und dem dicken schwarzen Draht, den die Mosca für ihre Masken benutzten. Mali trat näher und spähte in der Düsternis mit zusammengekniffenen Augen zu einem der Felle. Dem Fell einer Hyäne.

Knickohr.

Vor Abscheu drehte sich ihr der Magen um. Das war mehr, als nur eine Klaue abzutrennen. Roshian hatte Knickohr vollständig gehäutet. Ihr Puls hämmerte noch schneller, und sie blickte zu Leon, besorgt, er könnte ihre Angst sehen. Etwas stimmte hier definitiv nicht.

Leon deutete auf einen kleinen Schreibtisch vor einem Spiegel, der mit einem schweren schwarzen Tuch verhängt war. »Ich lege die Päckchen immer darunter.«

Mali lüftete den Stoff und versuchte, ihren Herzschlag zu kontrollieren. Darunter lag eine kleine schwarze Stofftasche, die sie zögerlich hochhob.

»Richte den Lichtstrahl darauf.« Die Tasche war mit komplizierten Kindredknoten zugebunden, und Mali machte sich mit flatternden Bewegungen an ihnen zu schaffen, bis der letzte geöffnet war. Unwillkürlich blickte sie noch einmal zu Knickohrs Fell auf dem anderen Tisch.

Dann griff sie in die Stofftasche.

Leon beugte sich über ihre Schulter, und jedes Mal, wenn er sich das Kinn kratzte, flackerte das Licht seiner Stirnlampe hin und her. »Was zum ...?«

Mali zog eine Kindreduniform heraus, eine Standarduniform für jemanden von Roshians Rang: himmelblau mit fünf Knoten an der Seite. Außerdem fand sie Notizbücher – Artefakte von der Erde –, vollgeschrieben in einer Schrift, die an menschliche Buchstaben erinnerte. Doch dann entdeckte sie etwas noch Sonderbareres: eine kleine, durchsichtige Box, die mit einer Flüssigkeit gefüllt war, in der zwei weiche, gummiartige schwarze Kreise schwammen. Und eine Tube mit einem Schraubverschluss, auf der etwas in einer Sprache stand, die Mali nicht kannte, sowie zwei Hanteln.

Leon schraubte die Box auf. »Ich glaub's nicht!«

»Weißt du, was das ist.«

»Das sieht nach riesigen Kontaktlinsen aus.«

Sie packte Leon und zog ihn zu sich, sodass ihr das Licht direkt ins Gesicht schien, doch sie blinzelte nicht. »Was sind Kontaktlinsen.«

»Wenn Menschen auf der Erde schlecht sehen, kann man ihr Augenlicht nicht einfach so magisch heilen. Die Menschen tragen dann Kontaktlinsen, um besser zu sehen. Und in der Tube ist irgendeine Art Farbe. Verstehst du es nicht, Kleine? Das ist eine Verkleidung. Die Uniform. Die

Gewichte, um Muskeln aufzubauen. Roshian tut nur so, als wäre er ein Kindred.«

Da fand Mali ein kleines Stück Plastik am Boden der Tasche. Angespannt hielt sie es ins Licht. Die Worte darauf waren zerkratzt und kaum zu entziffern. *John Keller*, stand dort, *Medizinstudent, Epidemiologie, Boston University*. In der oberen Ecke befand sich ein zweidimensionales Foto von einem Gesicht: Roshians Gesicht, nur dass seine Haut beigefarben war. Und seine Haare waren länger. Er lächelte und trug eine Brille.

»Er ist ein Mensch«, sagte Leon.

Ein Mensch. Malis Blick wanderte wieder zu den Tierköpfen an der Wand. Das erklärte seine sonderbare Vorliebe. Seine Eigenart, warum er in der Jagd-Menagerie die Gesellschaft der anderen Kindred mied. Warum es den Anschein machte, als wäre seine maskierte Seite nur gespielt.

Doch es bedeutete ebenfalls, dass er dem Moralkodex der Kindred nicht verpflichtet war.

Mali ließ den Ausweis sinken. »Wir müssen Cassian finden. Sofort.«

»Auf keinen Fall«, sagte Leon. »Wenn er dich außerhalb der Menagerie sieht, weiß er, dass wir uns heimlich rausschleichen können. Er wird dem einen Riegel vorschieben. Und er wird mich an die Wachen verpfeifen.«

»Das hier ist wichtiger. Wenn Cora stirbt, wird es kein heimliches Herumschleichen mehr geben.«

»Bitte sag mir, dass du übertreibst.«

»Ich übertreibe nicht.« Mit einem Bein war sie schon wieder im Abfallschacht. »Die Kindred töten keine Menschen. Aber *Menschen* töten Menschen. Und ich glaube nicht, dass Roshian – John Keller – Cora nur wegen ihrer Haare will. Bring mich auf der Stelle in Cassians Quartier.«

Zurück im Abfallschacht krochen sie hastig durch das Tunnelsystem und wichen Paketen und Entsorgungsfallen aus. Diesmal machte Leon keine Bemerkung über den hübschen Anblick ihres Hinterns.

25 Cora

Cora beschattete die Augen gegen die grelle Savannensonne, die sich auf der Motorhaube des Geländewagens spiegelte und sie derart blendete, dass sie Roshian nur als eine dunkle Silhouette ausmachen konnte.

Verunsichert wich sie zurück und wäre auf dem unebenen Boden fast gestolpert. »Dane, was ist hier los?«

Dieser stand am Fuß der Verandatreppe und versperrte ihr den Weg. »Du hast ihn gehört«, sagte er leise, beiläufig mit dem Jo-Jo spielend. »Lauf. Vielleicht hast du dann eine Chance.«

»Du hast mich zum Sterben hierhergebracht?«

Er blickte sie an. »Das kommt darauf an, wie schnell du bist. Allerdings bin ich nicht sehr optimistisch.« Er stopfte sich das Jo-Jo in die Tasche, und als er wieder sprach, klang sein Ton schicksalsergeben. »Ich werde Lucky erzählen, dass du bei einem Unfall umgekommen bist. Ich kümmere mich um ihn. Er könnte es hier zu etwas bringen.«

Cora dachte kurz darüber nach, sich auf ihn zu stürzen, ihm das Gesicht zu zerkratzen und büschelweise Haare auszureißen, doch das würde nichts ändern – *er* hatte hier nicht das Sagen.

»Du!« Ruckartig drehte sie sich zu Roshian um. »Wenn es dir bloß um eine Trophäe geht, dann nimm sie dir!

Du kannst meine Haare haben, ohne jede Gegenleistung, ohne eine einzige Frage.«

»Es geht mir *tatsächlich* um die Trophäe«, sagte Roshian ruhig. »Aber ohne die Jagd bedeutet sie mir nichts.« Mit diesen Worten hob er das alte Gewehr auf, ein riesiges dunkelgraues Monster, das mindestens zwanzig Pfund wiegen musste und überhaupt nichts Kindredmäßiges an sich hatte.

»Komm schon, lauf!« Dane hatte sein Jo-Jo wieder herausgeholt und schnalzte es in ihre Richtung.

Cora stieß einen erstickten Schrei aus. Ihre Gedanken überschlugen sich, während sie krampfhaft versuchte, eine rationale Erklärung zu finden. Roshian fuhr genüsslich über den Lauf seines Gewehrs. Er durfte das nicht tun, schoss es ihr durch den Kopf. Er konnte keinen Menschen töten. Doch dann glitt sein Finger auf den Abzug, und Coras Gedanken erstarrten.

Allem Anschein nach konnte er es doch.

»Es gibt nur eine Möglichkeit, dem großen, bösen Wolf zu entkommen«, flüsterte auf einmal Anyas tonlose Stimme in ihrem Kopf, und für einen Moment war Cora froh, nicht allein zu sein. *»Lauf!«*

Coras Herz hämmerte lauter. Anya mochte in Rätseln denken, aber dieses war nicht schwer zu lösen.

Hastig drehte sich Cora um und rannte los.

Hitze stieg vom Boden auf und ließ die künstliche Savanne flirren. Die hohen Gräser. Das Wasserloch. Die sanft ansteigenden Hügel. Es gab nicht viele Orte, an denen sie sich verstecken konnte, die Jagd-Menagerie war absichtlich genau so entworfen worden.

Hinter ihr hörte sie das metallische Klicken eines Gewehrs, das geladen wurde. Damals in Washington hatte ihr Vater sie wegen eines politischen Fototermins zu einem Schießplatz geschleppt, ihr einen Gehörschutz aufgesetzt und sie auf den Umriss eines Menschen schießen lassen. Sie hatte alles an dem feuchtkalten, verputzten Raum voller schwitzender Männer gehasst, aber eines hatte sie gelernt: Es war viel schwerer, ein Ziel zu treffen, wenn es sich bewegte.

Ihr langes Kleid verhedderte sich an ihren Knöcheln und brachte sie ins Straucheln. Hastig riss sie es sich bis über die Knie, damit sie schneller laufen konnte, und schlängelte sich durch die Savanne, um es Roshian so schwer wie möglich zu machen, sie zu treffen. Ihre Füße trommelten über Stein und Grasbüschel, wirbelten Sand hinter ihr auf. Sie sprintete in Richtung des nächstgelegenen Hügels. Wenn sie es bis zur anderen Seiten schaffen würde ...

Da schwirrte eine Kugel an ihr vorbei.

Laut kreischend scherte Cora nach rechts aus und warf sich hinter einen Baum. Sie konnte Roshian am Horizont ausmachen, wo er immer noch neben den Verandastufen stand. Er hatte das Gewehr zum Nachladen gesenkt. Selbst wenn die Kugeln nicht echt waren, würden sie sie trotzdem bewegungsunfähig machen, damit er ihr anschließend in aller Ruhe die Kehle durchschneiden konnte. Ihr Atem brannte in ihrer Brust, während sie die Fingernägel in den Baum bohrte.

Wie gut standen ihre Chancen? Er war ein Kindred, und alle Kindred waren schneller und stärker und klüger als Menschen. Tessela, Cassian, Lucky und Mali – keiner von ihnen konnte ihr helfen, denn sie hatten keine Ahnung, dass genau in diesem Moment ein gestörter Kerl in einer Safariuniform mit einem Gewehr auf sie zielte.

»Anya«, dachte sie angestrengt. *»Hilf mir!«*

Einen Augenblick lang geschah nichts. Die Sonne brannte unbarmherzig auf sie herab. Es war nur eine Frage der Zeit, bis Roshian sie in die Enge getrieben, erschossen und ihr die Haare abgeschnitten hatte, um ihre Locken als eine kranke Trophäe an die Wand zu hängen. Niemand wäre übrig, um bei der Prüfung anzutreten und sie durch einen Trick zu bestehen.

Doch dann, plötzlich: *»Gib nicht auf, kleines Häschen!«*

Die Worte hämmerten in Coras Brust, ließen den Hauch einer Hoffnung in ihr aufkeimen.

»Wie?«, flüsterte Cora laut.

»Mach einen Zwilling!«

Anyas Stimme hallte in ihrem Kopf wider. Einen Zwilling? Nein, einen *Lockvogel*! Das könnte funktionieren, aber Cora hatte nichts als die Kleidung, die sie am Leib trug. Kurzerhand riss sie den schweren goldenen Stoff ihres Kleids bis zu ihren Knien ab und warf ihn über einen Ast, sodass er im Wind funkelte. Anya hatte recht. Aus der Ferne könnte man glauben, dass sie sich dort versteckte.

Im nächsten Moment drehte Cora sich um und rannte zum Hügel. Ein Schuss ertönte hinter ihr, ein Stück Holz splitterte aus dem Baumstamm. Das zerrissene Stück Stoff ihres Kleids flatterte unermüdlich weiter, als eine weitere Kugel abgefeuert wurde.

Cora warf sich auf alle viere und kroch durch das hohe Gras. Roshian würde bald bemerken, dass ihr Köder nur aus Stoff bestand, und ihren Fußspuren durch den Sand folgen. Sie musste es irgendwie schaffen, keine Spuren zu hinterlassen. Gäbe es einen Fluss, könnte sie durchs Wasser waten, um ihre Fußabdrücke zu verbergen. Oder eine Asphaltstraße. Doch es gab nichts als Sand.

»Die Bäume bieten Schutz.«

Cora hob ihren Kopf und blinzelte in die hohen Äste. »Das ist wohl ein Scherz?«

Im Käfig hatte ihr Lucky gezeigt, wie man am besten auf Bäume kletterte – für jemanden mit Höhenangst war es eine entsetzliche Erfahrung gewesen, wenn auch sehr lehrreich. Sie packte den niedrigsten Ast eines Mangobaums und zog sich hoch, hinein in das Grün der Blätter. Sie kletterte so lautlos wie möglich, wobei sie sich Luckys Ratschlag zu Herzen nahm, die Äste nicht zum Rascheln zu bringen, während sie von einem Baum zum nächsten sprang und dann zum übernächsten. Die Bäume erstreckten sich zwar nicht bis zum Hügel, aber sie mussten auch nur den sandigen Bereich überspannen, wo Roshian jede Fußspur sähe. Es würde den Anschein machen, als hätte sie sich einfach in Luft aufgelöst.

Der letzte Baum endete an einer Grasnarbe, zu der sie vorsichtig sprang und sich sogleich zusammenkauerte.

Mit geschlossenen Augen lauschte sie angespannt in die Ferne.

Abgesehen von ihrem eigenen abgehackten Atem war es vollkommen ruhig. Sie wagte keinen Blick über die Schulter, um zu sehen, wo Roshian war. Nach allem, was sie wusste, könnte er keine fünf Meter entfernt sein und sie mit seinem Bewusstsein jagen.

Da knackte ein Zweig, und Cora stürzte los.

Kugeln prallten hinter ihr im Gras ab, wirbelten Sand in die Luft. Roshian war genau auf der anderen Seite des

Mangohains. Cora eilte durchs hohe Gras und zuckte jedes Mal zusammen, wenn es sich um ihre Knöchel legte, als wolle es drohen, sie nach unten zu ziehen.

»Der große, böse Wolf ist klug«, sagte Anyas Stimme. *»Aber du verfügst ebenfalls über Magie. Setz sie ein!«*

Magie? Anya musste auf ihre Telepathie anspielen, aber was sollte Cora tun, etwa die Kugeln mit ihren Gedanken aufhalten? Sie konnte kaum einen Würfel ein paar Zentimeter über dem Boden schweben lassen! Gäbe es nur etwas, dem sie einen Stoß geben könnte, so wie Cassian es sie gelehrt hatte, etwa einen Felsblock, der auf einer Klippe über Roshian läge. Doch es gab keine Felsvorsprünge, und die einzigen Steine befanden sich im Gras.

Eine weitere Kugel schwirrte haarscharf an ihr vorbei. Cora wirbelte herum und sprintete in Richtung des Wasserlochs. Zumindest gab es dort Geröll, auf dem sich die Tiere sonnten, wenn sie nicht in ihren Käfigen eingesperrt waren, und hinter einigen Felsblöcken könnte sie sich verstecken. Sie raste auf die Felsen zu und mied das Wasser, um keine nassen Fußspuren zu hinterlassen, denen Roshian nur folgen müsste. Im nächsten Moment stürzte sie hinter einen Felsblock, lehnte sich mit dem Rücken dagegen und versuchte krampfhaft, wieder zu Atem zu kommen.

Kein Tier war jemals als Gewinner aus einer Safari hervorgegangen. Aber sie war kein Tier. Sie war ein Mensch. Und Menschen mussten etwas können, das Kindred nicht konnten.

Da hörte sie Roshians Stiefel genau auf der anderen Seite des Wasserlochs. Er wäre gleich bei ihr.

Sie erinnerte sich an all die Male, als Cassian über den

Ursprung seiner Faszination für die Menschheit gesprochen hatte. Neugierde. Kunst. Liebe. Vergebung. Nichts davon würde ihr gegen Geschöpfe helfen, deren Haut dick wie Metall war.

Aber nicht aufgeben – das könnte helfen. Wäre Charlie hier, würde er ihr definitiv sagen, dass *jetzt* ein guter Zeitpunkt war, hartnäckig zu sein.

Cora stemmte die Füße in den Sand.

Die Kindred waren nicht völlig unverwundbar. Ihre harte, metallene Haut war schwer zu durchdringen, doch was war mit ihren Augen? In Bay Pines war Coras Zellengenossin Queenie einmal auf dem Gefängnishof mit einem Mädchen in Streit geraten, das einen Kopf größer war als sie. Quennie hätte bei einer Prügelei nicht die geringste Chance gehabt, weshalb sie sofort auf die Augen der anderen gezielt hatte. *Betrügen*, hatte sie Cora später erklärt, *kann nicht nur beim Kartenspielen von Nutzen sein.*

Cora suchte neben ihren Füßen fieberhaft mit der Hand zwischen Kieselsteinen und Blättern nach einer Waffe, bis sie einen kleinen Stock fand, der etwa zwanzig Zentimeter lang und daumendick war. Das Stück Holz könnte man wohl kaum als Waffe bezeichnen, doch es war eine Chance. Behutsam kroch sie um den Felsblock, immer darauf bedacht, dass Roshian genau auf der anderen Seite des Felsens war und sie nicht sah. Im nächsten Moment zog sie sich lautlos hoch und wünschte, ihr Herz würde nicht so heftig schlagen.

Da war er.

Auf der anderen Seite des Felsens. Genau einen Meter unter ihr, sich leise vortastend, das Gewehr im Anschlag.

Drei.

Zwei.

Eins!

Mit einem Satz ließ sie sich vom Felsblock fallen und landete auf Roshians Rücken, wo sie ihn mit der Wucht ihres Sprungs zu Boden warf. Er reagierte schnell und versuchte, das Gewehr herumzureißen, doch sie war zu nah, als dass er auf sie zielen konnte. Verärgert warf er die Waffe weg und zog eine Kindredpistole aus dem Schulterhalfter. Mit aller Gewalt versuchte Cora, ihn auf dem Boden zu halten, und krallte die Fingernägel in seine Arme. Blut spritzte auf, obwohl sie keinen Kratzer gespürt hatte. Da feuerte Roshian einen Schuss ab. Schmerz zuckte durch ihr Schienbein, und sie stieß einen Schrei aus. Er hatte eine Betäubungskugel benutzt – die Chemikalien breiteten sich bereits in ihrem Blutkreislauf aus und begannen, sie bewegungsunfähig zu machen. Er rappelte sich auf die Knie und setzte ihr den Lauf der Pistole an die Stirn – selbst eine Betäubungskugel würde sie aus dieser Entfernung umbringen –, aber sie kam ihm zuvor und rammte ihm den Stock ins Gesicht.

»*Tu es, kleines Häschen!*«, trieb Anyas Stimme sie an.

Das Holz bohrte sich mit einem widerlich matschigen Geräusch in Roshians Auge. Er stieß einen gequälten Schrei aus, der sich unglaublich menschlich anhörte, während er nach dem Stock tastete, der aus seiner Augenhöhle ragte. Schwer atmend taumelte Cora rückwärts. Ihr Bein war bereits taub. Hastig blickte sie an sich herab, um zu sehen, wo sie verwundet war. Ihr Schienbein. Wo noch? Woher kam all das viele Blut? Unter ihren Fingernägeln spürte sie etwas Grobkörniges, Metallisches, wie winzige Splitter silbernen Sands.

Roshian drehte den Kopf herum und suchte mit dem verbliebenen Auge nach dem Gewehr. Im selben Moment stemmte sich Cora humpelnd auf ihr gutes Bein und versuchte, so weit wie möglich von ihm wegzukommen, bevor ihr gesamter Körper erstarrte. Ihre Hoffnung wuchs mit jedem Schritt. Die Veranda lag in greifbarer Nähe. Womöglich könnte sie die Stufen erklimmen, bevor die Chemikalien von ihrem ganzen Körper Besitz ergriffen. In die Lodge kriechen, die Tür zum Zellentrakt aufschieben und schreien, bis die anderen herbeigelaufen kämen. Roshian würde es sich zweimal überlegen, sie vor unzähligen Zeugen umzubringen.

Nach einer gefühlten Ewigkeit griff Cora nach dem Geländer. Das rechte Bein konnte sie längst nicht mehr spüren, und auch ihre Fingerspitzen wurden allmählich taub. Sie hüpfte die Treppe hinauf, eine Stufe nach der anderen.

Auf der Veranda schoss eine Kugel laut surrend knapp über ihren Kopf hinweg.

Sie brach auf den Dielen zusammen. Als sie sich umdrehte, war Roshian nur fünf Meter entfernt. Mit einer Hand umklammerte er den Ast in seinem Augapfel, sein anderes Auge brannte vor Wut. »Noch einen Schritt und ich jage dir eine Kugel durch den Kopf, selbst wenn ich dir damit deine hübschen Haare ruiniere.«

Er klang so wild, so brutal, so anders als alle Kindred.

»Anya«, dachte Cora. *»Anya, was soll ich nur tun?«*

Doch Anya schwieg.

»Dreh dich um«, sagte er. »Ich will dir ins Gesicht sehen, wenn du stirbst.«

26 Cora

Coras Beine waren nun vollständig taub.

Sie konnte nicht mehr gehen. Nicht kriechen. Nicht kämpfen.

Die Sicherheit der Lodge war in greifbarer Nähe und dennoch unerreichbar.

Blut sprenkelte Roshians zerrissene Safariuniform, wo Cora ihn gekratzt hatte. Doch es schien zu rot: Kindredblut war dunkel, fast schwarz. Und ihre Haut war so hart, dass Cora sie niemals allein mit ihren Fingernägeln hätte zerkratzen können. Sie blickte auf ihre Hand – die schartigen Fingernägel und die grobkörnige, silberne Kruste darunter. Es waren winzige metallische Fasern.

Unter dem tropfenden Blut auf seinen Armen war Roshians Haut blass. *Blass.*

»Ein Wolf im Schafspelz«, flüsterte Anyas Stimme genau in dem Moment, als Cora es selbst begriff.

»Du bist ein Mensch.« Die Anschuldigung war ein überraschter Ausruf. »Das ist der Grund, weshalb du mich töten kannst.«

Er presste die Hand fester auf sein blutendes Auge. »Welch bedauerlicher Umstand für dich.« Er spannte den Hahn.

»Wir sollten einander helfen!«, schrie sie. »Warum tust du dich mit den Kindred zusammen, wenn sie diejenigen sind, die uns so leben lassen?« Sie reckte den Kiefer. Ihre Kehle wurde taub, das Reden fiel ihr zunehmend schwer.

»Die Kindred wissen nicht, wer ich bin«, sagte er. »Niemand weiß das, abgesehen von den Mosca, die mir mein Dasein ermöglichen. Ich war am College, als die Kindred mich entführt haben. Das war, bevor sie ihre Mündel durchleuchtet haben, denn andernfalls hätten sie gewusst, dass ich bereits auf der Erde getötet hatte. Die Hirschjagd allein hat mein Bedürfnis nicht gestillt, weshalb ich Medizin studiert habe. Es ist erschreckend leicht, Patienten umzubringen. Die falsche Medizin. Komplikationen während einer Operation.«

Roshian trat näher und stupste ihr Bein mit seinem Stiefel an. Ihr Fuß fiel zur Seite, war längst nicht mehr unter ihrer Kontrolle. Er ging neben ihr in die Hocke, bohrte ihr den Lauf der Waffe in die Schulter und lächelte grimmig, als sie nicht einmal mehr den kleinen Finger heben konnte, um sich gegen ihn zur Wehr zu setzen.

»Es hat mich nicht gestört, dass ich entführt wurde«, sagte er. »Mir *gefällt* es hier. Ich mag die Kindred. Sie halten sich für schrecklich intelligent, aber das sind sie nicht, zumindest nicht, wenn es um Täuschung geht. Es war leicht, ihnen zu entfliehen. Ich war schon immer groß – zumindest für einen Menschen. Gut gebaut. Ich dachte mir, wenn ich doch bloß schwarze Augen und eine metallische Haut hätte, könnte ich glatt als einer von ihnen durchgehen. Und dann habe ich meinen Plan in die Tat umgesetzt.«

Cora versuchte krampfhaft, sich zu bewegen, doch sie war wie festgefroren. Unter größter Anstrengung schaffte sie es, Worte aus ihrer Kehle zu pressen: »Aber … aber sie müssen es gemerkt haben. Deine Gedanken …«

Mit der Hand strich er ihr übers Haar und beäugte es, als würde es längst an einem Haken in seinem Zimmer hängen. »Dass sie meine Gedanken lesen, meinst du? Das war ein Kinderspiel. Sie können keine Gedanken lesen, wenn sie demaskiert sind, und in den Menagerien sind sie es immer. Was der Grund ist, warum ich mich ständig dort aufhalte. Außerhalb der Menagerien und meiner Unterkunft habe ich kein Leben.«

Blut tropfte aus der Wunde an Coras Schienbein, doch sie spürte nichts. Kein einziger Muskel reagierte auf ihre Bemühungen, sich zu bewegen. Schon bald wäre sie nicht mehr in der Lage, etwas zu sagen. Alles, was ihr bliebe, war ihr Bewusstsein.

»Aber«, flüsterte Anya, *»nicht jedes Schwert wird in der Hand gehalten. Echte Macht liegt in deinen Gedanken.«*

»Du lebst unter ihnen … ohne jegliche … paranormale Fähigkeit?«, presste Cora heraus.

Er zielte mit der Waffe. »Schmeicheleien werden dir nichts nützen.«

»Ich meine es ernst. Keine einzige … Fähigkeit?«

Sein Lächeln begann zu schwinden. »Ich habe allein meine Intelligenz benutzt. Wir sind klüger, als die Kindred glauben, selbst wenn ihre mentalen Fähigkeiten unsere weit übersteigen.«

Sie schloss die Augen.

»Oh. Ich kenne mich mit Unmöglichkeiten aus.« Sie konzentrierte sich auf den Ast in seinem Auge. Vielleicht konnte sie den Verstand eines anderen nicht kontrollieren, aber sie konnte kleine Gegenstände bewegen. Sie schlang ihre Gedanken um den Stock, stellte sich vor, sie wären ihre Hand, und drückte zu.

Der Stock rammte sich tiefer in seinen Kopf.

Roshian schrie.

Und dann bohrte sie den Ast noch tiefer. Ein weiterer Stoß. Und noch einer. Roshian ließ die Waffe fallen. Cora umklammerte den Stock mit ihren Gedanken. Sie schob ihn weiter, gleichmäßig und langsam, ließ ihre Wut durch den Schmerz in ihrem Kopf peitschen, durch den Lärm von Roshians Schreien, während er zu Boden sackte, durch das Blut, das aus ihrer Nase strömte. Er war ein Mensch, und das menschliche Gehirn war weich und leicht zu beschädigen. Sie bohrte den Stock noch tiefer in sein Gehirn, immer tiefer, bis er auf der anderen Seite auf den Schädelknochen traf.

Mit dem Gesicht nach unten brach er zusammen. Blut sammelte sich unter seinem Kopf.

Cora ließ den Stock los. Ihr gesamter Körper begann zu zittern, obwohl sie keinen einzigen Muskel spürte. Sie konnte nicht aufstehen. Konnte sich nicht bewegen. Blut strömte immer heftiger aus ihrer Nase, doch sie konnte nicht die Hand heben, um es wegzuwischen, und ihre Haut brannte, und dann brannte sie stärker, und sie spürte überhaupt nichts mehr. Sie wusste, dass sie weinte, weil sie das Salz ihrer Tränen schmeckte. Vielleicht hätte sie geschrien, hätte ihre Kehle funktioniert. Ihre Ohren waren nun ebenfalls taub.

Da packten sie auf einmal zwei Hände.

Sie starrte sie wie durch das andere Ende eines Fernrohrs an, kleine braune Hände mit Nägeln, die ebenso abgekaut und gesplittert waren wie ihre eigenen. Finger bohrten sich in ihre Arme und schüttelten sie, auch wenn sie nichts spürte. Ein Gesicht, das ihr vertraut war.

Strähnige schwarze Haare und braune Augen, die immer wütend aussahen, nur jetzt nicht. Ein Mund, der sich bewegte, auch wenn sie nichts hörte. Das Mädchen holte etwas aus ihrer Tasche. Ein Geruch, gleichzeitig scharf und zitronig und pfeffrig, schnürte Cora die Kehle zu und ließ sie würgen.

Ihr Gehör kehrte zurück, und allmählich konnte sie wieder klarer denken. Mali. Mali schüttelte sie, wedelte mit der Hand vor ihrem Gesicht herum. Cora hörte, wie abgehackt ihr eigener Atem klang, halb erstickt von dem Blut, das sie würgend ausspuckte. Das Gefühl kehrte in ihre Glieder zurück und mit ihm ein stechender Schmerz. Weitere Schritte kamen die Treppe hinab. Leon, dessen Blick von ihr zu Roshian auf dem Boden wanderte. Er trat gegen den Leichnam, um ihn umzudrehen, und musste bei der klaffenden Wunde in der Augenhöhle würgen.

»Verdammt, Kleine! Was hast du getan?« Er spuckte Galle in einen der Büsche und wischte sich dann über den Mund. »Tut mir leid, dass wir nicht früher hier sein konnten. Cassian meinte, mit den Fallen in den Transportschächten wären wir zu langsam. Wir mussten die Gänge nehmen.«

Cassian war bei ihnen?

Noch mehr Schritte. Schwerere Schritte.

Cassian kam die Stufen hinabgedonnert und steuerte geradewegs auf Roshians Körper zu. Mit dem Stiefel drückte er seine Schulter zu Boden, als könnte Roshian versuchen aufzustehen, und untersuchte dann den Körper, um sicherzugehen, dass er tatsächlich tot war. Beim Anblick von dem viel zu roten Blut neigte Cassian den Kopf schräg.

»Ich hatte keine andere Wahl«, krächzte Cora, als ihre

Stimme allmählich zurückkehrte. »Er hat versucht, mich umzubringen.«

Cassian sprintete die Treppe zu Cora hinauf, die immer noch ausgestreckt auf der Veranda lag, und hob sanft ihr Kinn an, um sich das Blut anzusehen, das aus ihrer Nase tropfte.

»Du hast ihn getötet.«

»Er hat mich gejagt. Er war ein Mensch – der Moralkodex war ihm völlig egal.«

Da Cassian alles andere als überrascht wirkte, ahnte sie, dass er es längst wusste. Sanft strich er mit dem Daumen über ihre Wangen und wischte ihr das Blut weg. Er trug die formelle Uniform des Kommandanten, er musste demnach im Dienst gewesen sein, bevor er hierhergekommen war. »Du hast es kraft deiner Gedanken getan. Du hast dich überanstrengt.«

»Das musste ich. Die Kugel ... Ich konnte mich nicht bewegen.«

Seine Augen wanderten zu ihrem entblößten Schienbein, wo das Blut immer noch aus der Schusswunde tropfte. »Das übersteigt meine Heilerfähigkeiten. Ich muss dich zu Serassi bringen, bevor du zu viel Blut verlierst.«

Mit schmerzverzerrtem Gesicht beugte sich Cora vor. Ein Träger ihres goldenen Kleids rutschte ihr von der Schulter. Wenige Schritte entfernt hob Mali die Kindredpistole auf, die Roshian hatte fallen lassen, und beäugte sie eingehend, dann zielte sie auf den Boden und drückte den Abzug, doch nichts geschah.

»Was ist mit dem Rat?«, fragte Cora. »Wenn Arrowal erfährt, was hier vorgefallen ist, wird er der Sache auf den Grund gehen und herausfinden, dass ich Roshian mit meinen Gedanken getötet habe. Er wird wissen, dass ich die Unruhestifterin bin, nach der sie suchen. Er wird mich die Prüfung nicht ablegen lassen – wahrscheinlich wird er mich ins Gefängnis werfen.«

»Lass Arrowal meine Sorge sein«, sagte Cassian.

Cora blickte Cassian an, und eine neue Angst machte sich in ihr breit.

Seine Augen waren vollkommen schwarz.

Er war maskiert.

Was bedeutete, dass er ihre Gedanken lesen konnte. Ihre waren von Schmerz überdeckt, doch Malis und Leons Gedanken nicht. Mali hatte genug Übung, um ihre Gedankenwelt abzuschirmen, Leon jedoch nicht.

Cassian wusste nun, dass sie aus ihren Zellen ausbrechen konnten. Und dass sich Leon seit Wochen bei den Mosca versteckte. Dass sie mit Bonebreak über einen sicheren Unterschlupf für Nok und Rolf verhandelt hatten, in dem sie ihr Baby großziehen könnten. Dass all ihre Übungsstunden mit Cassian eine einzige große Lüge gewesen waren und sie nie vorgehabt hatte, die Prüfung abzulegen.

Ihm nicht helfen, sondern ihn demütigen würde.

Sie suchte in seinen Augen, doch dort war nichts als Schwärze zu sehen. Wusste er es? Oder hatte Leon – wie durch ein Wunder – seine Gedanken für sich behalten?

»Du darfst Leon nicht verpfeifen«, platzte es aus ihr heraus.

Cassian wandte den Blick nicht von ihrem Gesicht. »Wir müssen uns um dringlichere Angelegenheiten kümmern«, sagte er und stand auf. Er holte einen temporären Reisepass aus der Tasche, dann beugte er sich herab, um Cora hochzuheben, doch sie schüttelte den Kopf.

»Versprich es mir, Cassian. Leon stellt kein Problem dar. Er wohnt in den Versorgungstunneln, das ist alles. Du darfst ihn nicht verpfeifen.«

Wusste er, dass viel mehr dahintersteckte, als dass Leon frei auf der Station herumspazieren konnte? Wusste er von ihrem Plan, bei der Prüfung zu schummeln? Wusste er *alles*? Sie dachte an ihre letzte Übungsstunde zurück. Er schien bereits argwöhnisch, als sie ihn gedrängt hatte, ihr das Gedankenlesen beizubringen – bis sie vorgegeben hatte, sie wolle ihn dadurch besser kennenlernen.

Wusste er auch, dass das ebenfalls eine Lüge gewesen war?

Cassian drehte sich zu Leon um und sagte leise: »Ich schlage vor, dass du zurück in das Loch kriechst, aus dem du gekommen bist, und dich nie wieder blicken lässt. Ein anderer Kindred wäre nicht so nachsichtig wie ich. Und du, Mali ... geh zurück an deinen Platz, und erwähne mit keinem Wort, was hier geschehen ist.« Dann wandte er sich an Cora. »Ich werde später zurückkehren, um mich um Roshians Leichnam zu kümmern.«

»Aber ...«

»Ich werde mich darum kümmern!«

In seinen Worten hallte ein scharfer Unterton mit, auch wenn sein Gesicht ausdruckslos war. Selbst maskiert fiel es ihm nie leicht, seine Gefühle zu verbergen. Cora musste kein Medium sein, um seine Wut und Kränkung zu spüren, die knapp unter der Oberfläche brodelten.

Cassian hob sie hoch, als wäre sie leicht wie eine Feder. Seine Hand war unter ihren Knien, und sie empfand wieder dieses elektrische Kitzeln, wie bei jeder seiner Berührungen. Seine Brust an ihrer Wange pochte im Gleichklang zu seinem Puls, der zu schnell hämmerte für jemanden, der eigentlich maskiert sein sollte. Als Cora hochblickte, war sein Gesicht nur Zentimeter von ihrem entfernt.

Vor ein paar Tagen hatte sie ihm gesagt: *Ich will dich kennenlernen, genau, wie du mich kennst.*

Er wich ihrem Blick aus, und Cora erkannte das Flackern von etwas anderem unter seiner stoischen Maske. Schmerz.

O ja. Er *wusste* es.

Schweigend trug er sie über die Veranda.

27 *Nok*

Serassi, die ihre weiße Uniform mit der Reihe an Knoten an der Seite trug, betrachtete blinzelnd das dreidimensionale Bild auf der leuchtenden Oberfläche. »Was für ein süßes, kleines Baby.«

»Zuckersüß«, korrigierte Nok sie. Allmählich hatte sie den Dreh mit dem Lügen raus. Wenn sie jemals die Erde wiedersehen würden, sollte sie vielleicht Jura studieren. »Was für ein zuckersüßes Baby, meinst du wohl. So bezeichnen wir in *Wirklichkeit* Babys, die süß sind. In deinen Büchern steht das schon wieder falsch.«

Sie waren in Serassis Genetiklabor, wohin sie Nok für eine weitere Testreihe gebracht hatte. Serassi wandte sich abrupt zu ihr um, als hätte sie fast vergessen, dass Nok auf dem Untersuchungstisch lag, mit Schläuchen in ihren Venen. Während der vergangenen paar Tage hatte sich etwas verändert. Serassi hatte mehr Zeit im Haus verbracht, ohne sie ständig zu beobachten.

Sie tippte fast keine Forschungsergebnisse mehr in ihren Hüftcomputer, selbst wenn Nok wieder eine saftige Lüge zum Thema Kindererziehung zum Besten gab. Und vergangene Nacht hatte Serassi im Puppenhaus Fotografien von Sparrow an alle Wände gehängt. Computersimulationen, wie sie als Baby und Kleinkind und kleines Mädchen in einem lavendelfarbenen Kleid aussehen würde. In jedes einzelne Bild hatte sich Serassi selbst hineinkopiert, wie eine liebevolle Mutter. Nok und Rolf waren auf keinem zu sehen.

Jetzt, im Labor, tat Serassi Noks Verbesserung mit einer abfälligen Handbewegung ab. »Ja. Babys sind zuckersüß. Nicht nur süß. Natürlich.« Sie drehte sich zu dem dreidimensionalen Modell des Babys auf der leuchtenden Oberfläche zurück. Das Bild flimmerte ein wenig, sah aber ansonsten erschreckend realistisch aus. Das hineinprojizierte Baby krabbelte, was bedeutete, dass es ungefähr sechs Monate alt war. Durch das Lesen all der Erziehungsratgeber war Nok zu einer Expertin in Sachen Kleinkinder geworden.

Sie fuhr sich mit der Hand über den Bauch und berührte versehentlich einen der Sensoren. Das Bild des Babys flackerte wie das statische Rauschen in einem Fernseher und setzte sich dann wieder zusammen. Serassi hämmerte ein paar weitere Befehle in ihren Hüftcomputer, und das Baby machte einen Satz in die Zukunft, bis es zwanzig Pfund schwerer war, unsicher gehen konnte und mit den kleinen Armen winkte.

Während Serassi die Projektion betrachtete, lag etwas in ihrem Gesicht, das früher nicht dort gewesen war. Obwohl sie maskiert war, spiegelte sich ein Hauch von Stolz und Begierde in ihren Zügen, was Noks Herz vor Angst schneller schlagen ließ.

Serassi drückte auf weitere Tasten, und das Kleinkind wurde im Schnelldurchlauf größer. Jetzt war der Babyspeck weg, und die schwarzen Haare, die sich an den Spitzen wie die von Rolf lockten, fielen dem Kind bis auf die Schultern. Das kleine Mädchen hüpfte im Kreis.

Erneut presste Nok die Hand auf ihren kleinen Babybauch. Der Fötus war knapp über zwanzig Wochen alt, und dennoch war sie hier als Vierjährige zu sehen. Sie hatte Noks Augen.

Serassi hämmerte noch einmal auf der Tastatur herum, und das Gesicht des Mädchens veränderte sich leicht. Ihre Haare wurden kürzer, ebenso wie ihre Arme und Beine.

»He!« Erschrocken fuhr Nok auf, wobei sich die Schläuche verhedderten und das Bild zum Flackern brachten. »Was hast du mit ihr angestellt?«

Serassi bedachte sie mit einem langsamen, verärgerten Blinzeln. »Ich spule unterschiedliche Programme ab, um zu sehen, welche Auswirkungen verschiedene Ernährungsweisen und externe Faktoren auf die Entwicklung des Kindes haben.«

»Nun, lass das. Es ist unheimlich, wenn sie sich derart verändert.«

»Es sind alles Möglichkeiten, wie das Baby sich entwickeln könnte, allein abhängig von den äußeren Faktoren, denen ich es aussetze.«

»Wir«, verbesserte Nok sie angespannt. »Denen *wir* sie aussetzen.«

Serassi starrte sie aus schwarzen Augen an, dann drehte sie sich zum Bildschirm zurück. »So würde sie aussehen, wenn sie eine proteinreiche Ernährung bekommt und ich ein Gebirgsklima auswähle.« Ein paar weitere Tasten und das Mädchen veränderte sich wieder. Ihre Haare waren jetzt heller. »So würde sie aussehen, wenn sie größtenteils vegetarisch ernährt wird, etwa auf Höhe des Meeresspiegels und in einem Reizklima.«

»Und wenn sie auf einer Raumstation im Weltall aufwächst und nur nachgebildetes Essen vorgesetzt bekommt, das nach Kreide schmeckt?«, fauchte Nok.

»Soweit es das Kind angeht, wird es niemals wissen, was die Erde ist.« Serassis Gesicht war vollkommen ausdruckslos. »Oder besser gesagt, war.«

Bevor Serassi Nok für diesen weiteren Untersuchungsmarathon in ihr Labor geschleppt hatte, hatte Rolf ihr ins Ohr geflüstert: *Kooperier mit ihr. Gib ihr keinen Grund, sich über uns zu ärgern.* Aber Nok war noch nie gut darin gewesen, ihr Temperament zu zügeln. »Ja«, murmelte sie, »weil es völlig normal ist, wenn ein Dutzend Kindred dich durch die fehlende Wand deines Hauses rund um die Uhr beobachten.«

Serassis Augen verengten sich leicht. »Es ist nicht deine Entscheidung, wie das Kind großgezogen wird.« Das Bild des Mädchens saß nun im Schneidersitz da und spielte Fingerspiele, die Nok früher ebenfalls gespielt hatte.

»Sparrow«, sagte Nok.

Serassi legte den Kopf schräg. »Was hast du gesagt?«

»Ihr Name ist Sparrow.«

Sie überspannte den Bogen, das wusste Nok. Aber sie hasste diesen besitzergreifenden Ausdruck in Serassis Gesicht. Es war derselbe Blick, den Miss Delphine, ihre Agentin, früher immer in den Augen gehabt hatte, wenn sie Nok zu Modeaufnahmen in schmutzige Lagerhallen geschickt hatte. Als gehöre ihr Leben längst nicht mehr ihr selbst.

Der blaue Sensor über der Tür flackerte auf einmal auf, und Cassian betrat den Raum.

Nok setzte sich aufrechter hin – es war das erste Mal, dass sie ihn seit dem Käfig traf. Er war maskiert und ebenso roboterhaft wie immer, obwohl seine Augen nervös zu den schwarzen Fenstern huschten. Wenn Cassian die Projektion des vierjährigen Mädchens sah, das auf dem leuchtenden Bildschirm Fingerspiele spielte, erwähnte er es mit keiner Silbe. Er tauschte ein paar Worte mit Serassi aus und drehte sich anschließend zur Tür.

»Wir werden nicht beobachtet«, sagte er auf Englisch. »Du kannst gefahrlos eintreten.«

Cora humpelte herein, das Gewicht auf ein Bein verlagert. Nok beugte sich so abrupt vor, dass alle Sensoren verrücktspielten und das Bild von Sparrow heftig flackerte. Coras Haare waren schmutzig und schweißnass. Sie trug ein zerrissenes goldenes Ballkleid, und getrocknetes Blut klebte an ihrem Schienbein.

»Cora?«, fragte Nok ungläubig.

Coras Augen wurden riesig. »Nok!«

Mit einem einzigen Satz sprang Nok vom Untersuchungstisch und schlang die Arme um Cora. »Was ist passiert?«

Cora schüttelte den Kopf. »Da müsste ich viel zu viel erzählen, aber mir geht's gut. Und dir? Bei dir alles in Ordnung?« Angespannt sah sie sich im Labor mit all seinen medizinischen Geräten um.

»Es ist bloß ... Babyzeug«, sagte Nok mit einem Blick auf Serassi. »Sie projiziert diese Bilder und ...« Doch Serassi beäugte sie eindringlich, und Nok verstummte. Am liebsten hätte sie Cora vom Puppenhaus erzählt, von den Lügen, die sie und Rolf sich ausgedacht hatten, von Serassis zunehmend besitzergreifendem Verhalten.

Aber Cassian unterbrach ihr freudiges Wiedersehen. »Cora, setz dich auf den Untersuchungstisch. Serassi wird sich um deine Wunde kümmern.«

Serassi warf ihm einen Blick zu, der unverhohlen klarstellte, dass sie nichts dergleichen tun wollte, und einen kurzen Moment unterhielten sie sich in ihrer monotonen Kindredsprache. Serassis Stimme klang ungewohnt scharf – das Höchste der Gefühle, was bei einem Streit unter maskierten Kindred möglich war.

Nok zwickte sich, damit die beiden ihre Gedanken nicht lesen konnten, und trat außerhalb ihrer Hörweite. »Bitte sag mir, dass du uns bald zu diesem Versteck bringen kannst«, flüsterte sie Cora zu. »Serassi ist wie besessen von Sparrow, als würden Rolf und ich überhaupt nicht existieren. Ich schwöre, sie wird Sparrow jeden Moment aus mir herausschneiden und uns in Käfige sperren.«

»Ich hatte einen Plan, aber ...« Cora blickte auf ihre blutverschmierten Hände, und Nok war nicht mehr sicher, ob sie wissen wollte, was vorgefallen war. »Aber Cassian scheint zu viel zu wissen. Wenn mir etwas zustoßen sollte, wird Leon euch zu dem Unterschlupf bringen.« Sie warf Cassian einen Seitenblick zu. »Hör mal, ich will deine Hoffnungen nicht zu hoch schrauben, aber wir glauben, dass sich jemand an dem Daten-Algorithmus zu schaffen gemacht haben könnte, der behauptet, die Erde würde nicht mehr existieren. Wir versuchen, einen Beweis zu finden.«

Noks Herz hämmerte. »Wir könnten also nach Hause fahren?«

Da verstummten die zwei Kindred, und Nok drückte Coras Hand, ein Signal, dass sie nicht antworten sollte für den Fall, dass die beiden ihnen zuhörten. Serassi drehte sich zu einem der Wandschränke um, wobei sie ein Muster mit der Hand zeichnete, um ihn zu öffnen, und holte das Behandlungsset heraus. Sie arbeitete effizient und heilte

Coras Wunde langsam und mit Bedacht, bis sich die Haut vollständig regeneriert hatte. Wäre da nicht die getrocknete Kruste an Coras Bein, hätte Nok niemals erraten, dass sie verwundet gewesen war.

Cassian wandte sich zu Cora um. »Wir müssen gehen.«

Nok warf erneut die Arme um Cora und atmete den Geruch von Erde auf ihrer Kleidung, vermischt mit einem Hauch von Ozon. »Lass mich nicht allein.«

»Du musst nur noch ein paar Tage durchhalten.« Mit diesen Worten drückte Cora ihre Hand.

Es war derselbe rasche, feste Händedruck wie an jenem ersten Tag, als sie im Käfig aufgewacht waren, ohne den blassesten Schimmer, wo sie sich befanden. Damals war Nok derart von Angst zerfressen gewesen, dass sie keinen sinnvollen Satz zustandegebracht hatte. Jetzt spürte sie, wie sehr sie sich verändert hatte. Anstatt sich zu einer Kugel zusammenzurollen und sich vor und zurück zu wiegen, gelang es ihr, die Angst zu unterdrücken und hinter einer Maske der Gleichgültigkeit zu verstecken, genau wie die Kindred. So würde sie innerlich wachsen und den stetigen Strom an Wut in Stärke umwandeln.

Serassi riss Cora aus Noks Armen, bevor sie sich anständig verabschieden konnten, und schob sie in Richtung des offenen Türrahmens. Im nächsten Moment schloss sich die Tür hinter Cassian und Cora.

Nok war wieder allein mit Serassi.

Auf dem leuchtenden Bildschirm hatte sich das Bild erneut verändert, diesmal zu Sparrow, wie sie in Wirklichkeit aussah, ein kaum entwickelter Fötus mit winzigen Armen, die nur zu sehen waren, wenn das Bild nicht flackerte.

Noks Angst ballte sich zu einem Knoten, fester und immer fester.

Da streckte Serassi den Arm nach dem projizierten Bild aus, und ihre Finger strichen zärtlich über den formlosen Körper. »Zuckersüß«, säuselte sie. »So ein zuckersüßes, kleines Ding.«

28 *Cora*

Das letzte Mal, als Cora in Cassians privatem Wohnbereich gewesen war, war alles, was sie über ihn gewusst hatte, eine Lüge gewesen. Er war nicht der rangniedrige Hüter, für den er sich ausgegeben hatte, machtlos angesichts des Kommandanten – er *war* der Kommandant. Als nun die Tür zu seinen Räumlichkeiten aufglitt, erwartete Cora einen Wohnbereich, der seinem Rang entsprach.

Doch da waren nur derselbe einsame Stuhl, derselbe schlichte Tisch, das eine rechteckige Trinkglas.

Verwirrt drehte sie sich zu ihm um. »Ich dachte, dieses Zimmer wäre nur Teil der Täuschung.«

»Ich habe dir doch gesagt, dass nicht alles eine Lüge war.« Er durchquerte das Zimmer, trat zu einem Wandschrank und holte ihr ein dünnes Handtuch heraus. In seinem Wohnbereich gab es keinen Spiegel, aber sie sah ihr mattes Spiegelbild in dem schwarzen Bildschirm. Fast jeder Zentimeter ihrer Haut war von Sand, Blut oder Schweiß bedeckt.

Ich habe einen Menschen getötet, dachte sie, und ihre Hände begannen zu zittern. Lucky war nun achtzehn, nicht neunzehn. In Sicherheit.

Sie schrubbte sich mit dem Handtuch das Gesicht. Obwohl es unglaublich dünn war, saugte es fast wie ein Magnet jeglichen Schmutz auf, und als sie fertig war, gab es, abgesehen von dem zerrissenen Kleid, keine Spur mehr von ihrem Kampf mit Roshian. In ihrem Zustand konnte sie allerdings nicht zurück auf die Bühne, aber womöglich war das gut so. Es gab Dinge, von denen man nicht einfach zurückkehren konnte.

Cassian verschwand in seinem Schlafzimmer. Das Geräusch von Wandschränken war zu hören, die geöffnet und wieder geschlossen wurden. Cora sank auf den einzigen Stuhl und starrte in das leere rechteckige Glas. Es fühlte sich an, als wären unzählige Jahre verstrichen, seit sie hier gesessen hatten, Alkohol trinkend und sich Geschichten über ihre jeweilige Welt erzählend. Diese Nacht war der Beginn von etwas Verbotenem, wenn auch Unbestreitbarem zwischen ihnen gewesen, das über ihr zusammengebrochen war, als er sie hintergangen hatte. Und jetzt war sie hier, ihr Leben und ihre Zukunft erneut in seinen Händen – doch diesmal war *sie* diejenige, die log.

Er kehrte in den Wohnbereich zurück. Er hatte sich gewaschen und band nun Knoten an der Seite seiner frischen Uniform fest. Ein Dreieck kupferfarbener Haut blitzte unter dem noch nicht verknoteten oberen Teil seines Hemds auf, das den Blick auf eine tiefe Narbe freigab, die, würde man sie verlängern, zu der kleineren an seinem Hals passte.

»Du hast mir nie erzählt, wie du zu dieser Narbe gekommen bist.«

Cassian sah sie immer noch nicht an, doch sein Mund zuckte finster, als würde die Erinnerung ihn entweder schmerzen oder amüsieren. »Vielleicht werde ich das eines Tages. Oder Mali.«

»Mali war dabei?«

»Mali hat sie mir beigebracht. Das war zu einer Zeit, als sie mich für den Feind hielt, obwohl ich nur versucht habe, ihr zu helfen. Das weiß sie jetzt. Ich warte immer noch darauf, dass du zu derselben Erkenntnis gelangst.«

In seiner Stimme schwang ein scharfer Unterton mit. Er vollendete den letzten Knoten, dann holte er ein Paar Stiefel aus einem der Wandschränke. »Ich muss mich um das Verschwinden von Roshians Leichnam kümmern. Tessela kann ihn eine gewisse Zeit verstecken, aber wir können nicht riskieren, dass jemand zufällig über ihn stolpert und den Rat benachrichtigt. Sie würden dich des Mordes anklagen – es spielt keine Rolle, dass er ein Mensch war. Du hättest keine Chance, die Prüfung abzulegen. Keine Chance auf Freiheit. Du könntest dich glücklich schätzen, wenn du jemals wieder einen anderen Menschen zu Gesicht bekämst.«

»Was ist mit Roshians Gewehr? Es stammt von der Erde. Womöglich könnte es nützlich sein, wenn etwas schiefläuft.«

»Es ist zu gefährlich, belastende Beweise zu behalten, die mit ihm in Verbindung gebracht werden könnten«, sagte Cassian. »Aber sollte mir jemals etwas zustoßen, dann wende dich an Fian oder Tessela. Sie stehen bereit, Plan B durchzuführen, sollte es so weit kommen.«

»Und der wäre …?«

»Die Menschheit mit Gewalt zu befreien. Die Gehege zu zerstören. Die menschlichen Mündel aus den Fängen der Menagerien und privaten Besitzer zu holen. Sie zu einer neutralen Satellitenstation zu bringen, bis wir eine dauerhafte Lösung finden.« Er band hastig die dicken Schnürsenkel seiner Stiefel. »Aber das würde Krieg bedeuten. Es gibt nur wenige Hundert Kindred, die unserer Sache wohlwollend gegenüberstehen, auf einer Station mit über zwei Millionen. Die Chance auf einen Erfolg wäre minimal.«

Er hatte nun den zweiten Stiefel geschnürt und begann, sich ein Paar Handschuhe überzustreifen, als sein Blick auf ihr zerrissenes Kleid fiel. »Ich werde dir ein Ersatzkleid bringen. Bis dahin findest du im Schlafzimmer saubere Kleidung. Versuch, dich auszuruhen.«

Sie spürte seine Anspannung bei jedem Schritt. Er war schon fast aus der Tür, als sie ihn zurückrief. »Warte!«

Er blieb stehen, der linke Handschuh nur halb über die Hand gestreift, und drehte sich zögerlich um.

»Wir müssen darüber reden, was jetzt passiert.« Cora holte tief Atem. »Und ich meine nicht darüber, dass ich einen Mann getötet habe. Ich meine, was *jetzt* geschieht. Jetzt, wo du Leons Gedanken gelesen hast. Jetzt, wo du weißt, dass ich mich niemals der Gefahr aussetzen wollte, die Prüfung abzulegen, sondern betrügen wollte. Und dich dabei gedemütigt hätte.« Sie legte die Hände flach auf den Tisch und wünschte inständig, das leere Glas wäre mit irgendetwas gefüllt, das diese Unterhaltung leichter machen würde.

Nicht das kleinste Aufflackern von Überraschung zeigte sich auf Cassians Gesicht. Wie sie bereits geahnt hatte, wusste er längst alles.

Mit bedächtiger Langsamkeit zog er seinen linken Handschuh aus, als wäre seine Eile mit einem Mal verflogen. Ohne Hast schritt er zum Tisch. Für einen Moment zuckten Roshians schwarze Augen in Coras Erinnerung auf. Hinter der Verkleidung musste er menschliche Augen gehabt haben und einen menschlichen Verstand und einen menschlichen Körper. Sie wünschte, sie könnte mit der Hand über Cassians Augen fahren, damit er ebenso menschlich würde.

»Ich weiß, dass du Leons Gedanken gelesen hast«, sagte sie leise. »Ich habe es in deinem Gesicht gesehen.«

Seine Miene blieb ausdruckslos, gab keinerlei Regung preis.

»Demaskier dich, Cassian. Bitte. Ich will nicht mit einer Statue reden.«

Für die Dauer mehrerer Atemzüge stand er regungslos da, obwohl Cora vermutete, dass sich seine Gedanken ebenso wild im Kreis drehten wie ihre eigenen. Schließlich zog er einen Stuhl herbei, um sich ihr gegenüber zu setzen.

»Ich werde mich nicht demaskieren«, sagte er langsam. »Demaskiert kann ich deine Gedanken nicht lesen. Und alles, was ich von dir will, ist die Wahrheit. Hör bitte auf, deine Gedanken mit Schmerz vor mir zu verbergen.«

Bevor sie reagieren konnte, lag seine Hand bereits auf ihrer, um sie daran zu hindern, sich in den Arm zu zwicken. Sie sog scharf die Luft ein. Er hatte den Handschuh noch nicht wieder angezogen, und sie spürte das vertraute, elektrische Kitzeln.

»Leons Verstand ist ein verwirrender Ort«, sagte er. »Gefüllt mit Selbstzweifeln und trügerischem Draufgängertum. Ich konnte nicht jedes Detail verstehen. Nur, dass du nie die Absicht hegtest, meinen Plan durchzuführen, um dem Rat die menschliche Intelligenz zu beweisen. Dass du nur mit mir geübt hast, damit du die Fähigkeit erlernst, das Bewusstsein der Tester zu kontrollieren, und mit einem Trick eure Freiheit erlangst. Wenn ich mich nicht täusche, ist das alles wahr.«

Sie schluckte schwer. »Es tut mir leid«, stammelte sie. »Wirklich. Aber ich habe jedes Wort so gemeint, wie ich es gesagt habe. Wenn du tatsächlich willst, dass die Menschheit triumphiert, müssen wir nach unseren Regeln spielen, nicht nach euren. Ich muss es auf unsere Art schaffen.«

»Indem du betrügst.«

»In diesem Fall, ja.«

Er stieß ein hartes Lachen aus. »Ich hatte angenommen, deine Spezies würde für höhere Werte stehen. Ich dachte, ihr wärt bereit für eure autonome Selbstverwaltung.«

»Das sind wir«, flüsterte sie eindringlich. »Du hast mir selbst erzählt, wie gefährlich die Tests in der Prüfung sein können. Beinhaltet die Definition von Intelligenz nicht, einen Weg zu finden, um ein solches Risiko zu umgehen? Was ist mit dem Selbsterhaltungstrieb? Ich kann die Prüfung bestehen, indem ich betrüge; und dann, solltest du recht haben, dass jemand die Vorhersage des Daten-Algorithmus manipuliert hat, gibt es eine echte Chance, dass wir nach Hause können.«

»Vielleicht.«

Es überraschte sie, dass er ihr nicht widersprach, auch wenn der Unterton in seiner Stimme eiskalt klang.

»Aber es wird Konsequenzen geben, die du nicht vorhersehen kannst«, fügte er hinzu.

»Was für Konsequenzen?«

Er gab keine Antwort.

»O. k.«, sagte sie, »du hättest dich gedemütigt gefühlt, schon verstanden. Aber ein wenig verletzter Stolz ist nichts im Vergleich zu dem, was du mir angetan hast. Du …« Ihre

Stimme erstarb. »Du hast mir Hoffnung geschenkt und sie dann mit Füßen getreten.«

Die Wandpaneele summten leise wie ein eingesperrtes Insekt, und eine Weile übertönte es jedes andere Geräusch. Da verschränkte Cassian plötzlich seine Finger mit ihren. »Ich habe all das getan, damit du und deinesgleichen ein besseres Leben habt.«

»Roshian hat mich fast umgebracht. Ist das etwa besser?«

Er beugte sich vor. »Ich mache mir schwere Vorwürfe, seine Absichten nicht früher durchschaut zu haben.« Seine Hände wurden wärmer. Er blickte zur Tür, als würde er sich mit einem Mal an den Leichnam erinnern, der im Savannensand ausblutete und der, sollte er gefunden werden, ihrer beider Ruin wäre. »Manchmal denke ich, der Rat hat womöglich recht, wenn er stur darauf beharrt, dass die Menschheit weniger intelligent ist, denn es gibt keine andere Erklärung für einen so unvernünftigen Plan, bei der Prüfung zu betrügen. Und die Mosca um Hilfe zu bitten, ist noch törichter. Sie entscheiden alles nur aus einer Laune heraus, keiner weiß, ob sie ihr Versprechen an dem einen Tag nun halten oder brechen.« Er schüttelte den Kopf. »Dein Plan ist sehr waghalsig.«

»Vielleicht sind die Mosca nicht sonderlich vertrauenswürdig«, sagte sie. »Aber du auch nicht.«

»Du hast gesagt, du hättest mir verziehen.«

Sie blickte auf ihre Hände hinab. »Ich habe gelogen.«

Seine Finger krallten sich fester um ihre. »Ich habe alles für dich getan. Ich habe dich von einem sterbenden Planeten geholt. Ich habe dir eine Welt geschenkt, in der du glücklich sein könntest. Ich habe dir einen Partner an die

Seite gestellt, der perfekt zu dir passt. Ich riskiere alles, um dein Bewusstsein zu erweitern, damit du und deine Spezies nicht länger wie Tiere leben müsst. Ich setze mein Leben und meine Freiheit aufs Spiel – ebenso wie die Tesselas und Fians und vieler anderer –, weil wir an unsere Mission glauben, die Menschheit zu befreien. Wir tun das für *dich.*« Seine Hände zitterten jetzt. Sosehr er auch dagegen ankämpfte, bekam seine undurchdringliche Maske allmählich Sprünge. »Selbst jetzt breche ich Regeln, um herauszufinden, ob dein Heimatplanet immer noch existiert, obwohl wir beide wissen, dass es gleichzeitig bedeutet, dass ich dich nie wiedersehen würde. Und du wirfst mir vor, ich hätte nichts für dich getan.«

Schließlich gab er ihre Hand wieder frei und erhob sich. »Fian und ich werden Roshians Leichnam begraben. Aber ich werde nicht zulassen, dass du diesen törichten Plan weiterverfolgst und bei der Prüfung betrügst. Entweder wirst du zustimmen, sie ehrlich abzulegen, oder wir lassen es ganz. Du kehrst zurück zur Jagd-Menagerie und versuchst, so lange hinter Gittern zu überleben, wie du kannst, bis du neunzehn wirst und sie dich an einen noch schlimmeren Ort zerren. Ich will jetzt sofort eine Antwort. Keine Lügen mehr. Keine Täuschung. Wie lautet deine Antwort?«

Coras Kopf pochte, zu laut, um nachzudenken. In Bay Pines hatten die Wachen den Insassen immer zwei Wahlmöglichkeiten gegeben. Es sollte sie lehren, gute Entscheidungen zu treffen. Einmal war Queenie in der Cafeteria in einen Streit geraten, und die Wachen hatten ihr erklärt, sie könne entweder ihre Freistunde opfern, um das verschüttete Essen aufzuwischen, oder käme sofort in Einzelhaft. Queenie hatte einfach nur gelächelt, sich eine Gabel in die Hand gerammt und die folgenden zwei Wochen in einem bequemen Bett auf der psychiatrischen Abteilung verbracht, wo sie sich den lieben langen Tag Wiederholungen von *Friends* anschaute.

Cora hatte an jenem Tag etwas aus Queenies Verhalten gelernt, aber nicht das, was die Wachen ihr beibringen wollten: Bloß weil dir jemand sagt, dass es nur zwei Möglichkeiten gibt, bedeutet das nicht, dass dem so ist.

Manchmal musst du selbst einen dritten Weg finden.

29 Cora

»Antworte mir, Cora«, sagte Cassian eindringlich. »Willige ein, die Prüfung nach meinen Regeln zu bestreiten. Es ist noch nicht zu spät. Es ist zu deinem eigenen Besten.«

»Wirklich?« Ihre Stimme klang gefährlich sanft. »Wir wissen beide, dass es hier um mehr geht als die Prüfung. Du kannst den Gedanken nicht ertragen, dass dir dein kostbares Haustier nicht gehorcht.« Sie warf ihm einen herausfordernden Blick zu. »Du bekommst den Tag in der Brandung nicht aus dem Kopf, als du mich geküsst hast. Ich wette, du willst es wieder tun, nicht wahr? Das Verlangen spüren und Liebe und all die Gefühle, die dir verwehrt sind. Du wolltest niemals, dass ich frei bin. Du willst, dass ich *dir* gehöre.« Sie drehte die Handfläche nach oben, um die Tätowierungen auf ihrer Haut zu zeigen. »Dachtest du, ich würde meinen Ringfinger nicht bemerken? Du hast meine Tattoos verändert, damit sie wie ein Diamantring aussehen.«

Er erstarrte. Sein Blick wanderte von ihrer Hand zu ihrem Gesicht und wieder zurück.

»Du hast die Menschheit mehr als jeder andere Kindred studiert«, fuhr sie fort. »Du weißt, was ein Diamantring für uns bedeutet. *Dich lieben, achten und ehren alle Tage meines Lebens.*«

Die Muskeln in seinem Hals verkrampften. Er hob die

Handschuhe wieder auf und zog sie mit steifen Fingern an. »Du verstehst überhaupt nichts.«

»Wirklich?« Sie erhob sich. »Du magst eine Maske tragen, aber ich kann immer noch dahintersehen.«

Er war so schnell an ihrer Seite, dass es ihr den Atem verschlug. Er würde ihr niemals wehtun, das wusste sie, aber es war unmöglich, nicht von ihm eingeschüchtert zu sein.

Dann beugte er sich vor, bis er ihr leise ins Ohr flüstern konnte. »Tatsächlich? Nun denn, dann lass uns beide unsere Masken ablegen.« Er schloss die Augen. Seine Gesichtsmuskeln bewegten sich unter seiner Haut. Sein Kiefer lockerte sich. Als er die Augen wieder öffnete, war das Schwarz verschwunden, und graue Gewitterwolken umrahmten seine Iris.

Er blinzelte.

»Das ist viel größer als alles, was ich oder was du willst.« Seine Stimme klang weicher, beharrlicher, was ihr Herz zum Pochen brachte. »Die ganze Zeit über habe ich geahnt, dass du nicht ehrlich mit mir bist, aber ich wollte es nicht wahrhaben. Und ich kann dir nicht verübeln, dass du uns täuschen wolltest, nachdem wir dich in der Vergangenheit so schlecht behandelt haben. Aber jetzt musst du einwilligen, die Prüfung abzulegen, ohne zu betrügen. Und dann, sobald sie vorüber ist, werde ich dich höchstpersönlich zu deinem Sonnensystem zurückbringen, damit wir beide die Wahrheit erfahren. Und falls der Daten-Algorithmus doch recht hat und es nur ein Loch im Himmel gibt, wo früher einmal deine Heimat war, wirst du endlich wissen, dass es keinen anderen Ort für dich gibt als hier bei mir.«

Ein Schauder kroch ihr den Rücken hinab. »Hör auf, so zu reden.«

Doch er beugte sich noch näher zu ihr. »Du bezichtigst mich, niedere Emotionen spüren zu wollen. Das stimmt. Ist es ein Verbrechen, etwas fühlen zu wollen? Ich verstehe nicht, warum wir immer uneins sein müssen. Warum wir nicht als gleichberechtigte Partner die Intelligenz der Menschheit beweisen können. Warum diese Partnerschaft nicht Hand in Hand gehen kann mit dem, was ich in meinem Herzen spüre, wann immer ich an dich denke. Warum du mich nicht lieben kannst und warum du den Umstand derart verachtest, dass ich dich liebe.«

Bei den letzten Worten strichen seine Lippen sanft über ihr Ohr. Cora sog hastig Luft ein, während das elektrische Kitzeln seiner Berührung sie zutiefst aufwühlte. Er drehte den Kopf leicht, bis sein Gesicht ihres berührte. »Du gibst nie auf«, sagte er. »Und das werde ich auch nicht. Selbst wenn es gegen jede Logik ist.«

Er wollte sie küssen. Sie konnte es in jeder seiner Gesten spüren.

Und sie wollte, dass er es tat. Sie wollte die Wut, den Verrat, die Fragen über die Zukunft verdrängen. Sie wollte den Mord vergessen, der an ihren Händen klebte.

Doch sie blickte weg.

»Nein«, sagte sie. »Es gibt eine dritte Möglichkeit. Du sagst, du respektierst uns, dann beweis es. Hilf mir, es auf *meine* Art zu tun.«

Unschlüssig ballten und schlossen sich seine Hände, als wolle ein Teil von ihm sie immer noch küssen. Sie fühlte sein Gesicht warm an ihrem.

»Ich kann Betrug nicht gutheißen.«

»Doch. Denn wenn du mich aus tiefstem Herzen lieben solltest, dann kann ich dich nur lieben, sobald wir tatsächlich gleichberechtigt sind.«

Ihre Lippen berührten leicht sein Ohr, und sie spürte, wie sich sein Kiefer verkrampfte. Er stieß den Atem aus und wich dann zurück, die Hände an seine Seiten gepresst. Im nächsten Moment schritt er im Zimmer auf und ab und fuhr sich, innerlich zerrissen, mit der Hand übers Gesicht. Fast bereute es Cora, ihn so zu benutzen. Schließlich schnappte er sich den anderen Handschuh vom Tisch und streifte ihn über, hastige Bewegungen, die von Verärgerung zeugten.

»Soll das heißen, dass du mir helfen wirst?« Sie konnte die Hoffnung nicht aus ihrer Stimme bannen.

Er nickte widerwillig. »Ja, auch wenn du keine Ahnung hast, worum du mich bittest. Es gibt Schwierigkeiten ...« Seine Stimme klang gepresst. »Ruh dich aus. Dein Verstand braucht Erholung. Ich bin bald zurück.«

Die Tür schloss sich lautlos hinter ihm.

Die Wandpaneele summten, während die Last der Einsamkeit von allen Seiten auf sie niederstürzte. Cora legte zwei Finger an ihre Lippen, wo sie immer noch den elektrischen Funken spürte. Ihr Körper begann zu zittern bei dem Gedanken, dass nach alldem – dem Mord und dem Streit und den Monaten der Wut – sie beide doch offenbar auf derselben Seite standen. Von nun an gäbe es keine Geheimnisse oder Lügen mehr.

Sie taumelte ins Schlafzimmer und schritt nervös auf und ab in dem Versuch, ihr Herz zu beruhigen. Er hatte eine Schublade offen gelassen, und sie kramte darin herum. Schwarze, an ihm bestimmt figurbetonte Hemden aus einem flüssig-metallenen Material, das wie undurchdringliche Seide glänzte; als sie eines anzog, fiel es ihr wie eine weite Tunika über die Hüften. Sie schmiegte das Gesicht in den Stoff. Er roch nach Ozon und Salz, und für einen Moment wurde das Bild von Roshians blutigem Gesicht, das sich in ihr Gedächtnis gebrannt hatte, beiseitegeschoben, und eine andere Erinnerung stieg in ihr hoch, wie sie mit Cassian im Meer gestanden und ihr Gesicht in ein solches Hemd gepresst hatte.

Hatte er sein Versprechen wirklich ernst gemeint? Hatte *sie* es?

Ich könnte dich lieben …

Die Vorstellung ließ sie vor Nervosität und Aufregung erzittern. Sie ballte ihr schmutziges Kleid zusammen und stopfte es ganz hinten in die Schublade, bevor sie sie zuknallte. Gleich daneben befand sich eine weitere Schublade. Neugierig stupste sie sie an, in dem Versuch, dieselbe Geste zu vollführen, mit der Cassian sie geöffnet hatte. Ihre Finger glitten über die Oberfläche des Einbauschranks, probierten Kreise, Sterne und Kreuze aus und hielten dann inne. Langsam malte sie das Symbol nach, das er einmal auf den Tisch im Alkoven gezeichnet hatte. Das Symbol des heimlichen Widerstands, der die Größe der Menschheit beweisen wollte, das Zeichen der Fünften der Fünf: eine Doppelhelix mit fünf Punkten für die fünf intelligenten Spezies.

Die Schublade glitt auf, aber in ihrem Innern fand Cora nur Kleidung, ein Kartenspiel, mehrere temporäre Reisepässe. Dann stieß ihr Finger auf etwas Hartes.

Ein kleines, spiralgebundenes Notizbuch.

Es war billig, die Sorte Notizbuch, die man in einem

Ein-Dollar-Laden fand, um Einkaufslisten zu schreiben. Doch die abgewetzten Seiten wiesen darauf hin, dass es schon seit geraumer Zeit in Benutzung war. Sie schlug den Einband auf, doch auf der ersten Seite sah sie nur sonderbare Striche, die mit unterschiedlich fest aufgedrücktem Bleistift gezogen worden waren, als wäre sich der Schreiber nicht sicher, wie viel Druck er anwenden sollte.

Sie blätterte weiter. Es folgten unterschiedliche Formen. Ein kleiner Kreis, ein großes Oval, etwas, das wie ein in die Länge gezogenes Dreieck aussah. Sie betrachtete die nächste Seite. Ähnliche Formen, nur sicherer gezeichnet. Eine Linie war durchgestrichen, eine weitere behutsam danebengemalt. Während sie weiterblätterte, nahmen die Formen allmählich Gestalt an, bis sie mit viel Fantasie etwas erkennen konnte. Das Dreieck sollte ein Schwanz sein. Der kleine Kreis ein Auge. Auf der letzten Seite war das plump gemalte Bild eines Hundes mit gespitzten Ohren zu sehen.

Sie starrte die Zeichnung an. Hatte Cassian den Notizblock von einem der entführten Kinder? Nein, die Bilder hatten etwas zu Merkwürdiges an sich. Die Linien waren so krumm und schief, als wüsste der Künstler nicht, wie man einen Stift richtig hielt.

Nachdenklich blätterte sie vor und zurück. Ihre Finger erstarrten. Bei der letzten Zeichnung war eine Schlaufe am Rücken des Hundes zu erkennen, an dem eine Kette festgebunden war. Es war nicht einfach irgendein Hund – es war der Anhänger, den Cassian ihr geschenkt hatte, eine Erinnerung an Sadie.

Er hatte diese Zeichnungen angefertigt. Mit akribischer

Genauigkeit hatte er sich selbst beigebracht, wie man menschliche Zeichen auf menschliches Papier brachte, um ein Tier aus einer zerstörten Welt zu malen. Warum? Unzählige Erklärungen fielen ihr ein, aber im Grunde gab es nur eine, die Sinn ergab.

Er wollte malen. Er wollte Kunst erschaffen.

Sie klappte das Notizbuch zu und schob es zurück in die Schublade.

Dann legte sie sich hin. Das Pochen in ihren Ohren ließ nach, und allmählich hörte sie wieder die Geräusche der Raumstation. Das Surren der Elektrizität. Das leise Brummen der Maschinen. Genau in diesem Moment würde er Roshians Leichnam beseitigen, um jeden Beweis des Mordes zu vernichten, den sie begangen hatte.

Ihre Gedanken begannen sich zu entwirren, während sie sich ausruhte. Sie glaubte Cassian jedes Wort, das er gesagt hatte. Dass er sie liebte und es ihm derart am Herzen lag, die Intelligenz der Menschheit zu beweisen, dass er ihr sogar beim Betrügen helfen würde – ein Verhalten, das im völligen Gegensatz zu seiner Natur stand. Der Gedanke erinnerte sie an die Ehe ihrer Eltern, die allein durch Lügen aufrechterhalten worden war. Das Leugnen ihrer Mutter, dass sie zu viel trank, und ihre spätabendlichen Sportstunden mit ihrem Personal Trainer – obwohl sie kein einziges Pfund zu verlieren schien. Die unzähligen Affären ihres Vaters mit den Wahlkampfhelferinnen und der Witwe zwei Häuser weiter und all die falschen Versprechungen von einem ruhigeren Leben und dem Rückzug aus der Politik, obwohl er es niemals vorgehabt hatte. Eine Beziehung, die von gegenseitigem Verrat geprägt war, war keine echte Beziehung.

Doch dann dachte sie an die Zeichnungen. Wenn Cassian sein Versprechen hielt, dann würde sie vielleicht ihres halten. Vielleicht verdiente er es nicht, dass sie ihn einfach aufgab. Und vielleicht endeten nicht alle Beziehungen, die mit Lügen angefangen hatten, auch in Lügen.

30 *Leon*

Leon murrte leise vor sich hin, während er über den Einzelteilen des Babybetts stand. Bonebreak hatte eingewilligt, Rolf und Nok Unterschlupf zu gewähren, wenn Leon im Gegenzug auf seinen Anteil beim Schmuggeln verzichtete – räuberische Erpressung, wie sie im Buche stand. Doch Leon hatte widerwillig zugestimmt, und Bonebreaks Handlanger hatten ihn zu einer staubigen Abstellkammer gebracht, in der, dem Geruch nach zu schließen, früher ranziger Käse gelagert worden war.

»Warum gibt es bei diesem Scheiß keine Anleitung?«, murmelte er und hob ein Holzstück auf, das womöglich zum Geländer gehörte. Es war dasselbe Kinderbett, in dem er damals geflohen war, bevor er die Mosca getroffen hatte, das mit dem pinken Pinguin-Bettzeug. Daneben waren Babysachen gestapelt, die er zusammengeschnorrt hatte. Ein winziger Pyjama mit Cowboyaufdruck. Ein Fläschchen mit tanzenden Giraffen. Ein Haufen alter T-Shirts mit der Werbung für einen Zahnarzt in San Diego vorne drauf, die man vielleicht zu Windeln umfunktionieren konnte.

»Mal sehen, dieses Teil könnte hierhin gehören ...« Er fummelte an einer Schraube und fluchte lautstark, als das Babybett wiederum zusammenbrach. »Mist!«

Er brauchte unbedingt einen Hammer oder irgendein

super fortschrittliches Alien-Werkzeug, mit dem man zwei Holzstücke zusammenkleben konnte. Frustriert schlenderte er durch die Flure von Bonebreaks Schmugglernest zu einem der Hinterzimmer. Es lag in einem Sektor, den Leon auf ausdrücklichen Befehl von Bonebreak hin nicht betreten durfte, aber der Teufel sollte ihn holen, wenn er dieses Kinderbett allein mit Spucke und Klebeband zusammenbauen wollte.

»Hallo, ist da jemand?« Er steckte den Kopf in mehrere leere Räume. »Hallo?«

Er kramte in ein paar Kisten, fand jedoch nichts Brauchbares und setzte seine Suche fort. Sämtliche Türen waren unverschlossen, abgesehen von der letzten am Ende des Korridors. Er stemmte sich mit der Schulter dagegen, aber sie bewegte sich keinen Zentimeter.

Entschlossen nahm er ein paar Schritte Anlauf, streckte die Schulter mit dem Schutzpanzer vor und raste auf die Tür zu. Er spürte die Wucht des Aufpralls bis in die Zähne, doch zumindest gab die Tür einen Spalt nach. Leon rieb sich die Schulter und drückte die Tür vollständig auf.

Dann blieb er wie angewurzelt stehen.

Was zum Teufel war hier los?

Bonebreak und seine Männer standen in einem Kreis unter einem Raumschiff. Einem verdammten Raumschiff! Es war ein Schrotthaufen, so viel stand fest, und in einem grässlichen Grünton gestrichen, aber es war ein Raumschiff. Angedockt, alles ganz offiziell. Mit einem moscaischen Schriftzug an der Seite. An den Wänden der Halle waren Ersatzteile und Werkzeug aufgereiht. Ein verdammtes Raumschiff in einem verdammten Hangar, den zu betreten ihm Bonebreak verboten hatte.

»Du Lügner!«, schrie Leon. »Was ist mit deinen vierzig Jahren, bevor das nächste Raumschiff anlegt?«

Bonebreak drehte sich um, und Leon erhaschte einen Blick auf das, worum sich seine Männer versammelt hatten. Ein Leichnam lag in ihrer Mitte. Bei näherer Betrachtung erkannte Leon die roten Stiefelsohlen von Bonebreaks Stellvertreter. Außerdem bemerkte er das Messer, das aus dem Rücken des Mosca ragte.

»Äh … wenn ich es mir recht überlege, komme ich einfach später noch mal vorbei.« Leon wandte sich rasch zum Gehen.

»Bleib!« Bonebreaks Stimme knisterte wie eine elektrostatische Aufladung, während er über den ausgestreckten Arm seines Stellvertreters trat. »Wir machen hier nur etwas Ordnung. Nun denn. Dich hat die Neugierde gepackt, und du hast ein bisschen herumgeschnüffelt, hm?«

Leon hielt die Arme hoch und versuchte, ein wenig in die Gänge zu kommen mit seiner Antwort, was sich jedoch als schwieriges Unterfangen erwies, während sein Blick auf einem Leichnam ruhte. »Äh … mein Fehler.«

»Nun, jetzt weißt du es. Ich habe ein Raumschiff. Ja. Hätte ich es dir verraten, hättest du mir ständig damit in den Ohren gelegen. *Bring mich nach Hause, Bonebreak. Ich vermisse meine Familie. Ich vermisse meine Taco-Abende. Ich vermisse meine Katzen.*« Bonebreak stieß hinter seiner Maske ein höhnisches Schnauben aus. »Denkst du etwa, du bist der erste Mensch, mit dem wir zusammenarbeiten? Ich habe schon alles gehört, Junge.«

Bonebreaks Verachtung ärgerte Leon. Mit zu Schlitzen verengten Augen blickte er zwischen dem toten Bandenmitglied und dem Raumschiff hin und her. »Du hättest es mir trotzdem sagen müssen.«

»Du arbeitest für mich, nicht anders herum. Mein Stellvertreter hatte Probleme, dieses Konzept zu verstehen.« Bonebreak trat auf den Leichnam des Mosca, dessen Knochen unter seinem Stiefel brachen. »Hast du auch ein Problem damit?«

»Ich?« Leon zuckte zusammen, als weitere Knochen barsten. »Nö.«

»Gut. Du hast dieses Raumschiff nie gesehen, verstanden? Wenn ich dich zurück auf die Erde bringe, wer kriecht dann für mich durch die Tunnel, hm? Wie du so schön sagtest, niemand stiehlt so gut wie du.« Bonebreak bohrte Leon einen spindeldürren Finger in den Magen. »Außer du wirst zu fett und passt nicht mehr in die Tunnel. Dann gibt es kein Bett mehr für dich, kein gar nichts für dich, nur ein Messer im Rücken.«

Leon griff sich an den Bauch. »Das sind fast nur Muskeln!«

»Schnauze! Hast du das Geld für den letzten Schmugglerdeal?«

Ein ungutes Gefühl machte sich in Leon breit. Er berührte mit der Hand seine Tasche, in der Hoffnung auf ein Wunder, aber sie war weiterhin leer. »Nun ja. Da gibt es ein kleines Problem. Dein Geschäftspartner ist gestorben, bevor er mich bezahlen konnte.«

Bonebreak versteifte sich. »Roshian ist tot?«

»Ja, aber ich habe in seine schwarze Tasche geschaut. Du weißt schon, das Zeug, das du ihm immer lieferst? Die Schminke und Kontaktlinsen? Dieser Mistkerl war ein Mensch.«

Bonebreak machte einen weiteren Schritt über die Leiche seines früheren Stellvertreters und schnalzte mit dem Finger in Leons Richtung. »Es interessiert mich nicht, welcher Spezies meine Kunden angehören. Und es gefällt mir überhaupt nicht, wenn ich für meine Dienste nicht entlohnt werde.«

»Er war tot. Was hätte ich denn tun sollen?«

»Das ist dein Problem«, sagte Bonebreak und zermalmte dabei den Fuß seines Stellvertreters. »Heute haben wir lauter Probleme, nicht wahr, Crew?«

Die anderen Mosca, zusammengedrängt im Schatten des Raumschiffs, gaben keine Antwort.

Bonebreak ging in die Hocke und zog das Messer aus dem Rücken seines Stellvertreters, bevor er das Blut langsam an seinem Overall abwischte.

Erschrocken hob Leon die Hände. »Ich kann das Geld besorgen. Versprochen.«

Bonebreak legte den Kopf schief. »Du schuldest mir bereits einen Batzen wegen des neuen Verstecks. Du bewegst dich auf dünnem Eis. Zu dünnem.« Leon konnte Bonebreaks Miene hinter der Maske nicht erkennen, aber ihm gefiel ganz und gar nicht, dass das Messer auf ihn gerichtet war. Im nächsten Moment steckte Bonebreak die Waffe jedoch ins Holster und gab seinen Handlangern ein Zeichen. »Roadag. Silverquake. Zeigt dem Jungen, was er fürs Herumschnüffeln bekommt.«

Bevor Leon sich umdrehen konnte, traf ihn ein hartes Brett im Gesicht.

Er taumelte rückwärts.

Schwärze. Funken. *Schmerz.*

Er wusste, dass er sich nicht wehren sollte. Der tote Stellvertreter hatte sich wahrscheinlich gewehrt, was der Grund für seinen gegenwärtigen Zustand war. Aber lieber würde er in der Hölle schmoren, als sich kampflos geschlagen zu geben. Er stieß ein Knurren aus und versuchte, sich auf seine Angreifer zu stürzen, doch sie hatten ihn bereits zu Boden geworfen und schlugen nun mit dem harten Dielenbrett auf ihn ein, immer und immer wieder. Schmerz pulsierte in seinem Gesicht, in seiner linken Schulter, dann in seiner Niere, bis er schließlich in Bonebreaks hässliche Maske hochstarrte.

»Na gut«, sagte Bonebreak. »Was genau hast du in diesem Hangar gesehen?«

»Äh. Nichts.«

»Und was wirst du deinen Freunden über das Raumschiff erzählen?«

»Welches Raumschiff?«

Bonebreak gackerte vor Vergnügen – vielleicht stellte er sich gerade auch lebhaft vor, wie er auf Leons zersplitternden Knochen herumtrampeln würde. »Gut. Dann sorg dafür, dass du auch weiterhin keine Raumschiffe siehst.«

Leon presste sich eine Hand aufs Gesicht. Mit letzter Kraft stolperte er in seinen Unterschlupf, wo er auf seinem Bett zusammenbrach. Wenigstens galt ihre Abmachung noch. Nok und Rolf und ihr Baby wären in Sicherheit. Doch sobald er die Augen schloss, kehrten seine Gedanken zu dem zurück, was er gerade gesehen hatte.

Ein Raumschiff, dachte er. *Verdammt noch mal, ein Raumschiff!*

Oder besser gesagt, ein *nutzloses* Raumschiff, das ihn nirgendwo hinbringen würde.

Aber was, wenn doch?

Und was, wenn Cora recht hatte, dass die Erde noch existierte? Er könnte wieder Bier trinken. Vorzugsweise, während er auf dem blöden alten Fernseher seiner Schwester Ellie Rugby schaute, vorzugsweise eine Million Meilen entfernt von buckligen Mördern.

Für einen kurzen Moment fragte er sich, wie viel ein Platz in Bonebreaks Raumschiff kostete. Trotz aller Drohgebärden des Mosca konnte Bonebreak mit dem richtigen Preis bestochen werden.

Aber nein. Cora und Mali und die anderen waren nun seine Familie. Seine Freunde. Er hatte sie einmal im Stich gelassen und spürte immer noch die Schmach seines Verrats, der ihm so deutlich wie die Tätowierungen ins Gesicht geschrieben stand.

Laut stöhnend setzte er sich in seinem Bett auf.

Zumindest Bier vermisste er *wirklich*.

31 Cora

Cora erwachte vom Geräusch einer sich öffnenden Tür. Für einen Moment war sie überrascht, in einem fremden Bett zu liegen, in einem Zimmer, in dem das Licht nie gelöscht wurde. Cassians Schlafzimmer. Mit einem Mal stieg alles wieder in ihr hoch, und ihr Kopf begann zu pochen. Sie fuhr sich mit dem Finger unter die Nase, aber diesmal war dort kein Blut. Doch die schlimmen Erinnerungen blieben.

Ein spitzer Ast. Eine blutende Augenhöhle.

Cora sank zurück auf das Bett, dem immer noch ein Hauch von Cassians Geruch anhaftete sowie schwache Funken des elektrischen Kitzelns, das sie bei seiner Berührung gespürt hatte – oder vielleicht bildete sie es sich auch nur ein. Sie schwang die Beine aus dem Bett und setzte sich auf. Es gab nirgends eine Uhr, die ihr verraten hätte, wie lange sie geschlafen hatte; die salzigen Tränen unter ihren Augen waren getrocknet.

Schritte drangen aus dem Aufenthaltsraum – Cassian war zurück. Cora ging zum Türrahmen und beobachtete, wie er sich bückte und die Stiefel auszog. Er sah so makellos wie immer aus, fast roboterhaft in seiner Perfektion, aber er riss eine Spur zu heftig an den Knoten.

»Hast du dich um den Leichnam gekümmert?«, fragte sie leise.

Er blickte auf, und seine Augen glitten zu seinem schwarzen Hemd, das wie ein Sack um ihren schmalen Körper hing. »Ja.« Er reichte ihr eines von Makaylas Kleidern, dann warf er einen Blick ins Schlafzimmer, wo die Decke zerwühlt auf seinem Bett lag. »Du hast geschlafen?«

»Ein bisschen.« Sie duckte sich zurück ins Schlafzimmer, um das Kleid anzuziehen.

»Gut«, rief er ihr hinterher. »Dein Verstand braucht unbedingt Ruhe nach dem, was du mit Roshian getan hast. Idealerweise würden wir das Training aussetzen, aber die Zeit drängt. Das Prüfungsschiff hat bereits die Grenze des Kindredterritoriums passiert und wird in drei Tagen hier sein.«

Cora kam zurück in den Aufenthaltsraum, wo sie sich die Falten aus dem Kleid strich. »Dann sollten wir uns aufs Gedankenlesen konzentrieren. Das ist die einzige Möglichkeit, wie ich in das Bewusstsein der Tester eintauchen kann. Ich habe selbst ein bisschen geübt und spüre manchmal ein Aufblitzen von Ideen, aber nichts Konkretes.« Als Cassian nichts erwiderte, zupfte sie am Saum ihres Kleids. »Du hast deine Meinung nicht geändert, oder? Du willst uns weiterhin helfen?«

Endlich hatte er es geschafft, die Knoten an seinen Schnürsenkeln zu lösen, und schleuderte seine Stiefel in die Ecke. »Ja.« Erschöpft fuhr er sich mit der Hand übers Gesicht. »Aber gleichzeitig habe ich geschworen, dich zu beschützen. Vor den Delegierten, ja, aber auch vor deinem eigenen Verstand. Es ist vielleicht möglich, bei der Prüfung zu betrügen, doch die Grenzen deines eigenen Körpers kannst du nicht umgehen.« Er ging ins Schlafzimmer. Sie hörte das Geräusch von sich öffnenden Schubladen, Kleidung, die herausgenommen wurde. Gedankenverloren stupste sie mit dem Zeh seinen Stiefel an. Erdklumpen hingen in den Rillen der Sohle. Cora sah unwillkürlich Roshians Leichnam im strahlenden Tageslicht vor sich.

Ihr drehte sich bei dieser Vorstellung fast der Magen um, gerade, als Cassian wieder im Türrahmen erschien, perfekt wie immer. Nach einem Blick in ihr Gesicht sagte er: »Ich habe dir ein Versprechen gegeben, und diesmal werde ich eher sterben, bevor ich es breche. Und jetzt schließ die Augen.«

»Warum?«

»Ich kenne nur die Teile deines Plans, die ich aus Leons Gedankenfetzen herauslesen konnte. Lass mich den Rest in deinem Bewusstsein lesen, damit ich weiß, wie ich dir helfen kann.«

Sie zögerte, immer noch unschlüssig, ob sie ihm wirklich vertrauen sollte, doch dann schloss sie die Augen. Er legte seine Hände auf ihre Schultern. Über dem Brummen der Wandpaneele vernahm sie seinen gleichmäßigen Atem. Und dann begann das vertraute Stochern in ihrem Bewusstsein, das fast einem Kitzeln gleichkam. Sie spürte, wie er sich jeden Teil des Plans bedächtig ansah. Das Finden und Befreien von Anya. Das Erlernen, den Verstand anderer zu kontrollieren, damit Cora vor den Testern stehen und sie wie Marionetten befehligen konnte. Dann Leon und Bonebreak, selbst das Geheimversteck für Nok und Rolf blieb ihm nicht verborgen.

Schließlich ließ er die Hände sinken. Tiefe Sorgenfalten durchzogen sein Gesicht.

»Was ist los?«, fragte sie. »Brauchen wir mehr Training? Noch etwas anderes, das ich lernen muss?«

Er schüttelte den Kopf. »Etwas, das *ich* lernen muss. Wenn ich dir helfen soll, dass du die Prüfung auf deine Art absolvierst, muss ich deine Methodik verstehen.«

Sie blinzelte ihn überrascht an. »Du ... willst lernen, wie man ... betrügt?«

»Es ist der einzige Weg, um dir zu helfen, damit dein Plan funktioniert.«

Zögerlich huschte Coras Blick zur Schlafzimmertür. »Warte einen Moment.« Sie ging zurück in sein Schlafzimmer und holte das Kartenspiel heraus, das sie vorhin in seiner Schublade gefunden hatte, und mischte es auf dem Rückweg mit geschickten Fingern. »Meine Zellengenossin in Bay Pines hat es mir im Laufe der Monate, die wir gemeinsam dort eingesperrt waren, beigebracht. Ich kann dir die Grundlagen erklären. Regel Nummer eins: Du musst vergessen, wobei du betrügen willst, sondern dich allein darauf konzentrieren, *wen* du betrügen willst. Ich kann diese Karten nicht ändern. Aber ich kann *dich* manipulieren. Ich kann in deiner Mimik und Gestik lesen – zumindest wenn du demaskiert bist – und erfahren, was dir wichtig ist, um deine Schwäche auszunutzen.«

Er beugte sich vor. »Und was ist mir wichtig?«

Ihre Wangen wurden heiß. Sie konzentrierte sich auf das Mischen der Spielkarten. »Nehmen wir einmal an, natürlich ganz theoretisch, dass deine besondere Schwäche hübsche Mädchen wären. Dann würde ich beim Mischen mit meinen Haaren spielen, dir ein verführerisches Lächeln zuwerfen, alles daransetzen, dass du nicht zu genau zusiehst, wie ich die Karten austeile. Wenn ich dann ein

Ass unter den Tisch schmuggle, um es später zu spielen, würdest du es nicht bemerken, denn du wärst zu abgelenkt.«

Er starrte zu der Karte in ihrer Hand. »Die Kindred lassen sich nicht von hübschen Mädchen ablenken.«

Träge wickelte sie eine Locke um ihren Finger. »Bist du sicher?« Mit einer geschickten Bewegung verbarg sie das Ass in ihrem Kleid, doch seine Hand packte ihre. »Das ist nicht fair«, hauchte sie. »Ich habe dir im Vorhinein gesagt, was ich vorhabe.«

»Normalerweise kündigt man sein Täuschungsmanöver also nicht an?«

»In der Regel nicht, nein.«

»Um es zusammenzufassen. Schritt eins: Lerne, deinen Gegner abzulenken. Schritt zwei: Überrumple ihn, indem du dir seine Schwäche zunutze machst.« Er rieb mit dem Daumen sanft über ihren und lehnte sich noch näher heran. »Ungefähr so?«

Cora räusperte sich, da ihre Kehle mit einem Mal wie zugeschnürt war. »Ja, ungefähr so.« Sie legte die Karten auf den Tisch. »Erachte das als deine erste Unterrichtsstunde – im Gegenzug brauche ich deine Hilfe. Wir sind auf ein Problem gestoßen bei unserem Versuch, Anya aus dem Tempel zu befreien. Es gibt keinen Bereich hinter der Menagerie.«

Er schüttelte den Kopf. »Ich werde zu genau vom Rat überwacht, um sie persönlich von dort wegzuschaffen.« Er kramte in seiner Tasche, bis er einen temporären Reisepass fand. »Aber wenn du sie nicht durch die Tunnel schaffen kannst, musst du eben einen Plan schmieden, um durch den Haupteingang hineinzukommen.«

Sie steckte den Pass ein, auch wenn es ein Ding der Unmöglichkeit war, ihn im Tempel mit all den Kindredgästen zu benutzen. »Dane stellt ebenfalls ein Problem dar. Er wird nicht sonderlich glücklich sein, dass ich immer noch am Leben bin.«

Cassian dachte einen Moment über ihre Worte nach, dann ging er in den angrenzenden Raum und kehrte mit Danes gelbem Jo-Jo zurück, das sie zuletzt im Savannensand gesehen hatte. »Schritt eins«, sagte er. »Lerne, deinen Gegner abzulenken.«

»Willst du damit andeuten, dass ich ihn täuschen soll?«

»Ich will damit sagen, dass du ihn loswerden musst. Und falls ich allmählich verstehe, wie Menschen denken, wäre es wohl das Beste, ihn in ein Lügengespinst zu verstricken. Vielleicht ein Verbrechen. Etwas, das die Kindred-Wachen zwingt, ihn abzuführen.«

»Du meinst, ihm etwas anhängen.« Sie schlang die Finger um das Jo-Jo und stopfte es zu dem Pass in ihr Kleid. »Das könnte klappen.«

Sobald sie zurück in der Jagd-Menagerie waren, saßen bereits ein Dutzend Kindred in der Lounge und warteten auf ihre Safari, als wäre es ein ganz gewöhnlicher Tag, ohne zu ahnen, dass Cora hier kurz zuvor einen Menschen getötet hatte. Dane stand auf der Bühne und verkündete die eben erjagte Beute. Sein Blick fiel dabei auf Cora. Im gleißenden Licht der Bühne lagen seine Augen ganz im Schatten, doch als er sie sah, hörte sie den Schock in seiner Stimme.

»Ich habe den Leichnam neben dem Akazienbaum auf der anderen Seite des Wasserlochs vergraben«, flüsterte

Cassian. »Bis morgen wird er sich aufgelöst haben. Sobald dieser Prozess beendet ist, werde ich zurückkehren, und wir können mit unserem Training fortfahren. Ich werde dir das Gedankenlesen beibringen. Und du mir das Betrügen.« Er nickte zum Tisch am anderen Ende der Lodge, wo Arrowal mit Fian saß. »Sei auf der Hut. Sie beobachten uns die ganze Zeit.«

Ihre Lippen öffneten sich einen Spalt. Seine metallene Haut, die sich im düsteren Licht der Jagd-Menagerie spiegelte, erinnerte Cora an Noks Legenden aus dem *Ramakien* mit den Göttern und ihrer blauen Haut und der Fähigkeit, die Winde zu kontrollieren. Doch Cassian war kein Gott. Und sie wollte auch nicht, dass er einer war. »Danke.«

Er nickte ihr zu und verschwand, nachdem die Ansprache auf der Bühne beendet war. Es gab ein kurzes Gerangel, als Jenny und Christopher eine betäubte Antilope in den Zellentrakt hinter der Lodge zogen, doch Dane blieb am Mikrofon stehen und beschattete die Augen mit der Hand gegen das helle Scheinwerferlicht.

»Wie ich sehe, bist du zurück, kleiner Singvogel.« Seine Stimme verriet keine Gefühlsregung. »Komm her. Es ist Zeit für deinen Auftritt.«

Cora betrat die Bühne, wobei sie den Drang niederkämpfen musste, ihm das Gesicht zu zerkratzen. Dane feixte, aber unter seiner höhnischen Maske spürte sie Angst. Er hatte sich des Verbrechens schuldig gemacht, gemeinsam mit Roshian Menschen und Tiere zu töten – wenn sie sein Vergehen auch nur mit einer Silbe bei den Kindred-Wachen erwähnte, könnte er sein Leben auf Armstrong vergessen.

»Ich bin überrascht, dich hier zu sehen«, murmelte er,

während er das Publikum anlächelte. »*Lebendig*, meine ich. Entweder hast du Roshian überzeugt, dich gehen zu lassen, oder du hast ihm ein noch besseres Angebot unterbreitet. Ich habe eine angenehme Geschäftsbeziehung mit ihm geführt. Wenn du mir die versaut haben solltest, erschieße ich dich eigenhändig.«

»Nun, du kannst ihn beim nächsten Mal fragen, wenn du ihn siehst, auch wenn ich das Gefühl habe, dass er nicht mehr ganz so oft vorbeischauen wird.«

Dane funkelte sie finster an, während er von der Bühne trat.

Cora blinzelte in das grelle Licht, bis sie Arrowals Silhouette am hintersten Tisch erkannte. Ein bitteres Lächeln lag auf ihren Gesichtszügen, während sie ihr Repertoire an Liedern sang, alte Lieder, die ihr Großvater gemocht hatte, über Falschspieler und Trickbetrüger. In der weiten Tasche ihres Kleids spürte sie das Jo-Jo.

»Man weiß nie, was als Nächstes geschieht«, sang Cora, und dann erstarben die Worte auf ihren Lippen.

Das Jo-Jo hatte sie auf eine Idee gebracht.

In der nächsten Pause schaffte sie es, ungesehen auf die Veranda zu schleichen und Mali zu sich zu winken, die draußen in der Garage arbeitete.

»Hör mal, ich habe nur eine Minute«, sagte Cora und kramte in ihrem Kleid nach Danes Jo-Jo, bevor sie eine Nachricht auf die Rückseite einer Cocktailserviette kritzelte. »Nimm das hier. Bring es Lucky, wenn du das nächste Mal in den Zellentrakt gehst, und richte ihm aus, er soll genau das tun, was auf der Serviette steht. Dann musst du Leon Bescheid geben. Sag ihm, er soll sämtliche Schwänze der toten Tiere aus Roshians Zimmer holen.«

Mali verzog ihren Mund und sah sie verwirrt an. »Ich verstehe nicht ganz.«

Cora lächelte. »Wir setzen Dane außer Gefecht. Heute Abend, bevor er uns noch mehr Ärger bereiten kann.«

Mali blickte zu der Nachricht auf der Serviette und las sie rasch durch, bevor sich ein entschlossenes Lächeln auf ihrem Gesicht ausbreitete.

Den ganzen Nachmittag über sang Cora, als würden die Männer, die sie täuschen wollte, nicht direkt vor ihr sitzen. Dane war der erste Streich. Arrowal würde in Kürze folgen.

»You can run, baby«, sang sie mit einem Seitenblick auf Dane, *»but you can't hide. If you do me wrong, I'll get you before long …«*

Er grinste sie feixend von der Bar aus an, und sie grinste ebenso selbstgefällig zurück. Eine Sekunde später knallte die Tür vom Zellentrakt auf.

Pikas Wangen waren rot gesprenkelt. Ihr Zopf hing ihr zerzaust über der Schulter. Cora kam beim Singen absichtlich ins Stocken, damit sich Dane umdrehte. Die Ratsmitglieder reckten ebenfalls die Köpfe, während sich ein Hauch von Unbehagen in der Lounge breitmachte.

Dane polterte um die Bar herum. »Ich habe dir doch gesagt, du sollst hinten bleiben!«

»Du gemeiner Mistkerl!« Pika stürzte sich auf ihn. »Ich habe sie in deiner Zelle gefunden! Die ganze Keksdose war voll!«

Er wich zurück, als ihre dünnen Arme auf ihn einhämmerten. »Wovon redest du nur? Geh zurück in den Zellentrakt!« Sein nervöser Blick ging zwischen ihr und den

Ratsmitgliedern hin und her, die das Streitgespräch nun aufmerksam beobachteten, alle abgesehen von Fian, der seinen Kopf stattdessen zu Cora umwandte.

Der Haupteingang öffnete sich, als Tessela den Aufruhr hörte. Mit entschlossenem Schritt hastete sie auf Dane und Pika zu.

»Hör mal, ich habe keine Ahnung, wovon ...«, begann Dane, doch Tessela zerrte sie beide in den Zellentrakt, als würden sie überhaupt nichts wiegen. Arrowal schickte sich an aufzustehen, aber Fian legte ihm seine Hand auf die Schulter.

»Bagatellen«, sagte er. »Du weißt, wie Menschen sind.« Fian goss Arrowal einen weiteren Drink ein, während er Cora aus den Augenwinkeln ansah.

Zum Dank nickte sie ihm zu.

»Er ist ein Monster!«, kreischte Pika vom anderen Ende des Korridors, und Cora blieb gerade genug Zeit, um hinter ihnen durch den Türspalt zu huschen. »Es ist widerlich und schrecklich! All die armen, armen kleinen Tiere!« Pika stieß ein schrilles Gejammer aus.

Cora schob sich vorsichtig den Gang hinunter, bis sie in den Zellentrakt spähen konnte. Die Tür zu Danes Käfig stand offen. Mit hochrotem Kopf schritt er nervös auf und ab, während er mit Tessela diskutierte. Lucky hatte einen Arm um Pikas Rücken geschlungen, die wimmernd in sein Hemd schluchzte.

Über ihre Schulter hinweg entdeckte er Cora, und ihre Blicke trafen sich. Hätte sie auch nur für einen kurzen Moment weggesehen, hätte sie sein verstohlenes Lächeln verpasst.

»Ich schwöre, die gehören mir nicht«, stotterte Dane.

»Was sollte ich mit einem Haufen *Schwänze* machen? In der Keksschachtel waren Chips! Jemand muss sie ausgetauscht haben!«

Tessela hob den weißen Stummelschwanz des Hirschs auf und betrachtete ihn eingehend. Dane wollte wieder protestieren, doch sie holte einen Apparat aus ihrer Safariuniform, der an ein Fernglas erinnerte. Mit entschlossener Hand stieß sie ihn Dane in den Arm, der daraufhin bewusstlos zu Boden sackte. »Dieser Junge ist nicht länger Erster Aufpasser«, erklärte Tessela ruhig. »Makayla wird seine Position einnehmen. In Kürze werden Wachen kommen, um ihn für eine Befragung abzuholen. Niemand darf ihn oder die fraglichen Beweismittel berühren.«

»Was geschieht mit ihm?«, wollte Lucky wissen.

»Es ist ein Verbrechen, Schwarzmarktgeschäfte zu tätigen«, erwiderte Tessela. »Da wir nicht an Bestrafung glauben, wird er umgesiedelt werden.«

Umgesiedelt? Wohin würden sie ihn wohl schicken, dachte Cora, in denselben Abfallschacht, in den sie Chicago gesteckt hatten?

Pika schluchzte immer noch in Luckys Hemd, während sie Danes Jo-Jo an die Brust gepresst hatte, dessen Schnur schlaff herabhing. »Ich wollte die Schwänze überhaupt nicht finden«, schniefte sie. »Er hat sein Jo-Jo auf dem Bett vergessen. Es lag einfach so da. Normalerweise passiert ihm das nie. Ich wollte nur ein bisschen damit spielen, aber das Schnurende hatte sich in der Blechdose verheddert, und ich habe sie gefunden ... igitt!«

Lucky tätschelte Pika den Rücken, als wäre er nicht derjenige, der das Jo-Jo genau dort platziert hatte. Dann löste er sich von ihr und stellte sich neben Cora. »Hör mal, Leon ist vor der Tür zum Abfallschacht«, flüsterte er. »Er will mit dir reden. Er meint, es wäre dringend.«

Cora blickte zu Danes bewusstlosem Körper. Sie war stark versucht, ihn eigenhändig in den Abfallschacht zu befördern, damit ihm dasselbe Schicksal wie Chicago widerfuhr.

Aber nein.

Was auch immer die Kindred mit ihm vorhatten, würde sicher viel unangenehmer werden.

32 Cora

»Du sollst doch erst kommen, wenn die Lichter aus sind«, flüsterte Cora durch die Schlitze in der Tür des Abfallschachts. »Jeder hätte dich hören können.«

»Du machst dir zu viele Gedanken.« Leon schob die Tür auf und schnupperte in die Luft. »Sag mal, du hast nicht noch ein paar von diesen Käsedingern, oder?«

»Wir haben selbst kaum genug zum Überleben.« Aus dem Zellentrakt schallte lauter Tumult zu ihnen herüber, und Cora ging fluchend in die Hocke. »Rutsch rüber. Lass mich rein.«

Sie kletterte in den Schacht und keuchte erschrocken auf, als sie Leon sah. Dunkle, aufgeplatzte Blutergüsse bedeckten seine untätowierte Gesichtshälfte, kaum sichtbar im düsteren Flackern des blauen Lichts.

»Was ist passiert?«

»Nichts, worüber du dir Gedanken machen müsstest. Ein kleines Gerangel unter Freunden.«

»Hat Bonebreak dir das angetan? Ich dachte, wir könnten ihm vertrauen.«

»Mach dir keinen Kopf. Ich klatsch einfach eine Schicht Make-up drauf und sehe wie neu aus.« Er machte eine wegwerfende Handbewegung, doch er schwitzte vor Anstrengung. »Ist auch egal, hör mal. Ich habe große Neuigkeiten. Bonebreak hat ein Raumschiff.«

»*Was?*«

»Ich habe es zufällig entdeckt. Er würde mir jeden Knochen im Leib brechen, wenn er herausfindet, dass ich es dir erzählt habe, aber ich kann einfach kein Geheimnis für mich behalten, vor allem ein so großes.«

Vor Schreck sank Cora gegen die Wand des Abfallschachts. »Du meinst, wir könnten nach Hause fahren?«

Er stieß ein Schnauben aus. »Ich habe nichts davon gesagt, dass er uns mitnehmen würde. Ich habe bloß gesagt, dass er ein Raumschiff hat.«

»Aber er ist Geschäftsmann.«

»Dann übernimmst *du* die Verhandlungen.«

Cora verdrehte die Augen, doch ihr schwirrte der Kopf von all den vielen ungeahnten Möglichkeiten. Könnten sie wirklich nach Hause reisen, sobald die Prüfung vorüber war? Angenommen, sie würde sie bestehen, dann wäre die Menschheit frei. Keine Käfige mehr, keine Regeln. Sie könnten nach Hause fliegen, und niemand dürfte sie zurückhalten.

»Ich will alles wissen, was du über dieses Raumschiff in Erfahrung bringen kannst, ohne dabei umgebracht zu werden.« Schritte hallten vor dem Gitterrost, und sie verstummte. »Hör mal«, flüsterte sie. »Die Prüfung rückt immer näher. Wir können nicht länger damit warten, Anya zu holen.«

»Aber das haben wir doch schon besprochen«, wisperte Leon. »Im Tempel gibt es keinen hinteren Bereich.«

»Cassian hat mir einen temporären Reisepass gegeben, wir können also durch den Haupteingang hineinspazieren. Ich weiß zwar nicht, wie wir es schaffen wollen, von keinem Kindred gesehen zu werden …« Unvermittelt legte sie den Kopf schief. »Warte mal, was hast du vorhin wegen deiner Blutergüsse gesagt? Etwas in Bezug auf Make-up.«

»Das war nur ein Witz, Kleine.«

»Nein!« Sie setzte sich so rasch auf, dass sie sich fast den Kopf an der Tunneldecke gestoßen hätte. »Das ist es. Nur Kindred können in die Tempel-Menagerie, nicht wahr? Denk doch an Roshian, der es geschafft hat, als Kindred durchzugehen. Das Gewichtheben. Seine Statur. Und du bist sogar noch größer als er.«

Leon blickte auf seine Brust und spannte die Muskeln an.

»Wir holen das Verkleidungsset aus Roshians Quartier«, sprudelte es aus ihr heraus. »Es wäre ein Kinderspiel, dich wie einen von ihnen aussehen zu lassen. Du könntest einfach dort hineinspazieren und Anya rausholen.«

Leon starrte sie an, als wäre sie verrückt geworden. »Die Animateurin wird meine Gedanken lesen und sofort wissen, dass ich nicht echt bin.«

»Dann machen wir es eben nach Feierabend«, sagte Cora. »Die Animateurin wird nach Hause gegangen sein. Außer der Wache, die für sämtliche Menagerien zuständig ist, wird niemand da sein. Du hältst ihm den Reisepass unter die Nase, und er wird keine Fragen stellen. Dein Besuch wird zwar eingeloggt werden, aber sobald jemand die Liste überprüft, sind wir längst über alle Berge.«

Leon kratzte sich am Hinterkopf. »Was ist mit diesen magischen Türen?«

Cora dachte nach. An seinen Worten war etwas dran. Es wäre komisch, wenn er sich einer Tür näherte und sich diese nicht automatisch öffnete. »Ich werde mitkommen«, sagte sie schließlich. »Wir werden so tun, als wäre ich noch ein Mensch, den du zu einer Untersuchung bringen musst. Ich kann die Tür für dich öffnen, dann merkt niemand, dass du es nicht selbst getan hast.«

Leon murmelte leise das Wort Make-up vor sich hin, griff dann in den Hosenbund an seinem Rücken und zog eine Pistole heraus. »Nun, zumindest haben wir die hier.«

Beim Anblick der Waffe zuckte Cora zusammen. »O mein Gott!«

»Entspann dich. Die funktioniert nur bei Kindred. Mali hat sie von Roshians Leichnam stibitzt, nachdem er versucht hat, dich umzubringen. Aber sie kann uns trotzdem noch von Nutzen sein, wenn auch nur zur Schau. Mein Dad hat auf der Erde neunzehn bewaffnete Raubüberfälle verübt und kein einziges Mal abgedrückt. Leute flippen schon aus, wenn man mit einer Waffe vor ihrem Gesicht herumfuchtelt.«

Cora dachte kurz nach. »Vermutlich müssen wir jeden Vorteil nutzen, der sich uns bietet. Ich komme heute Abend zurück.«

Er salutierte mit der Waffe.

Als Cora aus dem Abfallschacht kletterte, sah sie zwei Füße davorstehen. Ihr Herz raste, bis ihre Augen nach oben zu einem Gesicht glitten, das von zerwühlten dunklen Haaren umrahmt war.

»Lucky«, hauchte sie atemlos. »Ich hatte schon Angst, du wärst jemand anderes.«

Er ging in die Hocke. »Du musst vorsichtiger sein.«

»Ich weiß. Leon ist ein schlechter Einfluss.« Sie erzählte ihm von ihrem Plan, und er rieb sich mit der Hand übers Kinn.

»Denkst du wirklich, dass Leon es durchziehen wird?«, fragte Lucky.

»Er ist unsere einzige Chance.«

»Dann werde ich dich begleiten. Und Mali auch.« Lucky senkte die Stimme, obwohl sie allein waren. »Ich traue ihm immer noch nicht über den Weg.«

»Er hat mir etwas erzählt, das vielleicht deine Meinung über ihn ändern wird.« Sie warf einen Blick zur Tür, nur für den Fall, dass jemand sie belauschte. Mit gedämpfter Stimme berichtete sie Lucky von dem Raumschiff, was es bedeuten und wohin es sie bringen könnte. Doch seine Augen blitzten nicht ebenso hell auf, wie es ihre getan hatten.

»Was ist los?«, flüsterte sie. »Ich dachte, das wäre unser aller Traum.«

»Was ist mit der Prüfung?«, fragte er. »Um die Intelligenz der Menschheit zu beweisen?«

»Daran hat sich nichts geändert.« Sie fuhr sich über den Nasenrücken, verwundert, wie diese Unterhaltung so aus dem Ruder laufen konnte. »Ich sage doch bloß, dass, nachdem die Prüfung vorbei ist und sämtliche Menschen die Freiheit erlangt haben, uns alle Wege offenstehen. Die Kindred können uns dann nicht mehr aufhalten, nach Hause zu fahren, und jetzt haben wir womöglich noch ein Transportmittel.«

Seine Augen blieben düster. »Was ist mit Pika und Makayla und allen anderen? Können sie mit uns zurückkehren?«

Sie blinzelte. »Ich weiß nicht, wie groß das Raumschiff ist …«

»Und was ist mit den anderen Menschen in den anderen

Menagerien? Es sind Hunderte. Vielleicht sogar noch mehr. Und es gibt weitere Raumstationen.«

»Ich verstehe, worauf du hinauswillst.« Sie versuchte, die Anspannung aus ihrer Stimme zu verbannen. »Aber ich habe nie gesagt, dass ich alle nach Hause bringen kann. Reicht es denn nicht, sie zu befreien?«

Angesichts ihrer offenkundigen Verzweiflung wurden seine Gesichtszüge weicher. »Ich will dir nicht auf die Nerven gehen. Was du tust, verlangt viel Mut. Aber als du dich entschieden hast, zur Prüfung anzutreten, hast du dich entschieden, dich für die Menschheit einzusetzen. Diese Verpflichtung endet nicht automatisch, sobald der letzte Test bestanden ist. Du kannst das System nicht auf den Kopf stellen und dann abhauen, damit die anderen die Scherben hinter dir wegräumen.«

Sie wusste nicht, was sie erwidern sollte, weshalb sie aufgebracht auf und ab schritt und krampfhaft versuchte, seine Worte zu verarbeiten.

»Ich weiß, meine Worte sind hart«, fuhr er fort. »Ich habe auch ein Versprechen gegeben, nämlich, dass ich mich um die Tiere kümmern werde. Sosehr ich mein Zuhause vermisse, kann ich dieses Versprechen nicht brechen, nur weil ich in meinem Bett schlafen oder eine echte Pizza essen will.«

»Ein Zuhause ist mehr als das«, erwiderte sie gereizt. »Und das weißt du ganz genau.«

»Das stimmt … wir haben alles auf der Erde. Familie. Freunde. Aber gleichzeitig fehlt dort etwas.«

»Und das wäre?«

Er hielt inne. »Etwas, wofür es sich zu kämpfen lohnt.«

Cora richtete den Blick zu Boden, und ihr wurde für

einen Moment schwindelig. Luckys Gesicht wurde sanfter. »Hör mal, ich wollte dich nicht …«

»Haben wir nicht genug durchgemacht?«, fiel sie ihm ins Wort. »Cassian hat uns ausgesucht, weil wir alle auf der Erde Außenseiter waren. Unsere Leben waren verpfuscht. Der Tod deiner Mutter. Meine Zeit im Jugendknast. Nok, die in dieser Londoner Agentur gefangen war, Leons Familie im Gefängnis und die überhöhten Erwartungen und der Druck von Rolfs Eltern. Und was bekommen wir für all unser Leiden – eine lebenslange Haftstrafe in diesem Käfig!«

Ihr wurde schlagartig bewusst, dass sie schrie, und sie senkte sogleich die Stimme. »Du kannst nicht erwarten, dass wir noch mehr opfern. Wir brauchen das. Nachdem wir die Prüfung bestanden haben, bietet sich uns die Chance, nach Hause zu fahren und unser Leben endlich in die Hand zu nehmen, damit es etwas weniger verpfuscht ist.«

Warme Tränen hatten sich in ihren Wimpern verfangen. Mit zitternden Händen wischte Cora sie grob weg. Luckys Miene war undurchdringlich, nur in seinen Augen konnte sie lesen, was in ihm vorging.

»Ich will hier nicht bleiben, Lucky.« Ihre Stimme versagte.

Er zog sie in seine Arme. Cora schmiegte das Gesicht an seine Brust, überrascht, wie schnell sein Herz schlug. »Ich weiß«, flüsterte er. »Wir werden sehen, wie es nach der Prüfung weitergeht. Wir werden sehen, wie viel Chaos entsteht und wie die Menschen mit ihrer Freiheit umzugehen wissen. Ich würde dir niemals die Möglichkeit verwehren, nach Hause zu fahren, wenn das wirklich dein Wunsch ist, und ich würde das auch von niemand anderem erwarten. Aber nur, damit du es weißt …« Er wich zurück, um ihr fest ins Gesicht zu sehen. »Ich bleibe.«

Überrascht zuckte sie zusammen. »Lucky, sei vernünftig!«

»Ich meine es ernst. Die Arbeit hier mit den Tieren hat mir gezeigt, wer ich einmal war. In unserem früheren Käfig bin ich verrückt geworden, das weiß ich, aber ich bin längst nicht mehr dieser Mensch. Ich habe Verantwortung für diese Tiere übernommen. Das mag nicht viel erscheinen, wo du es dir zur Aufgabe gemacht hast, unsere gesamte Spezies zu befreien, aber das sind Dutzende Lebewesen, die mich brauchen. Ich kann nicht einfach die Augen davor verschließen. Und das will ich auch gar nicht. Ich bleibe dort, wo wir gebraucht werden, ob du die Prüfung nun bestehst oder nicht.«

Cora gingen so viele Dinge gleichzeitig durch den Kopf, die sie ihm sagen wollte, und doch brachte sie keinen Ton heraus. Den restlichen Tag über dachte sie über seine Worte nach, während sie abwesend Lieder sang und die anderen ihrer Arbeit nachgingen, nun etwas vergnügter, da Dane fort war. Christopher und Mali bekamen sich ausnahmsweise nicht in die Haare. Als Dankeschön träufelte Shoukry Cora etwas Zucker und Zitrone in ihr Wasser. Makayla sprang sogar auf die Bühne und sang ein Duett mit ihr, obwohl ihre Stimme schrecklich klang.

Doch die ganze Zeit über konnte Cora Luckys Worte nicht abschütteln.

Wo wir gebraucht werden.

Cora versuchte immer noch, das Gespräch mit Lucky aus dem Kopf zu bekommen, als es am Abend Zeit für ihr Treffen mit Leon war. Der Großteil der Tiere war längst eingeschlafen, ebenso wie die Menschen. Cora konzentrierte sich darauf, ihre Käfigtür zu öffnen, während sie den stetig zunehmenden Schmerz und die Bilder von Roshian, der sich im Todeskampf quälte, ignorierte.

Sie öffnete nun auch Luckys und Malis Zellen. Blut tropfte ihr aus der Nase, doch sie wischte es rasch weg in der Hoffnung, die anderen würden es nicht bemerken. Zu dritt huschten sie auf Zehenspitzen in den Duschraum, bevor sie zweimal an die Tür zum Abfallschacht klopften.

Augenblicklich stemmte Leon die Luke auf. »Das hat aber lang gedauert.«

Sie kletterten in den Schacht und krochen hintereinander durch das Labyrinth aus Tunneln, in dem sich allein Leon auskannte, bis sie Roshians Unterkunft erreichten. Sein Zimmer ähnelte dem von Cassian, war fast identisch mit seinem, sodass Coras Gedanken, leicht berauscht, zum gestrigen Abend glitten. Sie hatte Cassian ihr Wort gegeben, ihm zu verzeihen, wenn er ihr im Gegenzug half. Ein Teil von ihr fragte sich, ob dies womöglich der Grund war, warum sie unbedingt in dieses Raumschiff wollte. Nicht nur, um zur Erde zurückzukehren – sondern um ein Versprechen nicht einlösen zu müssen, das sie gegeben hatte.

Leon schob das Sichtfenster auf, und ein verborgenes Zimmer kam zum Vorschein. Es roch muffig, wie altes Papier. Als er die Lampe anschaltete, sah Cora mehrere Bücherstapel, Artefakte von der Erde und einen Frisiertisch. Leon holte eine Tasche und ließ sie auf den Tisch fallen. »Hier ist das Zeug.«

Lucky kramte in der Tasche und zog eine Uniform heraus.

Cora begutachtete die anderen Gegenstände. Schwarze Kontaktlinsen. Eine Tube mit einer funkelnden Substanz, die aus mikroskopisch kleinen Metallstückchen bestand. Papiere und Dokumente, die Roshian als Kindred auswiesen, zusammen mit Notizen, die er in akribischer Kleinarbeit über ihre Sprechweise und Eigenarten angefertigt hatte. Sie reichte Leon die Kontaktlinsen.

»Setz sie ein. Sie müssen deine gesamten Augen bedecken, nicht nur die Iris.«

Es war eine harte schwarze Schale von der Größe eines halben Golfballs. Leon stöhnte, als er sein Lid nach oben zog und sich die Kontaktlinse mit ungeübter Hand ins Auge stecken wollte.

Lucky seufzte. »Lass mich mal. Mein Großvater war Kontaktlinsenträger und hat ständig meine Hilfe gebraucht.« Er zupfte an Leons Lid und versuchte, den besten Weg zu finden, die Linse einzusetzen, und nach einigem Ausprobieren und unter lautem Fluchen von Leon schaffte er es, sie von oben über sein Auge zu schieben.

Leon blinzelte mit seinem einen schwarzen Auge.

»Kannst du sehen?«, fragte Lucky.

»Ja. Wie durch eine Sonnenbrille.«

Er stöhnte wieder, als Lucky ihm die andere Kontaktlinse einsetzte. Als sie es endlich geschafft hatten, konnte er nicht mehr aufhören zu blinzeln und zu zwinkern und neigte den Kopf schräg, um aus den Augenwinkeln zu spähen.

»Die Kindred blinzeln nicht so heftig«, sagte Cora. »Du musst üben, keine Gefühle zu zeigen.«

»Dann versuch *du* mal, dir die in die Augen zu klatschen und nicht zu blinzeln.«

Cora ignorierte seine Worte und drückte auf die Tube mit dem metallenen Make-up. Ein dicker Klecks landete auf ihrem Finger. »Ich verstehe nicht, wie diese Paste funktioniert.«

Mali nahm sie ihr aus der Hand. »Es ist Axion-Technologie. Sie benutzen etwas Ähnliches zum Baden, aber ihre ist weiß. Die Creme legt sich auf den Körper und zieht Staub und Schmutz wie ein Magnet an. Jemand hat die hier verändert, damit sie länger hält, und kleine Metallstückchen eingearbeitet, um Kindredhaut nachzuahmen.

»In Roshians Unterlagen steht, dass er auf der Erde Chemie studiert hat«, sagte Cora. »Vielleicht war er das selbst.«

Leon riss Cora die Creme aus der Hand und klatschte sich etwas auf die nackten Arme. Anfangs passierte nichts. Doch dann schien sie langsam in seine Haut einzuziehen und verteilte sich wie geschmolzene Butter darauf, bis erst sein Bizeps kupfern schimmerte, dann sein Unterarm, dann seine Schulter. Sobald er fertig war, beäugte Cora ihn eindringlich. Würde Leon keine zerknitterte Kleidung tragen, könnte genauso gut Roshian oder irgendein anderer Kindred vor ihr sitzen.

»Wie fühlt es sich an?«, fragte Lucky.

Leon zuckte mit den Schultern. »Als würde ich wie ein funkelnder Idiot aussehen.«

»Nein, es ist gut«, sagte Cora. »Es ist unglaublich. Die Creme überdeckt deine Tätowierungen und selbst die blauen Flecken.«

Mali warf ihm die Uniform in den Schoß. »Zieh die an!«

Leon gehorchte und knöpfte sein Hemd auf.

»Die Creme scheint nicht abzugehen«, sagte Cora, während sie einen Klecks zwischen den Fingern verrieb, »aber ich glaube, dass sie mit genügend Kraft weggekratzt werden kann. Als ich mit Roshian gekämpft habe, hatte ich einen Teil der Metallpaste unter den Nägeln. Geh also jedem Kampf aus dem Weg. Und denk dran, wie steif und ernst sie gehen. Tu einfach so, als wärst du in der Kirche ...«

Leon starrte sie ungläubig an. »Äh ...«

»Wie du *glaubst*, dass sich Menschen in einer Kirche benehmen«, erläuterte sie. »Ich werde die ganze Zeit bei dir sein. Und falls tatsächlich doch noch Gäste im Tempel sein sollten, werden sie demaskiert und mit sich selbst beschäftigt sein. Und hier.« Sie zog die Waffe, die Mali in den Holster seiner Uniform gesteckt hatte. »Selbst wenn es nur zur Schau ist.«

Leon musterte sich im Spiegel. »Das ist eine echt blöde Idee, das weißt du, oder?«

Cora tätschelte ihm die Schulter. »Lass uns gehen.«

Leon stand auf und versuchte, wie ein Roboter zu gehen. Die Verwandlung war unglaublich, das musste selbst Cora zugeben. Körperlich gesehen stand Leon den Kindred in nichts nach, und die schimmernde Creme und die schwarzen Kontaktlinsen vervollständigten das Bild. Es war geradezu verstörend, einen Kindred mit dem Gesicht eines ihrer Freunde zu sehen. Doch dann spuckte Leon auf den Boden, und plötzlich war er wieder ganz er selbst.

Lucky reichte ihm eine Wiederbelebungskapsel. »Anya wird wahrscheinlich unter Drogen gesetzt sein. Du brauchst die hier, um sie aufzuwecken. Mali und ich machen uns jetzt zurück auf den Weg zur Jagd-Menagerie.

Wir sehen uns dann morgen, vorausgesetzt, dass alles glattläuft. Viel Glück.«

»Da gibt es noch etwas«, sagte Mali mit einem Blick auf die Kapsel. »In ihrem benebelten Zustand wird dich Anya höchstwahrscheinlich nicht als Mensch erkennen. Kraft ihrer Gedanken hat sie versucht, jeden ihrer Besitzer zu ermorden. Wenn du sie aufweckst, wird sie wohl auch in dein Bewusstsein vordringen und dich töten wollen.«

Leon und Cora starrten sie beide an.

»Ich dachte, das solltest du wissen«, fügte Mali leise hinzu.

»Danke«, erwiderte Leon. »Wie aufmunternd!«

33 *Lucky*

Wieder zurück in seiner Zelle konnte Lucky nicht schlafen.

Ihm schossen alle möglichen Gedanken durch den Kopf. Seine Sorge, dass Cora und Leon geschnappt würden, war angesichts von Leons Erfolgsbilanz nicht gerade übertrieben. Dazu die Sorge, dass Anya beim Fluchtversuch sterben und ihr gesamter Plan scheitern würde. Und schließlich, dass sie Nok und Rolf nicht befreien könnten. Noch schwerer aber wog seine Angst, dass er mit dem Kuss alles vermasselt hatte.

Er fluchte leise. Dieser Kuss war ein Fehler gewesen. Er hätte Cora sofort von sich wegschieben müssen. Hatte er denn überhaupt nichts dazugelernt? Cora war Cassian geradezu verfallen, trotz ihrer gegenteiligen Beteuerungen, und das würde sich auch nie ändern. Wie genau sollte er mit einem Kerl konkurrieren, der eine Mischung aus einem Unterwäschemodel und Superhelden war? Und obwohl er Cora versichert hatte, dass er nicht mehr derselbe Mensch war, der im Käfig verrückt geworden war, traute er sich manchmal selbst nicht. Die Erinnerung an diese schreckliche Nacht war immer noch zu frisch in seinem Gedächtnis, als er Cora die Treppe hoch in ihr Schlafzimmer geschleppt, ihr langsam das Kleid ausgezogen und die ganze Zeit über gedacht hatte, dass das, was sie taten, richtig war.

Richtig. Nun, den Fehler, sie zu küssen, würde er nicht noch einmal begehen, selbst wenn er an nichts anderes als ihre weichen Lippen denken konnte.

Lautlos wühlte er durch seine wenigen Habseligkeiten, bis er das Notizbuch fand, das Dane ihm geschenkt hatte; wahllos blätterte er darin herum. Die meisten Seiten waren mit seinen Ängsten gefüllt. Es half ihm, sie zu Papier zu bringen, Nacht für Nacht, wenn er nicht schlafen konnte.

Seine Augen glitten über seinen letzten Eintrag, den er zwei Tage zuvor verfasst hatte:

Wir haben heute eine verletzte Antilope gesund gepflegt. Jenny und Christopher haben sie mittags hereingebracht; sie hatte eine Kugel in der Schulter. Das Tier hat stark gezittert, seine Augen sind in panischer Angst hin und her gehuscht. Es ist ein neues Tier – ich hatte es bisher noch nie gesehen. Pika sagte, wir sollten es Sonnenblume nennen, denn als Jenny es zum ersten Mal aus seinem Käfig gelassen hat, neigte es in der Sonne den Kopf zur Seite und lächelte ein wenig, behauptete Pika. Ich habe Pika erklärt, dass Antilopen nicht lächeln. Pika meinte, Sonnenblume schon.

Anschließend blätterte er zum Anfang. Als Dane ihm das Notizbuch geschenkt hatte, war ihm sofort aufgefallen, dass ein paar Seiten herausgerissen waren, aber er hatte keinen weiteren Gedanken darauf verwendet. Alles in der Jagd-Menagerie war auf die eine oder andere Art nicht mehr intakt. Aber heute Morgen, als sie Dane die Falle gestellt hatten, hatte er die fehlenden Seiten in der Keksdose gefunden, zwischen mehreren Einstecktüchern versteckt.

Jetzt strich er die Blätter glatt und drehte sie ins blasse Licht der nächsten Wandfuge, um sie noch einmal zu lesen.

Codes zur Automatikabschaltung, hatte Dane geschrieben. *Bei Tiernotfällen.*

Lucky überflog die Liste an Codes und Anweisungen. Die Kindred hatten Dane als Aufpasser der Jagd-Menagerie Schlüssel und Überwachungsaufgaben übertragen. *Der Mächtigste unter den Machtlosen*, hatte Lucky ihn einmal aufgezogen, worauf Dane arrogant geantwortet hatte: *Nicht machtlos. Ganz im Gegenteil.*

Allem Anschein nach hatte er von Waffen gesprochen.

Echten Gewehren mit scharfer Munition, die Dane im Fall eines wild gewordenen Tiers einsetzen durfte. Wie es schien, waren die Gewehre in einem verborgenen Wandpaneel im Untersuchungszimmer versteckt, und der zugehörige Code war auf diesen Seiten zu finden. Keine Buchstaben oder Zahlen, sondern ein bestimmtes Muster, das man offenbar auf der Wand nachfahren musste, um das Versteck zu öffnen.

Lucky zeichnete das Symbol auf den staubigen Boden seiner Zelle, bis er es sich eingeprägt hatte. Dann kroch er zur Tür – er hatte sie einen Spalt offen gelassen, als er mit Mali zurückgekommen war –, schloss die Augen und lauschte. Ein paar der Jugendlichen schnarchten. Eines der Tiere jagte im Schlaf vermutlich Kaninchen, seine Läufe zuckten. Behutsam schob Lucky die Tür auf, das Gesicht zu einer Grimasse verzogen für den Fall, dass die Angeln quietschten, doch das taten sie nie.

Er trat aus seiner Zelle. Die Uhr über der Tür zeigte an, dass die Nacht bereits zu drei Vierteln vorüber war – Cora und Leon mussten sich beeilen. Das blaue Licht der Lampen warf einen kalten Schimmer über den Zellenraum. Lucky schlich am Käfig des Fuchses vorbei, der neugierig den Kopf hob. Mit einem Lächeln legte Lucky einen Finger an die Lippen und ging einen weiteren Schritt, stolperte jedoch über ein Kartenspiel.

Die Karten schlitterten über den Boden und Lucky erstarrte, einen Fuß in der Luft. Jemand in der oberen Etage der Käfige murmelte etwas im Schlaf. War das Jenny? Blut rauschte in seinen Ohren …

»Wir sind nicht doof«, sagte auf einmal eine Stimme.

Lucky blickte zu Shoukrys Zelle. Das Gesicht des Jungen zeichnete sich bedrohlich zwischen den Gitterstäben ab, und Lucky stockte der Atem. Er könnte behaupten, dass sein Türschloss kaputt war … oder …

»Keine Sorge.« Eine andere Stimme, aus der entgegengesetzten Richtung. Lucky drehte sich um und erkannte Makayla, die aus ihrer eigenen Zelle hinausblickte. »Wir haben es Tessela bisher nicht verraten«, sagte sie. »Und das werden wir auch jetzt nicht tun.«

Ein Schnarchen drang aus Pikas Zelle. Zumindest sie schlief.

»Ihr wusstet die ganze Zeit über, dass wir unsere Zellen verlassen können?«, flüsterte Lucky.

»Makayla und ich haben es sofort bemerkt«, sagte Shoukry. »Jenny und Christopher wissen es auch. Es war keine große Überraschung … seit einer Weile geht das Gerücht um, dass es jemanden unter uns gibt, der wie die Kindred paranormale Fähigkeiten hat. Wer von euch ist es, du oder Cora?«

Lucky zögerte, verunsichert, ob er ihnen trauen konnte.

»Das hatte ich mir schon gedacht«, sagte Shoukry. »Cora also.«

»Dane wusste es nicht«, erklärte Makayla. »Dafür haben wir gesorgt. Ein paar Tropfen von der Anti-Wiederbelebungskapsel in sein Abendessen und schon hat er tief und fest geschlummert. Es gibt Vorteile, fürs Essen verantwortlich zu sein.« Sie grinste. »Wir wissen auch von eurem Freund im Abfallschacht. Er atmet viel zu laut.«

Mist. Lucky hatte *gewusst*, dass Leon nichts als Ärger bedeutete.

»Was auch immer du, Cora und Mali plant«, fragte Makayla, »wird uns das von hier wegbringen, vielleicht sogar nach Hause?«

Lucky starrte in Richtung des Abfallschachts. »Das hoffen wir. Auch wenn es ziemlich aussichtslos ist. Aber wenn Cora es schaffen sollte ...«

»Sag lieber nichts«, fiel ihm Shoukry ins Wort. »Je weniger wir wissen, desto besser. Die Kindred haben Mittel und Wege, dir Informationen zu entlocken, die Schläuche und große Schmerzen beinhalten. Aber egal, was ihr vorhabt, gebt nicht auf. Ich werde so viel von eurer Arbeit übernehmen wie möglich.«

»Ich ebenfalls«, flüsterte Makayla.

»Und ich auch«, sagte eine weitere Stimme, wahrscheinlich Jenny. »Und auf Christopher könnt ihr auch zählen.«

Lucky blinzelte in die Dunkelheit. Er hatte Cora erklärt, dass sie die anderen nicht einfach zurücklassen durften, und jetzt war er sich sicher. Die ganze Zeit über hatten sie ihr Geheimnis gehütet. Ihm fehlten die Worte, um ihnen zu sagen, wie viel ihr Vertrauen ihm bedeutete, weshalb er ihnen zum Dank tief gerührt zunickte.

Nun, da er wusste, dass die anderen auf seiner Seite waren, setzte er sich eilig wieder in Bewegung. Er kam an Coras leerer Zelle vorbei, und dann war er auch schon im Gang. Im Grunde musste er nicht mehr darauf achten, leise zu sein, doch die tickende Uhr an der Wand rief ihm schmerzhaft ins Gedächtnis, wie wenig Zeit ihm noch blieb.

In diesem Teil des Zellentrakts gab es noch weniger Licht, sodass er die Umrisse des Untersuchungsraums kaum ausmachen konnte. Mit ausgestreckten Armen tappte er durchs Zimmer, bis er den Versorgungsschrank fand. Dann schob er ihn beiseite und suchte mit den Fingern nach den Ritzen des geheimen Wandpaneels. Als er glaubte, das Versteck gefunden zu haben, fuhr er das Symbol aus Danes Anweisung nach.

Im nächsten Moment piepste es. Das Wandpaneel öfnete sich mit einem Klicken.

Dahinter befand sich eine Schublade. Mit angehaltenem Atem griff Lucky hinein. Seine Finger berührten etwas Kaltes, Metallisches. Ein Gewehr. Er zählte noch zehn kleinere und mindestens drei größere Waffen, denn die Schublade reichte tief in die Wand. Lucky holte eine der kleineren Pistolen heraus, die schwerer war, als er erwartet hätte. Oder vielleicht war es nur die Last seiner Schuldgefühle, Cora nichts von seiner Entdeckung erzählt zu haben. Aber Cora war unberechenbar, genau wie Mali und Leon. Die Kindredpistole, die Mali gestohlen hatte, war nur eine Attrappe, was insgeheim eine Erleichterung gewesen war. Sollten Cora, Mali und Leon Schusswaffen in die Hände bekommen, würde es kein gutes Ende nehmen.

Er wog die Waffe vorsichtig in der Hand und nahm einen

tiefen Atemzug. Er hatte nicht die Absicht, das Gewehr gegen Kindred oder Menschen einzusetzen, doch der Gedanke an jenen Tag, als er das Zebra geheilt hatte, das ihn an das kranke Pferd auf der Farm seines Großvaters erinnert hatte, ging ihm nicht mehr aus dem Kopf.

Manchmal reicht es nicht, einfach nur zu überleben, hatte sein Großvater gesagt.

Hastig legte Lucky die Waffe zurück und schloss das Wandpaneel. Damals hatte er das Töten der verwundeten Tiere als eine grausame Art der Güte empfunden. Eine, die es, wenn möglich, unter allen Umständen zu vermeiden galt. Hoffentlich fände er einen anderen Weg, um sie zu retten. Wenn Cora die Prüfung tatsächlich schaffte, stünden ihm womöglich mehr Rechte zu, und er könnte die Tiere aus den Menagerien befreien und anständig für sie sorgen. Doch falls der schlimmste Fall eintrat, würde er lieber eigenhändig jedes einzelne Tier von seinen Leiden erlösen, als dass sie gezwungen wären, weiterhin diesen kranken Kreislauf des Schmerzes zu durchleben. Was die anderen Jugendlichen betraf, nun ja, so müsste jeder von ihnen selbst entscheiden. Wenn es hart auf hart käme oder wenn sich jemand schwer verletzte ... wäre ein rasches und schmerzloses Ende auch für sie gut.

Er tastete sich durch die Dunkelheit zur Tür, dann war er auch schon wieder zurück im Zellenblock – jetzt mit schnelleren Schritten und einem Blick zur Uhr – und schlüpfte in seinen Käfig, wo er die Tür ins Schloss zog. Die Lichtschranke schaltete sich mit einem leisen Klicken ein und warf einen düsteren Schimmer über die zerknitterten Seiten in seiner Hand. Er legte sie zurück ins Tagebuch und sank zu Boden.

Irgendjemand schnarchte immer noch, aber Lucky wusste, dass es wahrscheinlich nur gespielt war. All die Nächte, in denen er nicht hatte schlafen können, hatten die anderen wahrscheinlich auch wach gelegen.

Er blickte zwischen dem Gang und der Uhr hin und her.

Cora hatte nicht mehr viel Zeit.

Der Fuchs stupste wieder mit dem Kopf gegen die Gitterstäbe. Lucky streichelte ihn etwas unsanft, doch das Tier schien sich nicht daran zu stören oder auch nur zu merken, wie sehr er sich in diesem Moment selbst für das hasste, was er ihm möglicherweise irgendwann antun müsste.

Sein Verstand raste, und er wusste, dass er keinen Schlaf finden würde. Er schnappte sich das Tagebuch und den Bleistiftstummel, um sich die düsteren Gedanken von der Seele zu schreiben.

Die anderen kennen unser Geheimnis. Die ganze Zeit über haben sie es gehütet ...

Sein Bleistift erstarrte in der Luft, als sein Blick im fahlen Licht auf die Tätowierungen an seiner Hand fiel, die Markierungen, die ihn als einen Menschen kennzeichneten, der allein zur Arbeit in den Menagerien nützlich war.

Vielleicht hat Cora recht, was die Zeit nach der Prüfung angeht. Es ist unfair, von Menschen, die bereits so viel durchgemacht haben, zu verlangen, dass sie die Chance aufgeben, nach Hause zu gelangen. Und Herrgott, ich denke selbst ständig darüber nach, wie es wäre, wenn wir tatsächlich nach Hause könnten. Ich würde in einen Supermarkt fahren und drei Einkaufswägen mit Speck und Toast und Limonade kaufen. Ich würde nicht zur

Armee gehen. Ich würde die Farm übernehmen – nur ich und die Pferde und die Sterne. Und Cora – falls sie mitkommen will.

Er blätterte um.

Aber andererseits – und den Gedanken kann ich einfach nicht abschütteln –, warum fühlt es sich so falsch an, nach Hause zu fahren? Und das tut es. Allein bei der Vorstellung krampft sich mir der Magen zusammen. Die Tiere, die Menschen: Wir haben alle dieselben Tätowierungen, sind in der Gefangenschaft zu Brüdern und Schwestern geworden. Ich kann mir keine Welt vorstellen, in der wir frei sind und sie nicht. Wenn es hart auf hart kommt, werde ich tun, was zu tun ist. Aber ich hoffe, es wird nicht nötig sein. Ich hoffe, Cora besteht die Prüfung. Ich hoffe, sie bleibt bei mir.
Ich hoffe, sie trifft die Entscheidung, sich hier ein Leben aufzubauen, hier, wo wir gebraucht werden.
Wo ich sein werde.

34 *Cora*

»Okay«, sagte Cora, als sie und Leon das Ende des Abfallschachts erreichten. »Bereit?«

»Habe ich denn eine Wahl?«

Sie streckte den Arm aus und wischte ihm eine Schweißperle von der Stirn. »Alles wird gut. Leg mir die Handschellen an, damit ich wie eine Gefangene aussehe.«

Gemeinsam lauschten sie nach Schritten auf der anderen Seite der Tunneltür, und als nichts zu hören war, wagte Leon einen Blick hinein. »Freie Bahn.«

»Halt mich am Arm fest«, flüsterte Cora. »Als würdest du mich führen.«

Das Foyer, von dem die verschiedenen Menagerie-Türen abgingen, wirkte nachts sogar noch unheimlicher. Die Podien vor den Menagerien waren unbesetzt, die Animateure hatten Feierabend. Cora lockerte die Hände in den Handschellen, während sie versuchte, eine Miene aus Aufmüpfigkeit und Angst aufzusetzen für den Fall, dass ihnen Kindred-Wachen begegneten. Der Gesichtsausdruck fiel ihr nicht schwer. Alles, was sie tun musste, war, an das erste Mal zu denken, als Cassian sie diesen feuchtkalten Korridor hinabgeführt hatte.

Sie waren erst knapp zehn Meter gegangen, als Leon einen leisen Fluch ausstieß. »Probleme. Auf zwei Uhr.«

Ein Schatten näherte sich ihnen vom anderen Ende des

Foyers. Eine weibliche Wache, die mit langsamen Schritten in der Halle patrouillierte.

»Wir haben es fast geschafft«, flüsterte Cora und nickte in Richtung der Tür zu ihrer Rechten. »Das ist der Eingang zum Tempel. Benimm dich einfach ganz natürlich.«

In dem schwachen Licht sah Leon tatsächlich wie ein Kindred aus. Cora bemerkte, wie die Wache den Kopf etwas zur Seite neigte, als hätten sie ihre Neugierde geweckt, doch da schubste Leon sie bereits vor die Tempeltür.

»Beeil dich«, murmelte er leise. »Sie schaut schon argwöhnisch.«

Cora konzentrierte sich auf den blauen Sensor über der Tür. Ihr Herz raste, aber diese Fähigkeit war ihr längst in Fleisch und Blut übergegangen. Sie musste nichts weiter tun, als den stechenden Schmerz in ihrem Hinterkopf zu ignorieren. Als sie schließlich die Menagerie betraten, sah Cora, dass die Wache einen anderen Korridor einschlug, ihnen jedoch einen letzten Blick über die Schulter zuwarf.

Die Tür schloss sich automatisch hinter ihnen, und Cora seufzte erleichtert. »Das war leichter als erwartet.«

»Ja«, erwiderte Leon mit finsterer Miene. »Viel zu leicht. Wahrscheinlich holt sie gerade Verstärkung.«

»Dann sollten wir uns beeilen.«

In der Dunkelheit waren die prachtvollen, mit Ornamenten verzierten Säulen des Tempels nicht zu sehen, und die Zellen erinnerten an ein Gefängnis. »Ich glaube nicht, dass uns hinter den schwarzen Bildschirmen jemand beobachtet«, flüsterte sie. »Aber nur für den Fall der Fälle solltest du mich etwas gröber behandeln.«

Leon packte sie an der Schulter und zischte ihr scharfe Worte zu. In seiner Verkleidung wirkte er angsteinflößend, und es war nicht einmal nur gespielt, als Cora erschrocken zurückwich. Er führte sie die Halle entlang zur letzten Zelle, wo Anya auf dem Thron saß und ausdruckslos ins Feuer starrte. Cora fragte sich, ob das Mädchen jemals schlief oder ob die bewusstseinsdimmenden Drogen jeglichen Schlaf überflüssig machten.

»Steh auf, Mädchen«, befahl Leon und versuchte, seine Stimme so teilnahmslos wie die der Kindred klingen zu lassen. »Der medizinische Dienst hat eine Untersuchung angeordnet.«

Anyas Kopf drehte sich langsam vom Feuer weg, aber ihre Augen glitten zu Cora. In ihrem benommenen Zustand lächelte sie. *»Hallo, kleines Häschen.«*

Cora blickte zu Leon, der offensichtlich nichts gehört hatte.

»Okay«, sagte Cora stumm. *»Anya, falls du mich hören kannst, wir sind Freunde von Mali. Sie hat uns geschickt, um dich von hier zu befreien. Du musst mir beibringen, wie man das Bewusstsein anderer Leute kontrolliert.«*

Doch Anya schien sie nicht zu hören. Stattdessen wanderte ihr kalter Blick über Leons Kindreduniform und sein Kindredgesicht.

»Unterhaltet ihr euch etwa telepathisch?«, flüsterte Leon. »Hast du ihr gesagt, dass ich ein Mensch bin?«

»Ich kann ihre Stimme in meinem Kopf hören«, flüsterte Cora zurück. »Aber sie steht so unter Drogen, dass ihre Worte nicht gerade viel Sinn ergeben.«

»Nun, dann lies ihre Gedanken, und finde heraus, ob sie uns erwürgen wird, sobald wir sie aus ihrer Zelle holen.«

Cora holte tief Atem und drehte sich zu Anya. Jedes Mal, wenn sie bisher versucht hatte, Gedanken zu lesen – als

Erstes bei Lucky, dann bei Leon –, war es einfacher geworden. Jetzt sandte sie wie bei der Telekinese ihre Gedanken aus, aber anstelle von Würfeln war es der Verstand, den sie beeinflussen wollte.

Bilder flackerten am Rand ihres Bewusstseins.

Blut.

Viel Blut.

Und Leons Gesicht in seiner Kindredverkleidung.

»Hat es geklappt?«, fragte Leon.

Mit einem Blinzeln riss sich Cora aus ihrer Konzentration. »Äh, ein bisschen. Ihre Gedanken sind allerdings nicht allzu höflich, was dich angeht. Ich kann nicht sagen, ob sie weiß, dass du ein Mensch bist.«

»Dann friert eher die Hölle zu, als dass ich diesen kleinen Psycho freilasse«, sagte Leon. »Wenn sie auch nur die Hälfte des Ninja-Mists kann, den Mali auf Lager hat, bin ich in dreißig Sekunden tot.«

»Wie wollen wir sie von hier wegbringen, wenn wir sie nicht aufwecken?«

»Ich kann sie tragen. Wir haben einen temporären Reisepass, falls uns die Wache aufhält. Komm schon, öffne einfach ihre Zelle mit deinen Gedanken oder mit was auch immer du das machst. Dieser Ort jagt mir einen kalten Schauder den Rücken hinunter.«

Cora konzentrierte sich auf das Lichtschloss in der Mauer über Anyas Zelle. Es unterschied sich ein wenig von dem in ihrem Zellenblock, doch nach ein paar Minuten hatte sie es geknackt, und die Tür schwang wie von Geisterhand auf.

Desinteressiert starrte Anya wieder ins Feuer.

Leon trat einen Schritt in ihre Zelle, blieb dann jedoch

zögerlich stehen, als streckte er die Hand nach einer lebenden Kobra aus, die ihn beißen würde, falls er sich zu schnell bewegte. Er wandte sich nach links, dann nach rechts und rieb sich den Nacken.

»Schnapp sie dir einfach«, zischte Cora. »Sie steht unter Drogen. Sie kann dich nicht verletzen.«

»Berühmte letzte Worte«, murmelte er, bevor er tief einatmete, als wollte er im nächsten Moment tauchen, und sich Anya über die Schulter warf. Ihr Kopf fiel schlaff zurück, ihre Augen waren glasig.

»Wir segeln in eine andere Welt«, sagte sie in Coras Kopf.

Mit ungeschickten Fingern öffnete Leon die Handschellen und ließ sie um Anyas Gelenke einrasten, was gleichzeitig Tarnung und Schutz vor ihr war. »Lass uns von hier verschwinden.«

Sie hasteten zum Eingang zurück. Cora fragte sich, wie zurechnungsfähig Anya in ihrem drogeninduzierten Zustand war. Das Stechen in ihrem Bewusstsein nahm mit einem Mal zu. Während sie sich auf den blauen Sensor konzentrierte, presste sie sich eine Hand auf die Nase, um das Blut zu stillen.

Die Tür glitt auf – und die Wache stand genau auf der anderen Seite.

Mit ihrem breiten Körper versperrte sie den Ausgang, als hätte sie die ganze Zeit auf sie gewartet. Ihr Gesicht war eine Maske der Gleichgültigkeit, während sie langsam den Kopf zur Seite neigte, die Augen starr auf Anya gerichtet.

Leon hatte recht gehabt – es war viel zu einfach gewesen.

Zum Glück spielte er seine Rolle ungerührt weiter und

hielt der Wache mit der freien Hand den Reisepass unter die Nase.

Die Wache nahm das Dokument entgegen, betrachtete es eingehend und scannte es dann, um den Besuch zu registrieren. Der Ausweis schien ihr zu genügen, denn im nächsten Moment trat sie beiseite, um ihnen den Weg zum Gang freizugeben. Cora schloss die Tür hinter ihnen, ohne auch nur mit der Wimper zu zucken, damit die Wache annahm, es wäre Leons Werk. Während sich die drei von der Tempeltür wegbewegten, spürte Cora bei jedem Schritt ein Gefühl von Zuversicht in sich aufsteigen. Vor ihnen, genau um die Ecke, würden sie zurück in den Schacht klettern und wären in Sicherheit.

Da sagte die Wache etwas in der Sprache der Kindred.

Cora erstarrte. Leon ebenfalls.

Fieberhaft versuchte Cora, ins Bewusstsein der Wache vorzudringen. Als sie damals Cassians Gedanken gelesen hatte, war es unerheblich gewesen, in welcher Sprache er dachte. Doch alles, was sie jetzt spürte, war kalter Argwohn. Panik machte sich in ihr breit, aber Leon blieb ruhig. Er stieß ein unverbindliches Grunzen aus, wie Cora es bei den Kindred schon häufig gehört hatte, und ging selbstbewusst weiter.

Einen Schritt.

Noch einen.

Die Wache sprach erneut, diesmal in schärferem Ton. Aus den Augenwinkeln warf Cora Leon einen fragenden Blick zu: Sollten sie einfach loslaufen? Aber die Kindred waren so schnell, dass es ein Wunder bräuchte, um rechtzeitig den Abfallschacht zu erreichen. Sie hatten die Waffe, aber die war nur eine Attrappe.

Ganz langsam drehten sie sich um. Die Wache hatte sich hinter ihnen aufgebaut und sah nicht gerade freundlich aus. Am Handgelenk trug sie ein Kommunikationsgerät – innerhalb weniger Sekunden könnte sie weitere Wachen herbeirufen.

Die Kindred kam einen Schritt auf sie zu, den Kopf roboterhaft zwischen Leon und Cora hin und her zuckend. Sie konnten nichts tun, konnten ihr nicht antworten. Cora sah zu Leon, auf dessen Stirn sich eine Schweißperle bildete. Leon vergaß seine Rolle und zischte Cora zu: »Verdammt, wir sind im Arsch!«

Die Wache griff nach ihrem Kommunikationsgerät. Die Zeit schien stehen zu bleiben. Cora drehte an den Handschellen, aber es war sinnlos. Sie hatte keinen Stock, den sie ihr ins Auge bohren konnte. Hastig wirbelte sie zu Leon. »Lauf, sofort! Nimm Anya ... ich halte sie auf!«

»Vergiss es!«, erwiderte er.

Cora wollte sich schon auf die Wache stürzen, als eine Detonation die Stille in der Halle zerriss. Cora kreischte, Leon zuckte zusammen. Ein Schuss? Cora drehte sich erschrocken zu Leons Pistolenhalfter um – es war leer. Wo war die Waffe? Ein weiterer Schuss ertönte, und die Kindred brach zusammen. Entsetzt blickte sich Cora um. Ihre Hände waren leer. Ebenso wie Leons. Und Anyas, die immer noch benommen über seiner Schulter hing.

Wer hatte auf die Kindred geschossen?

Und dann sah Cora die Pistole. In der Luft schwebend, einen guten Meter über dem Boden. Immer noch auf die Wache gerichtet, die in sich zusammengesunken war.

Cora wirbelte herum und starrte Anya an, auf deren Gesicht ein drogenbenebeltes Lächeln lag.

»Es war Anya«, brachte Cora keuchend hervor. »Sie hat es mit ihren Gedanken getan!«

Die schwebende Waffe zielte wieder auf die bewusstlose Wache, doch Cora streckte den Arm aus und schnappte sie sich. Das Lächeln auf Anyas Gesicht verschwand.

»Das reicht«, sagte Cora. »Leon, wir müssen weiter!«

Sie hasteten den Gang hinunter. Die Pistole lag warm in Coras Hand. Nie zuvor hatte sie eine solche Machtdarbietung gesehen. Telekinese. Die Waffe zu zücken und noch dazu abzufeuern – das überschritt ihre eigenen Fähigkeiten um Längen, weshalb sie es für unmöglich gehalten hatte.

Die drei rannten um die Ecke zum Abfallschacht. Leon kletterte hinein und zog Anya hinter sich her, als würde sie überhaupt nichts wiegen.

Cora stopfte die Waffe in den Träger ihres Kleids.

»Jemand wird die Wache finden«, sagte Leon.

»Ja«, erwiderte Cora, immer noch zitternd. »Aber erst morgen früh. Bis dahin sind wir längst über alle Berge.«

Sie begannen, durch das Labyrinth aus Schächten zu klettern. Leon schien genau zu wissen, wohin sie mussten, was gut war, denn Cora konnte sich auf nichts konzentrieren. Das Pochen hinter ihren Schläfen war unerträglich. Cassian hatte gesagt, dass Anya ihren Verstand irreparabel geschädigt hatte. Aber war ein gebrochener Verstand zu dem fähig, was Anya gerade getan hatte?

Schließlich erkannte sie den Tunnel, der zurück zur Jagd-Menagerie führte und den Leon mit Kreide markiert hatte. Mit aller Gewalt versuchte Cora, nicht über die verwundete Wache nachzudenken.

Sie hatten Anya.

Cassian war auf ihrer Seite.

Sobald sie Nok und Rolf in Sicherheit gebracht hatten, wäre sie bereit für die Prüfung. Sie ignorierte das Kribbeln in ihrem Bewusstsein, das ihr vor Augen führte, dass es mit der Prüfung mehr auf sich hatte, als Cassian ihr weismachen wollte.

35 Cora

Cora zog leise ihre Zellentür hinter sich zu.

Sie zerzauste sich die Haare, um es so aussehen zu lassen, als hätte sie geschlafen und sich gerade, Sekunden, bevor das morgendliche Licht eingeschaltet wurde, die Decke vom Körper gestrampelt. Der Zeiger der Uhr über dem Türrahmen rutschte auf *Morgen*.

Cora sank heftig atmend gegen die Gitterstäbe. Sie hatte es geschafft. *Sie* hatten es geschafft. Es kostete sie enorme Mühe, vor Glückseligkeit nicht laut loszulachen, als sich das Licht flackernd anschaltete. Mit der Hand vor dem Mund drehte sie sich rasch zu Luckys Zelle um.

Da erstarb die Freude in ihrem Gesicht.

Er sah schrecklich aus. Dunkle Ringe unter den Augen, die Haare wirr zerzaust, als hätte er keine Sekunde geschlafen. Sobald sich die Lichtschlösser mit einem Klicken öffneten, schob sie die Tür auf. Die anderen Jugendlichen purzelten aus ihren Zellen, jeder darauf bedacht, der Erste beim Frühstück zu sein. Cora wartete geduldig ab, bis die anderen fort waren.

»Was ist los?«, fragte sie Lucky leise.

Er rieb sich mit der Hand über den Nacken und blickte zum Fuchs. Ihr Streitgespräch vom Vorabend kam ihr mit einem Mal wieder in den Sinn, seine Behauptung, er würde alles tun – sogar auf der Raumstation zurückbleiben –, um die Tiere zu beschützen, und dass es ihre Pflicht sei, dasselbe für die anderen Jugendlichen zu tun.

»Die anderen wissen es«, sagte er.

Überrascht zuckte sie zusammen. »Wie viel?«

»Nicht alles, aber genug. Sie haben uns gedeckt.« Sein Blick wanderte zum Untersuchungsraum, während er ein paar herausgerissene Seiten in seine Tasche stopfte. Jemand hatte etwas darauf notiert, doch es war nicht Luckys Handschrift. »Habt ihr Anya rausgeholt?«

»Ja. Sie ist in Sicherheit, aber ...« Sie erinnerte sich an die Waffe, die in der Luft geschwebt hatte. »Ich weiß nicht, ob man das auch von den Menschen behaupten kann, die sich in ihrer Nähe befinden. Sie steht völlig neben sich. In ihrem Zustand wird sie mir nichts beibringen können.«

»Sie ist zugedröhnt«, sagte Lucky. »Die Drogen müssen erst aus ihrem Körper verschwinden, bevor sie dir zeigen kann, wie man Gedanken kontrolliert.«

Die Zeiger der Uhr rückten auf *Showtime,* und Coras Magen knurrte, doch sie ignorierte das Hungergefühl. Sichtlich beunruhigt rieb sich Lucky die Schulter, während er den Jugendlichen zusah, die aus dem Fütterungsraum stürzten, Shoukry und Christopher vorneweg, die sich wegen eines halben Müsliriegels stritten. Seine Finger spielten wieder mit den herausgerissenen Seiten.

»Was ist das?«, fragte sie.

Er gab keine Antwort. Cora war versucht, in sein Bewusstsein einzutauchen und herauszufinden, was ihm auf der Seele brannte. Sie ging so weit, ihre Gedanken wie Finger bis zum Rand seines Verstands auszustrecken, aber sie zuckte erschrocken zurück, als sie Bilder von Waffen,

Pfeilen und toten Tieren sah – alles überdeckt von einem überwältigenden Gefühl der Traurigkeit.

»Nichts, worüber du dir den Kopf zerbrechen musst.« Als sich ihre Blicke trafen, blinzelte er einmal, und seine Erschöpfung schien wie weggeblasen. Er warf ihr ein zaghaftes Lächeln zu. »Wir haben es bald geschafft. Du wirst die Prüfung bestehen. Das weiß ich.«

Seine Worte machten ihr Mut.

An diesem Morgen sang Cora ihre Lieder in einem Tempo, als hätte sie zehn Tassen Kaffee hinuntergekippt. Ihre Arme und Beine fühlten sich leicht und zittrig an. Arrowal und die Ratsmitglieder waren heute nicht aufgetaucht. Roshian verrottete unter der Erde, wo niemand ihn je finden würde. Zum ersten Mal seit Tagen gestattete sich Cora einen Funken Hoffnung, während sie Shoukry auf die Bühne zog und die beiden gemeinsam den Refrain trällerten.

»Seit Jahren habe ich nicht mehr an dieses Lied gedacht!«, rief Shoukry lachend. »Obwohl es ständig auf der Rollschuhbahn im Hintergrund lief. Und auch bei der Feier zu meinem fünften Geburtstag.«

Mit einem strahlenden Lächeln drückte Cora ihm die Hand.

Shoukry beugte sich zu ihr. »Was auch immer ihr plant«, flüsterte er, »wir helfen euch.«

Vor Überraschung verschlug es Cora die Sprache, und sie fand erst die richtigen Worte, als Shoukry von der Bühne sprang – und im selben Moment der Haupteingang aufging.

Cassian betrat die Menagerie, und jedes Wort, das ihr eben noch auf der Zunge gelegen hatte, war wie weggeblasen.

Cassians Augen trafen ihre, und er blieb wie angewurzelt stehen. Mit einem Mal war sie zurück in seinem Zimmer, und Gänsehaut breitete sich auf ihren Armen aus. Diesmal machten sie gemeinsame Sache. Es gab keine Geheimnisse mehr. Keine Lügen.

Er nickte in Richtung des Alkovens.

Sobald sie sich in der Abgeschiedenheit hinter der hölzernen Schiebetür befanden, hoffte Cora, ihr Herz würde nun langsamer schlagen, aber es pochte nur umso schneller.

»Wir haben Anya befreit«, sagte sie.

»Wo ist sie?«

»Bei den Mosca.« Cora nahm eine Karte vom Tisch, die Karodame, und drehte sie nervös zwischen den Fingern.

»Es wird eine Weile dauern, bis die Drogen vollständig aus ihrem Körper entwichen sind«, erklärte Cassian. »Einen ganzen Tag, vielleicht länger. Das Prüfungs-Raumschiff legt morgen an, und die Tests beginnen übermorgen. Das lässt uns nicht viel Zeit. Hast du Fortschritte beim Gedankenlesen gemacht?«

Ein dumpfer Knall ertönte jenseits des Alkovens. Die Musik erstarb mitten im Lied. Cora spähte durch den Spalt nach draußen, konnte jedoch nichts Beunruhigendes feststellen. Makayla musste bereits in Pause sein.

»Manchmal kann ich Bilder in den Köpfen anderer sehen und die Gefühle spüren, die damit einhergehen«, erklärte sie.

»Ich weiß nicht, wie Anya es schafft, die Gedanken anderer zu kontrollieren, aber meiner Einschätzung nach wirst du mehr brauchen als das. Zuallererst wirst du Worte herauskristallisieren müssen. Es ist nicht dasselbe, als wolltest du Würfel schweben lassen, denn es gibt keine Verstärker im Bewusstsein anderer. Du musst bis tief unter den Verstand bohren, als würdest du in einen trüben Teich greifen, um einen Stein am Boden zu finden.« Er nahm ihre Hände. Bei der plötzlichen Berührung zuckte Cora zusammen, doch dann legte er ihre Handflächen genau über seine Ohren auf seinen Kopf. »Sag mir, was ich denke.«

Er schloss die Augen.

Sie musterte sein Gesicht, suchte nach einem Hinweis, einem Anhaltspunkt, der seine Gedanken verraten hätte. Die Narbe, die Mali ihm zugefügt hatte. Der Hubbel auf seiner Nase.

Mit aller Gewalt konzentrierte sie sich darauf, den natürlichen Schutzschild seines Bewusstseins zu durchdringen. Bisher war sie nie eingeladen worden, in den Verstand ihres Gegenübers einzutauchen, und Cassians wirkte überraschend chaotisch. Seine Gedanken schienen willkürlich übereinandergestapelt und ergaben wahrscheinlich nur für ihn selbst Sinn.

Inmitten des Durcheinanders erspürte sie das Bild seines leeren Wohnbereichs. Das Buch, das er gerne las, *Peter Pan und Wendy*. Dann eine Erinnerung an ihren früheren Käfig, als er hinter den dunklen Bildschirmen beobachtet hatte, wie sie den Knochen fand, den er in der Wüste versteckt hatte. Diese Erinnerung schien stärker als die anderen auf ihn zu wirken.

»Der Knochen«, flüsterte sie und spürte, wie sein Kopf in ihren Händen nickte.

»Gut. Und was denke ich jetzt?«

Sie konzentrierte sich wieder und sah einen schwarzen

Himmel. Ein schneebedeckter Hügel, der ihr eigentlich ein Zittern hätte entlocken müssen, doch in seiner Erinnerung spürte sie die Kälte nicht. Nacheinander erschienen Lichtflecken in der Dunkelheit.

»Sterne.«

»Ja. Und jetzt?«

Er hatte den Kopf geneigt, sodass seine Stirn ihre berührte. Ihr eigenes Gesicht erschien vor ihrem inneren Auge. Sie fuhr jetzt im Wagen ihres Vaters eine Landstraße entlang und sang leise zum Radio mit. Ihre Wangen wurden warm. Seine Erinnerungen fühlten sich anders an, wenn sie selbst darin vorkam. Sie knisterten an den Rändern, waren lebendiger. Das Bild verwandelte sich in plätschernde Wellen im Meer, mit ihnen beiden, die in der Brandung standen. In seiner Erinnerung stritten sie sich. Er war verwirrt, frustriert, verzweifelt. Sie hatte wieder zu reden angefangen, doch dann hatte er sie geküsst.

Sie öffnete überrascht ihre Lippen. »Du denkst ... an jenen Tag ...«

Und dann küsste er sie wieder. Nicht in der Erinnerung – sondern in Wirklichkeit.

Sie standen bereits so nah beieinander, dass es nur ein Neigen des Kopfes bedurft hatte, damit sich ihre Lippen berührten. Ein Stromschlag durchzuckte Coras Körper, und ihre Hände glitten instinktiv von seinem Kopf zu seinen Schultern. Seine Küsse wurden fordernder, und sie schlang die Arme um seinen Hals. Es war falsch, das wusste sie. Sie hatte sich geschworen, es nie wieder zu tun. Und dennoch, seit dem Tag, als sie so getan hatten, als würden sie zusammen tanzen, hatte sie den Gedanken nicht mehr aus ihrem Kopf bekommen.

Ihre Hüfte stieß gegen den Tisch, und die Karten flatterten zu Boden. Cora brach den Kuss ab und wollte sich bücken, um sie wieder aufzuheben, doch er hielt sie fest umklammert.

»Cora. Bitte. Stoß mich nicht wieder weg!«

Aber es war zu viel – der Kuss, seine Bedeutung, einfach alles. Ihr fielen die Haare ins Gesicht, als sie in die Hocke ging, dankbar für diese kurze Atempause. Sie griff nach den herabgefallenen Karten. Sie würde wieder aufstehen. Ihm ins Gesicht sehen. Ihm sagen, dass es nie wieder geschehen dürfte …

Genau in diesem Moment erkannte sie, dass es in der Menagerie auf der anderen Seite der Schiebetür vollkommen still geworden war. Kein Klirren von Gläsern mehr, keine Ankündigungen von der Bühne. Sie blickte zu Cassian und sah, dass er genau dasselbe dachte.

Da wurde der hölzerne Paravent aufgerissen.

Arrowal stand auf der anderen Seite der Schiebetür. »Du. Mädchen. Komm mit uns.«

Das Blut wich aus Coras Gesicht. Er konnte den Kuss nicht gesehen haben, oder? Hinter ihm waren Fian und zwei Kindred-Wachen postiert. Als sich ihre Blicke trafen, blitzten Fians Augen warnend auf.

Cassian maskierte sich sogleich. »Ich habe das Mädchen zu meiner Unterhaltung für den Rest der Viertelrotation gebucht.«

»Das ist irrelevant«, sagte Fian. »Es hat einen Mord gegeben.«

Kalte Angst packte Cora.

Arrowals Blick ruhte unverwandt auf Cora. »Der Junge, den Tessela verhaftet hat, dieser Dane, hat es während der

Befragung verraten. Wir haben die Menagerie gescannt und einen hohen Gehalt an Kohlenstoff gefunden. Ein Leichnam. Roshians Leichnam. Und laut Dane war dieses Mädchen hier die einzige Person, die zum Todeszeitpunkt anwesend war.«

Cora öffnete ihren Mund, aber sie wusste nicht, was sie erwidern sollte, um ihren Namen reinzuwaschen.

»Bringt sie in einen Verhörraum«, blaffte Arrowal.

Die beiden Wachen traten vor. Fian blickte – auf der Suche nach einem stillen Befehl – zu Cassian, aber auch der schien ratlos zu sein, während sein Gesicht zur Maske erstarrt war, um zu verbergen, was er in Wirklichkeit fühlte.

»Warte!« Fian trat vor die Wachen. »*Ich* werde sie befragen. Diese Angelegenheit ist viel zu wichtig, um sie den Wachen zu übertragen.«

Cora war erleichtert. Fian würde sie beschützen, genau wie früher.

Arrowal nickte. »Ich stimme dir zu. Was der Grund ist, weshalb ich sie höchstpersönlich befragen werde. Ihr Verstand wird die Wahrheit nicht lange verbergen können. Wir werden schon bald alles wissen.«

Alles.

Wenn sie in ihrem Bewusstsein stocherten, würden sie mehr als nur die Einzelheiten über Roshians Mord in Erfahrung bringen. Sie würden von ihren Fähigkeiten erfahren und den Übungsstunden mit Cassian, sogar von dem Kuss.

Cassian versperrte ihnen die Tür. »Nein.«

Sein Befehl klang scharf. Die Wachen gehorchten ihm instinktiv und wichen zurück, als wäre er ihr Vorgesetzter, nicht Arrowal. Coras Herz pochte wild.

Was tat er da nur?

Arrowal schien sogar noch ein paar Zentimeter gewachsen zu sein. »Du stellst meinen Befehl infrage, Kommandant?«

»Du hast nur einen Teil der Wahrheit in Danes Bewusstsein gesehen«, erklärte Cassian. »Du hast die Ereignisse gesehen, die zu dem Mord geführt haben, aber nicht den Mord selbst. Das ist auch unmöglich, denn Dane war nicht anwesend, als es passierte.«

Mit einem Mal lag ein leises Knistern in der Luft, das Cora sprachlos zurückließ. Warum sagte er all das?

Für den Bruchteil einer Sekunde wanderten Cassians Augen zu Fian, der kaum merklich nickte. Cora hatte nicht den blassesten Schimmer, welche stillschweigende Übereinkunft die beiden gerade trafen.

»Und woher weißt du das?«, entgegnete Arrowal.

Cassian antwortete nicht gleich.

Cora zwang sich, gleichmäßig zu atmen. Fians Hand ballte sich wenige Zentimeter vor seinem Gürtel, in dem die verschiedensten Apparate steckten, zur Faust, fast als würde er sich auf etwas vorbereiten. Hatte das der Blick bedeutet, den die beiden ausgetauscht hatten? Dass Cassian versuchen wollte, sich einen Weg in die Freiheit zu erkämpfen? Um Plan B der Fünften der Fünf auszuführen, von dem er ihr erzählt hatte, nämlich einen Krieg anzuzetteln?

Sie würden keine zehn Minuten überleben.

»Du hast schon immer versucht, niedere Spezies zu beschützen«, sagte Arrowal mit einer Spur Verachtung in der Stimme. »Aber dieses Mädchen ist nicht länger ein Mündel in einem deiner Gehege. Du kannst sie nicht vor ihren eigenen Verbrechen schützen. Und jetzt verrat mir, wie du wissen kannst, dass Dane nicht dabei war, wo du selbst nicht anwesend warst?«

Cora warf Cassian einen fragenden Blick zu, doch sein Gesicht gab nichts preis. Sie versuchte, in seine Gedanken einzutauchen, aber ihr eigener Verstand war zu verwirrt, um sich ausreichend zu konzentrieren. Alles, was sie schließlich fand, war ein schattenhaftes Bild seiner Unterkunft. Sie war dort, ihr Mund bewegte sich, eine Spielkarte in ihrer Hand. Er dachte daran, wie sie ihm das Betrügen beigebracht hatte.

»Ich weiß es«, sagte er ruhig, »weil ich dort war.«

Eine Lüge.

Coras Lippen öffneten sich. Fian ballte die Hand wieder zur Faust, und mit einem Mal schien alles zu schnell zu gehen. Sie drang tiefer in Cassians Kopf ein, und unvermittelt drehte er sich zu ihr um, als hätte er gespürt, dass sie dort war. Die Grundstimmung seiner Gedanken veränderte sich. Ein helleres, lebendigeres Gefühl kehrte zurück. Bilder von ihr tauchten in seinem Kopf auf. Sie am Strand. Sie an ihrem Zimmerfenster, aus dem sie hinaussah. Sie, als sie zum ersten Mal das elektrische Kitzeln seiner Berührung gespürt hatte. Ein Gefühl von Liebe umhüllte jedes Bild, doch gleichzeitig war da auch ein dunklerer Unterton.

»Warum genau warst du bei einem Mord zugegen?«, fragte Arrowal, und für einen Moment wurde es vollkommen still im Raum.

Cassian blickte auf die Karodame, die am Boden lag. Als stünde die Welt plötzlich auf dem Kopf, erkannte Cora, was Cassian vorhatte. Und es hatte nichts mit den Fünften der Fünf oder einem Plan B zu tun. Das war der Grund, warum er ihr all die Bilder gezeigt hatte, eingehüllt von Liebe.

Er würde sich für sie opfern.

Worte formten sich in ihrer Kehle, Worte, die ihm zurufen wollten, dass er einen schrecklichen Fehler beging. Sie hatte ihm das Lügen nicht beigebracht, damit er für *sie* log.

Da trat Fian abrupt vor sie, als hätte er ihre Absicht gespürt.

»Weil ich es war«, sagte Cassian. »Ich habe Roshian getötet.«

36 *Cora*

»Nein!«, platzte es aus Cora heraus, aber Fians Hand legte sich fest auf ihren Mund. Sie schrie in seine Handfläche, doch er ließ sie nicht los, und ihre Stimme verklang in einem erstickten Protest. Jetzt ergab alles Sinn. *Das* war der verstohlene Blick, den er und Cassian sich zugeworfen hatten. Irgendwann mussten sie Pläne für Katastrophen wie diese geschmiedet haben. Cassian würde gestehen, und Fian würde sie davon abhalten, die Wahrheit zu sagen.

»Wachen«, befahl Fian. »Nehmt den Kommandanten in Haft.«

Cora wollte sich aufbäumen, aber es war, als würde sie einer reißenden Flut die Stirn bieten. Ihr Blick bohrte sich in Cassians Augen. Sie waren längst schwarz geworden.

Was bedeutete, dass er ihre Gedanken lesen konnte.

»Tu das nicht«, mahnte sie ihn mit ihrem Bewusstsein. *»Du hast nichts falsch gemacht.«*

Sein Gesicht war eine steinerne Maske, doch in seinen Augen las sie, dass er sie verstand.

»Bringt die beiden in getrennte Zellen.« Arrowal schien sich an Coras Leid zu ergötzen. »Und bewacht ihn gut«, fügte er kühl hinzu. »Ruft mich, sobald das Verhör beginnen kann.«

Arrowal verschwand, aber Cora bemerkte es kaum. Der

Raum drehte sich um einen Fixpunkt: Cassian. Die Hitze seines Blicks versengte sie regelrecht. Es war, als würde sie zu nah an einem Leuchtfeuer stehen, mit angesengten Wimpern, brennenden Wangen.

Sollte mir jemals etwas zustoßen, dann wende dich an Fian oder Tessela. Sie sind bereit, Plan B durchzuführen, sollte es dazu kommen. Aber Plan B war der letzte Strohhalm. Gehege zerstören, Menschen aus den Menagerien befreien, einen unerbittlichen Krieg anzetteln, wo sich ein paar Hundert gegen eine gesamte Raumstation auflehnten.

Es war purer Wahnsinn.

»Lass mich gestehen«, bedrängte sie ihn in ihrem Kopf. *»Bitte.«*

Die Wachen verdrehten Cassian die Hände hinter dem Rücken, um sie mit Handschellen zu fesseln. Er schloss die Augen.

Mit einem Mal tauchte in ihrem Bewusstsein das Bild ihres Zuhauses auf. Ihr Elternhaus mit der Eiche und dem Eisenzaun, die sich so real anfühlten, dass sie fast das frisch gemähte Gras riechen konnte. Cassian musste es ihr gewissermaßen geschickt haben. Das war keine Übung mehr. Das hier war echt, und sie musste die Worte in seinem Kopf lesen.

»Deine Heimat.«

Das Wort traf sie so deutlich wie beim ersten Mal, als sie ihn in ihrem Kopf gehört hatte.

»Deine Heimat«, verkündeten seine Gedanken. *»Die WDZ 30,1 war richtig – ich habe die ursprüngliche Vorhersage des Daten-Algorithmus gefunden. Fian wird versuchen, dich dorthin zu bringen, wo du hingehörst. Auf die Erde.«*

Ihr Bewusstsein schmerzte von dem sonderbaren Gefühl, mithilfe ihrer Gedanken zu sprechen. *»Aber die Prüfung ...«*

»Vergiss die Prüfung! Du kannst die Prüfung nicht ablegen, wenn du wegen Mordes verhaftet bist. Sie würden es ausnutzen, um deine Rechte noch weiter zu beschneiden. Behaupten, du seist gewalttätig. Behaupten, du seist unberechenbar.« Ihre Augen trafen sich. *»Der Zeitpunkt ist gekommen, an dem du aufgeben musst.«*

Mit einem Mal hörte sie in ihrer Erinnerung wieder Charlies Stimme, die ihr erklärte, wann man aufgeben und wann man weiterkämpfen sollte.

»Nein!« Doch Fian presste ihr die Hand noch fester auf den Mund. Tränen rollten ihr nun die Wangen hinab.

Aufgeben? Sie wischte sich die Tränen aus den Augen, versuchte, den Kopf zu schütteln. Nicht aufzugeben war eine der Eigenschaften, die Cassian an der Menschheit am meisten bewunderte.

»Bringt ihn weg«, befahl Fian.

Sie schluchzte heftiger, kämpfte verzweifelt gegen Fian an, obwohl sie wusste, dass er nur die Rolle spielte, die er spielen musste.

Die Wachen führten Cassian nun ab, doch er warf ihr einen letzten Blick über die Schulter zu. Für eine Sekunde fühlte es sich an, als wären sie beide völlig allein im Raum, und sie erinnerte sich an das erste Mal, als sie ihn gesehen hatte. Selbst damals – so verängstigt, wie sie gewesen war – hatte er sie in seinen Bann gezogen.

»Ich meinte jedes Wort so, wie ich es gesagt habe«, beteuerte seine Stimme in ihrem Kopf. *»Wir hätten gemeinsam die Welt verändern können, du und ich.«*

Und dann war Cassian fort.

Sie starrte zum leeren Durchgang im Alkoven. Das grelle Licht brannte ihr in den Augen, doch sie wollte nicht wegsehen. Dies könnte der letzte Moment sein, an dem sie ihn sah. Womöglich würde sie nie wieder diesen Funken spüren. Nie wieder lang wach bleiben, um mit jemandem über die Sterne zu reden. Die Kindred behaupteten, sie würden ihresgleichen nicht einsperren, doch die Handschellen sprachen eine andere Sprache. Er würde für immer hinter Gittern landen.

Wegen *ihres* Verbrechens.

Sie war jetzt allein mit Fian, der sich zu ihr hinabbeugte, um ihr leise ins Ohr zu flüstern. »Ich werde dich loslassen, aber du darfst nicht weglaufen.«

Der Hauch eines Nickens war alles, was sie zustande brachte.

Fians Gesicht war dieselbe ausdruckslose Maske wie eh und je. »Cassians Lügen werden nur ein paar Tage standhalten. Sie werden in seinem Bewusstsein stochern und die Wahrheit bald herausfinden. Sobald das passiert, werden sie dich holen.«

Sie starrte ihn an. »Das war es? Wir geben unseren Plan mit der Prüfung einfach auf? Du steckst mich in ein Raumschiff Richtung Erde und ziehst dann in den *Krieg*? Das ist Wahnsinn. Ihr werdet alle sterben!«

Er bedachte sie mit einem langen Blick, den sie nicht deuten konnte. Die Falte zwischen seinen Augen wurde tiefer, und für den Bruchteil einer Sekunde erinnerte sie sich an das eisige Gefühl, als er versucht hatte, sie zu erdrosseln.

Sie presste sich eine Hand auf den Hals und ermahnte sich, dass alles nur gespielt gewesen war.

»Es wird keinen Krieg geben«, sagte er. »Genauso wenig wie es ein Raumschiff zurück zur Erde gibt.«

Ihre Kehle fühlte sich noch enger an. »Aber Cassian hat gesagt, Plan B wäre …«

»Ja, das war sein Plan B. Was nicht bedeutet, dass es *mein* Plan B ist.«

Eiseskälte kroch ihr die Arme empor, während ihr Atem immer schneller wurde. Sie blinzelte ihn an, und all ihre Ängste bewahrheiteten sich. »*Du* warst es«, flüsterte sie. »Du warst der Spitzel. Du hast dem Rat von meinem Fluchtversuch erzählt.« Wut packte sie. »Cassian hat dir vertraut!«

»Das war sein größter Fehler – er vertraut den falschen Leuten. Er war ein Narr, mir zu vertrauen. Oder dir. Du hättest die Prüfung niemals bestanden, Täuschungsmanöver hin oder her.« Er straffte die Schultern. »Aber das ist jetzt vorbei. Es wird keinen Aufstand geben. Tessela und die anderen der Fünften der Fünf werden verhört und rechtzeitig verhaftet. Ich werde dich nun zu Arrowal bringen. Solltest du glauben, dir könnte wegen unseres Moralkodex nichts passieren, liegst du falsch. Arrowal hat Wege und Mittel, ihn zu umgehen.«

Er presste ihr wieder die Hand auf den Mund, bevor sie schreien konnte, und zerrte sie aus dem Alkoven, während sie an seiner Hand riss und versuchte, ihn zu beißen. Sämtliche Gäste waren der Lodge verwiesen worden. Die Lichter waren gedimmt, die künstliche Sonne der Savanne war für die Nacht gelöscht worden.

Gib auf, hatte Cassian gesagt. Doch er hatte nicht mit dieser Wendung der Ereignisse gerechnet.

Da fiel Coras Blick auf die Körbe mit den Astragalen.

Sie konzentrierte sich darauf, den Korb zu verschieben, Zentimeter um Zentimeter, bis er umkippte und sich sein Inhalt über dem Boden ergoss. Mit aller Gewalt entriss sie sich dann Fians Umklammerung, sodass er über das Spielzeug stolperte und sie beide nach hinten fielen. Schmerz durchzuckte sie, doch sie rappelte sich auf. Genau hinter der Bar war eine Klappe zum Abfallschacht, in den sie schmutzige Servietten und leere Flaschen warfen. Die Tür war klein – zu klein für einen Kindred, doch sie könnte sich hindurchzwängen. Genau in dem Moment, als Fian auf die Beine sprang, hechtete sie auf die Klappe zu.

Bitte, Leon, du darfst sie nicht geschlossen haben, flehte Cora. Ihre Finger berührten das Gitter, als Fian die Bar umrundete. Mit den Fingernägeln riss sie an der Tür, bis sie einen Spalt aufging. Die Verrieglung war durch eine zerknitterte Chipstüte offen gehalten worden, und Cora frohlockte angesichts dieses unerwarteten Glücks. Sie schlängelte sich durch das Gitter, bis sie mit beiden Hüften durch war. Im allerletzten Moment, bevor Fian ihren Fuß zu packen bekam, purzelte sie in den Tunnel.

Schweißgebadet hastete sie weiter, weg von Fians tastenden Fingern. Aus dem Augenwinkel bemerkte sie die glitzernde Linie einer Entsorgungsfalle und erstarrte, zwei Sekunden, bevor sie den Flammenmechanismus ausgelöst hätte.

Fian presste das Gesicht in den Spalt. »Die Tunnel sind mit Schutzvorrichtungen ausgestattet. Wenn dich die Pakete nicht zermalmen, wird dich eine der Versorgungsfallen bei lebendigem Leib verbrennen.«

Mit wild pochendem Herzen blickte sie zu der Entsorgungsfalle, die fünf Zentimeter von ihrem Fuß entfernt war. An der Wand war eine von Leons Kreidezeichnungen, die auf die Gefahr hinwies.

Nie zuvor war sie Leons künstlerischer Ader dankbarer gewesen.

Cora kroch weiter, ohne sich ein einziges Mal umzublicken, so schnell, wie sie nur konnte, während sie die Wände nach weiteren Zeichen absuchte. Die Luft war so dünn, dass sie kaum atmen konnte. Ein Teil von ihr wollte die Zeit eine Stunde zurückdrehen, damit sie das gerade Erlebte rückgängig machen und gestehen konnte, bevor Cassian die Schuld auf sich nahm, und damit sie ihn rechtzeitig vor Fians doppeltem Spiel warnen konnte.

Schwer atmend lehnte sie sich gegen die Tunnelwand. Sie konnte Cassians letzten Blick nicht abschütteln – wie er nach allem immer noch versuchte, sie zu beschützen.

Irgendwo auf der Raumstation begann gerade die Freizeit. Lucky würde besorgt auf sie warten. Mali ebenfalls. Sollte sie das Risiko eingehen zurückzuschleichen, um ihnen zu erzählen, was geschehen war? Doch es war ein Ding der Unmöglichkeit, ohne Leons Hilfe den Zellentrakt der Jagd-Menagerie zu finden, und außerdem würde Fian höchstwahrscheinlich dort auf sie warten, da er damit rechnete, dass sie dorthin zurückkehrte.

Ihre letzte Kraft schwand, und sie brach auf dem Tunnelboden zusammen. Angst und Verzweiflung überkamen sie. Bilder von Cassian mit malträtiertem und blutigem Gesicht stiegen in ihr auf, aber nein – so gingen die Kindred nicht vor. Was auch immer sie mit ihm vorhatten, es würde weniger Blut, allerdings mehr Schmerz bedeuten.

Was war mit allem, was sie gelernt hatte?

Was würde daraus werden, den Wert der Menschheit zu beweisen?

»Kleine Häschen sind nutzlos, wenn sie tot sind«, sagte eine vertraute Stimme.

Anya.

Cora wischte sich mit dem Arm die Tränen aus dem Gesicht und ermahnte sich, tief einzuatmen. Bis zehn zu zählen. Leon und Anya waren irgendwo in diesem Tunnelsystem. Mittlerweile war Leon wahrscheinlich auf dem Weg zu diesem kranken Puppenhaus, um Nok und Rolf zu befreien. Aber sobald die Nachricht von Cassians Verhaftung die Runde machte, würde der Rat gewiss auch Serassi verdächtigen. Womöglich lief Leon direkt in eine Falle.

»Folg der Brotkrumenspur«, sagte Anyas Stimme. *»Dann findest du uns.«*

Brotkrumen?

Und genau in dem Moment sah Cora an der nächsten Weggabelung ein Zeichen. Ein Puppenhaus mit einem Pfeil.

Anya gab ihr zu verstehen, dass sie Leons Zeichen folgen sollte.

Cora begann, schneller zu kriechen.

Cassian hatte ihr gesagt, dass jetzt der richtige Zeitpunkt wäre, um aufzugeben, doch es gab ein paar Menschen, für die es sich lohnte, niemals aufzugeben. Sie kroch weiter und hoffte inständig, nicht zu spät zu kommen.

37 *Rolf*

Zum hundertsten Mal überprüfte Rolf die Schreibmaschine des Puppenhauses. Nichts.

Nervös schritt er den Flur im oberen Stockwerk auf und ab, an den Fotografien vorbei, die Serassi an den Wänden aufgehängt hatte und die sie selbst und das Baby zeigten. Der Geruch nach Hackbraten wehte aus der Küche herauf, wo Nok ihr Abendessen in der Mikrowelle erwärmte.

Während er den Korridor entlangging, blickte er durch die fehlende Wand zum Zuschauerbereich, der im Moment leer war. Nok und er hatten eine feste Routine entwickelt. Sobald Serassi und die anderen Wissenschaftler fort waren, liefen sie abwechselnd nach oben, um zu überprüfen, ob Cora ihnen eine Nachricht auf der Schreibmaschine hinterlassen hatte.

Es war nun sieben Tage her, seit sie Cora das letzte Mal gesehen hatten, und seitdem hatten sie kein Lebenszeichen von ihr erhalten.

»Nok?«, rief er auf dem Weg zur Treppe. »Als du sie gesehen hast, bist du sicher, dass sie nichts weiter gesagt hat?« Er kam am Kinderzimmer vorbei, in das er aus reiner Gewohnheit einen flüchtigen Blick warf, und erstarrte, als er dort einen Schatten bemerkte.

Vorsichtig betrat er den dunklen Raum. Seine Hand glitt

instinktiv zum Lichtschalter, doch irgendetwas ließ ihn innehalten.

Es *war* kein Schatten.

Eine Gestalt beugte sich über das Kinderbett. Fast zwei Meter zehn groß, die Haare straff zu einem Knoten zurückgekämmt, den Blick fest auf das leere Bettchen geheftet.

Serassi.

Sie musste seine Worte gehört haben, aber es schien sie nicht zu interessieren. Was tat sie überhaupt hier? Ohne ihr Wissen war sie noch nie im Haus herumgeschlichen … das zumindest hatte er immer geglaubt.

Seine Hand löste sich vom Lichtschalter.

Auf Zehenspitzen schlich er rückwärts aus dem Zimmer, doch genau in diesem Moment drehte sich Serassi vom Fenster weg, und er sah etwas in ihren Armen. Es war wie ein Baby in eine weiche Decke eingewickelt, aber es bewegte sich nicht. Eine winzige Plastikhand blitzte im Schein des fahlen Flurlichts auf.

Eine Puppe.

»Geh schlafen«, flüsterte Serassi tonlos in der erbärmlichen Imitation eines Wiegenlieds. »Geh schlafen, kleines, zuckersüßes Baby …«

In Windeseile rannte Rolf die Treppe hinunter, wobei er fast über seine eigenen Beine gestolpert wäre. Als er unten in der Küche ankam, aufgewühlt und atemlos, hob Nok fragend eine Augenbraue.

»Serassi ist im Kinderzimmer«, flüsterte er keuchend. »Ich glaube nicht, dass sie noch sonderlich an der Forschung interessiert ist. Ich glaube … Ich glaube, sie will ein eigenes Baby.«

Die Mikrowelle bimmelte, und Nok fuhr zusammen.

»Ich habe dir doch gesagt, dass wir von hier verschwinden müssen«, wisperte sie. »Immer noch keine Nachricht von Cora?«

Er schüttelte den Kopf. »Alles Mögliche könnte schiefgelaufen sein. Vielleicht sind es nur noch du und ich und in diesem Fall …«

Klappernde Schritte erklangen von der Treppe und augenblicklich nahmen die beiden ihre einstudierten Rollen ein. Nok deckte lächelnd den Tisch. Rolf zog die Schublade mit den Servietten auf. »Ich habe mich gerade an etwas erinnert, das meine Großmutter in Oslo einmal erwähnt hat, ein Trick, um Neugeborene leichter zum Schlafen zu bringen«, sagte er mit lauter Stimme. »Dafür braucht man den Saft eingelegter Rüben …«

Serassi verdunkelte den Türrahmen zur Küche. Rolf drehte sich um und täuschte Überraschung vor. »Oh! Ich wusste gar nicht, dass du hier bist. Wir haben uns gerade das Abendessen zubereitet… Möchtest du uns Gesellschaft leisten …«

Serassi hob ein Notizbuch hoch.

Noks Gesicht wurde augenblicklich aschfahl, wohingegen Rolf eine Sekunde brauchte, um das Buch zu erkennen. Es gehörte Nok. Es war das Notizbuch, das sie unter dem Kissen des Schaukelstuhls versteckte und nur herauszog, wenn die Forscher gegangen waren. Darin notierte sie all die Lügen, die sie sich in Bezug auf das Baby ausgedacht hatten, und schrieb alles akribisch auf für den Fall, dass Serassi oder einer der Forscher Nachfragen hatten und sie die Antworten nachlesen mussten.

Rolf spähte zu Nok. Normalerweise war sie ein Naturtalent im Lügen, aber jetzt war ihr Gesicht ausdruckslos, ihre Lippen vor Angst leicht geöffnet.

»Oh, du hast mein Tagebuch gefunden«, flötete Rolf und stand rasch auf. »Wie schön. Ich dachte schon, ich hätte es verloren.«

Er streckte den Arm danach aus, doch Serassi riss die Hand zurück. »Was ist das für ein Buch?«

»Nichts«, sagte Rolf, obwohl er spürte, wie er zu schwitzen begann. »Nur ein Notizbuch, in das ich Dinge über Kindererziehung schreibe, damit wir nicht vergessen, dir später davon zu berichten. Nicht wahr, Nok?«

Doch Noks Gesicht wurde noch fahler. Ihre Angst übertrug sich auf ihn, als Serassi anfing, die Seiten zu überfliegen.

Nok fing seinen Blick auf. »Es ist vorbei«, flüsterte sie. »Sie weiß alles.«

Rolf schüttelte verzweifelt den Kopf. Es konnte nicht zu spät sein. Sie könnten sich weitere Lügen ausdenken. Serassi immer einen Schritt vorausbleiben, bis Cora das Zeichen auf der Schreibmaschine gab.

Da knallte Serassi das Notizbuch auf den Tisch, was beide zusammenfahren ließ. Sie zeigte auf eine Anmerkung am Rand. »Du. Lies das laut vor.«

»Äh.« Er machte einen Schritt in Richtung des Notizbuchs, obwohl Nok ihm warnende Blicke zuwarf. »Natürlich.« Er beugte sich vor und begann zu lesen. »Nicht vergessen, Rolf zu erinnern, dass wenn er lügt ...« Seine Stimme brach, das Blut wich aus seinem Gesicht. Jetzt verstand er Noks Angst. Ihre Notizen waren zu ehrlich gewesen, da sie nie angenommen hatte, Serassi könne das Büchlein finden.

»Weiter.« Serassis Stimme war eiskalt.

»... wenn er lügt, er sich verrät.« Seine Stimme war nun heiser. »Er blinzelt immer zweimal, sobald er ihnen in puncto Babypflege eine Lüge auftischt. S. und den Forschern könnte es irgendwann auffallen.«

Er drückte die Schultern durch und schob eine imaginäre Brille hoch, die er längst nicht mehr brauchte, dann räusperte er sich. »Das ist ganz offensichtlich ...«, begann er, »ein Missverständnis ...«

Verzweifelt blickte er zu Nok, doch die versuchte längst nicht mehr, sich mit Lügen aus der Bredouille zu retten. Sie sah aus, als würde sie jeden Moment in Tränen ausbrechen, und jeder Muskel seines Körpers wollte sie einfach nur umarmen.

»Das ist kein Missverständnis«, erwiderte Serassi. »Ihr habt uns angelogen. Habt diese Bräuche in dem Notizbuch erfunden, damit wir glauben, dass ihr für uns von Nutzen seid.«

Rolf wollte protestieren, doch Serassi knallte das Buch zu.

»Dieses Experiment ist vorbei.«

»Nein!«, rief Rolf.

Tränen tropften längst aus Noks Augen, als hätte sie bereits aufgegeben.

»Du kommst mit mir«, sagte Serassi zu Nok. »Wir sperren dich in einer Untersuchungszelle ein, bis wir das Baby holen können.«

Nok, die nun immer heftiger weinte, zupfte an der Schleife am Rücken ihrer Schürze und warf Rolf Hilfe suchende Blicke zu. Instinktiv ballte er die Hände zu Fäusten. Am liebsten hätte er Serassi geschlagen. Getreten. *Irgendetwas* getan.

»Zieh die Schürze aus.« Serassis Stimme ließ keinen Raum für Diskussionen. Im nächsten Moment hatte sie ihre Handschellen gezückt.

Da ertönte im oberen Stockwerk ein leises Geräusch.

Klack. Klack. Klack.

Serassi schien es nicht zu bemerken oder zu kümmern – nur ein weiteres Artefakt von der Erde, das Lärm machte wie das Ticken einer Uhr oder die Mikrowelle, die in zufälligen Abständen bimmelte. Doch Rolf erkannte das Geräusch. Mit gespitzten Ohren hatte er darauf gewartet, jede Sekunde der vergangenen sieben Tage.

Die Schreibmaschine.

Nok hörte mit einem Mal auf zu weinen und warf ihm einen verzweifelten Blick zu, die Finger an der Schleife in ihrem Nacken wie festgefroren. Ihr Mund öffnete sich, aber kein Wort kam heraus. Das war es. Ihre Flucht, für die sie womöglich keine zweite Chance bekämen! Was auch immer in Coras Nachricht dort oben stehen mochte, er würde sie auf keinen Fall lesen können. *Sofort*, könnte es vielleicht heißen. Oder: *Der Plan ist abgeblasen*. Rolf wusste, dass nichts davon mehr eine Rolle spielte. Das Experiment war vorbei.

Sie mussten weg.

»Ich werde nicht zulassen, dass du sie mitnimmst«, sagte Rolf leise.

Die Mikrowelle gab erneut ein willkürliches Bimmeln von sich.

Serassi legte den Kopf schief. Mit einem einzigen Schritt durchquerte sie die Küche und packte Rolf am Hals, während die Handschellen in ihrer anderen Hand baumelten. Keuchend riss er an ihrer Hand, aber Serassi war zu stark.

Hinter ihm stieß Nok einen Schrei aus und krallte sich einen der Teller.

»Du befiehlst mir nicht, was ich zu tun habe.« Serassis Finger schlossen sich enger um seine Luftröhre.

Rolfs Wut wurde immer stärker. Er konnte nicht atmen. Er spürte nichts weiter als seinen Hass. Was war der Sinn, seinen Körper gestählt zu haben, wenn er immer noch machtlos war? Egal, wie kräftig oder schnell er wäre, die Kindred waren immer stärker. Seine Muskeln spannten sich an, seine Gedanken schwirrten herum wie die losen Teile eines Autos, bei dem der Schaltknüppel nicht mit dem Motor verbunden war …

Augenblick mal. Das war es!

Er musste Geist und Körper verbinden. Das hatte ihm geholfen, die komplizierte Zeitumrechnung zu lösen. Vielleicht half es ihm auch, Serassi aufzuhalten. Fieberhaft blickte er sich im Zimmer um. Es gab nichts, das groß genug war, um es zu werfen und die Kindred abzulenken, damit sie weglaufen konnten. Doch da war der silberne Serviettenring vom Abendessen, dort auf dem Esstisch. Und Serassi stand genau vor der Mikrowelle, die nicht richtig funktionierte. Wenn es Rolf gelänge, den Serviettenring im richtigen Winkel zu werfen und die Taste fest genug zu treffen, würde die Tür aufschwingen …

»Nok, duck dich!«

Bevor sich Serassi umdrehen konnte, schnappte sich Rolf den Serviettenring. Ihm blieb nur eine Sekunde zum Zielen, aber genau das hatte er trainiert. Sein Verstand berechnete hastig die perfekte Flugbahn, und sein Arm gehorchte mit der Präzision eines Uhrwerks.

Der Ring traf die Taste. Ein Klingeln ertönte. Die Tür

der Mikrowelle knallte auf und traf Serassi am Hinterkopf. Nicht fest genug, um sie zu verletzen, aber genug, um sie zu überraschen, sodass sie Rolf für einen Moment losließ.

Rolf packte die Handschellen und ließ sie um Serassis Handgelenke zuschnappen. Sie waren aus einem Material, das sich bei Berührung verhakte. Kein Schloss, keine Schlüssel. Da bemerkte Rolf einen kleinen Anhänger an einer Schnur um Serassis Hals und riss daran, nur für den Fall, dass es ein Schlüssel war, mit dem sie die Türen der Lagerhalle öffnen könnten. Serassis Gesicht war weiterhin eine undurchdringliche Maske der Gleichgültigkeit, doch Rolf konnte die siedend heiße Wut fast greifen, die von ihr ausging.

»Lauf, Nok!«, schrie er, während er sich die Kordel über den Kopf streifte und gleichzeitig Noks Hand packte. Gemeinsam sprangen sie durch die fehlende vierte Küchenwand und landeten hart auf dem Boden der Lagerhalle.

»Wir wissen doch gar nicht, was Cora geschrieben hat!«, rief Nok mit brennenden Muskeln in den Beinen. »Woher wissen wir, dass der Plan immer noch steht?«

»Das werden wir gleich herausfinden.«

Sie erreichten das Gitter des Abfallschachts, das Leon ihnen gezeigt hatte. Mit aller Gewalt hämmerte Rolf dagegen, immer und immer wieder. Serassi würde nicht lang brauchen, um sich aus den Handschellen zu befreien. Sie würde umgehend den Rat informieren. Sie würden sie jagen, verhaften und herausfinden, was sie geplant hatten. Er fingerte ungeschickt an dem metallenen Anhänger an der Schnur, doch es schien überhaupt kein Schlüssel zu sein, sondern eine Art Speicherstick.

Rolf klopfte unermüdlich weiter und rief Leon verzweifelt zu, die Klappe zu öffnen, während er sich gleichzeitig nach einem anderen Weg umsah, um in den Schacht zu gelangen.

Da stieß Nok einen kleinen Schrei aus. Die pinke Strähne in ihren Haaren. Die gelbe Schleife ihrer Schürze. Er liebte sie so sehr, wurde ihm schmerzlich bewusst, während er all diese unwichtigen Details wahrnahm. Er durfte nicht zulassen, dass es so endete.

»Nok. Es tut mir leid.«

Sie weinte jetzt. Der Anblick brach ihm fast das Herz. Er war kein Held – er war nur ein schwacher, kleiner Nerd.

Dann, unvermittelt, schwang das Gitter auf. Ein schwarzäugiges Gesicht starrte zu ihnen heraus. Rolfs Herz pochte ihm bis zum Hals. Ein Kindred im Tunnel! Aber … Augenblick mal. Diesen speziellen Kindred kannte er.

»Leon?«, fragte Rolf ungläubig.

»Lasst euch nicht täuschen«, sagte Leon. Hinter ihm im Tunnel erschien Coras vertrauter blonder Schopf.

Leon schnaubte. »Verdammt noch mal, Nok. Ich wusste, dass du mich vermisst hast, aber gleich Tränen?«

Rolf warf die Arme um Leon, der leise etwas in der Art, sie sollten sich ein Zimmer nehmen, in sich hineinmurmelte, und umarmte ihn fest.

38 *Cora*

»Es gibt ein Problem«, sagte Cora, sobald sie ins Labyrinth der Abfallschächte eingetaucht waren.

»Ich dachte, wir wären unseren Problemen gerade entkommen«, sagte Rolf mit einem Kopfnicken in Richtung von Serassis Puppenhaus-Experiment.

»Größere. Der Rat hat Cassian verhaftet. Wir sind jetzt auf der Flucht. Ich kann nicht mehr an der Prüfung teilnehmen. Unsere einzige Hoffnung ist die, von der Raumstation fliehen zu können.«

»Was ist mit Lucky und Mali?«, fragte Nok.

Cora zögerte. Cassian hatte sie gewarnt, nicht zu den anderen zurückzukehren. Doch Cassian hatte nicht geahnt, dass sich Fian gegen sie wenden würde. Genau in diesem Augenblick könnte er weitere Wachen zur Jagd-Menagerie führen, um die anderen zu verhaften. »Ich hole sie. Der Rest von euch sollte mit Leon zum Mosca-Lager gehen. Wir treffen uns dort. Mit etwas Glück können wir mit Bonebreak einen Deal aushandeln. Wenn er uns alle nicht in unser Sonnensystem zurückbringen kann, kann er uns vielleicht wenigstens irgendwohin fliegen, wo wir nicht gejagt werden.«

Im dunklen Tunnel war Leons Gesicht undurchdringlich. »Ich begleite dich.«

Cora legte ihm eine Hand auf den Schutzpanzer über

seiner Schulter. »Nein. Ohne dich schaffen sie es niemals durch die Tunnel.«

Hastig, bevor sie ihre Meinung ändern konnte, drehte sich Cora um. Auf Händen und Knien kroch sie die Tunnel entlang, folgte Leons Kreidezeichnungen mit dem Zebrastreifen und versuchte, gegen ihre Klaustrophobie anzukämpfen, bis sie endlich einen Weg zurück zur Jagd-Menagerie gefunden hatte.

Sie presste ein Ohr gegen die Klappe und lauschte.

Jemand summte auf der anderen Seite, dann erscholl ein Kichern.

Pika.

Cora wusste, dass sie Jenny, Christopher, Shoukry und Makayla vertrauen konnte. Doch wem sich Pika treu ergeben fühlte, war ihr ein Rätsel.

Mit einem leisen Seufzen zog sie die Knie an, lehnte sich gegen den kalten Metalltunnel und wartete den Schutz der Nacht ab.

Cora war fast erfroren, als Pika endlich den Duschraum verlassen und sich das Stimmengewirr und das Zuknallen von Zellentüren gelegt hatte. Mit sanfter Gewalt schob sie das Gitter auf und spähte in die Dunkelheit.

Die Luft war rein.

Auf Zehenspitzen schlich sie durch den ruhigen Korridor und kletterte lautlos die Treppe zu Malis Zelle hinauf. Sie wollte sich schon am Lichtschloss zu schaffen machen, als eine Hand durch die Stäbe griff und sie packte.

Im trüben Licht zeichnete sich Malis Gesicht direkt vor ihr ab.

Cora presste einen Finger auf die Lippen. Mali nickte.

Cora schloss die Augen und konzentrierte sich darauf, die Tür zu öffnen. Im nächsten Moment schwang sie auf, und die beiden Mädchen huschten leise zur unteren Etage. Mali steuerte auf Luckys Tür zu, doch Cora hielt sie zurück.

»Warte.«

Irgendetwas fühlte sich nicht richtig an. Cora dachte an den Streit mit Lucky und seine Pläne für die Zeit nach der Prüfung. Er wollte die Tiere nicht im Stich lassen, Prüfung hin oder her. Wenn sie ihn jetzt aufweckte, würde er sich dann immer noch weigern, mit ihr zu fliehen?

Nachdenklich kaute sie auf ihrer Lippe, obwohl sie wusste, dass ihnen die Zeit davonlief. Sie bedeutete Mali, ihr in den Untersuchungsraum zu folgen, wo sie ihr im Flüsterton alles erzählte, was geschehen war. »Wir sind jetzt auf der Flucht«, fügte sie hinzu, »und hoffen, dass wir uns einen Weg von dieser Raumstation erkaufen können, was nicht gerade einfach werden wird, ohne jegliches Zahlungsmittel.«

Malis Augen weiteten sich einen Moment. »Warte hier.« Sie huschte zurück in den Zellentrakt, bevor Cora sie aufhalten konnte, und kehrte mit einem der schmutzigen Safarirucksäcke zurück.

»Mali, der stinkt.«

»Ja.« Mali knotete den Rucksack auf, als wäre sie gegen den Gestank immun. »Hält die anderen ab, damit sie das hier nicht finden.«

Chips. Hunderte von ihnen.

»Sie haben Dane gehört«, erklärte Mali. »Als wir Roshians Sammlung an Tierschwänzen in die Keksdose gestopft haben, mussten wir sie zuerst ausleeren. Ich habe

Lucky gesagt, ich würde die Chips verstecken.« Sie knotete den Rucksack wieder zu. »Werden sie ausreichen?«

Cora lächelte – es war das erste Mal, dass Mali eine Frage richtig betont hatte. »Das hoffe ich doch sehr.«

Dann drehte sich Cora um und durchwühlte die Schränke des Untersuchungszimmers, während Mali den Rucksack schulterte und sie mit einem Stirnrunzeln bedachte. »Wonach suchst du?«

»Ich habe einmal gehört, wie Pika von einer Umkehr-Wiederbelebungskapsel gesprochen hat. Um aufgeregte Tiere zum Schlafen zu bringen. Sie ist für Lucky. Es wäre gut möglich, dass er ansonsten darauf bestehen würde zurückzubleiben. Und jetzt ist kein guter Zeitpunkt, um Edelmut an den Tag zu legen.«

Mali zögerte, griff dann jedoch in den Wandschrank und holte ein schmieriges Päckchen heraus. »Es ist die hier.«

Zurück im Zellentrakt knieten sie sich vor seinen Käfig. Lucky schlief mit einem Arm zwischen den Gitterstäben, der Fuchs hatte sich an seine Hand geschmiegt. Eine Sekunde lang hasste sich Cora für das, was sie vorhatte. Doch sie schob das Gefühl beiseite und drückte ihm die Kapsel an den Hals. Im nächsten Moment entspannten sich seine Gesichtszüge, und er glitt in einen tieferen Schlaf.

Cora öffnete seine Käfigtür, und sie zogen ihn über den schmutzigen Boden.

»Wenn er aufwacht, wird er stinksauer sein«, warnte Mali sie.

»Ja«, murmelte Cora, während sie seinen schlafenden Körper in den Tunnel hievte. »Aber zumindest wird er am Leben sein.«

Coras Arme schmerzten längst, als sie die Hälfte des Weges hinter sich gebracht hatten, aber sie wagte nicht, in den Tunneln eine Pause einzulegen. Luckys Körper war zu schwer, um ihn über die Entsorgungsfallen zu heben, sodass sie mehrmals umkehren und einen anderen Schacht nehmen mussten, bis ihre Sicht wegen der dünnen Luft verschwamm.

Sie hielt kurz an, um zu Atem zu kommen. Aus der nächsten Klappe drangen die Geräusche schwerer Stiefel und die ausdruckslose Sprache der Kindred.

»Verstehst du, was sie sagen?«, fragte Cora.

Mali nickte. »Ein bisschen. Sie suchen nach uns.«

Coras Herz hämmerte heftiger. Sie hoffte inständig, dass die Chips ausreichen würden, um Bonebreak davon zu überzeugen, sie mit dem Raumschiff mitzunehmen. Mit einem leisen Seufzen zerrte sie Lucky eine Abzweigung nach der nächsten entlang, während sie Leons Kreidezeichen an den Wänden folgte.

»Zur Seite!«, rief Mali. »Sofort!«

Cora warf einen Blick über die Schulter und sah das Paket, das hinter ihnen schwebte. Nicht schnell, aber schneller, als sie mit einem bewusstlosen Menschen im Schlepptau kriechen konnte. Mali drückte sich in eine der Nischen im Tunnel, den Sack mit den Chips fest an die Brust gepresst. Cora sah zu Lucky, dann zur nächsten Wandvertiefung. Nicht genug Platz für sie beide. Sie schob ihn so tief wie irgend möglich in die Nische und sprang in allerletzter Sekunde, den Luftzug des Pakets bereits im Nacken, in die leere Wandvertiefung ihm gegenüber.

Jede Sekunde zog sich wie eine Ewigkeit, während Cora darauf wartete, dass das Paket endlich an ihnen vorbei war. In der Mauer war ein kleiner Spalt, und sie presste das Ohr daran, besorgt, weitere Kindred zu hören, die nach ihnen suchten.

Es *waren* Kindredstimmen, aber sie redeten sehr leise. Cora glaubte fast, ein paar englische Worte aufzuschnappen, und drückte das Auge an den Spalt.

Auf der anderen Seite befand sich eine Zelle.

Sechs Schritte lang, sechs Schritte breit. Es hätte genauso gut der Raum sein können, in dem sie nach ihrem gescheiterten Fluchtversuch eingesperrt gewesen war. Dieselbe Toilette. Dasselbe Waschbecken. Doch in der Mitte stand ein Untersuchungstisch. Eine Gestalt wand sich darauf, und Cora keuchte erschrocken auf.

Cassian.

Sie presste die Hand auf die Steinwand. Er war bewusstlos an den Tisch gefesselt. Pulsierende Schläuche kamen aus seiner Haut und seinen Ohren und seiner Nase. Auf einem kleinen Bildschirm neben ihm blitzten dreidimensionale Bilder auf. Fian und Tessela. Serassi und ihre Instrumente. Cora. Die Würfel und Karten, mit denen sie geübt hatten. Die Maschinen zerlegten Cassians Gedanken. Das nächste Bild war eine Projektion von ihm, wie er mit Mali am Strand *Go Fish* spielte. Und dann, wie er in der Abgeschiedenheit seines Quartiers einen Hund zeichnete.

Und schließlich ihr Kuss vor wenigen Stunden.

Mit einem Mal fauchte Cassian auf, und Cora erkannte, dass er überhaupt nicht bewusstlos war. Sie fügten ihm Schmerzen zu und stocherten in seinem Bewusstsein herum, was ihn innerlich zu zerreißen drohte, genauso wie es ihr das Herz zerriss, ihm dabei zusehen zu müssen.

Einer der Ärzte, der sich überrascht umblickte, musste

Coras Keuchen gehört haben. Schwer atmend riss sie den Kopf vom Spalt weg.

Da schwebte ein weiteres Päckchen an ihr vorbei.

»Die Luft ist jetzt rein«, flüsterte Mali.

Coras Herz pochte so heftig, dass sie fürchtete, keinen Ton herauszubekommen. »Geh schon mal los. Ich hole dich gleich ein.« Mali warf ihr einen verunsicherten Blick zu, aber Cora schüttelte nur den Kopf und winkte sie weiter. »Ich komme sofort.«

Mali starrte sie lang und eindringlich an, dann kroch sie los. Cora wandte sich um und presste das Auge wieder auf den Spalt. An der gegenüberliegenden Wand waren Instrumente aufgereiht, die ihr bisher nicht aufgefallen waren, Instrumente, die einen halben Meter lang und am Ende mit scharfen Nadeln und Klingen versehen waren. Sie musste nicht wissen, wozu genau sie benutzt wurden, um zu ahnen, dass Cassian diesen Raum nicht genauso verlassen würde, wie er gekommen war.

Als er Coras Verbrechen gestanden hatte, musste er gewusst haben, welches Schicksal ihn erwartete.

»Es tut mir so leid«, wisperte sie tonlos.

Unter ihr führte einer der medizinischen Offiziere einen weiteren Schlauch in Cassians Vene ein, und er schrie gepeinigt auf.

Cora unterdrückte ein Schluchzen und presste sich die Hände vors Gesicht, um die Tränen zurückzudrängen. Sie konnte es nicht tun – hier bleiben und zusehen, wie sie ihn folterten. Mali und Lucky und die anderen warteten auf sie. Genau in diesem Augenblick durchkämmten Kindred-Wachen die Raumstation nach ihnen.

Und dennoch schaffte sie es nicht, sich abzuwenden.

Sie hatte *ihnen* immer vorgeworfen, Monster zu sein, aber jetzt war *sie* der Grund von Cassians Leiden. Sie sah seine Lippen, die sich wegen der schlechten Durchblutung blau verfärbt hatten. Seine Augen, trüb vor demaskierten Gedanken, rollten hin und her. Früher hatte sie ihn für einen Engel gehalten. Es gab keine Engel – das wusste sie jetzt. Aber er war auch kein Dämon.

»Cora.« Es war Mali, am anderen Ende des Tunnels. »Da sind noch mehr Wachen in den Korridoren. Wir müssen jetzt wirklich gehen.«

Cora wischte sich die Tränen weg und stieß sich taumelnd von der Wand ab. Ihr Herz hämmerte lauter, jeder Schlag eine Anschuldigung. »Ich komme.«

Tränen liefen ihr jetzt ungehemmt übers Gesicht, doch Mali fragte nicht nach dem Grund, sondern packte einfach Luckys Beine und zog ihn hinter sich her, bis er anfing, zusammenhanglose Wörter zu murmeln, und allmählich erwachte.

»Lucky.« Cora schlug ihm leicht gegen die Wange. »Lucky, kannst du mich hören? Kannst du allein kriechen?«

Doch er gab keine Antwort.

Sie erreichten einen größeren Tunnel, wo sie tief geduckt gehen konnten und nun schneller vorankamen. Sie schlangen sich jeweils einen von Luckys Armen um die Schultern und zerrten ihn weiter, während er, immer noch halb schlafend, sinnlose Satzfetzen von sich gab. Cora versuchte, das Bild von Cassians Folter aus ihrem Kopf zu verbannen, aber es war unmöglich. Endlich kamen sie zu der Luke, die mit Leons Zeichen für das moscaische Lager gekennzeichnet war: ein zerbrochener Knochen.

Cora klopfte an der Klappe, bis sie aufschwang und den Blick auf einen feuchtkalten, kreideflirrenden Raum freigab, der von fahlem Licht beleuchtet wurde. Hastig sog sie die frische Luft tief in ihre Lungen. Es war gerade einmal hell genug, um den Umriss von Leon auszumachen, der sich mit einem Mosca stritt. Vor der gegenüberliegenden Wand reichte Nok Anya eine Wasserflasche, die diese dankend entgegennahm und ein paar Worte sagte, die Cora nicht verstand.

»Anya ist wach!«, rief Mali und schlüpfte unter Luckys Arm hindurch. Ohne Malis Hilfe auf der anderen Seite gab Cora unter Luckys Gewicht nach, doch da eilte Leon herbei, und sie legten ihn gemeinsam flach auf den Boden.

»Na großartig. Wir haben es gerade mit Müh und Not geschafft, das verrückte Mädchen da wach zu bekommen und jetzt ist *er* bewusstlos!«, schnaubte Leon. »Was ist passiert, hat ihn eine Wache niedergeschlagen?«

»Es ist ein bisschen komplizierter.« Cora kniete sich neben ihn und schüttelte ihn sanft. »Lucky, kannst du mich hören?«

Er murmelte benommen, wachte jedoch nicht auf.

»Hör mal, ich erklär dir gleich alles«, flüsterte sie ihm zu, auch wenn sie nicht sicher war, ob Lucky sie verstand. »Im Moment müssen wir …«

»Na, wen haben wir denn da?«

Cora erstarrte. Es war eine Stimme, die sie nie zuvor gehört hatte, und dennoch wusste sie gleich, wem sie gehörte. Abgehackte Worte. Ein Keuchen, als würde jemand durch eine Maske atmen. Sie drehte sich um und erblickte die scheußlichste Kreatur, die sie jemals gesehen hatte.

Bonebreak verschränkte die Hände vor der Brust und

trommelte mit den Fingern. »Noch mehr kleine Kinder.« Er wandte sich an Leon. »Ich hoffe, deine Freunde sind reich, mein Junge. Denn dort draußen vor der Tür stehen Kindred-Wachen. Sie wissen, dass ihr hier seid. Und der Schutz vor ihnen wird sehr teuer werden.«

Schwer atmend zerrte Cora den Sack mit den Chips zu ihm und riss an dem Knoten. Als er schließlich nachgab, drehte sie den Rucksack um, und sein Inhalt ergoss sich auf dem Boden. »Ist das reich genug für dich?«

39 Cora

Der Raum verstummte.

Die einzigen Geräusche waren Luckys benommenes Murmeln, Bonebreaks erheitertes Gackern, während er gierig den Berg an Chips beäugte, und das Hämmern der Kindred-Wachen an der Tür. War der Rat ebenfalls dort draußen und versuchte, sich Einlass zu verschaffen? Fieberhaft blickte sich Cora im Zimmer um und fragte sich, wo Bonebreaks Raumschiff sein mochte. Das Echo von Cassians Schreien hallte immer noch in ihren Ohren. Sie mussten *sofort* von der Raumstation verschwinden.

»Du hast mir gar nicht erzählt, was für gute Freunde du hast!«, sagte Bonebreak, an Leon gewandt, und drehte sich dann zu Cora zurück. »Mit Freuden nehme ich dein Geld, Mädchen.«

»Damit sollen nicht nur die Wachen in Schach gehalten werden.« Cora kniete sich neben Lucky und strich ihm das Haar aus der Stirn. »Ich will eine Mitfahrgelegenheit von dieser Raumstation. Und falls du uns nicht zur Erde fliegen kannst, dann bring uns so weit wie möglich von hier weg.«

Bonebreak erstarrte.

»Äh, Cora«, setzte Leon an, »das hätte ich dir eigentlich nicht erzählen dürfen ...«

Sie konnte nicht hinter Bonebreaks Maske sehen, aber ein zunehmend schrilleres Keuchen und Schnauben drang aus seinem Mund, bis er geradezu zu explodieren schien und sich wütend auf Leon stürzte.

»Ich brech' dir alle Knochen im Leib!«, knurrte Bonebreak. »Ich werde auf ihnen tanzen, bis jeder einzelne zersplittert.«

Leon wich zur Tür zurück.

»Warte!« Cora warf sich zwischen Leon und Bonebreak. »Hör mal, wir sollten uns lieber auf das Geld hier konzentrieren. Das sind viele Chips. Denk an alles, was du damit kaufen kannst. All den ... äh ... Wodka.«

Leon presste sich die Hände auf den Kopf, als wüsste er, dass sie es nun völlig vermasselt hatten. Neben ihm waren sonderbar geformte Bretter gestapelt, die, wie Cora jetzt erkannte, genau den Umrissen seiner blauen Flecken entsprachen, die er am ganzen Körper aufwies.

Vielleicht hatte Cassian von Anfang an recht gehabt, als er sagte, man könne den Mosca nicht über den Weg trauen.

»Ein Deal?« Bonebreak klang fast amüsiert. »Du bietest mir einen Deal an? Wie süß! Allerdings haben mir die Kindred auf der anderen Seite dieser Tür ebenfalls einen Deal angeboten. Ihr alle gegen einen gültigen Handelspass auf Lebenszeit. Für mich klingt das nach einem viel besseren Angebot. Außerdem haben sie eingewilligt, mich mit *dem* da alles tun zu lassen, was ich tun will.«

Er zeigte mit dem Finger in Leons Richtung, der augenblicklich erblasste.

Bonebreak hob die Arme. »Schnappt sie euch!«

Mehrere Mosca huschten aus angrenzenden Zimmern herein. Im nächsten Moment hatten sie Nok und Rolf gepackt. Einer stellte sich neben Lucky und bohrte ihm die

Zehenspitze seines Stiefels in den bewusstlosen Körper. Cora wich einen Schritt zurück, als einer von Bonebreaks Handlangern, der nach Schwefel stank, sie umklammern wollte.

Leon verfluchte innerlich sein Schicksal, denn die beiden Mosca, die ihn festhielten, waren für ihre Größe ungewöhnlich stark, und er konnte sich einfach nicht befreien.

Bonebreak ging auf die Tür zu, die zwischen ihnen und den Kindred-Wachen lag. Sie war wie alle anderen mit blauen Sensoren ausgestattet, hatte jedoch gleichzeitig ein manuelles Schloss – Mosca-Technologie –, sodass die Kindred sie nicht allein mit ihrem Bewusstsein öffnen konnten. Bonebreak legte eine Hand auf den Riegel und kicherte, als er ihn rüttelnd aufschob.

»Warte!« Cora entriss sich aus den Fängen seines Handlangers und warf sich gegen die Tür. »Wir können dir einen besseren Deal als sie anbieten. Versprochen!«

Bonebreak schnaubte verächtlich. Aus der Nähe roch er modrig und verfault. Die Haut, an die seine Maske genäht war, war von Narben gezeichnet und schwarz am Rand, und bei dem Anblick drehte es Cora den Magen um.

»Du bist ein Mensch«, fauchte er. »Sie sind Kindred. Sie werden immer mehr zu bieten haben als du.« Er stieß sie beiseite, doch sie schubste ihn zurück.

»Das ist nicht wahr! Im Gegensatz zu uns sind sie an einen Moralkodex gebunden. Wir könnten alles Mögliche für dich tun – lügen, stehlen, töten, betrügen. Gib uns eine Chance, damit wir beweisen können, wie wertvoll wir für dich sein können.«

Auf der anderen Seite der Tür hatten die Kindred-Wachen aufgehört zu rufen, aber ein Unheil verkündendes Poltern war nun zu hören, als setzten sie schweres Geschütz ein, um sich gewaltsam Einlass zu verschaffen. Bonebreak neigte den Kopf schief.

»Hmm …«, murmelte er.

Coras Herz klopfte schneller. Sie krallte ihre Finger um das Schloss.

»Nein«, sagte Bonebreak schließlich.

Erneut griff er zur Tür. Coras Sichtfeld begann zu zersplittern. Ihre Finger, rutschig vor Schweiß, glitten vom Schloss ab. Auf der anderen Seite hatten die Kindred wieder zu reden begonnen, langsam, zuversichtlich. Welches Werkzeug auch immer sie benutzten, um die Tür aufzubrechen, es hämmerte ununterbrochen weiter.

»Jetzt reicht's mir«, verkündete Leon. »Die Zeit für Verhandlungen ist *vorbei.*« Er stieß ein lautes Brüllen aus, das den Raum zum Erzittern brachte, als er sich erst zusammenzukauern schien und dann die Arme zur Seite schnellen ließ, als wollte er die Luft selbst zerteilen. Die beiden Mosca, die ihn hielten, fielen rücklings zu Boden. Sie versuchten, wieder aufzustehen, doch mit ihrer Rückenpanzerung und den spindeldürren Beinen rutschten sie nur wie umgedrehte Käfer herum.

Mali warf sich auf den ihr am nächsten stehenden Mosca. Ihre Bewegungen waren so schnell, dass Cora kaum dem Durcheinander aus Armen und Beinen folgen konnte, und nach wenigen Sekunden war der Hals von Bonebreaks Handlanger gebrochen, und sein maskierter Kopf hing in einem unnatürlichen Winkel schlaff herab.

Innerhalb weniger Augenblicke war ein echter Kampf im Gange.

Mali zog Bonebreak von der Tür. Sie war zwar nur halb so groß wie er, aber schnell. Anya wirkte immer noch leicht benommen, doch es gelang ihr, sich aus der Umklammerung des Mosca zu befreien.

»Cora!«, rief Nok. »Kümmre dich um die Tür!«

Cora blickte leicht betäubt zu dem massiven Schloss – das sich wie von selbst zu öffnen schien, Millimeter um Millimeter. Was auch immer die Kindred-Wachen auf der anderen Seite taten, schien zu funktionieren. Cora warf sich auf den Riegel und schob ihn mit aller Gewalt zurück. Das Schloss wölbte sich gegen ihre Hand.

»Ich kann sie nicht lang aufhalten!«

Mali stürzte durch die Lagerhalle auf Cora zu, um ihr mit der Tür zu helfen, und wich Leon geschickt aus, der sich mit seinen beiden Wachen auf dem Boden rollte. Doch einer der Mosca, der auf dem Rücken lag, streckte eine Hand aus und packte sie am Knöchel. Als sie auf den Fußboden knallte, zog der Mosca ein Messer.

»Mali, pass auf!«, schrie Cora und kämpfte gegen ihren Instinkt an, das Schloss loszulassen und Mali zu helfen. Selbst jetzt schaffte sie es nur mit letzter Not, sich gegen die Tür zu stemmen.

Nok und Rolf versuchten, Lucky in die Sicherheit des Tunnels zu zerren, doch aufgeschreckt durch Coras Schrei glitt Noks Blick zum Messer in der Hand des Mosca, und sie stürzte sich darauf.

»Nok, pass auf!« Rolf ließ Lucky los, der halb bewusstlos an der Wand zusammensackte, sprintete zu dem Mosca und hämmerte mit der Faust auf seinen Kopf ein. Nok trieb dem Mosca die Zähne in die runzelige graue Haut. Der Mosca stieß einen Schrei aus und ließ das Messer fallen, doch ein anderer hob es auf, bevor sie es sich schnappen konnte. Lucky erwachte für einen kurzen Moment blinzelnd aus seiner Bewusstlosigkeit, um einen Fuß auszustrecken und dem Mosca ein Bein zu stellen, bevor dieser Nok erreichte. Mit voller Wucht fiel der Mosca auf Luckys Oberkörper. Ein Knacken wie das Brechen eines Knochens ertönte, und Cora verzog mitleidvoll das Gesicht.

»Passt auf Lucky auf!«, schrie sie, obwohl alle außer Anya beschäftigt waren, die in der Mitte des Raums stand und das Treiben um sich herum mit weit aufgerissenen Augen beobachtete. »Anya, hilf uns!«

Anya blickte zu Lucky, der wieder ohnmächtig geworden war, rührte sich aber nicht.

Das Schloss schnitt Cora in die Hand. Ihre Muskeln konnten nicht mehr.

»Es gibt nach«, brüllte sie. Während sie sich mit ihrem Körper gegen die Tür presste, warf sie einen Blick über die Schulter, um sicherzugehen, dass es Lucky gut ging, doch dann entglitt ihr der Riegel, und sie stemmte sich noch fester gegen die Tür. Hinter ihr hatte Mali mindestens drei Mosca bewusstlos geschlagen und stürzte sich nun auf einen vierten. Leons rechter Arm war blutüberströmt, als er mit der linken Faust laut brüllend ausholte. Nok und Rolf versuchten, die restlichen Angreifer mit dem Messer in Schach zu halten, das sie dem Mosca entrissen hatten. Und Bonebreak ...

»Wo ist Bonebreak?«, schrie Cora.

Eine halbe Sekunde später schälte sich eine Gestalt aus den Schatten und warf sich auf sie – Bonebreak. Der Riegel glitt einige Zentimeter auf, bevor Cora ihn wieder zurückschieben konnte.

Bonebreak richtete sich auf – soweit es für einen Buckligen möglich war – und ballte die mächtige Faust. Er holte aus, und die Zeit schien stehen zu bleiben. Hinter ihm wendete sich das Blatt, die Mosca gewannen die Oberhand zurück. Mali atmete so schwer, dass es den Anschein machte, als würde sie gleich ohnmächtig werden. Leons Tempo hatte sich verlangsamt. Anya stand immer noch mit großen Augen in der Mitte der Halle. Einer der Mosca entwand Nok das Messer und rang sie und Rolf zu Boden. Leons blutiger Arm hing schlaff an seiner Seite herab.

Wir werden verlieren, schoss es Cora durch den Kopf.

Sie wirbelte zur einzigen Person herum, die das Blatt vielleicht noch wenden konnte, und schrie: »Anya, tu etwas!«

Die Zeit beschleunigte sich wieder und kehrte genau in dem Moment zu ihrem normalen Tempo zurück, als sich Bonebreak eines der Bretter griff und zuschlug. Cora sprang zur Seite und warf sich auf Lucky, um ihn vor dem Holzbrett zu schützen.

Sie stählte sich gegen die Wucht des Aufpralls, als mit einem Mal Erinnerungen auf sie einstürmten.

Die Kirschblüten.

Lucky.

Ihr Zuhause.

Der Aufprall blieb aus.

Nach ein paar surrealen Sekunden wagte sie, den Kopf zu heben. Bonebreak stand vollkommen still da, das Brett mitten im Schlag erstarrt. Selbst der Ausdruck auf seinem Gesicht schien versteinert. Ein Mosca nach dem anderen verwandelte sich ebenfalls in eine Statue, als hätte eine Hexe sie mit einem Zauber belegt. Derjenige, der Leon die Faust ins Gesicht schlagen wollte, schien sich in Zeitlupe zu bewegen, bis seine Hand Zentimeter vor seiner Nase reglos erstarrte. Leon kroch unter ihm davon und schüttelte sich wie ein Hund. Die Mosca, die Nok und Rolf zu Boden drückten, sahen wie reglose Buchstützen aus. Mali ergriff die Gelegenheit, einem von ihnen mit dem Fuß fest in den Bauch zu treten, woraufhin er wie ein Sandsack auf den Boden sackte.

»Was zum ...?«, flüsterte Cora und klammerte sich an Lucky fest, der laut vor sich hin murmelte und dessen Atem von pfeifenden Rasselgeräuschen untermalt wurde – er hatte sich definitiv eine Rippe gebrochen, als der Mosca auf ihm gelandet war. »Hey, bleib bei mir. Wir flicken dich schon wieder zusammen.«

Mit einem Mal rutschte der Türriegel zur Seite.

Keuchend drehte sich Cora um. Was auch immer die Mosca zum Erstarren gebracht hatte, funktionierte nicht bei den Kindred-Wachen auf der anderen Seite der Tür. Das Schloss stöhnte, während es fast aufsprang. Cora machte einen Satz darauf zu, doch ihre Füße rutschten in einer Blutlache aus – war das *Luckys* Blut? War seine Verletzung doch schlimmer als nur eine gebrochene Rippe?

»Nein!« Auf allen vieren krabbelte sie zur Tür, doch es war zu spät. Das Türschloss ächzte ein letztes Mal und dann – *klick*. Entsetzen packte Cora, als sich die Tür zu öffnen begann. Einen Zentimeter. Dann zwei. Kindredgesichter erschienen. Schwarze Augen und kupferfarbene Haut. Hände, die sich nach ihr ausstreckten.

Cora rollte sich wie ein Igel zusammen, die Hände über dem Kopf verschränkt.

Auf einmal ließ Bonebreak das Holzbrett fallen, das zu Boden klapperte, ohne irgendeinen Schaden zu verursachen. Seine fleischige Hand ballte sich zur Faust, und nach zwei ruckartigen Schritten knallte er die Tür mit explosionsartiger Wucht zu. Die Kindred-Wachen hämmerten auf der anderen Seite mit neu erstarkter Gewalt auf die Tür ein, doch Bonebreak umklammerte den Riegel mit schier übermenschlicher Kraft. Seine Miene war allerdings weiterhin starr, wie die einer Wachsfigur. Seine Bewegungen wirkten sonderbar und abgehackt, als wäre er nicht länger Herr über seinen eigenen Körper.

Cora streckte einen zittrigen Arm aus, um Lucky am Hemd zu packen, besorgt über seinen stockenden Atem. Lucky verzog schmerzhaft das Gesicht und presste sich matt die Hand auf die Rippen. Cora strich ihm sanft übers Gesicht und versuchte, ihm in die Augen zu sehen.

»Lucky! Bleib bei mir! Sag etwas.«

»Autsch«, murmelte er.

Beim Klang seiner Stimme stieß sie einen Schrei der Erleichterung aus. Doch dann, ohne Vorwarnung, senkte einer der erstarrten Mosca die Hand – derjenige, dessen Faust nur wenige Zentimeter von Leons Gesicht entfernt war – und stellte sich wie ein Spielzeugsoldat in Habachtstellung auf.

»Äh ...« Leon stupste ihn mit dem Finger an, doch der Mosca rührte sich nicht. »Was zum Teufel ist hier los?«

»Es ist Anya«, hauchte Cora und hielt Lucky fester an sich gepresst. »Sie ist dafür verantwortlich, nicht wahr? Sie hat ihren Willen übernommen.«

Mali legte Anya sanft die Hand auf die Schulter. Lucky hatte immer noch nicht die Augen geöffnet, und Cora wagte es nicht, von seiner Seite zu weichen.

»Wie ist das möglich?«, fragte Nok.

»Sie ist ein Psycho«, sagte Leon.

»Du meinst ein Medium«, korrigierte Rolf ihn. »Und anscheinend ein Profi in Sachen Telekinese. Selbst bei den Kindred habe ich so etwas noch nie erlebt.«

»Zieh die Kindred-Wachen ab«, sagte Mali zu Anya. »Oder benutz die anderen Mosca, um sie in die Irre zu führen.«

Anyas Kopf drehte sich roboterhaft. Die wachsfigurenhaften Mosca begannen sich zu rühren, ebenso unnatürlich in ihrem Bewegungsablauf wie zuvor Bonebreak. Ein Fuß vor den anderen. Schwankend. Mit Armen, die nutzlos herabhingen. Wie eine Puppenspielerin lotste Anya sie über den unebenen Boden, während die Mosca mit stockenden Schritten in Richtung eines Nebenzimmers trotteten. Ein Geräusch kam aus ihren Mündern – ein verstümmelter Schrei, der sich anhörte, als wären sie stocksauer.

»Unglaublich!« Nok klatschte laut in die Hände. »Sie tut es!«

»Sie sollen sich in den Korridoren verteilen«, befahl Mali. »Sie müssen die Kindred-Wachen ablenken, damit sie von der Tür verschwinden.«

Anyas Gesicht zuckte vor Anspannung. Ein heftiges Beben ging durch ihre kleinen Finger, doch sie setzte die Mosca in Bewegung, als würde sie eine Schaltfläche bedienen, und schickte Bonebreaks Handlanger in Richtung der angrenzenden Korridore, wo sie mit stampfenden Schritten durch die Torbogen trampelten. Die Kindred mussten sie gehört oder gespürt haben, denn das Hämmern an der Tür verstummte.

Nok presste das Ohr an die Tür. »Es hat funktioniert«, flüsterte sie und verzog dann das Gesicht, als sie einen Hauch von Bonebreak einatmete, dem einzigen Mosca, der in der Halle zurückgeblieben war. »Jetzt müssen wir schnellstens von hier verschwinden.«

Da stöhnte Lucky leise. *Er wacht allmählich auf,* dachte Cora, *ein gutes Zeichen.* Sie griff nach seiner Jacke, um einen besseren Blick auf die Wunde zu bekommen, als hinter ihr Schritte ertönten.

Anya zeigte mit zitternden Händen auf Bonebreak, der sich in Bewegung gesetzt hatte.

»Wir müssen los«, sagte Anya lautstark.

Es war das erste Mal, dass Cora ihre richtige Stimme hörte, die zu dem Flüstern in ihrem Kopf passte. Ein kindlicher Singsang, als wäre all das hier nur ein großes Spiel. Schritt für Schritt tappte Bonebreak um die Ecke der Halle in einen riesigen Hangar, in dem ein Raumschiff angedockt war. Nok und Rolf wichen auseinander, um ihn durchzulassen, und folgten ihm dann hastig. Anya lenkte ihn zum Raumschiff, wo seine Hand mechanisch ein Symbol auf den Rumpf zeichnete.

Die Tür des Raumschiffs ging zischend auf.

Mit langsamen, ruckartigen Bewegungen kletterte Bonebreak die Leiter hinauf und verschwand im Innern des Raumschiffs. Es folgten ein paar Sekunden Stille, dann ein lautes Grollen, und schließlich gingen die Lichter des Raumschiffs flackernd an.

»Und was jetzt?«, fragte Nok fassungslos.

Cora bohrte die Finger in Luckys Schultern. Sie hatte gesehen, wie seine Augen einen Moment geblinzelt hatten, bevor sie sich wieder fest schlossen. Behutsam strich sie ihm eine widerspenstige Strähne seines dunklen Haars hinters Ohr.

»Jetzt?«, sagte sie. »Jetzt fliegen wir nach Hause.«

40 Lucky

Lucky erwachte mit den schlimmsten Kopfschmerzen seines Lebens.

Es fühlte sich nicht wie ein Kater an, sondern eher so, als wäre er jeden Tag einen Marathon gelaufen und hätte seit Wochen nicht geschlafen – weshalb er nun bis in die Knochen erschöpft war. Wellenartige Schmerzen gingen von seinen Rippen aus, und als er sich aufsetzen wollte, wäre er fast in Ohnmacht gefallen. Das hier war schlimmer als damals, als er von einem Pferd mit den Hufen an der Schulter getroffen worden war. Schlimmer als sein Motorradunfall, bei dem er im Graben gelandet war, sich vier gebrochene Knochen zugezogen hatte und mit siebenundzwanzig Stichen genäht werden musste.

Blinzelnd öffnete er die Augen und war sich nicht sicher, was genau er vor sich sah. Eine Decke. Weiß. Glatt. Nicht wie die Decke seiner Zelle in der Jagd-Menagerie, die von Gitterstäben durchzogen war. Nicht wie die kargen, kirchengleichen Korridore der Kindred. Er versuchte, seine verschwommene Sicht mit heftigem Zwinkern zu klären, und erkannte Leon in der Nähe, der sich die Schulter hielt, die ausgerenkt zu sein schien, und Nok, die durch eine Art Luke kletterte. Zwei Stühle standen im Zimmer, mit Blick auf einen großen Bildschirm, was ihn irgendwie an ein Cockpit erinnerte. Ein tröpfelndes

Geräusch, dessen Ursprung er nicht ausmachen konnte, kam von irgendwoher.

Er schloss wieder die Augen und versuchte sich zu erinnern, was geschehen war. Er war in seiner Zelle gewesen. Hatte in sein Tagebuch geschrieben. Und dann war ein Kampf ausgebrochen. Cora hatte ihm die Haare aus dem Gesicht gestrichen. Vielleicht versteckten sie sich in diesem Flugzeug. Irgendwann muss er verwundet worden sein – der Schmerz in seinen Rippen war schier unerträglich.

Jemand – nun ja, *etwas* – saß auf einem der Stühle. Es trug eine Maske und einen schmutzigen roten Overall, und so, wie es unnatürlich vorgebeugt dasaß, wirkte es nicht menschlich.

Lucky legte den Kopf zurück auf den Boden. Ein zerknautschter Teddybär, bei dem die Hälfte der Füllung herausschaute, saß unerklärlicherweise neben ihm. Hatte er … Halluzinationen? Lucky hatte nicht die Kraft, sich nach dem Teddybären zu strecken – allein bei diesem kleinen Versuch, sich aufzusetzen, hätte er sich fast übergeben.

»Bring uns von hier weg«, sagte jemand. Lucky blinzelte, bis er Mali erkannte, die sich über den Außerirdischen auf dem Stuhl beugte. »Dieses Raumschiff ist Axion-Technologie«, sagte sie und trommelte mit den Knöcheln auf die gewölbte Wand der Innenverkleidung. »Wahrscheinlich gestohlen.«

Ein Raumschiff? Warum versteckten sie sich in einem Raumschiff?

»Kinderdiebe«, murmelte Leon, der sich die schmerzende Schulter rieb und mit dem Finger auf Zellen deutete, die in die Wände gelötet worden waren. »Bonebreak muss das Raumschiff für seine Flüge zur Erde nachgerüstet haben.«

Lucky schloss erneut die Augen. Das Wesen auf dem Stuhl war demnach Bonebreak. Wogen der Schwärze überrollten ihn. Mit zusammengepressten Lippen ertrug er den überwältigenden Schmerz, bis er Cora sah, die durch die Luke kletterte und sie hinter sich schloss.

Cora.

Die anderen.

Sie waren in Sicherheit. Alle.

Bonebreak murrte etwas hinter seiner Maske, und Lucky hob seine schweren Augenlider. Es klang wie *Hunde* oder *Wunde*, doch dann zeigte ein Mädchen, das er nicht kannte, ein Knirps mit kurzen Haaren, vielleicht neun oder zehn Jahre alt, mit den Fingern auf Bonebreak – ihr fehlten zwei, und ihre Hände zitterten heftig –, und seine Stimme verwandelte sich wieder in unverständliches Gemurmel. Das musste Anya sein. Doch wann hatte Cora sie befreit? Und wie ... wie war er überhaupt hierhergekommen?

Anya zuckte wieder mit dem kleinen Finger, und Bonebreak zog ruckartig seine Handschuhe aus, bevor er mehrere Symbole auf das Steuerpult zeichnete. Weitere Hebel schienen sich von allein zu betätigen – entweder bewegte Bonebreak sie mit seinem Bewusstsein, oder Lucky halluzinierte nun tatsächlich.

Leon schritt leicht schwankend auf und ab, eine Hand auf seine ausgerenkte, schmerzende Schulter gepresst. »Woher weiß sie, wie man ein Raumschiff bedient?«, fauchte er mit einem Kopfnicken in Anyas Richtung.

»Sie weiß es nicht«, erwiderte Mali. »Aber *Bonebreak* weiß es. Sein Verstand ist immer noch wach. Sie kontrolliert nur das, was er tut, und er setzt sein Wissen ein.«

»Kannst du ihn dazu bringen, dass die Sichtscheibe durchsichtig wird, Anya?«, fragte Cora.

Anya konzentrierte sich auf Bonebreak. Seine Finger glitten steif über ein paar Hebel, und die Sichtscheibe flackerte.

Mit großen Augen sank Cora auf den zweiten Pilotensitz. »Um Himmels willen …«

Die anderen rannten nach vorne, um einen besseren Blick zu haben. Lucky versuchte aufzustehen, aber allein der Gedanke an eine Bewegung war schmerzvoll.

»Kindred«, grunzte Leon. »Die Mistkerle haben es in den Hangar geschafft. Dutzende von ihnen.«

»Schwer bewaffnet«, bemerkte Rolf. Eine Sekunde später, fast als wollten sie seine Worte eindrucksvoll bekräftigen, schaukelte das Raumschiff. Nok stieß einen Schrei aus, dann gab sie Bonebreak einen Klaps auf die Schulter.

»Bring uns sofort von hier weg!«

Bonebreak gab erneut ein missbilligendes Grummeln von sich. Diesmal lauter, fast ein richtiger Fluch, als würde er allmählich die Gewalt über seinen Körper wiedergewinnen.

»Anya kann diesen Grad an mentaler Kontrolle nicht viel länger aufrechterhalten«, warnte Mali. »Ihr Verstand wird bald versagen, ebenso wie ihre Hände. Die Drogen der Kindred haben sie nachhaltig geschädigt.«

»Sie muss noch ein bisschen durchhalten.« Cora drehte sich im zweiten Pilotensitz um. »Zumindest bis wir von hier weg sind.«

Das Raumschiff schwankte wieder, als sich draußen etwas dagegenstemmte. Die Stimmen der anderen verschmolzen zu einem Hintergrundrauschen, ebenso wie das rätselhafte Tröpfeln, das er nicht ausblenden konnte. Luckys Ohren begannen zu klingeln. Er tastete seine Rippen ab.

Verdammt, tat das weh!

Auf einmal grollte das Raumschiff. Nok schrie auf und versuchte, sich an etwas festzuhalten, doch die Wände waren vollkommen glatt. Sie und Rolf stürzten taumelnd nach hinten zu den nachträglich eingebauten Zellen und knallten gegen die Gitterstäbe.

»Das ist eine gute Idee«, sagte Cora. »Alle halten sich an den Käfigen fest.

Lucky streckte den Arm aus, um halbherzig nach einer der Zellen zu greifen, doch seine Finger griffen ins Leere. Das Raumschiff grollte erneut auf. Der Teddybär rutschte langsam nach links. Ein plötzlicher Schwindel überkam ihn, und sein Kopf prallte gegen die Wand.

»Aua.«

»Lucky, du bist wach!« Cora sank an seine Seite. Ihre weichen Hände berührten seine Stirn. Behutsam griff sie nach seiner blutigen Jacke, doch er gestattete ihr nicht, sie anzufassen. Wie schaffte sie es nur immer, nach Blumen zu riechen? »Du musst dich auch an etwas festhalten«, flüsterte Cora. »Wir wissen nicht, wie schnell dieses Ding ist.«

Lucky presste sich die Hand fester auf die Rippen. Selbst die Vorstellung, zu den Zellen hinüberzukriechen, erschien ihm unmöglich. Seine Beine waren immer noch mit seinem Körper verbunden – das sah er, wenn er den Kopf hob, selbst durch den verschwommenen Schleier vor seinen Augen –, aber aus irgendeinem Grund konnte er sie nicht spüren.

»Wohin fahren wir?«, murmelte er, seine Stimme ein dumpfer Widerhall.

Cora schob sich näher, um seinen Kopf in ihren Schoß zu legen – wann war er auf dem Boden zusammengesackt? – und stemmte ein Bein gegen den Pilotensitz, um nicht das Gleichgewicht zu verlieren. Ihre Finger strichen ihm zärtlich das Haar zurück. Sollte er ihr sagen, dass dies sein größter Traum war? Mit ihr unter dem Kirschbaum zu sitzen, den Kopf in ihrem Schoß, zurück auf der Farm seines Großvaters?

Aua.

Seine Wange tat weh. Jemand schlug ihn. »Bleib bei mir«, sagte Cora.

Er hustete heftig. Wenn bloß nicht diese verdammte Kugel in seiner Seite stecken würde. Er konnte sich nicht einmal mehr erinnern, welcher Gast ihn gejagt hatte – war es Roshian gewesen? Cassian? Nein, das konnte nicht sein, Cassian ging nie auf die Jagd. Augenblick mal, sie befanden sich doch immer noch in der Jagd-Menagerie, oder?

»… nach Hause«, sagte Cora.

Die Worte trafen ihn wie ein Schlag ins Gesicht, und sein Herz begann vor Panik zu hämmern. Nach Hause. *Nach Hause?* Er versuchte, sich aufzusetzen. Nein, nein, nein, etwas an den Wörtern *nach Hause* fühlte sich falsch an. Es gab einen Grund, warum sie nicht zurückkehren durften, aber er konnte ihn sich nicht ins Gedächtnis rufen.

»Warte. Ich glaube …« Er tastete herum, bis er Coras Schulter fand, und glitt hinauf zu ihrem Gesicht. »Ich glaube, wir müssen …«

»Schsch.« Um sie herum schaukelte und schwankte die Welt, aber nicht hier unter dem Kirschbaum. In der Ferne verlor Rolf das Gleichgewicht und knallte gegen die Wand. Mit einem knirschenden Rumms prallte sein Kopf an die Innenverkleidung, und Nok kreischte auf.

Anyas angespanntes Gesicht verkrampfte sich vor Konzentration. Bonebreaks Hände glitten zurück zur Schaltfläche und bedienten hastig mehrere Hebel. Die Welt erbebte, als das Raumschiff in die Höhe stieg, und Luckys Finger strichen über Coras Gesicht.

»Alles wird gut«, sagte sie. »Bonebreak meint ... Notfallverbandskasten ... sobald wir die Raumstation hinter uns gelassen haben ...«

Der Teddybär rutschte zur anderen Seite und blieb auf dem Gesicht liegen. Auf einmal stieg eine Woge der Panik in Lucky auf. *Augenblick mal.* Das war überhaupt kein Teddybär. Es war der kleine Fuchs, der so gern auf den Holzfiguren herumkaute, die er aus der Lodge gestohlen hatte, nur dass ihm jemand sämtliche Innereien herausgerissen hatte und überall so viel Blut war, dass Lucky glaubte, den Schmerz nicht länger ertragen zu können.

Dann erinnerte er sich, warum sie nicht nach Hause fliegen durften.

»Das ist falsch. Die Tiere ...«

»Wir fliegen!«, rief jemand.

Cora wandte suchend den Kopf, und Angst ergriff ihn, dass sie ihn allein lassen könnte. Er bohrte die Finger in ihre Schulter und zwang sich dazu, etwas zu sagen. »Ich habe versucht, es dir zu erklären. Wir dürfen nicht weggehen, verstehst du das nicht? Die Erde braucht uns nicht. Sie brauchen uns hier. Die Tiere. Die Kinder. Wo ist Pika? Und Shoukry? Wir können sie nicht einfach zurücklassen ...«

Cora erwiderte etwas, das er nicht verstand. Etwas Beschwichtigendes und Abwiegelndes darüber, dass sie keine andere Wahl hätten, als zu fliehen, dass Cassian verhaftet worden sei, dass die Kindred herausgefunden hätten, wer Roshian umgebracht hatte.

Sie verstand ihn nicht!

»Nein!«, fauchte er. »Nein, es gibt einen anderen Weg.« Mit blutiger Hand kramte er in seiner Tasche nach Danes herausgerissenen Seiten. »Wir würden es bereuen, wenn wir sie zurücklassen. Du glaubst, wir könnten nach Hause fahren und einfach alle vergessen, die wir hier im Stich gelassen haben?«

Mit weit aufgerissenen Augen starrte sie zu den blutbefleckten Notizbuchseiten.

Wortfetzen von anderen Stimmen drangen zu ihm.

»... kann keinen Ausgang oder ein Tor sehen ...«

»Wie sollen wir ...? Oh ... *Mist!*«

Die Stimme verwandelte sich in einen Schrei. Luckys Magen drehte sich um, sein Kopf pochte. Sie fielen. Stürzten ins Nichts, unendlich schnell. Er kannte diese Fahrgeschäfte auf Jahrmärkten – diese Freifalltürme. Aber das hier war hundertmal schlimmer. Der Teddybär purzelte zur Seite. Cora krallte sich an ihm fest, oder vielleicht krallte er sich an ihr fest. Sie fielen, fielen ...

Und dann blieben sie abrupt stehen.

Das Schreien hörte auf, aber das Klingeln in seinen Ohren nicht. Das Raumschiff schien nicht weiter zu fallen, aber es vibrierte mit einem ratternden Brummen, wie ein Zug auf den Gleisen.

»Der Weltraum!«, rief jemand. »Seht nur! Wir sind ... Sterne!«

Ein dumpfer Aufprall war zu hören.

Und dann …

»Anya!«

Luckys Sichtfeld verfärbte sich am Rand schwarz, und sämtliche Winkel wirkten falsch, und er konnte nicht sagen, wer gerade redete. Ging Anya etwa vertikal über die Wand? Nein … sie war ohnmächtig geworden und lag bewusstlos auf dem Boden.

»Großer Gott, ist sie tot?«, kreischte jemand.

Für eine Sekunde, eine entsetzliche Sekunde lang, war Cora verschwunden. Der Kirschbaumduft wurde zu Rauch, die Blütenblätter, die auf seinen Rippen landeten, versengten ihn mit kleinen Schmerzensstichen. Er streckte die Hand nach dem Fuchs aus. Oder nach Cora. Oder nach einem der vielen Gesichter, die sich ihm zuwandten, dem Durcheinander aus Tieren und Jugendlichen.

»Passt auf Bonebreak auf!«, schrie jemand. »Er gewinnt die Kontrolle über sich zurück!«

Chaos brach aus, aber es blieb hauptsächlich am schwarzen Rand seines Sichtfelds. Er sah ein Messer in Noks Hand. Rolf und Leon stürzten sich auf Bonebreak, der jetzt von seinem Platz aufgesprungen war und sich nicht länger auf roboterhafte Art bewegte.

Mali beugte sich über Anyas schlaffen Körper und schüttelte sie.

Lucky versuchte zu reden: *Er soll uns zurückbringen, sie brauchen uns dort! Wir können kämpfen!* Aber ein plötzlicher Stich ließ ihn verstummen. Außerdem beachtete ihn sowieso niemand. Eine weitere Woge des Schmerzes traf seine Rippen. Zum ersten Mal schob Lucky seine Jacke zurück und sah auf seinen Unterkörper. Die Safariuniform war am Saum aufgerissen und dunkles, dickflüssiges Blut quoll heraus. Wenn er sich bewegte, kam noch mehr Blut. Er zog an einem der Hemdknöpfe, bis er ihn geöffnet hatte, und gleißender Schmerz durchzuckte ihn, als etwas aus seiner Seite hervorzukommen schien. War es ein … *Knochen*?

»Ich … Ich glaube, ich sterbe.«

Seine Stimme klang selbst in seinen eigenen Ohren überrascht.

Cora drehte sich zu ihm um. Ihre wunderschönen blonden Haare peitschten durch die Luft wie der Weizen auf der Farm seines Großvaters. Die Farbe von Sonnenschein. Die Farbe von Wärme.

Sie blickte zu seiner Jacke hinab und schrie.

Dann wälzte sich das Schwarz vom Rand seines Sichtfelds in die Mitte, und es gab nichts weiter als Dunkelheit.

41 Cora

»Nein!«

Cora brach auf dem Boden neben Lucky zusammen. Noch vor einer Sekunde war ihr größter Albtraum gewesen, dass Bonebreak die Kontrolle über seinen Körper zurückgewinnen könnte, doch das war nichts im Vergleich zu dem ganzen Blut, das aus Luckys Jacke hervorquoll.

Behutsam legte sie ihm die Hände um den Hals, aus Angst, ihn zu fest zu berühren. »Lucky. Wach auf!« Sein Körper fühlte sich so schwer an. »Du musst aufwachen!«

Hinter ihr stieß Nok einen überraschten Schrei aus. Cora warf einen hastigen Blick über die Schulter, und sah die anderen, die mit aller Gewalt versuchten, Bonebreak am Bug des Raumschiffs zu überwältigen. Leon war dabei nutzlos mit seiner ausgerenkten Schulter, und Nok und Rolf wogen jeweils ungefähr so viel wie eines von Bonebreaks Beinen. Sie brauchten Hilfe, aber Cora wagte nicht, Lucky allein zu lassen.

»Mali!«, rief Cora. »Du musst Anya *sofort* wecken!«

Doch ein einziger Blick auf Anyas verdrehten Körper und das Blut, das unter ihrer Nase verkrustet war, reichte aus, um ihr zu zeigen, dass das Mädchen nicht so schnell aufwachen würde. Coras Gedanken wirbelten durcheinander. Anya ... Bonebreak ... Nichts bedeutete ihr so viel wie der Junge, der blutend neben ihr auf dem Boden lag.

»Lucky«, krächzte sie. »Bitte, sprich mit mir!«

Unverständliche Worte gurgelten aus seiner Kehle hervor. Sein Körper verkrampfte, und mit einem Mal bekam er wieder Luft, obwohl bei jedem Atemzug Blut nach oben gepumpt wurde.

»Das Tagebuch«, flüsterte Lucky mit schwacher Stimme. »Ich brauche es. Da sind Notizen drin … könnten helfen …«

Das Tagebuch? Cora blickte sich panisch um. Dieses Notizbuch mit den blutbefleckten Seiten, das er aus seiner Tasche geholt hatte …

Sie stemmte sich auf die Beine und suchte in dem Chaos nach dem Büchlein. Dort – unter Bonebreaks Fuß. Cora stürzte sich darauf. Im letzten Moment konnte sie sich ducken, als Bonebreak eine Hand freibekam, ihm die Faust ins Schienbein rammen und ihm das Tagebuch unter dem Fuß wegreißen, dann krabbelte sie zu Lucky zurück.

»Hier. Ich habe es. Alles wird gut. Sag mir einfach, was ich tun soll.«

Das Buch fühlte sich viel zu klein in ihren Händen an – gewiss konnten ihn ein paar hingekritzelte Notizen nicht mehr retten. Beim Anblick des schwallartigen Bluts, das aus seinem Bauch quoll, wurden ihre Augen groß. Seine Haut war aufgerissen, an manchen Stellen fehlten große Stücke. Eine halbe Rippe stach heraus, das Ende abgebrochen.

»Die herausgetrennten Seiten …«, murmelte Lucky. »Sind Codes zur Automatikabschaltung.«

Codes zur Automatikabschaltung?

Wie sollte ihm eine Automatikabschaltung das Leben retten? Fieberhaft blätterte sie zur letzten Seite und überflog eine Handschrift, die nicht Luckys war. Es gab keine Beschreibung von ärztlichen Erste-Hilfe-Methoden, um Blutungen zu stillen, nur ein Diagramm mit Symbolen, die denen der Kindred ähnelten, um verschlossene Schränke zu öffnen.

»Du musst zurück.« Er hustete. »Dane hat die Notizen geschrieben. Der Code zur Automatikabschaltung öffnet ein Fach im Untersuchungszimmer. Dort werden Waffen aufbewahrt für den Fall, dass die Tiere durchdrehen.«

»Waffen?«, flüsterte sie.

»Ich wollte sie nur als letzten Ausweg einsetzen. Die Tiere von ihren Qualen befreien ... wenn ... mir keine andere Wahl bleibt.« Angestrengt holte er Atem. »Ich hatte immer noch auf die Prüfung gehofft. Aber jetzt ...« Er zuckte zusammen und schüttelte erschöpft den Kopf. »Die Waffen schießen scharf. Leistungsstark genug für einen Elefanten. Leistungsstark genug für einen Kindred, da bin ich sicher.«

Sprachlos sank Cora zu Boden.

Was interessierten sie Waffen, während Lucky im Sterben lag? Sie hatte gehofft, die hingekritzelten Seiten würden Informationen beinhalten, um ihn zu retten. Der Gedanke an die Raumstation oder was Waffen womöglich bedeuteten, war ihr im Moment zuwider.

Er hustete lauter.

Das Tagebuch fiel ihr aus der Hand und schlitterte weg, als sich das Raumschiff zu Seite neigte, doch sie stürzte ihm nicht nach.

Lucky würde sterben.

Sie umarmte ihn, nicht länger besorgt, dass er zu schwach sein könnte. Warmes Blut sickerte in ihr Kleid.

»Cora!«, brüllte Leon. »Wir brauchen dich!«

Die anderen hatten Luckys Zustand offenbar nicht bemerkt. Aus den Augenwinkeln sah sie Bonebreak neben der Schalttafel, mit zuckenden Bewegungen, als wäre ihm sein eigener Körper immer noch fremd. Er presste die Hand zur Faust, immer und immer wieder, bis seine Finger schließlich seinem Kopf gehorchten. Angst legte sich auf Coras Gesicht.

Sie wandte sich wieder Lucky zu.

Seine Lippen bewegten sich. Blut sprudelte heraus, keine Worte, und sie presste ihm einen Finger auf den Mund. »Schsch. Nicht reden.«

»Geh zurück«, krächzte er. »Du darfst die anderen nicht im Stich lassen. Benutz die Waffen.«

In seiner Stimme hallte eine solch tiefe Überzeugung mit, als wäre er – nur für diese Sekunde – zurück ins Leben gekrochen, weil diese eine Sache ihm unglaublich wichtig war.

»Schsch ...«, begann sie, diesmal jedoch verunsichert. »Wir können nicht zurück, Lucky. Ein paar scharfe Waffen machen keinen Unterschied. Sie werden mich verhaften, genau wie sie Cassian geholt haben. Die Prüfung und alles andere ... es ist vorbei. Cassian hatte recht. Nicht aufzugeben, ist nur so lange nobel, solange man dabei nicht getötet wird. Irgendwann muss die Logik siegen.«

»Die Logik?«, wisperte Lucky. »Nein. Wir sind keine Kindred. Wir geben nicht auf, wenn uns etwas am Herzen liegt. Unser Platz ist dort. Es ist unsere Sache.« Seine Finger krallten sich um ihre, als wollte ihn jemand von ihr wegreißen. »Geh zurück, Cora.«

Sie starrte ihn in sprachlosem Entsetzen an. *Zurückgehen?* Sie dachte an den flüchtigen Blick, den sie von

Cassian erhascht hatte, schreiend vor Schmerzen, als sie ihn folterten. An Fian, der sie verraten hatte. Selbst wenn dort wirklich Waffen wären, die scharf schossen: Was half es ihr schon?

Sie stieß lautstark die Luft aus. Eine Träne landete auf Luckys Wange.

»Ich kann nicht«, flehte sie ihn an, auch wenn sie längst nicht mehr wusste, wen sie zu überzeugen versuchte. Luckys Augen waren geschlossen. Seine Hand glitt aus ihrer. »Wir müssen aufgeben.«

Er holte tief Luft, dann atmete er aus.

Und atmete nicht mehr ein.

»Nein!« Sie warf sich auf ihn. »Nein, du darfst mich nicht verlassen! Ich kann das nicht allein tun, Lucky. Ich schaffe das nicht … Ich kann nicht zurück.« Sie schluchzte. Die Dinge, die er gesagt hatte, waren nicht wahr. Irgendwann war der Kampf zu groß, um ihn weiter auszutragen. Außerdem hatte *sie* auf der Erde eine Aufgabe. Mit ihrer Familie zusammen zu sein, war ebenso sinnvoll wie alles andere, oder etwa nicht?

Ein weiteres Schluchzen schüttelte sie. Cora dachte an ihren Dad, der im Wohnzimmer die Nachrichten im Fernsehen ansehen, ihre Mutter, die ein Glas Wein auf der Veranda trinken würde. Sie konnte es sich geradezu bildlich vorstellen. An den Wänden würden gerahmte Fotografien von ihr hängen, ein Schrein aus Karten und Zeitungsartikeln. Sie hatten ihr Kind verloren, war das nicht Grund genug, um zu ihnen nach Hause zurückzukehren?

Oder?

Luckys Körper war immer noch warm. Wenn sie die Augen schloss, könnte sie so tun, als würde er nur schlafen, aber der Geruch nach Blut erreichte ihre Nase, und sie musste würgen.

Mit einem Mal kam ein träges Geräusch hinter Bonebreaks Maske hervor. Es begann als schriller Ton, wurde dann lauter und immer lauter: »... töte euch Kinder!«

Im nächsten Moment stürzte er sich auf Cora – ein Schatten aus dem Nichts, facettenhafte Maskenaugen und kratzende Finger. Sie schrie und rollte sich zur Seite. Seine Hände waren schwerfällig, doch er bewegte sich schnell. Brennende Wut schien ihn angestachelt zu haben.

»Ich bring euch um!«, zischte er. »Alle Kinder! Ich breche euch jeden Knochen im Leib!«

Erneut warf er sich auf sie. Das Raumschiff war zu klein, um ihm zu entkommen. Luckys Leiche. So viel Blut.

Bonebreak ragte bedrohlich über ihr auf und hob die Faust.

Mali machte einen Satz auf Cora zu, um ihr beizustehen, doch das Schiff legte sich nun, da niemand mehr an den Kontrollhebeln saß, in eine scharfe Rechtskurve, und sie knallte gegen die Wand.

Ein Teddybär trudelte in Coras Gesichtsfeld. *Was zum ...?* Sie glaubte, in einem Traum gefangen zu sein; nein, einem Albtraum. Alles war falsch. Lucky ... Sie konnte ihn nicht einmal mehr ansehen. Und seine Worte, die in ihren Ohren widerhallten: *Unser Platz ist dort. Es ist unsere Sache.*

Der Teddybär landete auf etwas Silbernem. Coras Herz hämmerte. Die Waffe! Anya musste sie vorhin eingesteckt haben. Fieberhaft griff Cora danach. Bonebreak fauchte hinter ihr, folgte ihr wie ein Schatten. Da krallten sich ihre Finger um die vertraute Form. Die Waffe war kleiner als die Pistole, die sie mit ihrem Vater auf der NRA-Veranstaltung abgefeuert hatte, aber das Prinzip musste das Gleiche sein. Zielen. Drücken. Abfeuern.

Sie wirbelte herum und zielte mit der Waffe auf Bonebreak. Schnaubend blieb er stehen, doch dann kicherte er höhnisch. »Das ist Kindredtechnologie. Die kannst du nicht bedienen.«

»Wollen wir wetten?«, zischte sie zurück in der Hoffnung, ihre Lüge würde überzeugend klingen. Dann nickte sie in Richtung von Anyas bewusstlosem Körper. »Sie hat dich wie eine Marionette gelenkt, schon vergessen? Sie ist nicht die Einzige mit diesen Fähigkeiten.«

Bonebreak legte den Kopf leicht schief, als würde er über ihre Worte nachdenken. Etwas Warmes sickerte in den Saum ihres Kleids. Luckys Blut. Ihr drehte sich der Magen um, doch sie zwang ihre Hand, die Waffe ruhig zu halten.

»Ja. Ich erinnere mich.« Bonebreaks Stimme wurde eiskalt. »Aber keiner von euch kann es, denn ansonsten hättet ihr meinen Willen längst gebrochen.« Er kicherte in sich hinein, ein kratzendes, schrilles Keuchen.

Blut rauschte in Coras Ohren. Ihre Drohung schien keine Wirkung auf ihn zu haben. Sie versuchte, den Abzug zu drücken, doch nichts geschah. Sie stocherte mit ihrem Bewusstsein im Inneren der Pistole herum, schlang ihre Gedanken um den komplizierten Mechanismus. Wenn es Anya gelungen war, einen Schuss abzufeuern, dann konnte sie es doch auch schaffen. Allerdings war Anya ein Wunderkind. Ein paar Übungsstunden mit Cassian und seinen Würfeln hatten Cora nicht auf ein solch schwieriges Unterfangen vorbereitet.

»Cora«, sagte Nok leise. »Deine Nase.«

Cora bemerkte den Geschmack von Blut auf ihren Lippen, doch sie ignorierte ihn.

»Ich *kann* sie benutzen«, beharrte sie und spuckte Blut.

Bonebreak schnaubte verächtlich. »Dann mal los.«

Ihr Verstand bohrte sich immer tiefer in den Mechanismus. Wie funktionierte er? Magnetisch? Bewegliche Teile? Sie dachte an die Übungsschritte: erst den Würfel bewegen, dann schweben lassen. Mehr als ein Anstupsen hatte sie fast nicht zustande gebracht, geschweige denn ...

Schwebe!

Das letzte Mal, als sie mit Cassian geübt hatte, war es ihr gelungen, den Würfel zwanzig Zentimeter über dem Tisch schweben zu lassen. Nichts im Vergleich zu einer Zwei-Kilo-Pistole, doch es war ein Anfang. Sie konzentrierte sich so stark wie möglich und nahm den Zeigefinger vom Abzug. Dann den Mittelfinger. Die Waffe war schwer, aber Cora biss die Zähne zusammen und bündelte ihre Gedanken. Sie löste den Ringfinger. Dann – nach einem tiefen Atemzug – den kleinen Finger und den Daumen.

Die Pistole schwebte in der Luft.

Cora war so geschockt, dass sie fast das Atmen vergaß. »Siehst du?«, zischte sie. »Ich *habe* Fähigkeiten! Ich kann diese Waffe abfeuern. Und das werde ich auch tun, wenn du uns nicht sofort wieder auf Kurs bringst.«

Bonebreak stieß ein überraschtes Grunzen aus. Cora packte die Angst. Bemerkte er den Bluff?

Im Raumschiff war es, abgesehen von Noks schweren Atemgeräuschen und dem Summen der Maschinen, mucksmäuschenstill. Coras Blut rauschte dröhnend durch ihre Adern. Es kostete sie all ihre Konzentration, um mit der schwebenden Waffe auf Bonebreak zu zielen. Ihre Aufmerksamkeit schwand allmählich. Cassian hatte behauptet, sie müsse einen Gegenstand dreißig Sekunden lang in der Luft halten können, doch es waren erst fünf verstrichen, und ihr Kopf schmerzte schrecklich. Sie könnte die Waffe nicht ewig halten …

Da ließ sich Bonebreak schwerfällig auf den Pilotensitz plumpsen. Er knackte mit den Fingerknöcheln und wackelte mit den Fingern in der Luft, um sich auf das Steuern des Raumschiffs vorzubereiten. Als er schließlich den Mund aufmachte, klang seine Stimme sanft und herzlich, als wäre alles nur ein dummer Scherz gewesen.

»Erde?«, sagte er. »Gar kein Problem. Ich wollte sowieso zur Erde … hatte ich das nicht erwähnt?«

Im allerletzten Moment, kurz bevor die Waffe laut klappernd auf den Boden gefallen wäre, packte Cora sie, sackte nach vorne und versuchte krampfhaft, sich nicht allzu deutlich anmerken zu lassen, wie viel Kraft es sie gekostet hatte. Mit dem Handgelenk wischte sie sich das Blut unter der Nase fort und ließ sich neben Bonebreak auf den zweiten Pilotensitz sinken, den Gedanken an den leblosen Jungen hinter ihr in den letzten Winkel ihres Bewusstseins verbannend.

»Dann mal los!«

42 Cora

Im Raumschiff grollte es vibrierend, während sie durchs Weltall glitten. Stundenlang sahen sie durch die Sichtscheibe genau dasselbe Bild: von entfernten Sternen durchbrochene Schwärze und der Lichtkranz eines nahen Mondes auf der rechten Seite der Scheibe.

Schweigend betätigte Bonebreak die Schalter, ließ träge einen Finger über ein Touchscreen-Display fahren, bewegte gelegentlich einen Hebel. Falls er wütend war, zeigte er es nicht. *Sie machen alles aus einer Laune heraus, keiner weiß, ob sie ihr Versprechen an dem einen Tag halten oder brechen,* klang ihr Cassians Warnung wieder im Ohr. Cora hoffte nur, Bonebreaks Ruhe würde andauern, bis sie ihr Sonnensystem erreicht hatten.

Sobald die anderen erkannt hatten, dass Lucky tot war, verschlossen sie erst allesamt die Augen vor der Wahrheit und fielen dann in eine Art Schockzustand. Nok hatte Cora geholfen, das Blut aufzuwischen und ihm eine Plane, die sie in der Abstellkammer des Raumschiffs gefunden hatten, über die Brust zu legen. Jetzt drängten sie sich alle neben den Pilotensitzen zusammen, die Gesichter ausdruckslos, ohne ein einziges Wort zu wechseln. Cora streichelte Lucky über die dunklen Haare, während sie sich nicht eingestehen wollte, wie kalt seine Haut geworden war.

»Wie lange dauert es noch, bis wir unsere Galaxie erreichen?«, wollte Rolf leise von Bonebreak wissen.

Bonebreak betätigte einen weiteren Hebel. »Mach's dir bequem. Ich hoffe, ihr habt Snacks dabei.«

Besorgt klopften Rolfs Finger auf den Boden. »Diese Reise ist sehr riskant, wo wir nicht einmal wissen, ob unser Planet überhaupt noch existiert.«

»Die Erde existiert«, sagte Cora leise.

»Wie kannst du dir da so sicher sein?«, fragte Rolf.

»Ein Junge, Chicago, hat zufällig mitangehört, wie ein Kindred darüber geredet hat, dass der Daten-Algorithmus gefälscht wurde. Cassian ist der Sache für mich auf den Grund gegangen.« Bei der schrecklichen Erinnerung daran, wie er gefoltert worden war, presste sie die Lippen zusammen. »Er meinte, es gäbe eine fast siebzigprozentige Chance, dass die Menschheit die Erde nicht zerstört hat.«

Rolf dachte einen Moment über ihre Worte nach. »Fast siebzig ist nicht einhundert.«

Nok legte ihm die Hand auf die Schulter. »Manchmal geht es nicht um Zahlen. Sondern um Glauben.«

Cora streichelte weiterhin Luckys Haare. In der anderen Hand hielt sie die Pistole umklammert – als Mahnung für Bonebreak, wer von ihnen die Macht hatte. In ihrem Hinterkopf pulsierte der Schmerz, leise und dumpf, aber ununterbrochen. Sie warf einen Blick über die Schulter. Mali hatte Anya flach auf den Boden gelegt und rieb ihr mit kreisrunden Bewegungen die Füße, was angeblich die Blutzirkulation anregte. Leon hatte seine Kindreduniform ausgezogen und es geschafft, sich die Schulter eigenhändig wieder einzurenken, während er nun die

Wunde an seinem Arm mit dem schwarzen Garn der Mosca zunähte.

Cora gab Lucky einen Kuss auf die Stirn und zog ihm die weiße Plane übers Gesicht. Dann wich sie zur Wand zurück und presste sich sein Tagebuch fest an die Brust.

Mali beobachtete sie von der anderen Seite des Raums.

»Wusstest du davon?«, fragte Cora und hielt das Buch hoch.

Mali nickte. »Ich höre ihn manchmal schreiben. Nachts. Es ist ein Geschenk von Dane.«

Cora nahm wieder im zweiten Pilotensitz Platz und blendete Bonebreaks Gestank aus. Ihre Gedanken kreisten um eine Autofahrt vor vielen Jahren. Ihr Vater hinterm Steuer, sie hatte den Kopf an die kühle Glasscheibe gelehnt, während sie von einer politischen Wohltätigkeitsveranstaltung nach Hause fuhren. Jene Nacht, als er zu viel getrunken hatte. Jene Nacht, als sie gelogen hatte, um ihn zu beschützen, und eine Reihe an Ereignissen lostrat, die genau zu diesem Moment führte.

Luckys Tagebuch fest an sich gepresst, hob und senkte sich ihre Brust.

Sie flogen nach Hause – doch zu einem erschreckend hohen Preis.

Cora schluchzte leise. Sie spürte, dass sie gleich zusammenbrechen würde, und verknotete ihre Hände, um sie vom Zittern abzuhalten.

Eine Fantasie spulte sich in ihrem Kopf ab:

Lucky, gesund und munter, taucht neben ihr auf, erschöpft, aber wohlauf, während er sich müde mit der Hand durch die Haare fährt. »Haben wir es wirklich ... Haben wir es wirklich geschafft?« Seine Augen funkeln.

»Ja«, flüstert sie mit einem Lächeln. »Ja, das haben wir.«

Sein Grinsen spiegelt ihr eigenes wider. Er atmet aus und schüttelt den Kopf, als könnte er es immer noch nicht glauben. »Ich kann …« Er stößt ein Lachen aus. »Ich kann einfach nicht …« Verwundert hebt er die Hände.

Cora ergreift sie, drückt sie fest. Ihre Augen treffen sich. »Ich weiß. Wir fliegen nach Hause.«

Er zieht sie von ihrem Sitz und schlingt die Arme um sie. Cora schmiegt sich an seine Brust, atmet seinen Duft tief ein. »Wie werden wir erklären, wo wir gewesen sind?«

»Wir tun einfach so, als könnten wir uns nicht erinnern.« Sein leiser Atem an ihrem Ohr ist beruhigend. »Und wir haben einander. Du und ich. Wir sorgen dafür, dass die Erinnerung nicht verloren geht.«

Bonebreak stieß neben ihr ein unterdrücktes Niesen aus, und Cora zuckte zusammen. Eiseskälte kroch ihr wieder den Rücken hinauf, als sie zur Plane spähte. Mit zitternden Händen schlug sie das Notizbuch auf. Neben Danes Anweisungen in Bezug auf die Waffen hatte Lucky seine eigenen Gedanken hineingeschrieben, und Cora stellte sich nun jene langen, schlaflosen Nächte im Zellentrakt der Jagd-Menagerie vor, während ihm all diese Ängste und Hoffnungen durch den Kopf gegangen sein mussten.

Heute habe ich eine Gazelle wiederbelebt …

Cora hat heute wieder mit dem Kommandanten trainiert. Sie will nicht darüber reden …

Ich kann an nichts anderes denken, als dass morgen mein Geburtstag ist. Nicht morgen. Nicht morgen …

Und dann:

Wir können sie *nicht einfach alle zurücklassen!*

Hastig klappte sie das Notizbuch zu. Panik ergriff sie, während seine Worte in ihren Ohren ertönten. *Unser Platz ist dort. Es ist unsere Sache.*

Cora biss sich auf die Lippen und blickte durch die Scheibe zu den Sternen, die in der Schwärze hingen. Einer von ihnen könnte ihre Sonne sein. Oder vielleicht sogar die Erde. Sie war irgendwo dort draußen, wartete auf sie. Cora konnte sie spüren. Aber warum brachte sie dann diese kleine Stimme in ihrem Hinterkopf nicht zum Schweigen?

»Wie viele Menschen gibt es auf den Raumstationen der Kindred?«, fragte sie Bonebreak.

Er zuckte mit den Schultern. »Ein paar Tausend.«

»Und Tiere?«

Er dachte einen Moment nach. »Vielleicht doppelt so viele.«

Cora verschränkte die Finger noch fester und begann nachzugrübeln. Da blitzten die Kindredtätowierungen auf ihren Handflächen auf. Selbst jetzt war sie immer noch gebrandmarkt.

Sie fuhr sich über die Zeichen auf ihren Fingern und wünschte, sie könnte sie wegwischen, insbesondere den kunstvollen Diamanten an ihrem Ringfinger. Warum hatte Cassian ihre Tätowierung abgeändert, wenn nicht, um ihr mit einem Ring eine kranke Liebeserklärung zu machen? Sie rieb weiter. An ihren Händen waren mehr als schwarze Muster. An ihnen klebte auch Blut.

Da erinnerte sie sich an Cassians letzte Worte. *Der Zeitpunkt ist gekommen, an dem du aufgeben musst, Cora.*

Sie presste die Hände fest zusammen. Bisher war ihr nie aufgefallen, dass ihre Finger, wenn sie ineinander verschränkt waren, eine Art natürliches Zickzackmuster ergaben. Sonderbar, auch die schwarzen Linien der Tätowierungen im unteren Bereich ihrer Finger passten zusammen und formten dort, wo sich ihre Finger berührten, ein Zickzackmuster, das genau entgegengesetzt zu dem im oberen Fingerglied verlief.

Sie sog scharf die Luft ein.

Die Linien bildeten eine Doppelhelix – das Symbol der Fünften der Fünf.

Und die kreisförmigen Symbole am unteren Rand jeden Fingers, die sie als unverständliche Codierung abgetan hatte, formten eine Abfolge an Kreisen in der Mitte dieser Doppelhelix. Vielleicht waren die Symbole tatsächlich ein Code – immerhin hatten alle Jugendlichen ähnliche Tätowierungen – abgesehen von dem größeren Kreis an ihrem Ringfinger, den allein sie hatte. Sie hatte Cassian vorgeworfen, ihn in Anlehnung eines Diamantrings gestaltet zu haben. Doch jetzt fiel es ihr wie Schuppen von den Augen.

Die Doppelhelix.

Fünf Kreise in der Mitte.

Der letzte – der an ihrem Ringfinger – strahlte nicht wie ein Diamant, sondern wie ein Stern. Der *fünfte* Stern. Die Menschheit.

Sie ballte die Hände zusammen, um die Tätowierungen zu verstecken, und presste sich die Fäuste auf den Mund. Die ganze Zeit über hatte sie geglaubt, die Linien wären ein raffiniertes Rätsel, mit dem Cassian sie immer noch manipulieren wollte, und es war tatsächlich ein Rätsel. Doch es waren keine krankhaften Liebesschwüre, wie sie und Lucky angenommen hatten.

Es war eine Botschaft der Hoffnung.

Ein Versprechen.

Ich glaube an dich, hatte Cassian gesagt. *An die gesamte Menschheit. Deine Spezies verfügt über einen unendlichen Schatz an Emotionen: Selbstsucht und Gier, ja, aber ebenfalls Wahrhaftigkeit und Vergebung und Selbstaufopferung. Wenn ihr an ein größeres Ziel glaubt, kann euch nichts aufhalten. Wenn es irgendjemand verdient, die fünfte intelligente Spezies zu werden, dann seid ihr es.*

Sie rief sich in Erinnerung, wie sie ihn das letzte Mal gesehen hatte, reglos auf dem Tisch festgeschnallt. Ein schmerzhafter Stich strahlte irgendwo unter ihren Rippen aus, und sie verlagerte ihr Gewicht im Sitz, doch der Schmerz wollte nicht verschwinden. Sie umklammerte den Rand des Schaltpults und suchte angestrengt zwischen den Sternen nach einem Aufblitzen von Licht, das womöglich die Erde war.

Sie hatte sich ihr Zuhause verdient, oder nicht? Sie brauchte ihr Zuhause, oder nicht? *Aber,* flüsterte Luckys Stimme in ihrem Kopf, *braucht dein Zuhause dich?*

Sie stieß einen zittrigen Atemzug aus. Lucky war im Delirium gewesen. Es war nicht fair von ihm, sie an so hehren Standards zu messen. Edle Himmelfahrtskommandos waren etwas für Menschen wie ihn. Oder ihren Vater.

Erneut starrte sie zu den Symbolen auf ihren Händen.

Cassian, der schon so viel riskiert hatte, hatte diesen kleinen Ungehorsam gewagt.

Über die Schulter sah sie Nok und Rolf, die schweigend

Händchen hielten. Mali massierte immer noch Anya, die angefangen hatte, vor sich hin zu murmeln. Unter der Plane war Lucky so entsetzlich, unwiderruflich still.

Sie presste sich sein Notizbuch an die Brust. Glaubte er wirklich, dass ihr Platz auf der Raumstation war?

Glaubte *sie* es?

Eine überwältigende Woge von Panik erfasste Cora. Sie fuhr sich mit der Hand über die Stirn, schüttelte ungläubig den Kopf. Das war verrückt. Die einzigen Vorteile, die sie sich verschafft hatten, waren ein Geheimversteck mit Waffen und ein paar Jugendliche, die sie schon früher gedeckt hatten. Und dennoch, war es nicht genau das, was es bedeutete, ein Mensch zu sein? Chancen zu ergreifen, die nicht immer logisch waren? Nicht aufzugeben, wenn es auch nur den kleinsten Hoffnungsschimmer gab?

Sie drehte sich in ihrem Sitz um. Bei dem Ausdruck auf ihrem Gesicht runzelte Leon die Stirn. Mali hörte auf, Anyas Füße zu massieren. Nok und Rolf blinzelten verstört.

»Ich habe nachgedacht«, platzte es aus Cora heraus

Mit einem Mal versagte ihr die Sprache. Sie räusperte sich und blickte zurück zu ihren verschränkten Fingern, die das Symbol der Fünften der Fünf darstellten.

»Ich denke, wir sollten umkehren.«

Ohne Vorwarnung legte sich das Raumschiff scharf in die Kurve. Coras Kopf knallte auf das Armaturenbrett. Ein jäher Schmerz durchzuckte sie, ihre Sicht verschwamm. Sie streckte eine Hand aus und tastete nach der Wand. Die anderen schrien, aber in ihren Ohren schrillte es so laut, dass sie niemanden hörte. Das Raumschiff neigte sich weiter zur Seite, und ihr Fuß berührte etwas Großes, als sie aus ihrem Sitz zu Boden geschleudert wurde.

Dann senkte sich das Raumschiff wieder in die Waagerechte.

»Was tust du da?«, schrie Nok Bonebreak an.

»Das Mädchen sagt, wir sollen umdrehen«, erwiderte er. »Ich habe umgedreht.«

»Wir müssen das erst noch besprechen!«, rief Rolf.

Cora blinzelte durch die schwarzen Punkte, bis sich ihre Sicht wieder klärte. Vor ihr lag ein blasser Körper. Ihr Magen bäumte sich auf – sie war auf Lucky gefallen.

Nok packte sie am Arm und fuhr sie an: »Bist du verrückt? Warum sollten wir zurückfliegen?«

Cora zog sich in den zweiten Pilotensitz zurück und krallte sich an den Lehnen fest. »Hört mir einfach kurz zu.« Sie wählte jedes Wort mit Bedacht, wusste sie doch, wie wenig Anklang ihre Idee bei den anderen finden würde. »Das hier ist größer als wir. Es geht darum, den Beweis zu erbringen, dass wir mehr sind, als die Kindred glauben.«

Bonebreak kicherte.

Cora warf ihm einen scharfen Blick zu. »Konzentrier dich einfach aufs Fahren!«

»Cora hat recht.« Es war Anya, die Augen einen Spalt geöffnet, auch wenn ihr Blick immer noch verschwommen war. »Weglaufen löst keine Probleme.«

»Sagt das Mädchen, das jahrelang mit Drogen vollgepumpt war«, murrte Leon. »Nichts für ungut, Kleine, aber da gibt es einiges, was du nicht weißt.«

»Nur, weil ich unter Drogen stand«, entgegnete Anya, »heißt das nicht, dass ich nicht wusste, was vor sich ging. Ich habe alles gesehen. Jeden Winkel der Station. Selbst *dich.*«

Ihre Worte brachten Leon zum Schweigen.

Cora ging auf Anya zu. »Du kannst wirklich sehen, was überall in der Raumstation vor sich geht, und das allein mithilfe deines Bewusstseins?«

»Nicht immer«, sagte Anya und rieb sich die Stirn. »Aber als ich unter Drogen stand, konnte ich es. Die Kindred dachten, mir Drogen zu verabreichen, würde meinen Verstand benebeln, doch wie sich herausstellte, hat es mir geholfen, meinem Bewusstsein gänzlich neue Wege aufzuzeigen.« Sie blickte auf ihre zitternden Hände hinab. »Auch wenn es seinen Tribut gefordert hat.«

Rolf stemmte sich vom Boden hoch. »Ihr alle vergesst das Allerwichtigste: Es ist unmöglich, jetzt noch die Prüfung anzutreten. Wir haben sie verpasst. Heute ist der Tag, an dem sie stattfindet, und außerdem würden die Wachen dich – uns *alle* – verhaften, sobald wir zurück sind.«

Nok schob sich die pinke Haarsträhne hinters Ohr. »Rolf hat recht. Wir können nichts mehr tun.«

Cora klopfte mit den Fingern auf Luckys Notizbuch und holte tief Atem. »Es *gibt* etwas, das wir tun können. Lucky hatte die Codes für ein geheimes Waffenarsenal. Er hatte vor, es nach der Prüfung zu benutzen, um die Tiere aus der Jagd-Menagerie zu befreien. Aber wir könnten die Waffen ebenfalls benutzen.«

»Was, um zu kämpfen?«, schrie Nok. »Sechs von uns gegen eine Kindred-Armee? Das ist doch völlig verrückt!«

»Es gibt Hunderte von Kindred auf der Raumstation, die Cassian treu ergeben und bereit sind, eine Revolution loszutreten. Sie heißen die Fünften der Fünf. Wir müssen nur zu ihnen.«

»Du schlägst ... Selbstmord vor«, sagte Leon. »Für uns *und* für sie.«

Cora warf ihm einen durchdringenden Blick zu. »Ich schlage vor, das zu beenden, was wir angefangen haben.«

»Und du glaubst, dich auf die Seite von ein paar Rebellen zu stellen, würde bedeuten, dass wir in Sicherheit sind?«, fragte Rolf. »Es gibt einen Grund, warum Cassian das alles heimlich vorangetrieben hat – er wusste genauso gut wie wir, dass der Rat die Menschheit nicht als ebenbürtig ansehen will.«

»Hört auf. Hört einfach auf!« Nok sank in den zweiten Pilotensitz, den Cora gerade freigegeben hatte. »Ich verstehe, dass es nicht leicht ist, all die Menschen dort zurückzulassen, okay? Vielleicht könnten wir ihnen helfen, vielleicht auch nicht ... aber wir können *nicht* zurück.« Sie presste sich die Hände auf den Bauch. »Es kommt nicht infrage, dass ich mein Baby dort bekomme.«

»Sie hat recht«, sagte Rolf. »Es ist das eine, uns zu bitten, unser eigenes Leben und unsere Freiheit aufs Spiel zu setzen, aber du kannst nicht von uns verlangen, auch das unseres Babys zu opfern.«

Cora schritt nervös auf und ab, während sie sich die pochende Stirn rieb. Immer wieder fiel ihr Blick auf Luckys Leichnam, unfähig zu glauben, dass er wirklich von ihnen gegangen war. Erschöpft sackte sie gegen die Wand.

»Ach, was soll's!«, sagte Leon und stand auf. »Ich bin dabei.«

43 *Mali*

Überrascht starrte Mali Leon an, der immer noch seine eingerenkte Schulter hielt. »Wirklich?«, fragte sie.

Leon nickte mit dem Kinn in Richtung von Luckys Leichnam. »Der Kommandant meinte, dass wir alle die Besten bei irgendetwas wären, nicht wahr? Ihr wisst schon, Rolf ist clever und Nok heiß, und ich bin körperlich gesehen ein Prachtexemplar erster Güte, das seinesgleichen sucht ...«

»Ich glaube nicht, dass das seine genauen Worte waren«, murmelte Rolf.

»Aber dann war da Lucky. Er war die moralische Instanz. Und in den ersten paar Wochen habe ich das nicht verstanden. Moral? Ich weiß nicht, was er früher auf der Erde getrieben hat, aber er hat keine Charity-Basare veranstaltet, oder?« Mit einem Blick auf die weiße Plane rieb er sich die Schulter. »Aber jetzt verstehe ich es. Aufzugeben war nie sein Ding. Er war eine Kämpfernatur. Er hätte für unsere Sache gekämpft.«

Etwas Seltsames ging in Mali vor. So etwas war ihr noch nie passiert. Es war fast so, als würde ihr Herz aussetzen, sobald sie Leon ansah, ein gleichzeitig unangenehmes und sonderbar wohliges Gefühl.

Fühlte es sich etwa so an, sich zu verlieben?

Leon nickte mit dem Kinn in Nok und Rolfs Richtung.

»Wenn ihr nicht helfen wollt, schön. Dann bleibt einfach im Raumschiff.«

»Ich will nicht allein mit *ihm* sein!« Nok zeigte mit dem Finger auf Bonebreak.

»Sie hat recht«, unterbrach Mali sie. »Wir sollten uns nicht trennen. Es hat lang gedauert, bis wir uns endlich gefunden haben. Außerdem sind wir als Gruppe stärker.« Sie hielt inne. »*Verdammt* viel stärker.«

Sie lächelte in sich hinein, stolz auf ihren ersten erfolgreichen Versuch des Fluchens.

Anya streckte den Arm aus und drückte ihre Hand. Der Gedanke, dass sie nur gemeinsam stark waren, hatte Anya schon beschäftigt, als sie noch im Besitz desselben Kindreds gewesen waren. Selbst in ihrem jungen Alter war Anya die Befreiung der Menschheit ein solches Anliegen gewesen, dass sie immer bereit gewesen war, dafür zu kämpfen. Damals hatte Mali ihr nicht zuhören wollen. Doch jetzt, als sie sich im Raumschiff umblickte, verstand sie die Bedeutung von Freundschaft.

»Ich werde nicht zulassen, dass Sparrow etwas zustößt«, sagte Cora zu Nok. »Versprochen.«

»Was ist mit euch beiden?«, fragte Leon, an Mali und Anya gewandt. »Seid ihr dabei?«

Als sein Blick Malis traf, zuckte sie leicht zusammen, während ihr Herz sonderbar schnell hämmerte. Mit einem Mal war ihr Mund trocken. Sie wusste genau, wie gefährlich es wäre, auf die Raumstation zurückzukehren. Würde sie zustimmen, bekäme sie womöglich nie wieder eine zweite Chance, die Wüste zu sehen, in der sie geboren worden war – jene verschwommenen Erinnerungen an Kamele und die grelle Sonne. Doch sie wusste ebenfalls, dass es das einzig Richtige und Menschliche war zuzustimmen.

»Ja«, sagte sie, und Anya nickte ebenfalls.

Nok sprang auf und schritt nervös auf und ab, während sie Rolf einen langen, eindringlichen Blick zuwarf. Dann ließ sie sich wieder in den zweiten Pilotensitz fallen. »Die Sache gefällt mir immer noch nicht, aber ich höre sie mir zumindest einmal an.«

»Ja, wie lautet nun dein genialer Plan?«, fragte Leon.

Cora durchmaß das Raumschiff. »Fian ist ein Verräter, Tessela nicht. Falls wir es zurück zur Jagd-Menagerie schaffen, holen wir uns die Waffen, und sie kann die anderen zusammentrommeln. Die Fünften der Fünf werden sich uns anschließen.«

»*Das* ist dein Plan?« Leon ließ den Kopf auf den Teddybären sinken. »Ich bereue meine Entscheidung jetzt schon.«

»Der Junge hat ausnahmsweise einmal recht«, stimmte Bonebreak ihm zu. »Du denkst wie ein Mensch, nicht wie ein Kindred. Selbst wenn es ein paar von ihnen auf der Raumstation geben sollte, die für eure Sache einstehen, ist ein offener Kampf Selbstmord. Sie sind euch überlegen.«

»Es ist die einzige Möglichkeit, die wir haben«, sagte Cora.

»Nein, ist es nicht«, sagte Bonebreak geheimnisvoll. »Ich kann euch eine bessere Alternative bieten, die nicht in Krieg mündet.«

Mali drehte ihren Kopf in seine Richtung, und sie starrte ihn aus zusammengekniffenen Augen an. »Glaubt ihm kein Wort«, begann sie, doch Cora hielt eine Hand hoch, um sie zum Schweigen zu bringen.

»Fahr fort.« Cora nickte Bonebreak aufmunternd zu, während Mali eine finstere Miene aufsetzte.

Bonebreak trommelte mit den Fingerspitzen aufs Armaturenbrett. »Eure dürre Freundin mit dem pinkfarbenen Haar hat recht.« Er zeigte mit einem fetten Finger auf Nok. »Ihr sechs könnt rein gar nichts gegen eine Armee aus Kindred ausrichten, nicht einmal mit echten Waffen oder euren kleinen Psychotricks.« Seine Stimme wurde eisig, während er Anya ansah. »Euer früherer Plan, die Prüfung zu bestehen, war viel klüger.«

»Hast du Rolf nicht gehört?«, fragte Cora. »Sie hat heute begonnen. Wir haben sie verpasst. Das Modul wird erst wieder in zwanzig Jahren an der Raumstation andocken.«

Bonebreak trommelte heftiger. Mali konnte sein Gesicht hinter der Maske nicht sehen, doch sie stellte sich ein Grinsen vor, das zu dem unheimlichen Frohlocken in seiner Stimme passte. »Das stimmt. Das Prüfungsmodul wird erst nach sechshundert Rotationen zur Kindred-Raumstation 10-91 zurückkehren. Aber das bedeutet nicht, dass es nicht *woanders* andockt. Sobald es die Kindred-Station verlässt, ist sein nächstes Ziel zufälligerweise der Mosca-Planet Drogane. Ich habe dort einen Teil meiner Kindheit verbracht – ein wunderbarer Ort. Ich könnte euch hinbringen. Einer von euch könnte sie ablegen, eure Spezies befreien, und alles fände ein gutes Ende.«

Im Raumschiff war es so ruhig, dass Mali nichts weiter als Bonebreaks krächzenden Atem hinter seiner Maske hörte. Sie ballte die Hände zu Fäusten. »Er hat uns schon einmal verraten. Er würde es wieder tun.«

Cora nickte. »Da hat Mali nicht ganz unrecht, Bonebreak.«

»Es stimmt, ich wollte euch an die Kindred ausliefern, aber nicht aus einer Laune heraus. Sie hatten einfach das bessere Angebot. Und ich verhalte mich immer denjenigen gegenüber loyal, die mir das beste Angebot machen. Fragt doch den da.« Sein Finger deutete in Leons Richtung.

Leon schnaubte. »Na klar, aber was, wenn es auf einen Deal hinausläuft, den wir nicht eingehen wollen?«

»Hört euch meinen Vorschlag einfach an, Kinder. Ich bringe euch nach Drogane. Mein Bruder wohnt dort. Er wird uns mit in seinem Haus aufnehmen. Ihr braucht einen Bürgen – das werde ich sein. Und ich werde dir bei den Vorbereitungen auf die Prüfung helfen, Mädchen.«

»Was springt für dich dabei heraus?«, fragte Cora.

Mali ging unruhig im Raum umher und musste den Drang niederkämpfen, ihnen allen zuzurufen, dass es eine sehr schlechte Idee war, auch nur darüber nachzudenken, seine Hilfe anzunehmen.

Bonebreak erhob sich. Mit seinem gekrümmten Rücken überragte er Mali kaum, aber seine Brust war so breit, dass sie zweimal in ihn hineingepasst hätte. »Exklusive Handelsrechte. Wenn ihr die Prüfung besteht, können die Menschen uneingeschränkt Tauschhandel betreiben und wären ein Teil der Wirtschaft. Die Kindred und Gatherer sind für unseren Geschmack zu steif, wenn es ums Geschäftliche geht. Und die Axion – nicht einmal *wir* wollen mit ihnen zusammenarbeiten. Sie sind schrecklich brillant, hecken ständig neue Pläne aus. Ihr Menschen haltet euch nicht immer an Regeln – mir gefällt das. Wenn ihr zustimmen solltet, dass ich euer einziger Handelspartner bin, sobald ihr eure Autonomie erkämpft habt, werde ich euch bei der Prüfung helfen, und wir werden tonnenweise Geld scheffeln.«

Mali wartete angespannt, dass Cora das Angebot ablehnen würde und einsah, dass nichts wichtig genug war, um das Risiko einzugehen, Bonebreak zu vertrauen. Doch Coras Finger strichen ununterbrochen über Luckys Notizbuch, als könnte sie seine Worte nicht vergessen.

»Okay«, sagte Cora, obwohl sie zögerlich klang.

Mist, dachte Mali und vergaß sogar, sich selbst wegen des zweiten richtigen Gebrauchs eines Schimpfworts zu beglückwünschen. Stattdessen wandte sie sich an Cora. »Das ist ein Fehler.«

»Beachte den Giftzwerg nicht«, sagte Bonebreak mit einer abfälligen Handbewegung in Malis Richtung. »Du hast die richtige Entscheidung getroffen. Und jetzt, auf nach Drogane. Die Fahrt dauert etwa eine halbe Rotation, was bedeutet, dass wir tanken müssen. Und ein Geschenk für meinen Bruder kaufen – ein Mosca besucht seine Familie niemals mit leeren Händen.«

»Wir haben kein Geld mehr«, sagte Cora.

Bonebreak blickte sich im Raum um und rieb sich unter der Maske das Kinn. »Wir könnten deinen Freund zerstückeln. Den Toten, meine ich. Er braucht seinen Körper nicht mehr, und ich kenne hier ganz in der Nähe einen Schwarzmarkthändler, der …«

»Nein!« Cora klang zutiefst entsetzt. »Du wirst ihn nicht anrühren!«

Bonebreak legte den Kopf schief. »Dann eben deine Haare. Die werden für eine Tankladung und die Landegebühren reichen.« Im nächsten Moment hatte er ein Messer aus seiner Tasche gezogen.

»Abgemacht.« Cora nahm das Messer und schritt zur Toilette im hinteren Teil des Raumschiffs, wo sie die Tür hinter sich zuknallte, als fürchtete sie, sie könnte ansonsten einen Rückzieher machen.

Der laute Knall hallte im Raumschiff wider und brachte das Stimmengewirr im Hauptraum zum Verstummen. Nok und Rolf blickten sich betreten an. Leon begann, am Schutzschild auf seiner Schulter zu zupfen.

Mali schritt auf und ab, von Ängsten geplagt, die sich in ihrem Bewusstsein festklammerten. Ein Teil von ihr stimmte dem zu, was Lucky gesagt hatte. Jedes Mal, wenn sie die Narben an ihren Händen betrachtete, wurde sie daran erinnert, dass die Menschen ein besseres Schicksal verdient hatten.

Doch einem Mosca zu vertrauen, war der falsche Weg. Das letzte Mal, als sie einem Mosca vertraut hatte, war damals auf der Erde gewesen, mit vier Jahren, als sie in der Nähe des Lagers ihrer Familie in den Dünen auf Ziegen aufgepasst hatte. Ein buckliger Mann mit einer sonderbaren Maske hatte ihr erzählt, eine ihrer Ziegen sei weggelaufen, aber er könnte sie zu ihr bringen. Kurz darauf war sie auf einem Marktplatz der Mosca aufgewacht, angekettet an einen Holzpfahl.

Wenn du keinen Besitzer hast, hatte der Mosca erklärt, *dann gehörst du jetzt mir.*

Mit fest verschränkten Armen hastete sie zu Anya. »Mir gefällt die Sache nicht«, flüsterte sie. »Wir haben keinen Besitzer. Wir haben keine Papiere. Sobald wir auf seinem Planeten landen, gibt es nichts, was Bonebreak aufhalten könnte, uns einfach als seinen Besitz auszugeben.«

Anya dachte einen Moment über ihre Worte nach. »Erinnerst du dich, wie wir auf Station 3-06 dem Mosca-Abschaum entflohen sind?«

Mali war damals zwölf gewesen. Anya erst fünf, aber ungewöhnlich hart im Nehmen. Sie waren von einem privaten Besitzer in einen Käfig gesperrt worden, wo sie gegen andere Mädchen und einen Schimpansen hatten kämpfen müssen.

Doch dann hatten sie einen Ausweg gefunden.

Mali nickte. »Ja. Das müssen wir Cora erzählen. Es ist unsere einzige Chance, um sicherzugehen, dass Bonebreak uns nicht hintergeht.«

44 Cora

Auf der Toilette des Raumschiffs gab es keinen Spiegel, doch die Wände waren aus einem matten, reflektierenden Material, das ein verzerrtes Spiegelbild von Coras Gesicht zurückwarf.

Sie sah schrecklich aus.

Die viel zu große Safariuniform hing lose an ihrem Körper herab und erinnerte an die unscheinbare kakifarbene Gefängniskleidung, die sie im Jugendknast getragen hatte. Ihre Augen waren gerötet, ihre Gesichtszüge eingefallen. Ihre Haare waren ein Durcheinander aus langen, zerzausten Locken.

Mit Bonebreaks Messer in der Faust neigte sie den Kopf nach links, sodass die Haare über ihre Schulter fielen. Sie drehte sie zu einem festen, dicken Strang, den sie mit einem Schnitt absäbeln könnte, und setzte die Klinge an.

Es sind nur Haare.

Doch es fühlte sich nach viel mehr an. Wenn sie das hier tat, würde es eine Serie an Ereignissen auslösen. Bonebreak würde sie zum Heimatplaneten seines Bruders bringen. Sie müssten herausfinden, wie eine Zusammenarbeit mit ihm möglich wäre – und sie müsste ihr Training fortsetzen, nur ohne Cassian. Es war mehr als nur ein Schnitt mit dem Messer. Vielleicht schnitt sie sich damit den letzten Fluchtweg nach Hause für immer ab.

Sadie mit ihren herabhängenden, alten Schlappohren. Charlies Zimmer, das immer nach Sportklamotten roch. Der Ausblick von ihrem Zimmer auf den von Spechten durchlöcherten Ahornbaum.

Der einzige Weg, um herauszufinden, ob ihr Zuhause immer noch existierte, war der, das Messer wegzulegen und auf dem Raumschiff zu bleiben. Der Gedanke erfüllte sie mit neuer Sorge – war ihre Entscheidung, auf die Raumstation zurückzukehren, dem Umstand geschuldet, dass sie der Realität nicht ins Auge blicken wollte, was sie auf der Erde womöglich vorfinden könnten? Eine fast siebzigprozentige Chance war nicht hundert Prozent, wie Rolf treffend festgestellt hatte. Ihr Herz klopfte heftig. Nein. *Nein.* Sie konnte immer noch die Wärme der Sonne spüren. Tief in ihrem Herzen wusste sie, dass die Erde nicht zerstört war.

Sie riss die Augen auf. Ihr Spiegelbild starrte ihr mit unbeugsamer Entschlossenheit entgegen. Ausgerechnet Lucky war derjenige mit einem Sinn im Leben gewesen. Und nun war dieser Sinn zu ihrem Lebensinhalt geworden.

Sie setzte die Klinge wieder an den Zopf an, genau unterhalb ihres linken Ohrs, und begann zu schneiden.

Da hämmerte jemand an die Tür.

Cora fluchte laut, als sie zusammenzuckte und mit dem Messer ein paar Haarsträhnen absäbelte. »Was? Ich hätte mich fast selbst erstochen.«

Malis Gesicht tauchte im Türrahmen auf. Ihre Augen waren im Schatten kaum auszumachen, und die Linien um ihren Mund schienen tief eingegraben zu sein.

»Ich muss mit dir reden«, sagte Mali.

Cora warf einen Blick in den Hauptraum des Raumschiffs, wo die anderen logistische Probleme besprachen. Mit einem Nicken gab sie Mali zu verstehen, dass sie hereinkommen sollte.

»Ich bin hier, um mit dir über Cassian zu reden.«

Unvermittelt kehrte Coras Anspannung zurück, begleitet von Schuldgefühlen, die schwer wogen, als sie sich erinnerte, wie sie ihn durch den Spalt im Tunnel gesehen hatte. »Ich habe Cassian gesehen«, gestand Cora. »Als wir durch den Abfallschacht geflohen sind. Sie haben ihn mithilfe einer Maschine verhört. Ich glaube, sie haben ihn gefoltert.«

Sie fühlte sich unendlich schuldig. Cassian war Malis Freund. Vielleicht würde sie Cora niemals verzeihen, dass sie ihn hatte leiden lassen.

»Ich mache dir keine Vorwürfe, weil du ihn dort zurückgelassen hast«, sagte Mali, als könnte sie ihre Gedanken lesen.

Überrascht straffte Cora die Schultern. »Wirklich?«

Mali hielt die vernarbten Hände hoch. »Das ist der Grund, warum ich mit dir reden will. Diese Narben rühren daher, dass ich einmal einem Mosca vertraut habe. Es ist ein Fehler, Bonebreak zu glauben, dass er sich an unsere Absprache halten wird. Falls er ein besseres Angebot bekommt, wird er uns in dem Moment verkaufen, in dem wir einen Fuß auf den Planeten setzen.«

»Er besitzt uns nicht. Wir sind Mündel der Kindred.«

»Nicht mehr, seit wir die Raumstation verlassen haben. Wir haben keine offiziellen Besitzer, was bedeutet, dass Bonebreak alles mit uns tun kann, was er will. Anya und ich waren einmal in einer ähnlichen Situation. Wir sind vor unserem früheren Besitzer geflohen und haben einem moscaischen Händler vertraut, der uns versprach, uns in ein sicheres Gehege zu bringen. Aber das hat er nicht. Er hat uns zu seinem Eigentum erklärt und wollte uns an unseren ehemaligen Besitzer verkaufen.«

Der Raum war so klein, dass Cora der Geruch von Anya in die Nase stieg: Salz und Baumwolle. »Was habt ihr getan?«

»Wir haben uns noch rechtzeitig an einen anderen Mosca verkauft. Anya hat die Sache mit einem der Handlanger des moscaischen Händlers eingefädelt. Er war nicht sonderlich clever, weshalb wir es geschafft haben, ihn zu überzeugen, seinen Kommandanten zu verraten. Wir haben ihm eingeredet, wir wären das Doppelte dessen wert, was unser früherer Besitzer für uns zahlen wollte. Er ist darauf hereingefallen und hat ein kleines Frachtschiff gestohlen, das uns zur Kindred-Raumstation zurückbringen sollte. Als wir dann zum Tanken anhielten, brachten Anya und ich das Gerücht in Umlauf, dass es auf seinem Raumschiff Tausende von Chips gäbe. Dutzende Mosca sind herbeigeströmt, um ihn zu bestehlen, und im anschließenden Chaos konnten wir erneut fliehen.« Sie senkte die Hände, während sie unbewusst die vernarbten Finger krümmte und spreizte. »Im Grunde will ich auf Folgendes hinaus: Wir müssen uns an einen anderen verkaufen. Jemanden von den intelligenten Spezies, der nicht zulassen wird, dass Bonebreak uns hintergeht. Jemanden, dem wir vertrauen können.«

Cora schlang die Arme fest um ihren Körper. »Cassian.«

Mali nickte. »Er ist der Einzige, auf den wir uns verlassen können.« Sie hielt Luckys Notizbuch hoch, das Cora auf der Steuerkonsole vergessen hatte. »Wahrscheinlich reichen die Waffen, von denen Lucky schreibt, nicht gegen eine gesamte Kindred-Armee, aber vielleicht sind sie genug, um Cassian zu befreien.«

Die Möglichkeit, die sich ihnen auf einmal eröffnete, ließ Cora überrascht blinzeln.

»Aber … das haben wir bereits diskutiert«, stammelte sie. »Wir können nicht zurück. Ich würde verhaftet werden.«

»*Du* kannst nicht zurück«, sagte Mali. »Aber die Kindred suchen weder nach mir noch nach Leon. Er und ich, wir könnten zurückfahren und mit den Waffen Cassian befreien.«

»Hast du das mit Leon besprochen?«

»Nein, aber er würde mich begleiten. Er würde das Richtige tun. Das weiß ich.« Sie senkte die Stimme. »Das Armstrong-Gehege liegt auf einem Mond unweit von hier. Bonebreak muss an ihm vorbeifliegen. Nok und Rolf müssen darauf beharren, dort abgesetzt zu werden. Es ist ein nicht von der Hand zu weisendes Argument, dass sie ihr Baby lieber im Kreis anderer Menschen bekommen sollten als in der Unberechenbarkeit eines moscaischen Planeten. Während wir dort sind, werden Leon und ich uns heimlich davonschleichen. Auf Armstrong landen ständig Raumschiffe der Kindred mit Vorräten. Wir finden einen Weg, uns auf eines zu schmuggeln, das zurück zur Raumstation fliegt.«

»Armstrong?« Cora setzte das Messer wieder an. »Das ist der Ort, von dem Dane ständig gesprochen hat. Angeblich ein Paradies, auch wenn Cassian mich gewarnt hat. Denkst du, es ist dort sicher für Nok und Rolf?«

»Wir haben keine andere Wahl.«

Mali öffnete die Tür und verschwand.

Mit zitternder Hand legte Cora Luckys Notizbuch auf die Ablage. Ein Teil von ihr wollte hier und jetzt jede einzelne Seite lesen, um sich ihm näher zu fühlen. Doch dafür wäre später noch Zeit – Zeit, um jedes Wort auf sich wirken zu lassen, sich an jedes Detail erinnern zu können.

Das Messer fest in der Hand säbelte sie sich mit einem einzigen Schnitt die Haare ab und starrte zur Wand.

Ihr Spiegelbild zeigte einen unordentlichen, asymmetrischen Haarschnitt, der knapp unter ihrem linken Ohr begann und fast bis zu ihrer rechten Schulter reichte. Mit einem tiefen Seufzen kehrte sie zum Hauptraum zurück und schleuderte das dicke Seil an Haaren auf die Steuerkonsole vor Bonebreak. Die anderen verstummten.

»Hier. Geschafft. Aber ich will zuerst einen Zwischenstopp auf Armstrong.« Aus dem Augenwinkel sah sie, wie Mali Rolf den Plan ins Ohr flüsterte. »Nok und Rolf zuliebe und auch weil wir Lucky beerdigen wollen.«

Sie umklammerte das Notizbuch fester. Zumindest das könnte sie für ihn tun, sicherstellen, dass sein Leichnam in Frieden ruhte.

Bonebreak zuckte mit den Schultern. »Wir brauchen sowieso Vorräte. Dann eben nach Armstrong, Kinder.«

Er betätigte mehrere Hebel, und das Raumschiff schoss scharf nach oben. Cora schlang die Arme um die Rückenlehne seines Sitzes, während Bonebreak mit knisternder Stimme ein sonderbar melodiöses Lied anstimmte. Eine Weile brauste das Raumschiff grollend durchs Weltall. Eine Stunde verstrich, vielleicht zwei, und die ganze Zeit über presste sich Cora Luckys Notizbuch an die Brust.

»Festhalten«, sagte Bonebreak schließlich. »Der Eintritt in die Armstrong-Atmosphäre ist etwas holprig.«

»Wir sollten uns im Kreis hinsetzen«, sagte Rolf. »Wenn wir uns an den Händen halten, verlieren wir nicht so schnell das Gleichgewicht.«

Leon schnaubte verächtlich. »Ich mache diesen ›Kumbaya‹-Scheiß nicht mit.«

»Ein Kreis ist die stabilste Form«, erklärte Rolf und setzte sich neben ihn. Er reichte Nok die Hand, die sich zwischen ihn und Anya plumpsen ließ und die Hände ausstreckte. Mali quetschte sich daneben, und alle fassten sich an den Händen. Cora warf einen Blick über die Schulter zu der weißen Plane, und ein scharfer Stich durchbohrte sie.

»Komm schon, Leon.« Sie beugte sich zu ihm.

Er meckerte weiter, rutschte jedoch in ihre Richtung und nahm ihre und Rolfs Hand. Das Raumschiff neigte sich unvermittelt nach links, und sie hielten sich alle fester an den Händen, während sie die ruckartigen Bewegungen auszugleichen versuchten.

»Und was genau erwartet uns jetzt auf Armstrong?«, fragte Nok argwöhnisch.

»Das ist der Planet, auf den sie Menschen schicken, die neunzehn werden und brav waren«, sagte Cora und versuchte, optimistisch zu klingen für den Fall, dass Bonebreak zuhörte. »Eine Art Belohnung. Ein Schutzgebiet, wo sich Menschen selbst überlassen sind und so leben können, wie sie wollen.«

Bonebreak drehte sich zu ihnen um. Cora konnte seinen Gesichtsausdruck nicht deuten.

»Ein weiterer verdammter Zoo«, murrte Leon.

»Nein«, widersprach Cora. »Es gibt keine Gitterstäbe, und die Menschen werden nicht beobachtet. Der Planet hat die Größe eines kleinen Mondes und ist bewohnbar.«

»Aber wenn er bewohnbar ist«, fragte Nok, »warum wohnt dann kein Kindred dort? Warum überlassen sie ihn uns?«

Cora konnte das Unbehagen in Noks Worten hören und hatte Schwierigkeiten, ihre eigene Besorgnis im Zaum zu halten. Sie senkte die Stimme. »Wir lassen euch nicht dort, falls es nicht sicher ist, Nok. Versprochen.« Und dann sprach sie wieder lauter, damit auch Bonebreak sie verstand. »Die Kindred sind eine astrale Spezies, keine terrestrische.«

Doch die Sorge nagte an ihr, und ihr Kopf begann wieder zu schmerzen. Sie hoffte, sie würde Nok und Rolf – und alle anderen – in keine Situation bringen, die noch schlimmer war als die, aus der sie geflohen waren.

Das Raumschiff sank steil nach unten. Nok kreischte, und alle packten sich fester an den Händen. Bonebreak beugte sich vor, kratzte sich am Kopf und schob dann einen Hebel nach oben. Das Raumschiff sackte weiter ab. Cora hatte wieder das Gefühl, als befänden sie sich im freien Fall. Ihr Magen bäumte sich auf, und sie wollte sich einfach nur auf den Boden pressen und zu einer Kugel zusammenkauern, doch sie ließ keine der Hände los. Dann endete der freie Fall abrupt und ein tiefes Rumoren setzte ein, das Coras Beine und Arme durchrüttelte.

»Bist du überhaupt schon mal geflogen?«, fauchte Leon Bonebreak an.

»Ich habe den besten Piloten umgebracht«, murmelte Bonebreak über dem Schaltpult.

Das Raumschiff kippte scharf nach rechts. Cora konnte von ihrem Platz am Boden aus das Sichtfenster nicht sehen, doch die Farben hatten sich verändert. Nicht mehr der dämmrige Schein weit entfernter Sterne, sondern hell leuchtende Farben, als würden sie direkt in einen Sonnenaufgang fliegen. Druck baute sich in ihren Ohren auf, derselbe Druck wie der von damals, als Cassian sie aus ihrem Gehege gebeamt und Cora das Gefühl gehabt hatte, als würde sie in tausend winzige Teile zersplittern, bis sie nichts weiter tun konnte, als die Augen fest zuzupressen.

Dann, ebenso unvermittelt, war es vorbei.

Das Dröhnen des Raumschiffs verstummte, und die Temperatur, die eben rasch angestiegen war, kühlte wieder ab. Bonebreak, auf dessen Gesicht sich ein selbstzufriedenes Lächeln ausbreitete, drückte auf ein paar Knöpfe. »Na also«, sagte er. »Perfekt angedockt.«

Das Raumschiff machte einen Satz zur Seite, und Nok kreischte erneut auf.

Bonebreak legte einen Hebel um, und das Raumschiff richtete sich wieder auf. »*Jetzt* ist es perfekt angedockt.«

»Ich glaube, mir ist schlecht«, murmelte Rolf mit aschfahlem Gesicht.

Bonebreak tippte auf weitere Knöpfe, und die Luke glitt auf. Ein merkwürdiges Geräusch drang aus dem geöffneten Loch.

Ein *Sch, Sch, Sch*, das Cora anfangs für Meereswogen hielt. Ein Windstoß wehte mit einem Mal durch den Laderaum und trug feinen Sandstaub und dünne, wenn auch lebensnotwendige Atemluft herein. Das Geräusch war der Wind – auf einer Raumstation, auf der es nichts weiter als eine künstliche Brise gab, hatte sie den Wind schmerzlich vermisst. Sie schloss die Augen und genoss die frische Kühle auf ihrem Gesicht.

Echter Staub.

Echte Luft.

Für eine Sekunde fragte sie sich, ob Armstrong womöglich gar nicht so schlimm wäre. Vielleicht nicht das Paradies, das Dane beschrieben hatte, aber auch keine Hölle. Es kümmerte sie nicht, ob es staubig und heiß war, solange es ein sicherer Zufluchtsort war.

Die frische Luft schien dieselbe Wirkung auf alle anderen zu haben – abgesehen von Bonebreak. Er schnappte sich hastig eine Tasche. »Ich gehe auf die Suche nach etwas zu trinken.«

»Du warst schon mal hier?«, fragte Cora.

»Nein. Aber ich kenne keinen Ort in diesem Universum, nicht einmal Wüstenplaneten, die von niederen Spezies bewohnt sind, auf denen es keine Bar gibt.« Er sprang aus der Luke in der Mitte des Raums.

Die anderen starrten ihm nach.

Nok drückte Coras Hand. »Komm schon«, sagte sie. »Mal sehen, was uns dort draußen erwartet.«

45 Cora

Der Staub blendete Cora fast, als sie aus der Luke sprang. Leon fing sie geschickt auf und wischte sich den Sand aus den Augen.

»Sieht nicht gerade nach dem Paradies aus, Kleine.«

Cora strich sich die Haare aus dem Gesicht – die neue Länge sorgte dafür, dass sie ihr ständig in die Augen wehten – und blinzelte in die staubige Luft. »Vielleicht halten sich hier alle im Innern von Häusern auf oder wohnen unterirdisch.«

»Ich denke, so sieht es aus, wenn gerade ein Sandsturm vorübergezogen ist«, sagte Nok. Ihre 1950er-Hausfrauenschürze blähte sich im Wind. »Eines der Models damals in London kam aus Marokko.« Sie hustete, während die anderen aus dem Raumschiff stiegen. »Vielleicht legt sich der Staub bald.«

Nok runzelte besorgt die Stirn, und Cora konnte es ihr nicht verübeln. Das war kein Ort, an dem sie freiwillig eine Tochter großziehen würde.

Die schattenhafte Silhouette eines niedrigen Gebirges hing in der Ferne. Und eine Sonne, die größer war als ihre auf der Erde, was wahrscheinlich der Grund für die sengende Hitze war. Bonebreak marschierte zu einer Ansammlung an dunklen Umrissen, bei denen es sich womöglich um Gebäude handelte. Er schien sich mühelos bewegen und atmen zu können, und zum ersten Mal beneidete Cora ihn um seine Maske.

»Wir sollten Bonebreak folgen.« Bereits nach einem einzigen Schritt waren ihre Beine schwer vor Erschöpfung.

»Es liegt an der Schwerkraft.« Rolf trat neben sie und beugte sich vor, als kostete es ihn Mühe, auch nur aufrecht zu stehen. »Die Dichte des Monds muss sehr groß sein, wenn die Schwerkraft so hoch ist. Das ist der Grund, warum die Berge dort vorne so abgeflacht sind. Und die Luft – sie müssen die Atmosphäre verändert haben.«

Cora warf einen Blick zurück. Anya war mit Kopfschmerzen auf dem Raumschiff zurückgeblieben, und Mali wollte ihr Gesellschaft leisten, um sich um sie zu kümmern. Mali und Leon tauschten noch kurz ein paar Worte aus, bevor er sich verabschiedete. Mit einem Mal stellte sich Mali auf die Zehenspitzen und gab ihm einen Kuss aufs Ohr.

Als Leon auf Cora zukam, wirkte er ebenso benommen, als hätte sie ihm eine Ohrfeige verpasst. »Na schön«, sagte er leicht verwirrt. »Sie meinte, sie und ich würden eine Rettungsaktion starten.«

»Ist das für dich in Ordnung?«

Er rieb sich das Ohr, das Mali gerade geküsst hatte. »Oh, natürlich.«

Cora verdrehte die Augen, während sie Bonebreak durch den Staub in Richtung der verschwommenen Gebäude folgten.

»Was sagen wir ihnen?«, fragte Nok nervös, die neben Cora hertrottete und Bonebreak fast eingeholt hatte. »Dass Rolf und ich ihre neuen Nachbarn sind und ich – ganz nebenbei bemerkt – schwanger bin?«

»Ich denke, wir fangen mit einem einfachen Hallo an«, erwiderte Cora. »Und dann warten wir ab, wie sie reagieren.«

Der Boden war uneben, zerklüftet und von dornigen Pflanzen überwuchert, sodass Cora aufpassen musste, nicht zu stolpern. Ihre Lungen brannten. Die Luft schmeckte irgendwie falsch. Cora wurde schwindlig, was nicht nur auf die starke Schwerkraft zurückzuführen war. Die Gebäude erhoben sich scheinbar wankend aus dem Staub, und für einen Moment wirkte ihr Blickfeld verzerrt. Eine Schrecksekunde lang fürchtete sie, wieder in einem Gehege der Kindred zu sein, wo die Perspektiven manipulierte Illusionen waren, doch dann taumelte sie gegen eine Schindelhütte, streckte die Hand aus und berührte sie.

Massiv.

Die Wände bestanden aus unbehandeltem Holz, gefertigt aus Bäumen, die wahrscheinlich in einem nahe gelegenen Wald geschlagen worden waren. Ein Zinneimer mit schmutzigem Wasser stand unter einer Stoffplane.

»Pflanzen«, bemerkte Rolf. »Wasser. Luft. Dein Freund hat nicht gelogen, dass es hier reichhaltige Ressourcen gibt.«

»Ich würde Dane nicht gerade als einen Freund bezeichnen«, murmelte sie. Dann fuhr sie mit den Fingern über die Bretter, die die Ecke der Hütte formten, und ein Splitter bohrte sich in ihre Fingerkuppe. Sie musste grinsen. »Seht nur … es ist real!«

»Hurra«, knurrte Nok. »Die wundervolle Welt der alltäglichen menschlichen Probleme. Es wäre wohl zu viel verlangt, auf eine Kindertagesstätte zu hoffen?«

Der Staub hatte sich fast gelegt, und das Dorf nahm

Gestalt an. Die Hütte war eine von etwa zwanzig, die mit einfacher, wenn auch gewissenhafter Handwerkskunst erbaut worden waren. Vor ein paar Fenstern hingen Kästen, in denen großblütige Blumen mit dicken, runden Blättern wuchsen, auch wenn sie alle momentan von einer Staubschicht überzogen waren. Es gab einen zugedeckten Brunnen und eine niedergetrampelte größere Fläche, auf der die Bewohner von Armstrong womöglich Feiern abhielten. Alles war aus Holz oder Lehm gefertigt, mit ein wenig Blech, das auf den Dächern glitzerte. Alles atmete den Geist der Pionierzeit, und Cora war trotz ihrer Bedenken aus irgendeinem Grund von Stolz erfüllt. Selbst weit weg von der Erde schafften es Menschen, für ihr Überleben zu sorgen.

Rolfs Augen wurden groß. »Es sieht hier so aus, wie ich mir den amerikanischen Wilden Westen vorstelle.«

»Ein bisschen, ja«, sagte Nok und stupste den Eimer voll dreckigen Wassers mit dem Zeh an. Dann rieb sie sich den Nacken und blickte zum Dorf. »Sollen wir einfach irgendwo klopfen?«

Bonebreak zeigte mit dem Finger auf das einzige Gebäude, das mehrstöckig war. »Mein Motto lautet: Geh zum größten Haus, und hoffe, dass dort jemand Wichtiges wohnt.«

Sie folgten ihm über einen Trampelpfad aus dicken, fleischigen Grashalmen durch das staubige Dorf zur Veranda. Cora schüttelte sich Staub aus dem Haar und wischte ihn sich von den Schultern, um einen einigermaßen passablen ersten Eindruck zu machen, und klopfte dann laut an der Tür.

Niemand öffnete.

Sie klopfte wieder. Nichts.

»Wo könnten sie sein?«, fragte Nok. Zum ersten Mal schwang Furcht in ihrer Stimme mit. »Glaubt ihr, die Kindred wussten, dass wir kommen, und haben sie alle zusammengetrommelt?«

Sämtliche Köpfe drehten sich zu Bonebreak, der abwehrend die Hände hob. »Kinder, hätte ich irgendeine Möglichkeit gehabt, mit den Kindred oder Mosca zu kommunizieren, hätte ich längst Verstärkung gerufen, als ihr mit einer Waffe auf mich gezielt habt.«

»Wo sind dann alle?«

»Im Bett«, sagte Bonebreak. »Auf den Feldern. Vielleicht machen sie ein Picknick. Woher soll ich wissen, was Menschen mit ihrer Zeit anstellen?«

Leon stieß ein frustriertes Seufzen aus, preschte vor und drückte die Tür auf. »Hallo! Jemand zu Hause?«

»Wir sind Freunde«, fügte Cora hinzu. »Von der Erde beziehungsweise von der Kindred-Raumstation 10-91.«

Sie wartete, aber niemand antwortete.

»Keiner da«, verkündete Rolf.

Das Haus sah wie ein provisorisches Rathaus aus, mit einer großen Eingangshalle samt Schreibtisch neben der Tür und einem Gang zur Linken, von dem Zimmer, vielleicht Büros, abgingen. Falls es das Polizeigebäude von Armstrong war, schien es zumindest keine Zellen zu geben, was ein gutes Zeichen war. Cora könnte damit leben, nie wieder einen Käfig sehen zu müssen. Sie hob ein Buch auf, das aufgeschlagen auf dem Schreibtisch lag, und musste lächeln. *Vom Winde verweht*. Darunter lag ein dicker Stapel staubiger, ledergebundener Seiten.

»Dann warten wir eben«, sagte sie, klappte den Lederdeckel auf und überflog die Seiten. Nok und Rolf eilten den Korridor hinab, um sich ein wenig umzusehen.

»Äh, Leute?« Noks Stimme kam verunsichert aus dem Gang.

Cora wollte das Notizbuch schon zuschlagen, da erregte etwas oben auf der ersten Seite ihre Neugier.

Das Blatt war in Spalten aufgeteilt. In der linken waren Zahlen aufgelistet, ähnlich wie bei einem Kalender, aber die Monate hatten nur zehn Tage. In den anderen Spalten standen Nummernfolgen, die ihr nicht auf Anhieb etwas sagten. Der erste Eintrag lautete *25/12/12/1*, der nächste *30/15/12/3*, wiederum der nächste *27/0/2/25*. Cora blätterte um und erstarrte.

Auf der nächsten Seite waren die Spalten beschriftet: *Gesamtsumme an neuen Sklaven/Davon Arbeiter/Davon Ehefrauen/Tot.*

Ihr Atem beschleunigte sich. Gesamtsumme an neuen Sklaven? Es schien sich um Neuankömmlinge auf dem Mond zu handeln ... die regelmäßige Lieferung an guten Samaritern nach Armstrong.

Aber Sklaven? Und tot? Und *Ehefrauen?*

Jemand hatte an den Rand notiert: *Beim nächsten Mal Kindred um mehr Ehefrauen bitten. Laufen ständig weg. Einfach behaupten, es wäre zu Fortpflanzungszwecken – darauf fallen sie immer rein.*

Mit hämmerndem Herzen klappte Cora das Notizbuch zu und stolperte auf Beinen durch den Gang, die sich viel zu schwer anfühlten, bis sie die anderen in einem kleinen Raum fand. Ihre Freunde drängten sich um einen Haufen antiker Fußfesseln, die aussahen, als stammten sie direkt aus der Sklavenhaltung des 19. Jahrhunderts. Auf der anderen Seite des Zimmers befanden sich mit Kleidung gefüllte Eimer – Baseballtrikots, orientalische Roben, Rüschenkleider – allesamt nachgemachte Kleidungsstücke, die die Kindred ihnen zum Anziehen gegeben hatten.

»Was soll das bedeuten?«, fragte Nok mit schriller Stimme.

Ein Kitzeln kroch Coras Kehle hinauf. Nein – das konnte nicht wahr sein. Es waren die *Kindred*, die Menschen einsperrten. Warum sollten Menschen, wenn sie über Freiheit und ausreichend Ressourcen verfügten, ihre eigene Art versklaven?

»Bonebreak«, rief sie, und in ihre Stimme hatte sich Verzweiflung geschlichen. »Bonebreak!«

Keine Antwort. Sie rannte zurück in die Eingangshalle, aber er war nicht dort. Sie hastete zur Tür, blinzelte in den hellen Tag. Der Staub hatte sich längst gelegt. Sie konnte jetzt das gesamte Dorf sehen, doch es lag leer vor ihr.

»Er ist verschwunden«, sagte sie.

»Was, wenn er zum Raumschiff zurückgegangen ist?«, fragte Nok, während sie besorgt ihre pinke Haarsträhne zwirbelte. »Vielleicht hat er vor, ohne uns wegzufliegen.«

»Anya und Mali sind immer noch da«, entgegnete Cora. »Sie würden ihn aufhalten.«

Nok schritt nervös auf und ab und erstarrte dann mitten in der Bewegung, den Blick in die Ferne gerichtet. Von allen aus der Gruppe hatte sie die schärfsten Augen. Cora drehte den Kopf, um ebenfalls zu sehen, was Nok erspäht hatte. Eine einzelne Staubsäule erhob sich am Horizont in den Himmel.

»Was ist das, ein neuer Sturm?«, fragte sie.

Doch die Staubsäule war zu klein und viel zu geballt.

»Ein Truck«, sagte Leon. »Der schnell auf uns zukommt.«

»Was sollen wir nur tun?«, fragte Nok. »Weglaufen?«

Doch der Truck kam unaufhaltsam näher. Cora drehte sich um und suchte den Horizont mit den Augen ab. Abgesehen vom Raumschiff gab es nichts, wo sie sich verstecken könnten. Zu den weit entfernten Bergen würden sie es niemals rechtzeitig schaffen, und in einem der Gebäude Unterschlupf zu suchen, könnte sich als Falle entpuppen.

»Nein«, sagte sie und presste eine Hand auf Luckys Notizbuch in ihrer Tasche. »Wir sind aus einem bestimmten Grund hier. Wir müssen herausfinden, ob es auf Armstrong sicher ist.« Sie warf den anderen einen Blick zu, von dem sie hoffte, dass er nicht zu verängstigt wirkte. »Uns bleibt keine andere Wahl.«

Leon ließ seine Fingerknöchel knacken.

Cora holte tief Atem und beobachtete die Staubwolke, die immer näher kam. Wer auch immer diese Leute auf Armstrong sein mochten, sie waren Menschen. Auch sie mussten von der Erde gekidnappt und von den Kindred in Käfige gesteckt worden sein. Sie wussten, wie es sich anfühlte, wie Tiere behandelt zu werden.

Das musste etwas bedeuten.

Das musste alles bedeuten.

Denn wenn nicht, steckten sie womöglich in größeren Schwierigkeiten, als sie es sich jemals hätten vorstellen können.

Danksagung

Ich hatte das große Glück, mit einem brillanten Team an diesem Buch zu arbeiten. Meine Lektorin Kristin Rens, die vom ersten Tag an Coras Geschichte glaubte, ebenso wie das gesamte Balzer + Bray-Team, das uns tatkräftig unterstützt hat, allen voran Kelsey Murphy, Alessandra Balzer, Donna Bray, sowie dem fantastischen Grafikdesign, der Redaktion und dem Vertrieb von HarperCollins. Ich danke auch meinem Agenten, Josh Adams, der Pate stand für Malis beeindruckende Ninja-Fähigkeiten, und Megan Miranda, die unzählige Rohfassungen gelesen und jede einzelne besser gemacht hat.

Mein besonderer Dank gilt Jesse für die langen Spaziergänge, bei denen wir uns über fremde Planeten, riesige Puppenhäuser und kranke Safaris den Kopf zerbrochen haben.

Und wie immer widme ich das Buch meinen Lesern. Ohne euch wären meine Worte völlig wertlos.